まぼろしの維新
西郷隆盛、最期の十年

津本　陽

集英社文庫

まぼろしの維新　目次

第一章　新政府　9
第二章　恩讐の道程　37
第三章　怨恨の道程　63
第四章　風浪のとき　92
第五章　隆盛辞職　120
第六章　士魂とは　148
第七章　炎の気配　176
第八章　雷雲迫る　203
第九章　出陣　232
第十章　血戦　262
第十一章　露の命　290

第十二章　田原坂　318
第十三章　手負い獅子　346
第十四章　敗　走　376
第十五章　日向路の雨　405
第十六章　沈む陽　434
第十七章　城山へ　461
第十八章　岩崎谷の穹　491
エピローグ　泣こよかひっ飛べ　502

解説　細谷正充　519

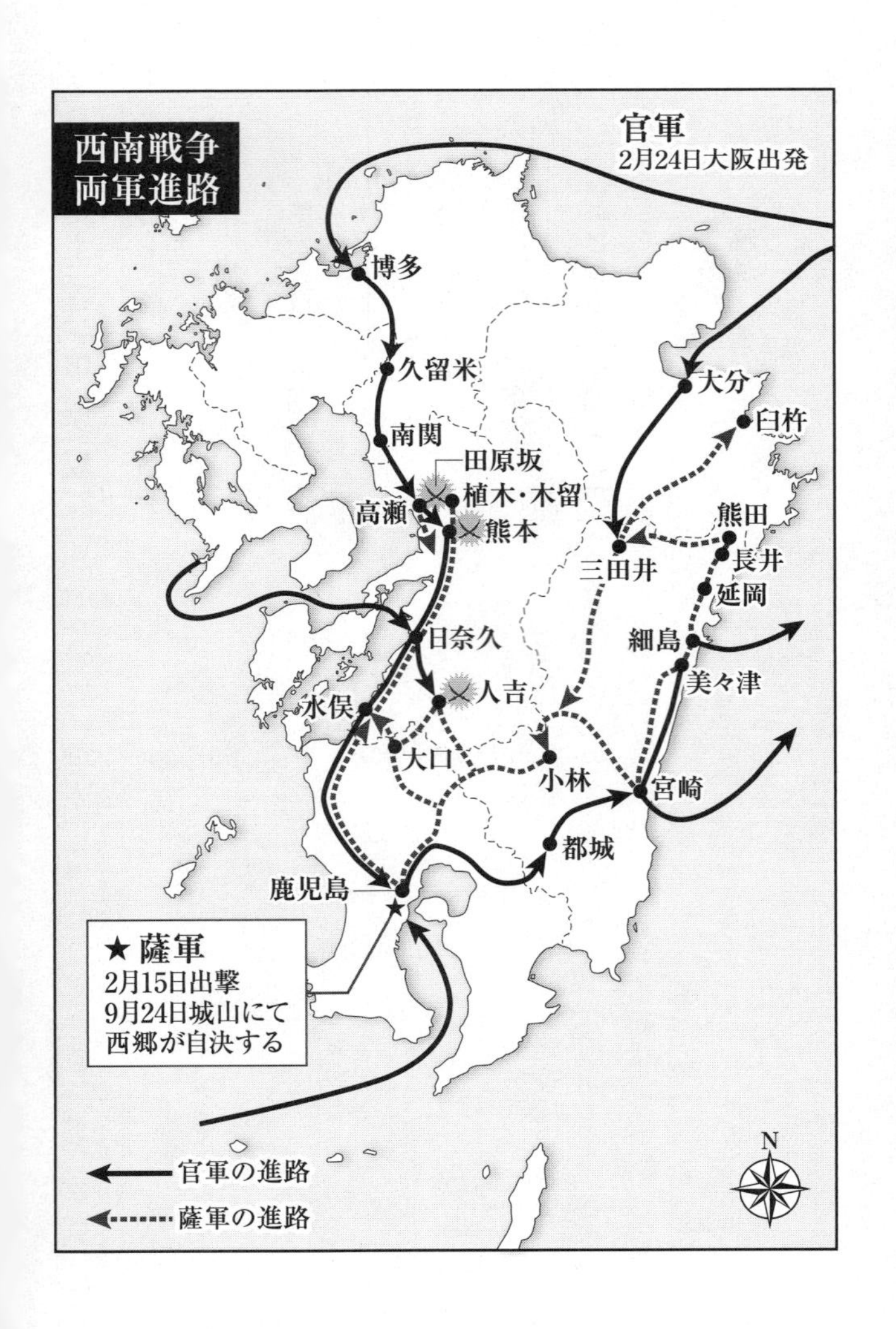
西南戦争
両軍進路
官軍
2月24日大阪出発
博多
久留米
南関
田原坂
植木・木留
高瀬
熊本
大分
臼杵
熊田
長井
延岡
三田井
細島
美々津
日奈久
人吉
水俣
大口
小林
宮崎
都城
鹿児島
★ 薩軍
2月15日出撃
9月24日城山にて
西郷が自決する
官軍の進路
薩軍の進路
N

まぼろしの維新　西郷隆盛、最期の十年

第一章　新政府

西郷隆盛（さいごうたかもり）は東京、鹿児島に現存する銅像、軍服を見てもわかる通り、巨大な体格の持主であった。

いかなる逆境にのぞみ、櫛風沐雨（しっぷうもくう）にさいなまれても堪えぬくだけの健康にめぐまれていたと想像しがちであるが、実は常に持病のフィラリアに苦しめられていた。病名は慢（まん）性陰嚢水腫（せいいんのうすいしゅ）である。蚊によって伝染する線虫が人体に寄生し、血液、リンパ液のなかで増殖し、象皮病をおこすのである。

隆盛の肥大した睾丸（こうがん）は、白木綿で吊（つ）りあげ、肩へかけなければ軍装ができなかったといわれる。

隆盛は第十一代薩摩（さつま）藩主（はんしゅ）島津斉彬（しまづなりあきら）の股肱（ここう）としてはたらいたが、君主急死ののち、国父となった島津久光（ひさみつ）の命によって、安政の大獄による幕府の追及を逃れるため奄美大島（あまみおおしま）に安政五年（一八五八）十二月末から三年余、潜居していた。このときフィラリアに感染した。三十二歳（満三十一歳）の頃である。

吉之助をあらため隆盛という名を用いたのは、明治三年（一八七〇）五月から後である。彼は明治二年六月二日の太政官令で王政復古、戊辰戦争で勝利を得て維新の大業をなし遂げた功績の賞賜、賞典禄として在世の間、年二千石を下されることとなった。さらに九月二十六日に正三位に叙せられた。

隆盛はただちに賞典禄、叙位の返上を奏上したが、正三位の返上だけを受け入れられたので、賞典禄は鹿児島県庁に預け、私学校建設などの資金に充てることになった。

隆盛は賞典禄、叙位を将官たちが受けるのは不当であると見ていた。それらは戦場で活躍し命を落した士卒に与えるべきである。上司が栄典をうけるのは、今後の政府において私利私欲をはかって行動する弊風を招きかねないというのである。

フィラリアによる陰嚢水腫は二貫五百匁（約九・四キロ）に肥大して、踵に届く者もあったという。隆盛の病状はそれほどひどいものではなかったが、鳥羽伏見の戦ののち東征大総督府参謀として江戸無血開城に成功するまで悪化する体調をこらえた。

戊辰戦争後、庄内藩降伏に際し寛大な措置を講じたのち、十月に京都へ戻り、十一月にすべての地位、栄誉を捨て鹿児島に帰郷した。

新政府軍隊の最高指導者として、戦場においては「死に癖」といわれるほど、危険な最前線に身をさらすことを望んだ隆盛は、旧主斉彬の腹違いの弟久光が、わが息子忠義（茂久）を藩主として、自ら国父と称し、旧幕府解体のあとをつぎ島津幕府を出現させるのを怖れていた。

幕府を倒し天皇をおしたてた政府をつくるため、命を捨ててきた志士たちの行動は「人間役」ではなかったと隆盛はいう。人間とは物欲に汚れた俗世間のことであった。

隆盛は旧主斉彬のもと命がけではたらいたが、久光は俗世を好む固陋な人物として嫌っていた。

このため、帰郷ののち朝廷の徴士になるのを辞退しつづけたのである。新政府は薩摩藩の戦力によって支えられていたので、隆盛がいなければ久光、忠義父子は徳川幕府のあとを継ぐ、島津幕府を成立させる方針をとりかねない情勢だった。

隆盛が薩摩藩主父子とその一族を新政府の重職に就かせれば、諸大藩もまたそれを見ならい、廃藩置県体制は遠い夢想にすぎないことになり、日本はやがて他の東洋諸国と同様に、ヨーロッパの属国となりさがったであろう。

隆盛は先君斉彬が「一心一和」という挙国一致体制をとらねば、日本が独立国として今後存在しえないという遺訓を忘れてはいなかった。

彼の病状は治療をおこなわねばならないまでに悪化していた。当時フィラリアの治療をするには、温泉の湯治しかなかった。

そのため、鹿児島から九里（約三十五キロ）離れた、霧島山麓の日当山温泉に滞在し、湯治するようになった。

体調のいいときは愛犬の「ツン」という雌の薩摩犬を牽き銃猟に出歩く。日が暮れると読書をする。だが、明治二年二月十三日、大久保利通が勅使柳原前光を案内して鹿児島に帰ってきた。

彼らの用務は戊辰戦争から凱旋してきた兵士らが藩政改革を藩庁に要求し、倒幕になんの働きもしなかった藩内門閥と上士らを退職させようとして、騒動をおこすのを鎮圧するためであった。

戦場ではたらいた兵士らは、おおかたが小姓与、郷士らの下士で、彼らは功績にふさわしい藩の役職に就くのを望んでいた。

島津久光は二月二十日頃、日当山の隆盛のもとへ書状を送ってきた。

「兵隊どもの門閥廃止の意見は、世情に沿うものであるとはいえ、上士らの世襲の制度は先祖の手柄によってできたもので、簡単に無視できない。そのほうの意見はどんなものであろうか」

隆盛は返答を拒み藩庁へ出向こうとはせず、湯治をつづけていた。

二月二十五日に藩主忠義が隆盛との交情があつい村田新八らを連れて、日当山温泉をおとずれ、藩政に協力して現在の窮状を助けてもらいたいと頼んだ。

隆盛はこのうえ辞退はできないと思い、忠義に従い鹿児島に帰り、藩参政（家老）に就任した。

藩政改革は隆盛の指揮のもとで施行され、なんとかまとまりはついたが、上士と下士の所得の不公正をただすことはまだ困難であった。

隆盛は明治三年一月に参政を辞任し相談役となり、同年七月に家老筆頭にあたる大参事に任じられた。

明治二年五月一日、彼は久光の指示により旧幕府海軍奉行榎本武揚（えのもとたけあき）らを征討する、箱館戦争の応援に出向く。藩の軍艦三邦丸で歩兵半大隊、山砲三門をそなえる半砲隊を率い、東京を経由して同月二十五日に箱館に着いた。だが旧幕軍はすでに降伏していたので浦賀港（うらがこう）へひきかえし、東京の政府に事情を報告したのち六月五日に浦賀港を出帆して、十二日に鹿児島へ帰還した。

四十日ほどを薩摩軍艦で航海するうちに、隆盛の病状はきわめて悪化しており、帰郷ののち日向（ひゅうが）吉田（宮崎県えびの市）の温泉で湯治をしなければならなかった。

何事もうちあけあう仲であった藩執政の桂久武（かつらひさたけ）へ送った書状には、重篤な症状について記されている。

「高熱を発し、腹痛がはげしく昼夜二十四、五回下痢して血尿、血便もある。これまで体をいためつけてきた疾患が猛り狂っている」

新政府から隆盛が与えられた賞典禄、叙位は、諸藩士のうちでは最高であったが賞賜を受けた者が薩長閥に偏っていたので、世情が騒然となった。明治二年九月、長州出身の兵部大輔大村益次郎が、京都三条木屋町の旅館で暴徒に襲われ重傷をうけ、十一月に死亡した。

米沢では雲井龍雄が反政府運動を企て、九州、長州、北陸、静岡でも士族の不穏の事件がおこった。全国の士族が新政府の徴兵令実施の方針に反対し、暴発するという噂が高く、参議広沢真臣、参与横井平四郎(小楠)が暗殺された。全国的な士族の内乱がおこれば、基盤の弱い新政府には『第二の維新』といわれる事態がおこるのを抑える力がなかった。

三条実美、岩倉具視ら首脳者は、全士族の信頼をあつめている西郷隆盛を薩軍の指揮官として上京させ、防備にあたらせるよりほかに手段はないと考えていた。

明治三年八月に、ヨーロッパ視察を終え帰国した隆盛の弟信吾(従道)が、兵部権大丞(次官)に任命され、十月に鹿児島へ帰郷した。

彼は兄隆盛に新政府への協力を依頼した。

「ヨーロッパじゃ文明開化で目をむくほどでありもす。日本が独立国として、あれらぁとつきあうには、国民が一致して力をしぼらにゃなりもはん。

日本は国力がないうえに政府のなかで徒党をつくり我欲を満たさんと、浅ましき争いを繰り返しておりもす。政道をただすのは兄さあのほかにゃおりもはん。いますぐに東京へ出向いたもんせ。三条、岩倉両公もお待ちでごあんさ」

隆盛の親戚川村純義、親友の弾正少弼黒田清綱も東京から帰郷し、政府改革への協力を求めた。隆盛は応じなかった。

「新政府に仕え、せわしく天下を往来するのは、わが名を高めることになりもす。苦労をいままで重ねてきて、わずかな余生を過ごすに名声などいりもはん。

荘子もいうちょいもす。王に仕うるは朝廷の杭につながれ、餌を充分に食わされたあげく、煮殺されるのを待つ牛になることでごあんさ。私はこげん小器でごわす。人目にたたぬいなか暮らしで病いを養うのが、たんだひとつの願いでごわす」

明治三年十二月十八日、勅使岩倉具視が副使大久保利通、随員山縣有朋らをともない、鹿児島に到着した。

大久保は隆盛に会い畳に両手をつき、内心の苦悩を吐きだすように、声をしぼりだして懸命に頼んだ。

「お前んさあの胸ん内は、ようわかってござす。長州の井上らあの私欲にわっぜえ（すごい）つよかこつは知っちょいもす。

政道は堕落、争乱がおこるともお前んさあのほかに、政道をただし諸政一新するため、命をなげうつ兵を集めらるっは、誰ひとりもなかごわす。是非にも大節をつらぬいてくいやんせ」

隆盛は頭を深く垂れ、応じない。

「俺は権門に身を置くのが性にあわんじゃきに。久光公を東京へご案内なはったもんせ」

だが勅命に応じないままではすまない。隆盛は岩倉から政府改革についての方針を一任するとの意向をうけ、新政府への協力を承諾した。

隆盛は政治の本質を知っている。好餌を争う野獣の欲望の世界と同様である。権力、策謀によって名誉と富を手中にするため、庶民を踏み台として政治の主導権を握るのである。

「人を相手にせず、天を相手にせよ」という隆盛の言葉は、政治権力がかならず生みだす悪のいろどりを、見過ごせなかった悲哀のつぶやきであった。

明治四年一月三日、隆盛は大久保利通とその二人の子息、川村純義、池上四郎と海路をとった。岩倉具視も途中で乗船し、八日山口に寄って木戸孝允と会い、さらに十日に長州藩主毛利敬親父子に面接して、政府改革への協力を誘う。

さらに木戸、大久保とともに十七日に土佐高知に入港。土佐藩老侯の山内容堂、大参事板垣退助らと会い、薩、長、土三藩の兵を上京させ、政府の改革断行を促進すべきであると説いた。

当時三藩の兵力を集めると、全国諸藩が謀叛を起こそうとして、一万以上の軍勢をもって攻撃しても勝ちめはなかった。
ただ三藩において、新政府をもりたてようとする意向は、藩主以下上士のあいだには
ほとんど見られなかった。
三藩の中心勢力である薩摩藩では、国父島津久光が政治改革に反対する全国の上士族
の信望を、一身に集めている。
先祖伝来の家禄と、武士の身分を失うことを上士たちは望んでいない。
新政府は諸大名を知事に任命し、廃藩置県をめざしている。だがそれが所領、資産、
支配の権利をすべて新政府に差し出し、華族として生きることだということを大名たち
は理解していない。
藩主は知事となっても世襲制とする。武士はすべて官吏になる。藩制を廃し郡県制と
なっても領地は手離さず、名称だけが変わるにすぎないと彼らは思っていた。
薩、長、土、肥四藩の藩主が連名で政府に差し出した建白書に、つぎの意見が述べら
れていた。
「願わくば朝廷が時宜に応じて、与うべきものは与え、奪うべきものは奪い、全国諸藩
の領地を、さらに妥当なようにあらためて、分け与えて下さい」
岩倉、大久保らが新政府の出仕に応じない隆盛を、どうしても引きだそうとしたのは、
全国の下級士族、卒族に厚い人望をむけられていたためであった。

久光は隆盛を嫌っていた。隆盛は久光が旧主斉彬の弟ではあるが、兄とくらべものにならない小器であるのを見抜いており、炯々(けいけい)と光る両眼にその心中をあらわすことがあった。そのため隆盛を文久二年（一八六二）四月、命令に背いたとして沖永良部島(おきのえらぶじま)へ流罪にし、死に瀕(ひん)するほどの冷遇をしたほどだ。

久光は隆盛が上京すれば、新政府の中心人物として重用されることを知っているので、手離したくはない。だが戊辰戦争に参加した下士集団が久光の行動を注視していた。西郷の上京をおさえようとすれば、国父といえども暗殺されかねなかった。

彼らはいう。

「巨眼(うどめ)さあは、どげんしても東京へ出てもらわにゃならん。そうでなけりゃ俺(おい)どもの出る幕はないじゃろう。邪魔する奴(やつ)は、誰でん斬り捨てるまでよ」

「巨眼さあ」とはもちろん隆盛の大きな眼をさしての愛称である。

戦場で白刃をふるい生死のはざまを斬りぬけてきた彼らは、闘犬のように獰猛(どうもう)で久光も無視できなかった。

版籍奉還のあとも、旧藩主が知事となっただけで農民たちが生涯を酷使され、貧窮のうちに死なねばならない環境は変らなかった。

新政府の役人たちが公金をかすめとり、高位の者の間には大規模な横領の組織が動いていると噂されていた。

隆盛には私欲がない。戦場では危険な状況に身をさらした。下士たちは彼の命令にかならず従う。大久保や木戸は下士らに命を預けられるほどの信頼を得ていない。

そのため島津久光とその下につらなる上士らは、隆盛を担ぎ出しての今回の大久保らの動きを黙過せざるをえなかったのである。

薩摩の兵を動かす実力をそなえているのは隆盛である。長州は木戸、土州は板垣退助が藩知事の毛利、山内をおさえ藩兵を指揮できた。

隆盛は「錆びついた鉄車」といわれる新政府に出仕すると、猛然と動いた。迅速に動かねば、新政府は前途から迫ってくる怒濤にのみこまれてしまう。

岩倉、木戸、大久保には難局を乗りきる実力はなかった。世上の人気が隆盛とはまるで違う。岩倉は朝廷の下級公家として尊攘をとなえ、策略を用いてきたが、命をなげうって政治改革を断行する気魄がなかった。

木戸も同様である。諸事に用心ぶかく、わが進退が危険を招き寄せないよう慎重をはかるので、何事も議論倒れになり施策の成果をあげられない。

大久保は困難をともなう政策には絶対に手をつけなかった。安全に成功させられると見込みのついた事柄だけに関心を持ち、困難のともなう仕事は、存在しないかのように無視しようとした。

大久保は、新政府が瓦解しかねない危険は何としても避けなければならないと考えていた。

彼らがなぜそのような姿勢をとるかといえば、命が惜しいからでもあった。

反対者の多い政策を断行しようとする政治家は暗殺される。政府首脳の要人たちは暗殺を免れる手段はないものと覚悟していたが、危険に身をさらすことはできるだけ避けようとする。これが、死に癖があるといわれる隆盛が政策を実行する主導権を握ることになる理由であった。

隆盛は新政府に御親兵を駐屯させるよう要望した。

「いま非常の改革をおこなうにあたり、東京に駐屯する御親兵は二千ほどであいもす。これでは騒動がおこったときに押さえることもできもはん。薩、長、土より八千人ほどを出せば総勢一万人となり、いかなる不時の難をも叩き伏せるに充分であると思いもす」

隆盛の提案は受け入れられた。彼は二月二十五日に鹿児島に帰り、四月下旬に歩兵四大隊、砲隊四座、大砲三十二門、総兵数三千人を率い上京した。

長州は歩兵三大隊、土佐は歩兵二大隊、騎兵二小隊が出動した。東上した薩藩将兵は意気軒昂(いきけんこう)、市ヶ谷の旧尾張藩邸を兵営とした。隆盛も士卒とともに暮らした。

営内の規律はただ一条。

「道義にもとづき賞罰をあきらかにす」

と隆盛自筆の書が掲げられ、それで厳格な制裁がおこなわれた。

政府改造の足どりは早まり、六月二十五日に内閣全員が解職された。隆盛は木戸を総理に立て、他の者が彼に従い諸政一新をはかろうとした。そうするのは木戸が何事につけても薩長の勢力関係にこだわり、異論をたてるためであった。

だが木戸は単独で総理の大役を引き受けるつもりはない。きわめて危険な立場である。

「西郷さんは天下の人望を集めておられる。私が総理の座についても、万事おこなわれがたいのは眼に見えております」

結局隆盛と木戸が参議になり、政府を代表して朝政をとりしきることになった。木戸は薩摩士族の頭領である隆盛に対抗するため、行政の主導権を握る長州の井上馨（いのうえかおる）、伊藤博文（いとうひろぶみ）、肥前の大隈重信（おおくましげのぶ）ら革新官僚を股肱とした。

隆盛はいう。

「高位の官人は、とかく官禄を多分に受くるため奢侈（しゃし）をつくしおってごあんさ。官禄を減らさにゃ行く手に道はひらきもはんど」

木戸は反対の意見である。

「官禄を相当に与えねば、役立つほどの人物は集まらぬでしょう。いまは勤王にはげんだ諸藩士が抜擢（ばってき）され、政府に尽力しないわけにゆかず、義理によってはたらいている者もいる。

彼らが官禄を減らされると資産が減少し、借財がかさむようになれば政府を離れるでしょう。そうなれば官途につく者は富豪か無能な人物になりかねない」

隆盛を説得し、木戸と同調させるため努力したのは大久保、後藤象二郎、江藤新平らであった。

隆盛は制度調査が難航すれば、突然帰郷しかねない。そうなれば国政はまったく進展しなくなる。岩倉具視は中立の立場にある佐々木高行、江藤をはたらかせ、七月初旬に太政官制の大改革にこぎつけた。

そのあと政府がおこなうべき官制改革は廃藩置県である。これを山縣有朋にすすめたのが、幕末に長州藩奇兵隊長として活躍した、兵部省出仕の鳥尾小弥太と、おなじく長州藩士として尊攘運動をおこなった野村靖であったといわれる。

鳥尾は明治二年に兵庫県知事陸奥陽之助（宗光）の紹介によって、全国諸藩にさきがけて徴兵制度をとりいれている紀州藩に召し抱えられ、新軍制を学んだ。

藩兵を指揮する戊営都督の津田出は、明治四年三月に政府より上京の命をうけ、護衛部隊を率い東京の旧紀州藩青山御殿に入った。

彼は政府に出頭して隆盛、大久保、木戸ら首脳部から紀州藩兵制改革の実態について質問をうけ、詳細な説明をした。

「弊藩には幕末までに幕府より伝習をうけた、歩、騎、砲、工の四兵がございましたが、このたびプロシャ兵法を藩兵に学ばせたのは、その風俗がフランスよりも質素であったためであります」

隆盛はその言葉に感動した。

陸奥陽之助は明治三年九月、紀州藩欧州執事としてイギリス、フランス、プロシャを訪問し、普仏（ふふつ）戦争の実況視察、新式武器購入、教官雇傭（こよう）の用務を終え、明治四年五月に帰国、藩庁に出仕していた。

完全な洋式装備の兵二万人をそなえる紀州藩の戦力は、薩、長、土三藩の親兵にとって頼もしい味方であったが、敵対されたときはおそるべき相手となる。

隆盛は鳥尾小弥太から紀州藩兵に政府を攻撃する野心はないと聞かされていた。

しかし紀州藩をはじめ大藩が呼応して叛逆（はんぎやく）したとしても、彼は負けるとは思っていない。死ぬまで戦い敵を討ち倒す覚悟をきめていた。

鳥尾小弥太と野村靖は六月末に麴町（こうじまち）の山縣有朋の屋敷をおとずれ、酒をくみかわしつつ政府を統一し封建制度を完全にうちやぶるためには、廃藩置県を断行せねばならないと説いた。

山縣は反対せず、意外にも意見が一致した。彼は独立国家として外国と交流し活動するためには、大小三百に近い藩を消滅させなければ予算さえたてられない状態から脱却できない現実を知っていた。

藩主は国王で士族は家来である。諸藩は江戸時代の参覲交代の制度によって累積した赤字のなかに沈みこんだ。江戸と国元に屋敷を持たねばならず、維持費がかさむ。往復の交通、江戸での滞在に必要なのは金銀であった。

国元では年貢米による実物経済であったが、社会は貨幣経済に移行していた。貨幣発行は幕府が独占しているため、困窮した大名は藩札を発行する。それはたちまち不換紙幣となった。

結局大名たちは全国物資交流の中心である大坂で、両替屋に頼みこんで借金を重ねることになった。

明治になったが、政府は国家予算をたやすく組みたてられるわけがない。現米、藩札のいりまじった貢納を、その場しのぎでかきあつめている政府は、火焔のうえにあぐらをかいているような、せっぱ詰まった窮地に追いやられていた。

鳥尾小弥太はいった。

「諸藩のうちで朝命を奉じないものがあれば、ただちに親兵により討伐しなければならん。もし先輩のうちに反対する者がおれば、隅田川の舟遊びに連れだし水中に投げこむのもやむをえない」

先輩とは木戸であった。

木戸は廃藩置県をおこなわねば、政府が錆びた鉄車のように動かなくなるのを知っている。ただ断行すれば天下に大動乱がおこり、すべての秩序が破壊されてしまうのを怖れていた。

大久保も木戸と同様の意向をもっていた。絶対に必要な施策ではあるが、できるだけ延期したほうがよいと考えていたし、投げやりな諦観を捨てられない。

「しだいに政府が弱ってゆき瓦解してゆくじゃろ。じゃっどんそうなるよりは一気にやりつけて、事が運ばぬときは土崩するほうがよかごあんさ」

全国の大名の領地を奪い、華族として東京に住まわせ、すべての士族の俸禄を失わせる廃藩置県が、どのような反響をひきおこすか想像をすれば、山縣も戦慄を禁じえない。

山縣はいった。

「藩政の封建を廃し郡県を置くは、政府存続か否かを決する重大事じゃけえ、貴公らが木戸を誘うよりも井上に頼んで、あれから木戸に話をつけさせたらどうか」

井上馨は萩藩出身で民部大丞兼大蔵大丞をつとめていた。彼は廃藩置県はいかなる混乱を招いても、どうしても実現させねば政府の命運はつきると考えていた。

彼は日本橋の自宅をたずねた鳥尾と野村に心中を語った。

「木戸のほうは俺に任せておけ。貴公らはまず西郷を説くべきだ。山縣さんを早速に大西郷のもとへゆかせにゃいかん」

山縣は七月はじめに日本橋蠣殻町に住む隆盛をたずねた。

来客と面談していた隆盛は、山縣がゆくと客間に通した。山縣は告げた。

「今日はお客があるようで、ご多用ならば夕方でも明朝でも参上いたしましょう。ちと意見を申しあげたいことがあります」

隆盛は応じた。

「よかごあんそ。いまお聞きいたし申す」

隆盛は諸事に慎重な山縣が緊張の気配を隠さず、表情をこわばらせているのを見て、重大な提案をもちこんできたと推測した。

――こん男がこれほど気合いを入れるとすりゃ、廃藩実行のほかにはなか――

山縣は意見を述べた。

「この先、制度改革をするには諸国の大藩をこのまま置くわけには参るまい。兵制を変え国軍にまとめるには、廃藩置県のほかにはなしと存ずる。いかがでござろうか」

山縣は語りはじめると多弁で、説明が詳細にわたった。

延々と意見を開陳した山縣が口をつぐむと隆盛はすぐに応答した。

「俺のほうはよかごあんそ。木戸どんさえよけりゃ、事を一気にやりとげんとなりもはん」

山縣は隆盛が即座に返答をしたので、彼が勘違いをしたのではないかと思い、意見を最初からくりかえした。

　廃藩は藩主と家来の武士が資産と収入を失うことである。生計が成り立つように補償をするといっても、どのような騒動がおこるか誰にも見当がつかない。

　山縣は語気を強めていう。

「これは実に重大な事件で、流血の混乱を覚悟しておかねばなりません。すべてを承知のうえで断行するかをおたずねいたします」

　隆盛はまた考える素振りも見せず、即座に答えた。

「わが輩はようごわす。木戸さぁさえよけりゃ、それでいうことはなか」

　山縣は他人と会い、相手の器量に感動したことはめったになかったが、隆盛の即決をうけたときには心をゆさぶられた。

　――やっぱり大西郷じゃ。天下の底が抜けかねぬ大事であっても、やり遂げにゃならんことはやる。一歩もあとへは退かんと決めとるわい――

　隆盛は廃藩置県を避けては政治改革がまったく立ちゆかないと、見極めていた。

　それは大久保、木戸、山縣も同様である。

　ただ彼らは失敗を怖れていた。それは死を怖れる気分から発している。隆盛はなすべきことはどうしても実行しなければ国家の運営は成り立たないと見ており、そのために命を落すことに何のためらいもない。一万の親兵を率い全滅を覚悟して帝都を守護すれば、政府が崩壊する恐れはないと、彼は諸藩に入りこませた下僚からの報告によって、見通しをつけていた。

大藩といえども政府に鋒先を向けるだけの軍資金が欠乏している。軍隊を行動させ、一万人の御親兵を打倒する戦力を発動する財力を保っている大名はいない。

和歌山藩には陸奥陽之助、津田出、北畠道龍ら叛骨稜々の異才が、ドイツ式訓練をうけた第二のプロシャといわれる二万の精強な軍団を擁している。彼らは維新に際し薩長土肥にとり残された立場を、廃藩置県により引き起こされる内乱を鎮圧することによって一気に回復し、政府の中枢に入りこもうと画策している。

隆盛はいかなる変事がおこっても克服するという信念を動揺させなかった。

廃藩置県は、鎌倉幕府によってはじめられ六百年以上続いた封建政治を潰滅させる政策で、大名の私領はすべて国家に返上する。諸藩の住民は大名の借地人、小作人であったのが、それぞれ地主となるのである。

明治四年六月から七月にかけてのおよそ一カ月間の情況の緊迫を大隈重信はつぎのように表現している。

「この僅々たる時期は、実に容易ならぬ禍根の伏するところにして、一歩を誤らば轟然爆裂し、銃丸飛び、肉躍り血舞うの惨状を呈するに至るやも、測られざるの情勢なりし」

　当時司法大輔であった佐々木高行が語ったところによれば——

「宮城（きゅうじょう）において大臣、納言、参議、各省の長次官らが、廃藩置県の今後の措置につきどうすべきかと議論百出し、喧々囂々（けんけんごうごう）と沸きたったとき、黙って聞いておった西郷さんが急に大声でいうたがぜよ。

『このうえもし各藩に異議がおこったときは、私（あたい）が兵を率い撃ちつぶしもんそ』とな。その一言で議論はたちまちやんでしもうた」

　約三百の大名から土地、人民をとりあげ、徳川幕府のもとで存続してきたそれらの制度を全廃するのは、国家予算もたてられない政府の活動が、ほとんどゆきづまりとなったために、破滅を覚悟で決行しなければならない施策であった。

　政府の苦境は官制改革などで切りぬけられるものではなかった。全国に割拠する地方勢力を一気に潰滅させるよりほかに、生きのびる道はなかった。

　諸藩財政は旧幕時代以来の窮乏がつづいていたが、戦力においては軽視できない成長を遂げていた。

　明治初年の諸藩は旧幕時代の泰平になれて、軍備は徳川家康在世の頃と大差のないものであった。

　だが戊辰戦争を経験したのちは、いかなる小藩といえども英、仏、独など洋式軍隊の調練法を学び、外国製銃器を装備して面目一新していた。政府に反抗する一藩を制圧するのも容易ではない時代となっていた。だが悲惨な内乱がおこるのを覚悟のうえで実行した廃藩置県は意外にも何の波瀾(はらん)もおこさなかった。

天皇は七月十四日に小御所に出所され、鹿児島、山口、佐賀、高知四藩知事に対し廃藩置県の詔書を賜わった。

ついで名古屋藩、熊本藩ら五十九藩の知事に詔書を下賜された。翌七月十五日在京各藩参事二百六人に三条実美が詔書を奉読し、一指を動かすこともなく重大な改革が成立した。

新聞には「廃藩置県の大詔下る」という記事とともに、「諸藩紙幣引換えの事」という、今後の通貨運用についての方針が記載された。

「貨幣は国内で一定の価値を保つべきであるが、従来諸藩でさまざまの紙幣を製造し、その運用価値が区々であるのは不都合きわまりない。

ついては今度廃藩となるため、すべて今日七月十四日の相場をもって、政府が引き換えることにするので、この段心得ておいてもらいたい」

明治四年七月二十九日、政府は政務一般を掌握する正院(しょういん)、立法を検討する左院(官選議会)、各省の長官、次官が審議をおこなう右院を設けた。

太政（だじょう）大臣は三条実美、右大臣は岩倉具視、参議には西郷隆盛、木戸孝允、板垣退助、大隈重信が就任した。隆盛は、のちの総理大臣相当の重職である筆頭参議となった。隆盛は兵部大輔となった山縣有朋に鎮台増強を実行させた。

山縣は東京、大阪、鎮西（ちんぜい）（九州）、東北の四鎮台を強化した。旧幕兵と諸県の兵を鎮台兵として採用する。兵学寮を大阪から東京へ移し、士官養成にあて、軍医寮、陸軍本病院を東京に設置し、軍医頭（ぐんいのかみ）には旧幕将軍の奥詰医であった松本良順（まつもとりようじゆん）を就任させた。

外国公使たちも驚嘆した廃藩置県の大改革を実行できたのは、隆盛の実行力が発揮されてのことであった。隆盛の命令のもとに、命をなげうってはたらく士族はあるが、大久保、木戸、伊藤ら政府重職のために決死の行動を敢行する士族は、まったくいなかった。隆盛は時勢を動かすただ一人のカリスマであった。

彼は総理の実権を掌握しても、財界人をまったく近寄らせず、私財をたくわえるふるまいをしたことがなかった。

明治四年十一月、太政官府の前庭で閣僚たちが晴天のもと、従者に弁当をひらかせ昼食をとった。

隆盛は竹の皮をひらき、大きな握り飯二個をとりだした。なかに梅干が入っている。ほかに漬物がすこしそえられていた。

握り飯の一個を砂上に落した隆盛は、それを拾いあげ砂を払って食べてしまった。

またあるときのことだ。

朝議が終り、隆盛は帰宅するため玄関へ出たが、自分の履きものがどこにもない。外は雨が降っていたが、やむをえずはだしで戸外へ出て門を出ようとして、守衛に見咎められた。

「こりゃ、貴様は何者じゃ」

「あたや西郷吉之助ごあんさ」

「なにを申す。西郷参議先生が雨中をはだしで歩くか。交替の守衛がくるまで、そこで立っておれ」

隆盛が雨に濡れて佇んでいると、岩倉右大臣の二頭立ての馬車がきた。

具視は隆盛がはだしで雨に濡れて立っているのにおどろき、声をかけた。

「西郷さん、なんでそんな所でお立ちじゃ」

「しばらく立っておれといわれたのでごわす」

具視は守衛を叱りつけ、隆盛を馬車に乗せ送ってくれた。

隆盛の月給は五百円であったが生活費は月十五円で、あとは紙袋に入れたまま棚に置いておき、若い藩士たちが借金を申し出ると自由に持ち去らせた。

彼は日頃からいっていた。

「朝廷の役人どもは目に立つほどのはたらきをせず、おどろくほどの月給をうけ、大名屋敷で贅沢な暮らしむきじゃ。あれを月給泥棒といわずにおられるもんか」

隆盛は一方では宮内省の改革に力をそそいでいた。それは、天皇陛下の聖徳英武のかがやきを発展させるよう補導し奉る人材を集めるためであった。英明の天皇をいただき、海外諸国と対峙するのは、もっとも重要である。

古来公卿たちは朝廷の権力を握ってきた。彼らはおはぐろで歯を染め、化粧をして文弱きわまりない振る舞いをして、武士を怖れることがはなはだしかった。

皇威の衰微した朝廷では女官の権力が強大で政令発布、官位の上下を手中にしていた。維新に際し女官の威勢は衰えたが、数年のうちに下士から大官となった者が彼女たちと手をむすび、ふたたび政界に影響を与えるようになった。

隆盛は朋友の吉井友実を宮内大丞に就任させ、侍従には維新の勇者米田虎雄、島義勇、高島鞆之助らを置き、天皇の周辺の女官たちを罷免した。

天皇は女官にかわる士族の気風のなかで学問、乗馬、新兵調練に励まれるうちに、侍従らが驚嘆するほど強壮な体力を養われた。

鹿児島にいる島津久光が廃藩置県実施の通報をうけ激怒し、八月五日に錦江湾に花火をあげて不満をはらそうとしたことは、噂になって全国にひろまった。

久光は翌六日、忠義につぎのような内容の手紙を送っている。

「廃藩置県はいずれ実施されるとは予想していたが、あまりにも急速におこなわれたのは、新参議の隆盛が例によってての過激な言動で揺さぶりをかけてのことであろうと、ひたすら驚くばかりである。この様子では西洋人にたぶらかされ、いわれるがままに動き、あげくに共和政治の運動がおこったときは、皇室に危険が及びかねない。また士族の家禄がなんの補償もなく没収されたままになれば、全国で騒動がおこるだろう」

隆盛は筆頭参議として日本が西欧諸国に追いつくため、急速な経済発展を進めねばならないことを承知のうえで、禄を失った士族を保護したい内心をはっきりと打ち出している。

「文明開化は急がにゃならん。じゃっどん外国のまねをして、鉄道を敷き、蒸気じかけの工場を建てるのに眼の色を変えてばかりじゃいきもはん。まず兵力をたくわえねば、日本はすたり申す」

隆盛は無職となった士族の立場を、なんとしても保護しようと考えていた。

政府の大蔵官僚を代表する大隈重信らは、隆盛の意向をうけいれたが、商工業近代化の計画ははるか遠方に追いやられると怖れていた。

隆盛は久光から欧化主義の代表かのように嫌われていたが、実際には全士族の利益守護者であった。

鹿児島でも失業士族の生活費として「廃官養料として米を与える。これまで三十俵以下の現米をもらっていた下士には、県庁が領主にかわり同量を支給し、三十俵以上の者には等級を設ける」との布令を発し、明治六年三月まで生活補助を続けた。

失業士族に農器具、馬を貸しつけ、辺地に移住させ自営の道をひらかせる計画もたてた。だが何事をはじめても「士族の商法」は成功しなかった。

破産に瀕している士族には、立ちなおらせる資金が家禄を担保として低利で貸し出された。その金額が廃藩時に二十三万両に及んでいた。

隆盛は鹿児島県の報告書を見て、ただちに県庁へ指示した。

「これは士民救済資金でごわす。ふつうの貸付金ではなか。元金の二割を上納させ、あとは切りすてりゃよか」

県庁ではよろこんで指示に従った。

隆盛は士族救済のため、さまざまな考えをめぐらす。前年ヨーロッパ視察に出向いていた弟の従道は語っていた。

「フランスのパリにはポリスという、同心、目明かしに類する役人がおいもす。スリコギ一本を持っただけで町なかの不埒者（ふらちもの）を取り締って、人民を守るに親切ごわす。わが帝都東京にも、ポリスを置けばよかごあんそ」

隆盛は、人口百万とも百五十万ともいわれる世界屈指の大都市東京が悪化するばかりの治安を固める手段を思いつく。

市中には旧幕臣、諸藩から流れこんでくる不逞（ふてい）浪人があふれ、喧嘩（けんか）、辻斬（つじぎ）り、放火、強盗などの凶行をはたらく者があとを絶たない。

隆盛は、東京の治安をとりしきる府兵を指揮する東京府権典事を郷党後輩の川路利良（かわじとしよし）に命じた。

「お前が指揮する東京府兵は、市中取り締りをいたすより、騒動をおこす張本人じゃなかか。こののちはフランス式のポリスを置くこつにするじゃっで、お前は鹿児島へ戻って志願者を徴募してこい」

鹿児島で募集するポリスは二千人と予定していた。士族のうちから応募する者を採用する基準は、五体健康で品行の正しい者である。こうして東京のポリスは鹿児島県士族が二千人、他県者千人となり、名称は邏卒（らそつ）と定まり、府下を六大区に、各大区を十六小区にわけられた。一小区に邏卒屯所があり、組頭（くみがしら）と呼ばれる署長が小区の警備をつかさどることとなった。

政府では政策を実行するときに、隆盛の協力がなければ、成功の見込みがたたない現状であった。

第二章　恩讐の道程

明治四年（一八七一）十一月十二日、廃藩置県後四カ月を経た内政不安の時期に、日本国と欧米諸国の関税、治外法権などさまざまな一方的としかいいようのない不平等条約改正のため、岩倉使節団が欧米へ向かった。

それは隆盛が留守を守るならば何事がおこっても、自若として火中に身をなげいれる覚悟があるとの確言を与えたため実行できたことであった。

全権大使岩倉具視、副使木戸孝允、大久保利通、伊藤博文、山口尚芳（外務少輔、肥前出身）と従う官員、各省理事官。使節に同行して欧米へ留学する学生、華族、士族ら五十余人、つぎに記す女学生五人もいた。

東京府士族
吉益正雄の娘　亮　十六歳（数え年・以下も）
静岡県士族

永井久太郎の養女　繁　十一歳
東京府士族
津田仙の娘　梅　九歳
青森県士族
山川與七郎の妹　捨松（すてまつ）　十二歳
東京府士族
上田畯の娘　悌　十六歳

彼女たちは十一月九日、皇后御所で激励のご沙汰書と緋縮緬（ひぢりめん）の反物一匹とお菓子を下賜された。

ちなみに、このうちの二人、吉益亮（子）と上田悌（子）は翌明治五年にはそれぞれ体調をこわして帰国するが、残りの三人はアメリカでの留学を続けた。

永井繁（子）は、のちに海軍大将・瓜生外吉（うりゅうそときち）と結婚して女子高等師範学校と東京音楽学校の教員をつとめる。

津田梅（子）は、のちに津田塾大学の前身となる女子英学塾を開くことになる。

山川捨松は、旧会津藩の出身で、のちに陸軍元帥・大山巌（おおやまいわお）と結婚して学習院女学部の前身となる華族女学校設立に関わる。

三人ともにわが国の女子教育の先駆けとなって活躍することになる。

使節団の行動を記した『米欧回覧実記』によれば、彼らが乗船したのは、アメリカが日本、中国に航路を置く太平洋郵船会社の最新鋭汽船「アメリカ号」、四千五百五十四トンの外輪蒸気船であった。

午後一時に祝砲とどろくなか出航したアメリカ号は太平洋に乗りだす。船上の使節団の男女は、富士山、箱根、足柄山の連峰が夕陽を浴びる光景を遠望し、別れを惜しみつつ月光に照らされる波上を眺め、十一時頃にベッドへ入った。


全権大使はアメリカ、イギリス、フランス、オランダ、イタリー、ドイツなど十二カ国を歴訪し、国書を大統領、皇帝に呈上する。

その内容は、安政五年（一八五八）に諸外国とむすんだ不平等条約改正の期限が明治五年にくるため、わが国の実状をうちあけ、公平な利権を先進国と共有するための協議を求めるものであった。

廃藩置県のあとは、いつ内乱がおこるかも知れない殺伐とした世情であった。東京の学生たちのうちには、戊辰戦争で死闘を経験した者が、めずらしくなかった。戦場で得たという緋縮緬の女性の着物をまとい、大小を携えて学校のなかを闊歩する。

前途をさえぎるものがいると、いつでも抜刀し斬りあうことをためらわないので、傍若無人のふるまいを咎められなかった。

弱肉強食の乱れた政情は、維新後も旧幕時代と変らなかった。農民は貧困のなかで生まれ、生涯骨身を削る労働をし、明日の糧にも窮する運命のなかで死んでゆく。

彼らのはたらいた結実は、役人たちがすべて吸いあげていた。政府では高官の指揮する大規模な組織が動き、社会を支配している。

西郷隆盛は明治四年正月、政府からの要請を断りきれず、出仕のため上京するとき、つぎの漢詩を友人に送った。

朝野に去来するは　名をむさぼるに似たり
竄謫の余生　栄を欲せず
小量　まさに荘子の笑となるべし
犠牛　杙につながれて晨烹を待つ

荘子が朝廷に大臣の座につくよう命ぜられたとき、辞退したことが『史記』にしるされているのを、隆盛はわが心中になぞらえたのである。

「宮中で重職につくのは、名声を追いもとめることになる。おちぶれ、いなかに住む余生に栄名を欲することもない。

私のような小さな器量の者は、荘子のように招請を辞退することもできず、柱につながれ煮られるのを待つ牛のようなものであろう」

隆盛は自分を小量、気がちいさいというが、廃藩置県を断行するとき、非常の大勇を発揮した。

山縣有朋はこのときの隆盛の決断を眼前にして、非凡の人格であると感動した。彼はいう。

「その果断明決、よく事の利害を察し、これを実行する力を持っているのは、尋常の人間にはとてもできないことだ」

岩倉使節団の留守中をあずかる一人として、山縣有朋は、隆盛と会うたびにその思いをますます深めていた。

だが大勇をそなえ、死を怖れない隆盛は、主君斉彬の没後、その弟久光に嫌われ沖永良部島へ遠島の刑をうけ、衰弱して死にかけた。

隆盛は久光の器量を認めなかったが、国父として尊敬し、叱責されるときは深く心をいため、できるだけ命令に従おうと努力した。彼は主従の立場を重視した。

大久保利通は、隆盛のような大勇をそなえてはいなかったが、眼前にあらわれた障害はあらゆる方策をめぐらして排除し、わが政治目的を達成するまで屈しなかった。

彼は斉彬の没後、久光に用いられるため執拗に努力をかさね、維新達成の日まで側近としての立場を何者にも譲らなかった。小機の行動に長じた現実主義者である。

岩倉使節団の外遊中、大久保と木戸の記した書状、日記を読めば、彼らの感覚のちがいがうかがえる。彼らの欧米風物文化に対する違和感は強く、岩倉具視が三条実美に送った書状に述べられている。現代文にして記す。

「まことに外国の事情は意外なことばかりで、何事も容易に通じあえない。出発前から人形置物（ロボット）となるばかりだと覚悟していたが、私のような者がこのような大任を受けるべきではなかったと、ふかく後悔しています。

こののちは鉄面皮となって各国を訪問し、使命を遂げるつもりです」

条約改正の交渉が困難をきわめている事情が、言外ににじみ出ている。

木戸はアメリカの国務省の長官と談判するとき、アメリカ駐在の弁務使森有礼（薩摩藩出身）の挙動を不快としている。

「森の挙動は不快である。アメリカ人のほうがかえってわが国情を理解し、風俗を知っている。それにひきかえ当地に留学している生徒らは、わが国本来の事情を知らず、ひたすらアメリカ人の風俗をあがめ慕い、みだりに自主、共和の説を口にして、軽佻浮薄、聞くに堪えないものがある。

森はわが国の代表であるが、外国人のなかで公然とわが国の風俗をいやしめる言葉をつつしもうとしない。在米官吏のうちにも当地にわずかに滞在するうちに、その皮膚の表面のみを学び、母国を軽侮する者はすくなくない。

一善を採用すれば一害がついてくるのは、世界古今に通じる災いで、善害を考えることなくひたすら何事もとりいれるときは、わが国を愛し人民を思う者は、ふかく憂慮せざるをえない。

国家を維持するためには、一朝にして山を砕くほどの決断をせねばならないときがある。また百年をかけた築堤も、緩急の順序をふまないときははなはだ危ない。

十年後を想像すれば、まことに不安である」

木戸は異国にいて、さまざまの不安にさいなまれていた。

「元来日本が外国と交ってわずかに二十年を経たのみである。米欧産業の技に及ばないのはやむをえないことで、外国人に未開と嘲られる理由はない。

しかし国家の条約においては、不動の議論を確立しなければ、世界に国信を失することになる。現状ではとかく軽率に失することが多く、将来つつしまねばならぬことである」

条約改正の協議をかさねるなか、ドイツ日本公使が本国に帰る途中、アメリカで岩倉使節団を訪問し、おどろくべき国際法上の難点を指摘された。

「国際法上、仮にアメリカと条約を改正しても、他国がその改正に応じないときは、最恵国条項によって、日本がアメリカに与えたすべての便宜は、他国へ与えなければなりません」

木戸は会議を進めるために活躍している森弁務使が、国際条約についての重要な知識に通じていなかったことを糾弾する。

「今日の開化を口にする者は、外国の皮相しか知らない。わが国力を伸ばそうと努力せず愛国心を持たないかのように不実で軽薄、利を追うばかりである。

森のような者は、名をあげるためにわが政府をそしり、国内の恥を外国に売りひろめ、ひたすらアメリカをあがめる。このためアメリカの学者も森に同調する。彼らは猿真似ばかりをして、その行動を記せば膝栗毛のようにばかばかしい」

人間は疾病を発し苦痛を受けるまでは、予防を怠るものである。国家の疾病は十年から数十年を経てはじめて表面にあらわれる、恐るべきものだと木戸はいう。

「ドイツはいま治政において近国に比を見ないほど優れておる。一八〇〇年の初頭には国力が貧弱で人民も協力しあうことがなく、しばしば国難がおこった。

だが英雄が立ち、驕奢(きょうしゃ)のふるまいある者はこらしめ、軽々しく行動する者は抑えて着実な動きに統制する。ついに今日の文明富強を招いた。国運の中興も偶然ではない。

日本と欧米各国をたとえれば、囲碁の名人に格違いの碁打ちが対局するようなもので、ただ相手のうちかたをまねて、名人のふりをしても、やがてはひきはなされ惨敗してしまう。国家の維持は実にむずかしいものである」

木戸は欧米諸国を訪問したとき、常に産業革命に遅れたわが国の立場を憂い、国力の相違を嘆き圧迫をうけているので、不安の思いを拭いきれない。

これは木戸の用心ぶかい性格がみちびきだすものであった。

大久保利通は木戸とちがい、諸国を訪問して、不安を覚えることがなかった。彼はドイツへゆけばビスマルク、フランスではティエールと、国家を率いる首脳に注目している。

大久保が西郷隆盛と吉井友実に送ったイギリス訪問の書簡に、憂鬱の感情はまったく記されていない。

「イギリス国内の廻覧中はいろいろめずらしい見聞をしました。リバプール造船所、マンチェスター木綿器械場、グラスゴー製鉄所、グリノック白糖器械所、エジンバラ紙漉(かみすき)器械所、ニューカッスル製鉄所、ブラッドフォード絹織物器械所、毛織物器械所、セラフィールド製鉄所、バーミンガム・ビール製作所、ガラス製作所、イースウイキ塩山などは巨大で、器械は精巧をきわめたものである。

このほかにも数えきれないほどの大小工場があり、イギリスの富強がわかる。感心するのはどんないなかでも道路橋梁(きょうりょう)がととのえられ、馬車はもちろん汽車も至るところに通じていることである」

大久保はイギリスの国力を眼前にして、日本の未開発を憂うことなく、彼らの文明をとりいれる富国政策に思いを致していた。

「いなかの風俗はロンドンのような都市とはおおいにちがい、温和な人情で、至るところで懇親の待遇をするのは、アメリカと同様である。

工場のほかには学校、牢屋、裁判所、古寺、古城、名所旧跡、劇場などをすべて観覧した」

大久保は狩猟を好む隆盛のために、イギリス貴族のおこなう狐狩りの様子を、くわしく述べた。

「ウスターという所で狐狩りを見た。狩人は六十人ほどで皆騎馬である。狩犬は五千匹、狩場に到着するとラッパで犬を進退させる。犬には隊長、副長があり、その規律正しい行動は奇観というべきである。

狩人のなかに八十五歳の老人がいた。常に先頭に立ち馬を疾駆させ、中年としか思えなかった」

さらにイギリス陸軍歩兵二万五千、騎兵一万の一週間にわたる野外演習について、詳細を述べている。

皇太子プリンス・オブ・ウェールズ、女王の従兄デューク・オブ・ケンブリッジの指揮する軍隊の華麗な軍装の美しさは言語に絶すると、大久保は感動する。

このように彼と木戸は欧米滞在中、おなじ事物を見ても感受するものが違った。木戸はわが無力を不安に思い、大久保は将来への発展をひたすら思いえがいた。

大久保は小機において隆盛、木戸の双方にまさっていたといえるだろう。いつでも前途を警戒するよりは、攻撃精神においてすぐれていた。

外遊で見聞したあらゆる事象から、日本の将来のあるべき姿をくっきりと思い描いていたにちがいない。


岩倉使節団の洋行中、参議大隈重信は、西郷、板垣の両雄にうとんぜられていた。隆盛は大隈の才能は認めているが、その性格を信用していない。板垣も武人であるため、民部、大蔵の複雑な政務処理に長じているだけの大隈を軽んじている。山縣は陸軍卿である。

大隈は廃藩置県断行ののち、政府に対する不平をあらわす連中が、機を見ては暴動をおこそうとしていると見ていた。

武士という特権階級が突然消滅し、生活の手段を奪われた彼らは、怨念にかりたてられ、政府打倒の機をうかがっているというのである。彼の推測は多少の別はあるが、誰しも胸に抱いていた。

大隈はわが仲間にひそかに語っていた。

「政府に不平を抱く士族たちは、政府に入っても彼らを見捨てない西郷隆盛を頼り、集まろうとしている。

西郷は内閣に入り政務にたずさわるからには、士族の私情に動かされるつもりはなかろう。しかし過去にむすんだ悪因縁は容易に断ちがたい。

西郷は正直者であるため不平士族の言動に乗せられやすく、いりみだれる政務を処理する能力が乏しいため、どんな無分別の騒動をおこすか知れないと気づかっている」

大隈の観察は隆盛の心中を見抜いたものではなかった。

隆盛は政府の財政問題などの案件については、大隈に任せている。彼は旧主島津斉彬から教えられた通り、国家の存廃に関する重要な方針をきめようと心を用いていた。

朝鮮との外交交渉を重視するのは、その背後に存在する清国、ロシアとの今後の展開に注目しているためであった。彼は現地の情況を偵察させるため、明治五年八月に腹心の近衛陸軍少佐池上四郎、同少佐別府晋介、同中佐北村重頼を上海、釜山方面へ密偵として渡航させている。

池上たちは大陸の厳寒暑熱に堪え、重要な地形、人口、産物、在留する外国人の行動を調査した。

日本と国境を接するロシア、清国、朝鮮との衝突を予期して将来の転変に考えをめぐらす隆盛が、国内士族の不平分子を動かし政府転覆をはかることはありえない。

だが全国四十余万の士族の信頼を集める隆盛の威望は、大隈ら国政充実をはかる反西郷の勢力にとっては無視できない脅威であった。

隆盛は「聖徳の玉成」、天皇に帝王学の修得を授け奉ることが必須であると、かねて説いていた。三条、岩倉、木戸、大久保も、その思いはひとつであった。

政府には学者は大勢いたが、天皇が多くの知識をたくわえただけでは帝王学を理解されたことにはならない。天皇の玉のような資質をみがきあげることのできる人材がいなければならない。隆盛はその人材をみつけることが容易ではないといっていた。

「至尊に帝王の学を授け奉るには、そん人が帝王の師にふさわしけりゃ、よかんそ。そげな人はどこにおるか、探すのは難題じゃ」

帝王の師は熊本県知事の侍講として出京していた。熊本の横井小楠門下で政府に出仕していた安場保和（やすばやすかず）が、大久保利通に知らせたのである。

「横井門下でともに学んだ元田永孚（もとだながざね）が、帝王の師として侍読（じどく）にふさわしきものと存じます」

元田の経歴を詳細に聞きとった大久保は、彼の学問が程朱の学（宋学）であると聞き、「ことによか」とよろこんで採用を決めた。

元田は五十四歳の老人で、いったん辞退したが、重任を拝受させられた。

彼は明治四年六月四日、はじめて天皇に進講して面目をほどこした。二十歳で横井小楠の門下に入り、程朱の学を講じ道徳経世の道はこの実学にありとして疑わなかったが、藩にうけいれられずほとんど三十年を人に接することなく逼塞して暮らした。彼の人生は五十四歳ではじめて開花したのである。

隆盛は大久保と相談したうえで、旧薩摩藩士で政府では司法、民部兼大蔵少輔を歴任した実直で信義にあつい吉井友実を宮内大丞に昇任させた。

吉井は宮内省に入るとただちに官制改革をおこなった。大奥における女官の勢力は武家時代を通じ、盤石のようであった。おはぐろを塗った公卿と結託した厚化粧の彼女たちは、政令・勅旨の発布、諸役人の任免などに強い権力をふるった。

隆盛は明治四年七月中に侍従長、女官の官等を定め、しだいに島義勇、高島鞆之助、米田虎雄などの剛毅な人物を侍従職に任じ、ついに隆盛の股肱である村田新八が、宮内大丞の重任に就いた。

新政府の政治形態がととのったあとでも、岩倉具視が天皇の侍医に西洋医を採用しようとして、女官勢力に反対され困りきったほどであった。

明治四年八月一日に女官が総免職になった。これまで「女房奉書」などを諸大名へ出してきた、数百年にわたる女傑をただ一日で消し、愉快はこのうえもないと吉井らはよろこんだ。

天皇は乗馬を好まれた。これまでの侍従がすべて堂上華族で、馬場での運動を遠ざける風があったのにかわって、薩、長、土出身の士族が多く登用されたので、乗馬の時間が増え、ほかにも相撲などを好まれたので、五体が眼に見えて発達した。

隆盛は宮中の様子につき、鹿児島の叔父に知らせている。

「いろいろご変革になるうちに、よろこぶべく貴ぶべきは、主上御身辺のことです」

これまでは華族でなければ御前へ出られず、宮内省官員でも士族は遠ざけられていたが、これらの悪い習慣は改められたと隆盛はよろこぶ。

「主上は大奥におられるのがいたってお嫌いで、朝から晩まで始終表御殿へお出ましなされ、侍従を集め和漢のご学問の会読をなされ、修行のみの時を過ごされています。なかなかこれまでの大名などよりも、比較にならないお励みのご様子です。公卿方もかようのご壮健の主上は、近来まれに見るほどと申します。

天気のいい日は毎日ご乗馬なされ、三日おきにご親兵一小隊ずつを調練遊ばされておりましたが、近頃は隔日のご調練で、是非大隊を指揮あそばされたしと存じおります」

岩倉使節団の出発したのちの政府の施政は、経済の窮迫に苦しみぬいていた。財政運用を担当する大隈卿は、廃藩置県後の実情を語った。

「かつての藩は大小を問わず、藩力の堪えられないほどの負債を残していた。窮迫しているために前後の考えもなく、みだりに紙幣を発行したため、その価格は全国の二、三藩をのぞき、ほとんど無価値となっている。

藩は首もまわらない状態となれば、領内の富豪を脅迫して借金をする始末であった。

一時、通商貿易が国を富ます道であるとして、豪商はもちろん諸藩が商会をひらき通商貿易事業をはじめたが、そのほとんどが士族の商法で、惨憺たるありさまで破産、零落の結果となった。

彼らの失敗は諸外国との取引によるもので、借金の弁償、商品代金の支払いなどが未済のまま山積し、大蔵省の当事者はその整理のため、夜も眠れぬ多忙のなか、失敗のあと始末にもがくばかりであった。

あとは野となれ山となれと、中央政府にことごとく負債を引きうけさせようと、あらゆる詐欺の手段を用い、その犯跡を発見されないよう虚偽の計算をおこなっていた。なかには外国人と結託し、詐欺の藩札を発行した者もいるので、うっかり追及すると思いがけないところへ災いが及びかねなかった」

開国してわずか四年余の日本にとって、産業革命に百余年先んじられた欧米諸国に国家形態において追いつき、諸産業を彼らと同等の域に達せしめるためには、必死の勇気をふるいおこし、前進するしかなかった。

全国四十余万の士族は、廃藩置県までは案山子といわれるほどに無力であったとしても、国難にあたる兵士としての資格をそなえていたが、廃藩ののちは一般民衆となってしまった。

いま日本を守る兵備は親兵、東京、大阪、小倉、石巻の四鎮台をあわせわずか一万六千余名であった。海軍に至ってはなお貧弱である。

産業育成などは、程遠い状態であった。道路、橋梁、港湾の建設がこれからはじまろうという後進国であった。国家という法治体制をととのえる司法省の予算さえ、必要とする額にははるかに達しなかった。

先進国に追いつくか、彼らに支配される属国となるかの危険きわまりない状況のなかにいて、国富をわが懐中に盗み取ろうとする腐りきった役人がいる。

隆盛は表立った動きをあらわさないうちに警察制度をかため、渋沢栄一（しぶさわえいいち）らが進める銀行設立に尽力していた。

そのなかでもっとも意を用いたのは天皇ご身辺の粛清と、側近の奉仕者の充実であった。そのうえで君徳養成をなし遂げるのである。

隆盛が気を配っていたのは、国父島津久光を中心とした非西郷派の上士たちであった。久光は徳川家が破滅したあとをついで、将軍になるつもりであったが、西郷、大久保らはその地位と領土資産を奪い、華族としただけであった。大官の地位は諸藩の下士が占め、汚職収賄をおこなう。

久光にとって隆盛と大久保は、藩主の身辺に侍していた小役人に過ぎなかったが、いまでは国家の柱石として名をとどろかせている。

久光は隆盛らを旧恩に酬いることのない義理を忘れはてた、最下等の家来として排斥しようとしたが、大久保は日本を支配する力量、手腕に欠けている久光を巧みにあしらい、攻撃の鉾先をかわした。

彼は久光の威を怖れず無視しつつ、政治家として久光の批難をうけない態度を維持していったが、隆盛は彼の進退のあれこれにこうるさく文句をつけてくる久光を、国父として無視できず、対応に苦しむばかりであった。

新政府は薩摩と長州二大勢力の均衡のうえに成り立っていた。

――欧米の大国が隙を狙うて日本を属国にせんとつけ狙いおるときに、薩長が争いをおこせば、たちまちつけいられる隙をつくることになる。そうならんように用心せにゃいけん。殿に不忠のおこないはできんじゃっで、内戦をおこしちゃならんぞ――

隆盛は久光との対応に戦々兢々(せんせんきょうきょう)としていた。久光は廃藩置県によってすべての特権を失った旧武士たちが寄りつどう封建時代の偶像として、ただ一人残っていた。

薩長が衝突し、内戦がおこる可能性は高い。隆盛は今後国内の衝突を避けるためにも、天皇の資質の玉成を急がねばならぬと考えていた。

明治五年五月七日、天皇西国御巡幸が太政官令で発表された。御巡幸は伊勢皇大神宮をはじめ、大阪、京都、兵庫沖、多度津、下関、長崎、熊本、鹿児島を訪問し、帰路は日向灘を航行し、四国丸亀、神戸を通過して品川に帰る、約五十日を要する空前の大規模な行程であった。

巡幸先の日程は息づまるほどの多忙の連続である。隆盛の目的は天皇の資質を鍛えあげることにあり、酷暑の時候に軍艦での御巡幸はよほどの体力を必要とする。

太平洋に出れば軍艦の動揺は烈しい。船酔いに苦しみ不眠に耐え、食欲がなくなっても食わねば動けなくなる。

隆盛もフィラリアの病いを抱く身であるが天皇玉成のためには、わが身の苦痛を厭わなかった。

天皇が宮城を進発されたのは、五月二十三日午前四時であった。浜離宮波止場から艀で品川へむかい、六時三十分龍驤艦に乗艦された。

このとき音楽を奏し、各艦は満艦飾。水兵が敬礼をおこなううち、祝砲二十一発が放たれた。供奉の軍艦は熊本藩献納の龍驤二千五百三十トン、八百馬力。薩摩藩献納の春日一千二百六十九トン、一千二百馬力。佐賀藩献納の日進一千四百六十八トン、七百十馬力。ほかに一千トン以下の筑波、孟春、雲揚、鳳翔の四艦で、これが日本海軍最精鋭の艦隊であった。

供奉するのは隆盛以下、吉井友実宮内少輔、西郷従道陸軍少輔、川村純義海軍少輔以下おおかたが薩摩藩出身者であった。

薩衛の近衛兵一個中隊も鹿児島県人である。

艦隊は午前九時まえに品川から横浜沖を通過。外国艦船が祝砲を発するなか、南下して午後二時に相模金田湾に碇泊(ていはく)。この夜楽隊演奏がおこなわれた。

五月二十四日相模灘を航海中、昼過ぎに東南風が吹きつのってきて、午後二時頃には暴風雨となり、鳥羽港に入ったのは翌二十五日の午前九時であった。

隆盛以下、船酔いに苦しむ者が多かったが、天皇は平然として飲食をとられたので、驚かない者はなかった。

上陸すると天皇は乗馬され、隆盛、徳大寺実則(とくだいじさねつね)宮内卿、侍従らは御馬の後に従い、陸海軍将校、近衛兵は前後の警衛にあたった。

沿道の左右にひざまずいた住民たちは拍手し、伏し拝んだ。諸事に簡素を心がける隆盛の指示で、軍服に身をかためた護衛兵があまりにも少数であったので、天皇を前駆の将校と誤認して敬礼を失した者もいた。

午後三時、皇大神宮文殿(ふみどの)に設けた行在所(あんざいしょ)に到着された天皇は、供奉の諸官を謁見(えっけん)された。

二十六日午前九時に豊受(とようけ)大神宮に到着。束帯をつけられた天皇が文殿から神官らに先導され、直垂(ひたたれ)をつけた隆盛ら諸官はうしろに従う。皇大神宮での御拝は午後一時に終えられた。

文殿に還御の際、五十鈴川で鵜飼（うかい）をご覧ののち、県庁に臨御された。隆盛は侍従らに語った。

「俺がうれしさはこのうえもなかごわんで。主上のお姿は輝いておらるっど。祥福はこんうえもなか」

隆盛は明治二年三月、京都から東京へ御巡幸される天皇に従い、東海道の関宿から松阪を経て皇大神宮へ参拝した。

それから波瀾（はらん）の時を経ての、二度めの参拝であった。隆盛は三年の歳月のうちに逞（たくま）しさを増された天皇の英姿を見る感動をおさえられなかったのである。

御巡幸の記録には、奉迎の情景が眼に見えるように、鮮明に描写されている。五月二十八日午後八時過ぎ、大阪天保山沖（てんぽうざんおき）から安治川筋（あじかわすじ）外国事務局に上陸された天皇は、大阪府知事渡辺昇、鎮台司令官四条隆謌（しじょうたかうた）少将以下の奉迎をうけ、そこから御乗馬で本田（ほんでん）居留地、雑魚場（ざこば）、南江戸堀を通過。午後十時に行在所の西本願寺に到着された。

道筋の市街は軒灯をつらね、大燎火（りょうか）を焚（た）き、路上は昼間のように明るく、奉迎する市民の拍手の音が鳴りひびいた。

天皇は大阪と京都に六月六日まで九日間滞在され、六月七日午前九時龍驤艦で瀬戸内海を西へ向かわれた。

連日の日程は多忙をきわめ、天皇は自然に体力を培われるようになった。国内各地の実情に触れ、国民の歓呼に接するうち、宮城では見聞の機会のない民情に触れられる。

隆盛は肥満した巨体を包む軍服を汗で濡らしつつ、供奉の足をはこび、よろこびに胸を高鳴らせた。

――主上は磨けばどこまでも光をふやしなされる珠玉のごたるお方じゃ。万世一系の皇統は安泰に違いなか――

六月七日、大阪天保山沖で龍驤に乗御され西行、午後九時過ぎ小豆島（しょうどしま）西湾に碇泊。艦内は蒸し暑く寝苦しい夜であった。

六月八日は豪雨のなか夜が明けると、眼前も見分けられないほどの濃霧で、午前十一時頃に視界がようやくひらけ、島嶼（とうしょ）のかさなりあう海峡を航行し、夕方に備後鞆（びんごとも）の浦（うら）に投錨（とうびょう）した。

下関に到着したのは六月十日朝であった。山口県民は蟻（あり）のように通りに集まり、阿弥陀（あみだ）寺旧本陣の行在所にむかい歓声をとどろき渡らせた。

天皇は暑熱のなか前原一誠（まえばらいっせい）らの奉迎をうけた。六月十一日にかけて曇天の暑気は堪（こら）えがたいほどであった。隆盛の組みたてた日程によって、終日休む間もなく動かねばならない。

翌十二日の午後、阿弥陀寺前の海上で船相撲が催された。小船三艘（さんそう）をつなぎ、そのうえに板を敷き土俵を置いて、東西にわかれた青年が相撲をとるのである。

負けた者はしぶきをあげて海中に落ちこむ。見物の老若は手を打って大笑し、船相撲の奇観を楽しんだ。

六月十三日朝、下関を出航した艦隊は玄界灘の風浪に動揺はなはだしかったが、十四日午後五時二十分長崎港内に投錨した。

市中は提灯の灯火で白日のように照らされ、居留地商館は異国の色彩のさまざまな照明をつらねる。彼らの電灯の光は眼をおおうほど明るかった。

天皇の行在所には、清国天津から送られた氷塊がうずたかく盛りあげられ、炎熱の天候のなか涼しさを感じることができた。

十六日には午前七時に御乗馬で長崎県庁、小菅修船所、造船所などに臨御された。長崎英語学校広運館、医学校は暑中休暇で生徒が帰郷していたため、臨御なされなかった。

隆盛は両校の校長を激しく叱責した。

「陛下の御巡幸については御臨幸もあらせらるべきに、生徒を帰郷させるとは何事じゃ。不都合千萬なれば進退伺を出せ」

この折に隆盛は、天皇に対して、「熊本城は難攻不落の天下の名城」といったという。

また長崎滞在中、陛下の洋服御着用の廃止を請う、建白書を奉呈した者がいた。

隆盛は書状を受け取るとただちにその者を呼び、大声で叱り飛ばした。

「お前んは世界の動きを知らんのか。世情も知らぬ差し出口をききおるなら、ただでは収まらん。きっと仕置（しおき）してやっど」

隆盛の剣幕に胆を奪われた男は、両膝の震えをとめられなかった。

天皇は金モールのついた白地の軍服を着用され、激しい暑熱のなか供奉の役人らは弱音を吐く者も多かったが、こともなげに馬を歩まされるばかりであった。

隆盛、宮内卿、侍従長、吉井少輔らは燕尾服（えんびふく）を着てサーベルを腰につけ、徒歩で御馬に従い歩いた。

六月十七日夕刻、熊本に御上陸された天皇は翌十八日午前、熊本川口の行在所へ鎮西鎮台司令官桐野利秋（きりのとしあき）以下が参向し謁見を賜わった。

十九日は午前五時に行在所を出て、熊本医学校で生徒の授業を御覧。つづいて洋学校に臨御ののち熊本城に本営を置く鎮西鎮台を乗馬で御視察された。

城内を御巡覧、細川護久別邸で池中の鯉（こい）などの料理で昼食を召しあがられた。この日も暑熱きわめてはげしく、細川家では冷やし西瓜（スイカ）を進献した。

翌二十日、うだるような暑気のなか午後四時に陛下は御乗馬で百貫港（ひやつかんこう）へむかわれた。

隆盛は全身に汗を流し徒歩で従い、途中で休んだとき、冷やし西瓜でもてなされると全身水を浴びたようになりつつ大きな塊に塩をつけては食いつくした。

このとき隆盛は艦上で親友の海軍少輔川村純義と、他県人のまったく聞きとれない薩摩訛（なまり）で、声高に争論したという。

その声を玉座におられた陛下が聞きとられた上、それまで見られたことのない隆盛の激昂する様子を御覧になった。陛下は隆盛が世を去ったのちも、そのことを侍従たちにお話しになったという。隆盛を懐かしがっておられるのだと拝察しない者はいなかった。

隆盛が川村を叱りつけ、陛下に聞えるのも忘れ罵声を発したのは、引き潮のときには一里ほどの干潟ができる百貫港で、発艦の刻限を川村が読み誤ったためであったといわれる。だが、鹿児島到着を目前に控えたかつての家臣隆盛の胸中は、廃藩置県を推進して旧主の地位、領地を奪った裏切り者として自身を憎んでいる島津久光の姿が、かたときも忘れられず、いらだっていたと推測できる。

熊本を離れた艦隊が佐多岬から薩摩灘に入り、鹿児島港に投錨したのは六月二十四日午前六時であった。御巡幸の予定では鹿児島には三日間滞在し、二十七日に出発するはずであったが、悪天候が続いたので十日後の七月二日に出航することになった。

港内の砲台が祝砲を発するなか波止場から御上陸、県大参事大山綱良、陸軍大佐野津鎮雄、分営司令官陸軍少佐樺山資紀ら奉迎のなか、御乗馬で行在所の鹿児島城に午後七時にお着きになった。

行在所の正面には旧藩の米倉であった土蔵が並んでいる。その西壁に大根の形の大提灯が隙もなく吊された。蠟燭も長さ二メートルもある提灯に応じた巨大なものであった。

天皇に供奉する隆盛は、ふだんの穏やかな態度とは違い、きわめて機嫌がよくなかった。波止場に桟橋を新設するよう大山綱良に命じていたのが、実行されていなかった為であったが、平静を失うほどのことではない。隆盛は久光に会いたくなかったのである。久光はその夜、御座所である城内桜の間、水草の間に休息された天皇に、ご機嫌うかがいのため参候した。隆盛は丁寧に挨拶をしたが、久光は頷くだけで言葉を交そうとはしなかった。

久光は鹿児島城の二の丸に住んでいたので、隆盛は滞在中に久光のもとへ出向き、挨拶をすべきであったが、訪れないままに日をかさねていった。

隆盛の心中には久光に対する深刻な憎悪がわだかまっている。薩摩藩では嘉永二年（一八四九）から三年にかけて、お由羅騒動という相続問題の争いがおこった。

嘉永朋党事件あるいはお由羅騒動といわれた事件は、四十一歳になってもなお家督相続をさせてもらえない斉彬を押したてる家中同志が、お由羅一派を実力で排除するために決起する寸前、捕縛に処せられたことをいう。

隆盛はこのとき二十三歳の部屋住みであったが、父吉兵衛が用人をつとめていた日置島津家次男の赤山靭負が、決起派として切腹させられたときに着ていた血染めの肩衣をもらい、持ち帰って隆盛とその友人大久保らに見せたので、隆盛はそのときから久光に敵意を持っていたとしても、ふしぎではない。

第三章　怨恨の道程

お由羅というのは島津家第十代藩主島津斉興の側室筆頭の女性岡田由羅で、久光の生母である。斉彬の生母、斉興正夫人賢章院は二十五年前の文政七年（一八二四）に世を去っていた。

由羅は、江戸高輪の船宿の娘、麴町番町の八百屋善平の娘、三田四国町の大工・工藤左衛門の娘など、出自、生年に諸説がある。

彼女は文化十四年（一八一七）十月に久光を生み、慶応二年（一八六六）十二月に亡くなった。

斉彬は曽祖父重豪と母賢章院の教育をうけ、西欧文明を研究して洋学者に蘭書を翻訳させ、西洋の科学を実用化させようと努力していた。

弘化三年（一八四六）英仏船が琉球に来航したので、斉彬はその対策検討のため藩地へ戻ったが、そのとき英邁の資質が藩士の間に知れわたり、第十一代藩主の座を彼に承継させたいという運動が家中にひろがった。

お由羅は後継者をわが子に定めてもらおうと、斉興に懸命に働きかけた。

洋書を研究し、工場を建て、さまざまの産業を起こし、西洋文明を取り入れようとする斉彬は、曽祖父重豪が藩財政を破局に陥らせかけたのと同様に、「蘭癖」によって薩摩藩を破局のどん底へ落しこむ危険があると、斉興は考えていた。

お由羅は久光を藩主とするため、斉興に猛烈に頼みこむ。久光は元来頭脳の冴えわたった斉彬よりも鷹揚な性格で、家中の侍たちの間で暗流のようにうねっている世継ぎの問題にも無関心で、家老座上席という名目だけの地位に不足をいうこともない。

「久光にあとを継がせるのが無難かも知れん。せっかく黒砂糖でからっぽの金蔵を満たせしを、また斉彬に使われたくはなか」

斉興は毎日お由羅から斉彬への反感を焚きつけられているうち、妾腹の久光に代を継がせるのもいいと思うようになった。

斉興は明敏な斉彬よりも、鹿児島でのんびり暮らしている久光をかわいがっていたようで、次第にお由羅のささやきに耳をかたむけるようになる。

斉彬は水戸の徳川斉昭、越前松平慶永、土佐山内容堂、宇和島伊達宗城、肥前鍋島閑叟、尾張徳川慶勝ら賢侯といわれる大名と親交をむすび、老中阿部正弘との交流も深かった。

島津家代々の相続は早かった。斉彬の曽祖父重豪は十一歳、祖父斉宣は十四歳、父斉興は十九歳で藩主となった。だが斉彬はいっこうに相続できない。

老中阿部正弘は斉興の腹心でお由羅派を率いる家老、調所笑左衛門を呼びだし、琉球密貿易の疑いで取り調べた。調所は江戸桜田藩邸で服毒自殺をした。

斉彬を押したてる諸臣は、これで斉興が隠居して、斉彬に相続させることになるとよろこんだが、斉興は引退しなかった。

斉彬は国元の腹心の重臣たちに書状を送った。

「子供たちのことがはなはだ気がかりである。姦女由羅が退散するよう、早く工夫をしてほしい」

斉彬の嫡子菊三郎、長女澄姫、次女邦姫は文政、天保年間、生後一ヵ月から三歳までの間に夭逝した。

次男寛之助は嘉永元年（一八四八）、二歳九ヵ月で世を去る。四男篤之助は翌年生後七ヵ月であとを追う。

このような不運は滅多にあることではない。オランダ商館付のドイツ人医師フォン・シイボルトと交流がありヨーロッパ文明にあかるい斉彬であったが、お由羅が修験者の祈禱によって彼の子供たちを相次いで死なせていると、考えるようになった。

嘉永元年十月、斉彬は鹿児島にいる腹心の家臣たちに、由羅が人形を京都でつくらせたのはたしかであるので、容易ならないことであるから気をつけよと書状で知らせている。

斉彬は由羅のおこなう修験道の呪詛、調伏の形跡を探索させた。その結果、病死した次男寛之助の臥していた座敷の床下から紙に包んだ人形が発見され、上包みの書付に記された文字が、お由羅に仕える兵道家牧仲太郎のものに違いないとわかった。

斉彬の家来たちは毎朝斉彬の身を護る加持祈禱をしている。昼と夜にはお由羅調伏の祈禱をおこなう。またお由羅の座敷の下に彼女を呪詛する物を埋めた。

斉彬は鹿児島の家来たちへの書状に、記している。

「例の人（由羅）を闇討ちになるとも致し候わば、よろしかるべし」

「この人さえ居り申さず候えば、万事よろしく」

島津家物頭近藤隆左衛門が友人に送った書状では、姦女由羅に騙された斉興を罵る。

「大愚州（斉興）今以て目が覚め申さず、なお以ていよいよ寝トボケ、馬鹿うぬぼれに大馬鹿の数をつくし（下略）」

斉彬派の藩士たちは、斉彬の子女が相次いで夭逝するのを嘆き、いらだって公然とお由羅派の家老島津久徳らの殺害を口にするようになった。

このような状況に直面した斉興は、嘉永二年（一八四九）十二月三日、突然斉彬派の近藤隆左衛門、鉄砲奉行山田清安、船奉行家老座書役高崎温恭ら六人に切腹を命じた。

さらに嘉永三年（一八五〇）三月、物頭赤山靭負ら六人が切腹。役免、遠島、転役の処分をうける者が相次ぎ、その数五十人に至った。

　調伏というようなことが、明治も近いこの時期におこなわれていたとは信じがたいが、斉彬へ送った国元の家来たちの書状には、つぎのような事柄が述べられている。

「高木市助と村野伝之丞という斉彬方の兵道家が祈禱をしていると、突然由羅腹心の者五、六人が、斉彬、三男盛之進、四男篤之助を呪殺する調伏をおこなう様子が、視野に見えてきました。

　われらが怨敵退散を懸命に祈禱するうち、瞼のうらに女の顔がいくつも浮かび出てきては消えます。五、六日間祈りつづけるうちに、ようやく顔が見えなくなりました。

　斉彬の家来吉井泰通が、兵道者の放つ妖気を払うため、弓弦の音を高鳴らせ巻藁に射立てる鳴弦を繰り返していると、放った矢の一本が巻藁に突き立たず地面に落ちました。

　我々は、牧仲太郎らの術力で矢が落されたのだと察し、身の毛もよだつ思いでした」

　家来たちは、牧仲太郎が八、九年ほど前にお由羅から大変な秘事についての修法をおこなうよう頼まれ、それをおこなうために夜も眠れないといっている内情を、聞きつけていた。

　彼らはそれを斉彬に通報し、あらたに三人の兵道家を味方につけ、斉彬と四男篤之助の身辺の妖気を払わせたのち、お由羅調伏をおこなった。

　まず彼女のいる国元の玉里御殿の床下に呪物を入れ、調伏を厳しくおこなう。

嘉永二年のうちにお由羅の命を失わせるつもりであったが、同年六月二十二日に斉彬四男篤之助が突然病死した。

篤之助は病気にかかったこともなく達者であったので、斉彬は家来への書状に「甚だ残念、致しかたもなき事。余りの事に例の訳かと存じ申し候」としるし、調伏による呪詛が愛児の死因であると信じたようである。

斉彬は老中阿部正弘、宇和島藩主伊達宗城、親戚の福岡藩主黒田斉溥（くろだなりひろ）らの協力により、嘉永四年（一八五一）二月、第十一代薩摩藩主となった。

だが斉彬の不吉な運命は続いた。

嘉永七年（一八五四）七月二十三日、斉彬五男虎寿丸が正午頃から下痢をはじめ、日没までに十二度、夜に二十五度の下痢をして、深夜の八つ（午前二時）に亡くなった。享年は六歳であった。

同月末に斉彬が急病になり、大小便さえ床中でするような重態になった。さいわい回復したが、隆盛は虎寿丸の死で深刻な打撃をうけた。虎寿丸の一周忌のときは烈しい下痢に悩まされ、這うようにして霊前に参詣したという。

隆盛は妹ことの夫市来正之丞（いちきしょうのじょう）へ、安政三年十二月一日に手紙を送り、斉彬側室のすまが妊娠したことを通報し、男子出生を芝神明宮に誓願したと記している。

彼は神に生涯不犯（ふほん）（女性を近寄せない）を誓い、願いを聞き届けてほしいと祈った。

隆盛は当時激しい下痢をくりかえしていたので、余命は三年ほどであろうと考えており、その間に斉彬の後継者を見たいと願った。

すまは安政四年（一八五七）九月九日、鹿児島に帰国していたとき男子哲丸を出産した。だが斉彬は安政五年（一八五八）七月十六日、激しい食中毒のような症状を発し急逝した。

隆盛は斉彬がお由羅方の調伏により命を奪われたと思っていたに違いない。主君の血統を伝えるただ一人の存在であった哲丸も、安政六年（一八五九）正月十日、三歳で亡くなった。

隆盛はお由羅と久光を旧主の仇敵と、生涯思いつづけていたようである。彼は安政五年七月に第十一代薩摩藩主島津斉彬が五十歳で急逝するまで、主君の直命の使臣として有力諸藩との連絡をうけもち、大藩の枢要の人士に知られていた。

斉彬が世を去ったのち、幕府大老井伊直弼（いいなおすけ）が、朝廷、諸藩の反幕分子を一掃するため、安政の大獄といわれる大弾圧を開始した。

隆盛は斉彬の在世中に、使者として黒田斉溥、松平慶永、伊達宗城、近衛忠熙（このえただひろ）、川路聖謨（かわじとしあきら）のもとへ彼の書状を届けていた。

斉彬の政治改革運動に協力してくれていた、京都清水寺成就院住職で全寺総管をつとめている月照（げっしょう）は、禁裏、幕府の法会に出座し、天顔を拝し将軍に謁することを許されている高僧であった。

彼は島津家の親戚である近衛忠熙に頼まれ、幕政をあらためようとする斉彬の運動に参加し隆盛を扶けていたため、幕府密偵の探索をうけていた。

斉彬は琉球に来航しているイギリス、フランスの艦船に対抗するため、幕府に有力諸大名を協力させねばならないとして、老中阿部正弘と幕政改革をはかった。

嘉永六年（一八五三）六月、アメリカ使節ペリーが浦賀に来航し開国を求める騒動のさなか、第十二代将軍家慶が薨じた。斉彬たちが英明の資質を知られる一橋慶喜を継嗣に立てるべく運動をおこなううち、安政四年六月、阿部正弘が急死した。享年三十九歳であった。

越前侯松平慶永は斉彬とともに、あらたに老中首座となった堀田正睦に接近するため、懸命に運動した。次期将軍を慶喜に継がせるためである。

隆盛は斉彬から拝領した丸に十の字の紋付羽織を着て諸国の有力大名に、斉彬の意向を伝える役目をはたした。彼が斉彬から秘密の役割を命ぜられたのは、安政三年（一八五六）四月二十九日、二十九歳のときからであった。

斉彬は阿部正弘に頼まれ、安政元年三月から約三年間、江戸屋敷にいて、幕府に協力していた。阿部老中とはかり、姪の島津安芸の娘篤姫を養女として、十三代将軍家定の御台所とした。安政三年十一月には、隆盛は水戸、越前、宇和島へ忙しく往来し、情勢の変化を連絡する役をつとめた。

斉彬は越前松平慶永への書状に記した。

「西郷を家来と存ぜられ、いかようにもお召しつかわれたし」

隆盛に全幅の信頼を置いていたのである。

隆盛は身長六尺（約一八二センチ）、体重三十貫（約一一二・五キロ）の巨体で、黒耀石(こくようせき)をはめこんだような強い光をたたえたおおきな眼であった。

彼を一度見た者は、その容姿をめったに忘れなかった。そのため幕府密偵たちは彼が深編笠をかぶっていても、たやすく見分け尾行してくる。

人の気配のない山中に入ったときは、斬られるおそれがあった。隆盛は少年のとき、城下の上士の息子に喧嘩を売られ組み伏せたが、相手の脇差が抜けたので右肘に負傷した。

そのあと、武芸稽古ができなくなった。

武士として敵に襲われたとき防げないのは、重大な欠陥である。隆盛はそののち学問に頼り胆を練る。

「学問をやって胆がすわっちょれば、どれほど切迫しちょるときも、うろたえるこつはなか」

隆盛は相撲をとれば、本職の力士でも投げとばすが、斬りかかられたときは狼狽(ろうばい)することなく命を与えるつもりで生きてきた。

斉彬は隆盛が剣を遣えないのを知っているので、彼をお庭番に任命するとき、国元から「斬い手(つかいて)」と呼ばれる剣士を呼び寄せ、同行を命じた。

「この者は国元で名高い剣術達者ゆえ、そのほうを守る働きをいたすだろう。危ういときはこれに任せよ」

「ありがたくお受けいたし申す。私(あたい)は危うきに及び軽率の判断をしっせえ、お役を果たせぬときもあり申んそ。そんときゃ二人で合力(ごうりよく)して逃げ申す」

国元から呼び寄せられた護衛をつとめる斬い手は塚田重久(つかだしげひさ)という、十八歳の若者であった。

痩せているが骨格が逞ましく、背丈は隆盛とおなじほどであった。隆盛は重久の名を知っていた。彼は鹿児島城下の玉江橋に近い櫨(はぜ)の木馬場の果しあいの場所で、十二歳のとき城下の脇山という乱暴者(ぼっけもん)に果しあいを申しこんだ経歴を持っている。

そのとき藩士たちは眉をひそめ語りあった。

「脇山は二十二の大人で、果しあいを二度しちょる。それに十二の刀も持て余す子供が果しあいを申しいれたとは、哀れじゃなあ。斬りあうより、首吊るほうが楽に死ねるっちょ」

果しあいは、申しこんだほうが勝ったことはないという実例があった。

決闘のとき、櫨の木馬場の周囲は見物人で黒山の人だかりだった。頑丈な体格の脇山が先に着いていたが、気合いの入らない様子である。

やがて重久があらわれた。年齢にすれば大柄であるが、大刀を腰に差さず担いでいた。

「なんじゃ、小便臭い小僧じゃなかか。無理に死ぬこつはなかろうが。お前の首ば見とうなか。家へ帰れ」

だが重久は黙ったまま大刀を抜きはなち、鞘を地面に置く。見張った眼を相手の脛(すね)のあたりにむけ、右トンボに構えた。緊張しきっているのであろう。全身が震え、視線はあげない。

刀の柄(つか)を握った右手を、頭上に突きあげている。薩藩御流儀示現流(じげんりゅう)の始祖東郷重位(とうごうちゅうい)の弟子薬丸刑部左衛門兼陳(やくまるぎょうぶかねのぶ)が、家伝の野太刀技をとりいれ、あらたに創始した薬丸自(じ)顕流(げんりゅう)のトンボの構えをとっていた。

示現流は、子供が打つぞと棒をふりあげる自然の形をとっているが、自顕流は刀をまっすぐ頭上に立てる。

右足は大きく前へ出し、両膝を曲げ内側へ締めて、腰を落しこむ。踵は地面から二寸(約六センチ)ほど浮かせ、拇指(おやゆび)で身を支える。

自顕流は木刀竹刀をとっての勝負に使う技ではなく、徹底した真剣勝負のための剣法であった。地面に低く身をかがめ、盆栽の樹幹のように身をくねらせる姿勢は、敵に躍りかかり斬るときの瞬発力を溜めているものであった。

トンボの構えから斬りおろすとき、腰と刀がともに動き、左膝を地につける。この打ちこみが自顕流の真髄であった。続け打ちの稽古は、二本の支柱に渡した地上三尺ほどの横木を打つ。自顕流の技はきわめて少なく、段位はなかった。免許皆伝とされるのは、人を袈裟がけに斬れた者であると、密かにいわれていた。

島津斉興は自顕流の「ちぇえーい」という猿叫とたとえられる気合いとともにおこなわれる稽古を、「神経稽古」と呼び嫌っていたが、いつ刀にわが命を懸けねばならないかも知れない薩摩隼人は、「朝に三千、夕に八千」といわれる打ちこみを、全身の汗を絞っておこなう。使う木刀は山枇杷であった。

稽古のときは半袖襦袢と黒股引を身につける。股引の左膝には分厚い膝当てがついていた。

櫨の木馬場の見物人たちは、重久が七歳のときから海辺の稽古場で、毎日横木打ちにはげみ、野猿のように敏捷に動くのを知っていた。

「あれは子供でん負くっときめられんで。自顕流を使う構えが身についておっじゃっち」

飛ぶように足を踏みかえつつ、淀みなく横木を打てるようになるまでには、朝に三千、夕に八千の横木打ちを三年以上やらねばならないといわれていた。

左右の打ちこみは、「一ノ太刀ヲ疑ワズ、二ノ太刀ハ負ケ」という流儀の信条の通り、敵がどのような太刀遣いをしてきても、それをはねのけ一撃で命脈を断つ威力をそなえるものであった。

戦国期の島津勢の戦力は、十倍の敵と戦って勝つ凄惨をきわめたものであった。必死の決戦にのぞむときの命令は、つぎの通りである。

「一番槍、一番功名を用いず、左右をかえりみず、真一文字にかかるべし。一太刀斬ってすて、一槍突いて倒し、首をとらず他の敵にむかうべし。組打ちすべからず」

出陣する兵士たちは上役から、いい聞かされた。

「脇に眼をやらず、腰をすえて切って通れ。敵の向う脛を払うてなぎ倒せ」

人を斬るには左膝がつくほど腰を落し、敵の向う脛を払う打ちこみでなければならないことを、戦場で数えきれない敵を倒してきた侍たちは知っていた。

重久がトンボの構えをとったのを見た脇山は、子供ながらするどい殺気を槍先のようにむけてくる姿を見ると滑るような身ごなしで右半身となり、中段にとった剣尖をわずかに右へ落す。

新陰流の遣い手である脇山は、果しあいの経験を二度かさねていたので、おちついているが、驕りを消せなかった。彼は吐きすてるようにいった。

「いまのうちにやめよ。お前のような子供を斬いとうはなか」

脇山は重久を威嚇するつもりであったが、瞬間に相手の体が眼にはいらなくなった。視野いっぱいに磨きすました重久の刀身がひろがってきて、それをはじきとばそうとしたとき、右脛に電撃のような疼きがひろがり、踏みとどまろうとしても足を踏んばれないままよろめき、地面に坐りこんだ。

「ちええーい、ちえーっ、ちえーっ」

重久の猿叫が遠く近く聞えるなか、脇山は肩口、頭に幾度か斬りこまれ、血まみれになって倒れこんだ。

――こげなこつがあるか。おいが、小童に斬られて死ぬか――

脇山はわが身におこったことが信じられないまま、血を滝のように流し、周囲の物音が聞きとれなくなり、重久の血刃を額に受けて頭蓋の割れる気配を探りながら、意識を失っていった。

重久の名は鹿児島城下で知れ渡った。

脇山の仲間が重久に仇討ちの果しあいを挑もうとしたが、正式に申し入れた者はいなかった。脇山ほどの力量のある者を、一刀の反撃も許さず鱠のように斬り刻んだ子供と戦い、勝っても当然で自慢にならない。もしかすれば斬られるかも知れなかった。

世間の常識をくつがえす奇跡をおこした重久は、その後城下の乱暴者の放埒のふるまいをみると、格闘して橋上から川のなかへ投げこみ、勇名をとどろかせた。

彼に果しあいを申し入れる者はいなかった。重久は勇敢な兵児になったが、世間に悪名を流さない潔白な人柄であった。

隆盛は薩摩犬のように油断のない視線をむけてくる重久を、はじめて見たときから気にいった。

「おいと同行すりゃ危なか目に遭うじゃろ。身のまわりを守ってくれるとは、まこてかたじけなか。死ぬときゃいっしょに死ぬっがよか。何事も運命じゃっち」

重久は両手を握りしめて答えた。

「お前んさあのためにはたらき死ぬなら、本望と存じ申す。どこへなりとお供させてくいやんせ」

隆盛は江戸薩摩屋敷にいる斉彬夫人から主君の密書を預かり、江戸城大奥の将軍家定夫人篤姫に渡して、将軍家定に一橋慶喜を継嗣とするよう運動してもらう活動にたずさわっていた。

幕府改革をめざす諸侯と斉彬のあいだを絶えず往来する隆盛の身辺には、幕府密偵が接近してきて、携行する密書を奪おうとした。

隆盛を殺しても目的を達成しようとする彼らの動きをさえぎるのは、塚田重久の鏃のような眼差しであった。

安政五年になって、伊豆下田に駐在するアメリカ総領事タウンゼンド・ハリスが日米修好通商条約の締結を求めてきた。

水戸藩ら尊皇論をとなえる諸大名のあいだに、条約を調印するには朝廷に上奏し、許可を得ることを前提としなければならないという意見がおこった。

家康が江戸幕府をひらいてのち、国政の全権を担ってきた前例が、ここにきて通用しなくなったのは、幕府に弱体化の色が濃くなってきたためであった。

老中首座阿部正弘の没後、幕閣の人材は乏しくなった。日米修好通商条約を幕府が独断で締結すれば、有力諸侯がどのような反幕運動を起こすかわからない、不安定な政情が不気味なうねりをあらわしていた。

隆盛は京都へしばしば赴き、水戸の藤田東湖、越前の橋本左内らと交流し、斉彬の耳目として活動した。

京都には梅田雲浜、梁川星巌、頼三樹三郎、春日潜庵らの儒者、国学者らが公家のあいだに、尊皇攘夷を説く。

幕閣がアメリカ側と会談するとき、上位の者のなかには、行政能力を持っていない人物が珍しくなかったといわれる。財政上の交渉をおこなうとき、わしは大名であるので、金銭のことなどまったく関知しないと放言した者さえいた有様である。

実際に交渉の智識をたくわえているのは、末席にひかえている下級役人たちであった。

老中堀田正睦は勘定奉行川路聖謨を連れて安政五年一月に上京し、三月末まで京都にとどまり、天皇のご意向を動かす力をそなえている主立った公家を味方につけるため、三万両の賄賂をつかった。

だが、天皇は開国を拒まれた。

「異人どもが開国をうけいれざるときは、撃攘せよ」

京都の尊攘派は沸きたった。

隆盛は三月になって斉彬の親書をたずさえ、上洛して島津家と血縁のある左大臣近衛忠煕に差し出し、一橋慶喜を将軍継嗣に推するため、天皇の内勅を下賜されたいと懇願する。

近衛家の祈禱僧であった月照は、青蓮院をかこむ近衛忠煕、三条実万、鷹司輔煕、中山忠能らの有力な堂上家に隆盛を引き合わせた。

堀田正睦は通商条約調印についての勅許を与えられず、諸大名の意向を問えとの勅諚をうけ、江戸に帰ると、将軍家定に老中辞任を申し出た。

「つぎの大老には、松平慶永殿を望む声が多うございまする」

家定は病弱で、何事にもわが意見を出すことがなかったので、堀田は越前藩主の松平慶永を推した。

慶永は中根雪江、村田氏寿、橋本左内らを登用し、熊本の横井小楠を招き、外国勢力が日本に迫る情況に対応する西欧文明を取り入れる、藩政改革を進めていた。

だが世情をまったく知らない病弱な家定が、突然誰も予想していなかった上意を発した。

「大老を越前に申し付ける筋はなし。家柄、人才ともに備えし彦根の掃部頭（井伊直弼）を召しいだすべし」

井伊直弼は四十四歳、近江国彦根三十五万石の藩主である。彼は江戸城中溜の間詰の譜代大名として、老中とともに政に関わってきた。

彼は堀田正睦のあとを松平慶永に継がせれば、幕府勢力が衰退にむかうと見て、家定生母の本寿院と常に近侍している乳母たちに頼み、自分を老中上席の大老に任ぜられるよう、頭脳の弱い将軍に吹きこんでもらっていたのである。

四月二十三日、直弼は江戸城芙蓉の間で将軍家定から大老に任命された。幕閣の重臣たちは、一橋慶喜を将軍継嗣とすれば、その父水戸斉昭が、将軍家を乗っ取りかねないとおそれていたので、直弼に協力を惜しまなかった。

政情は急変した。

六月十九日、大老直弼は勅許を受けることなく日米修好通商条約に調印した。

六月二十五日、紀州慶福（のちの家茂）が十三歳で家定の継嗣となった。将軍家定は七月一日に発病し、六日に世を去った。病名は脚気衝心ともコレラともいわれた。

勅許を受けないまま日米修好通商条約に調印した違勅の行為を問責し、将軍継嗣決定を延期させようとした水戸斉昭は謹慎、尾張慶恕（よしくみ）、松平慶永が隠居、水戸慶篤（よしあつ）、一橋慶喜が登城停止の処分を受けた。

隆盛は五月十七日、松平慶永から預けられた書状をたずさえ、塚田重久とともに国元にいる斉彬のもとへ帰っていった。

東海道には幕吏が横行し、油断をすればいつ刺客が襲ってくるかも知れない危険の気配が、常に漂っていた。

重久はいつでも刺客に対応できる態勢でいた。彼はいう。

「敵が来もんせば、おいが斬い捨つっ。西郷さあはうしろにいてくいやい。三人出ようと五人出ようと、一気にかたづけ申す」

「死ぬなら、ともにて死に申んそ。男子の本懐じゃなかか」

隆盛らは大坂から海路鹿児島に安着し、六月七日に磯庭園（いそていえん）で斉彬に慶永の書状を渡した。斉彬は落ち着いていた。

「天下はこれより乱にむかうぞ。寛より猛に移ることになろう」

斉彬は九月に参覲する。将軍に謁見する琉球王子を伴ってゆくのである。

彼は隆盛に命じた。

「このたびの参覲には城下士五番組、六番組を連れて参るぞ。京、伏見、大坂にしばらくとどまり、禁裏守護の任をとることになろう。

そのために勅諚を仰がねばならぬゆえ、そのほうには苦労をかけるが、ただちに京、江戸へむかい、手筈をととのえてくれい」

五番組、六番組は精兵三千人、強力な山砲隊をそなえている実戦部隊であった。

斉彬が大兵を率い上洛すれば、京都に集まっている尊攘浪士たちは、幕政改革に協力を惜しまない。

隆盛は、斉彬から黒田斉溥、松平慶永、伊達宗城、近衛忠煕、川路聖謨への書状を預り、六月十八日に鹿児島を発った。

福岡で黒田斉溥に斉彬の書状を渡したあと、海路をとり大坂へ到着し、大坂藩邸蔵屋敷長屋にいた同志の吉井友実から、京都の情勢を聞いた。

吉井は暑熱に満ちた長屋の居間で、緊迫した情況を語った。

「京の尊攘浪士らは、こんどの違勅を大逆と騒ぎおる。井伊がそれをないごて見過すか。あやつは主上（天皇）を彦根へ移し奉るとの噂もある。

お前はんはお殿さあの書付けを江戸へ運ぶより先に、一刻も早う勅諚を拝受せにゃ、いけんすっか」

隆盛は吉井とともに京都へ急行し、近衛家の協力を乞い、月照とともに斉彬上洛の勅諚を賜わり、京都、大坂に大軍を駐屯させる宿営を設けねばならない。

鹿児島城下天保山で、三千人の将兵の調練をおこなっていた斉彬が、急に不快を覚え床についたのは、安政五年七月八日であった。

日中は騎馬で練兵にあたっていた斉彬が、夕刻から魚釣りの舟を出した。大漁で機嫌のよかった斉彬は帰城するとにわかに気色を損じ、床についた。

斉彬は翌日の昼すぎから発熱して、激しい下痢がつづいた。蘭医たちが懸命に治療をするが、昼夜に下痢四十回をくりかえし、たちまち重態となった。

七月十五日、下痢の回数はやや減っていたが、斉彬は側役を呼び、命じた。

「このたびの病は、いかにも怪しいことである。手足に痺(しび)れがまわったようだ。今後のことを申しつけおくゆえ、聞きとれ」

斉彬は驚く側役に右手の脈をとらせた。脈はまったく動きを表していなかった。

斉彬の遺言は、弟久光の長男又次郎（忠義）十九歳を、三女暐姫(てるひめ)八歳の婿養子として次代藩主とすることと、生後十カ月の六男哲丸を又次郎の世子(せいし)として尊皇につとめ、幕政改革に力を尽くせとの三カ条であった。

久光は斉彬から又次郎を継嗣とするのを受け入れなかった。四十二歳の彼は長男を藩主の座に置けば、国父として後見役をつとめるのみである。

久光が相続したときは、家中の斉彬派と抗争を起こす危険がある。薩摩藩がそれによって戦力を消耗すれば、幕政改革をおこなうのは夢のまた夢となってしまう。

斉彬が遺言を受け入れまいと拒む久光を説得して世を去ったのは十六日早朝であった。

斉彬の死は毒殺によるものであると、藩医たちはひそかに語り伝えた。

隆盛は斉彬の死を知ると、ただちに京都から鹿児島へ帰国し、追い腹を切ることにした。月照がその内心を察し、引き止めた。

斉彬は隆盛が殉死しても喜ぶような人柄ではない。幕府は殉死を禁じているので、そのために薩摩藩が咎めを被り、減封などの処分を受けることになりかねないというのである。

まもなく近衛忠熙、三条実万の斡旋により勅書が諸大名へ下されるので、まず江戸へ下り、斉彬の使者としてしばしば水戸藩を訪れ、斉昭と親しく面接をかさねた隆盛が使者となって、勅諚の草案を江戸藩邸へ届けよと月照はすすめた。

勅諚の内容はつぎのようなものである。

「幕府はいたしかたないと判断して、禁裏の承認を仰ぐこともなく日米修好通商条約を締結。その結果につき老中間部(まなべ)詮勝(あきかつ)を上洛させ、奏上するとのことである。

さきに諸大名の衆議を知らせよと申したにもかかわらず、いま三家か大老に上洛せよと申しつけたのにも答えはなく、水戸と尾張は謹慎しているとのことだが、何の罪をうけたのか。

外夷の来航するいま、大老、閣老、三家、家門、列藩外様(とざま)・譜代が集まり評議して徳川家を扶助し、外夷に侮(あなど)られることがないようにせよ」

隆盛は八月七日に江戸の水戸藩邸に出向き、家老安島帯刀に草案を渡そうとしたが、安島は斉昭と藩主慶篤が謹慎、登城停止の処罰を受けているので、受け取らなかった。

隆盛と同時に薩摩藩日下部伊三治、水戸藩鵜飼吉左衛門、幸吉父子ら尊皇志士たちが働き、水戸家に勅諚、越前藩に勅諚の写しを届けたが、諸雄藩には幕府大老井伊直弼の強硬な姿勢をはばかり、かつての気勢はなく、奮起して政治改革にとりかかる姿勢を見せる者はいなかった。

井伊大老は勅諚降下に加担した尊攘派を一斉に捕縛する。

のちに安政の大獄と呼ばれる大粛清を開始した。

この年六月頃から長崎にコレラが発生し、各地に拡がった。大坂、京都でも病死者が続出し、七月以降は江戸で流行った。十月に江戸の病死者が三万余人に及んだという記録が残されている。

九月七日、尊攘志士梅田雲浜が捕えられ、安政の大獄がはじまった。

九月十日に隆盛は近衛忠煕に呼び出された。忠煕はいった。

「えらい騒動になってきた。和尚（月照）の寺へ所司代の手下の者どもがしきりにうろつき、いつ捕縛されるやも知れんようになってきた。奈良に縁故の寺があるさかい、そこへ送ってやってほしいのや」

隆盛はその夜、薩摩藩士有村俊斎、塚田重久とともに月照と下僕重助を護衛して奈良へむかった。

隆盛らは月照の乗る駕籠を囲み、竹田街道を伏見へ向かった。道筋には所司代役人の手下、雑色などが篝火を囲んでおり、「おい、いまからどこ行きや」と声をかけてくる。

重久が響き渡る声で答えた。

「おいどま薩摩家中じゃ。何事な、死にたけりゃ、汝どま残らず斬い捨つっ」

岡っ引たちはたちまち逃げ散った。

隆盛たちは捕吏が押し寄せてきたときは斬りまくって伏見奉行所へ斬り入って、乱刃のなかに命を落すつもりであった。

近づいてくる捕吏を追い払いつつ、伏見の薩摩藩定宿に着くと、隆盛は月照に告げた。

「この様子じゃ、とても奈良へゆきつけもはん。いっそ薩摩へ下るのがよかじゃろと存じ申す。ここから淀川を船で大坂に出て、海路をとって鹿児島へお出向きなさってくいやい」

隆盛は月照を鹿児島にかくまったのちは、藩士のうちから一人でも多く義兵を募り、上洛する決心をかためていた。いずれにしても捨てる命であった。

月照は隆盛のすすめに従った。

九月二十四日に捕吏の看視をくぐりぬけ、大坂から便船に乗り三十日に下関に着いた。

隆盛は月照の人相書が諸藩に配られていたので、鹿児島へ先行して斉彬のいない藩庁に保護を懇請した。

だが藩首脳は幕府の圧迫を怖れ、月照の保護を拒んだ。九州の攘夷派のあいだを転々としていた月照は、幕府の追及をうけている尊攘派の福岡藩士平野国臣（ひらのくにおみ）の案内で、鹿児島に到着し、藩庁は彼らを旅宿に軟禁し、福岡藩の役人があとを追ってきた。

薩摩藩では月照をかくまわず、日向へ船で送ることにした。永送（ながおくり）と呼ばれる処置で、送る途中で斬殺するのである。

隆盛が近衛家に頼まれ鹿児島まで逃してきた月照を永送とするのは、亡き主君斉彬に申しわけのたたない行為であった。

安政五年十一月十五日、隆盛は海路をとり日向へ送られる月照、下僕重助、平野国臣と同行した。船上で平野らと酒をくみかわし、歌を詠じていた隆盛と月照は、十六日の寅の七つ（午前四時）頃、海中へ身を投げた。帯で体を結びあい、波間に沈んだ二人はやがて浮き上がった。

船上に抱き上げられた月照はすでに絶命していた。隆盛はその日の夜五つ半（午後九時）頃に意識がよみがえった。

藩庁は幕府へ隆盛が水死したと報告し、菊池源吾と名を変えさせ奄美大島の龍郷（たつごう）という集落へ身を隠させようとした。

安政六年（一八五九）正月、三十三歳の隆盛は奄美大島龍郷村に着いた。その後、安政の大獄は宮家、公家、武士、百姓、町人、女性に及ぶ多数の処罰者を出した。

情勢が逼迫してくると、当時一蔵と名乗っていた大久保利通が、城下の誠忠組志士たちとともに鹿児島から鰹船で大坂へ出向き、京都で斬奸を実行しようとした。

その動きを知った藩主茂久（のちの忠義）が父久光と相談して、小姓組の平士である大久保に自筆の書状を与え、誠忠組の脱藩を中止させようとした。

内容はつぎのようなものであった。

「近頃、世上は動揺し容易ならない時節になった。万一事変が起こったときは斉彬さまのご遺志の通り、藩をあげて忠勤を尽くすつもりである。

有志の面々は国家の柱石としてわれらを輔佐し、忠誠を尽くしてもらいたい」

大久保は誠忠組を脱藩させ、幕府役所へ斬りこみ玉砕することを本心から望んでいたのではなかった。脱藩して所司代を襲えば全滅の運命を辿らねばならない。

大久保は茂久の小姓に実情を打ち明けた。

誠忠組の志士と親交のある小姓は、茂久が近侍する家老たちから離れ、厠へ立ったときに誠忠組一同が上洛寸前に至っていると告げた。

久光と茂久は、いずれは斉彬の方針に従い国政改革の舞台に進出したいと思っていた。そのためには誠忠組を率いる大久保を動かさねばならない。計画が図にあたった大久保は、茂久の書状に藩政改革の建言と、同志四十九人の連名書を藩庁へ差し出す。

　連名書筆頭に「大島渡海菊池源吾」と隆盛の名が記された。

　安政六年十一月、隆盛は龍郷の名家龍佐栄志の娘愛加那を島妻に迎えた。

　島妻は隆盛が大島にいる間の妻であるが、鹿児島へ呼び戻されたときは、離別しなければならない。だが愛加那と暮らすようになると、それまで味わったことのない楽しい時間を過ごせるようになった。

　隆盛は大久保から来信があると、誠忠組の進退について細かい指示を与えた。かつて斉彬のもとで諸国を駆けめぐり働いた隆盛の視野はひろく情勢を的確に判断できた。

　時勢は急変してゆく。万延元年（一八六〇）三月三日、水戸と薩摩の志士十八人が、上巳の節句で登上途中の井伊大老を桜田門外で襲い、首級をあげた。

　さらに文久二年（一八六二）正月十五日、老中筆頭安藤信正が坂下門で水戸藩士ら六人に襲われ負傷した。

　隆盛は文久元年正月に愛加那とのあいだに男児菊次郎をもうけた。十月には龍郷村に住家を新築し、大島での生活が充分に落ち着いた年末に、藩庁から帰藩を命じる使者が到着した。

　隆盛は大島にいた三年の年月のあいだに、藩の情勢がまったく変っているのを知っていた。彼は斉彬を毒害した仇敵と思いこんでいる久光のもとへ帰りたくなかったが、藩命にはそむけない。

愛加那と菊次郎に別れ帰藩すると、小納戸役となり国父久光の腹心として誠忠組を率いる大久保が、王政復古を成し遂げるため千余人の兵を久光の指揮のもと上洛させ、さらに勅使を護り江戸へ出て、幕政改革をおこなうという計画を立てていた。

斉彬派は退けられ、国父久光が藩の実権を手中にして、小納戸役に昇進させた大久保の率いる誠忠組を手足に使い、勤王を実行しようとしていた。

「順聖院（斉彬）さあの御遺志を久光のような地五郎（田舎者）が、達成でくっか」

隆盛は斉彬のもとで諸大藩との交流をおこない、天下の情勢に詳しい自分に道案内させようとする久光を憎み、応じようとしなかった。

久光は隆盛を先行させ、下関で諸国の情勢を探らせたのち、そこにとどまり久光と合流することを命じた。

隆盛は藩士村田新八とともに三月二十二日に下関へ到着すると、福岡藩士の平野国臣、豊後岡藩士小河一敏ら尊攘志士ら二十余人が、大坂ゆきの便船に乗ろうと待機していた。京、大坂には数百人の志士たちがいまにも討幕行動を暴発させようとしているのを知った隆盛は、いま自分が大坂へ駆けつけ、彼らをおさえなければ自滅すると見て、四日後に大坂への便船に乗った。

久光の命令に反して下関を離れた隆盛は処罰され、奄美大島よりはるかに遠い徳之島へ送られ、二カ月あまりの滞在ののち琉球に近い沖永良部島に流された。

重罪人として扱われた隆盛は衰弱し、一時は死にかけた。

そのときから十年を経て天皇に従い鹿児島にきた彼の胸中には、久光への憎悪の炎がまだ消えていなかった。

第四章　風浪のとき

明治五年（一八七二）十一月二十八日、徴兵令が告諭された。国家が国民に兵役の義務を課す制度である。軍隊を常設し必要な兵を毎年徴集して訓練をおこない、一定期間をおき新兵と交代させ予備役として非常時の徴募にそなえるのである。

西郷隆盛を筆頭参議として、岩倉全権使節団出発のあとを受けた内閣は活発な人事対策で、在野の人材を受け入れ、近代国家としてのあらたな措置を相次いで実施していた。

隆盛は家禄を失ってゆく士族の生活方針を気づかっていたので、庶民を兵とすれば士族の前途がいっそう暗くなると考え、陸軍大輔（次官）山縣有朋らに配慮させた。

「庶民は兵として士族は士官とせよ」

十二月九日には太陰暦を廃止し、太陽暦にして十二月三日を明治六年一月一日とした。ついで一月十三日には七分利付外債二百四十万ポンドを、士族の秩禄償還費用としてロンドンで募集する。

二月十五日に男女六歳以上の小学校就学を規定した。三月十四日には外国人との結婚を許し、八月一日には第一国立銀行の設立開業と、日本の近代化のための政策をすみやかに実施してゆく。

岩倉大使ら一行が外遊中の政府を動かす首長は三条実美であったが、彼は格式を充分にそなえた人物だとしても、実力は乏しい元公卿である。

実力をそなえているのは参議の西郷隆盛である。だが隆盛は行政官僚を指揮して政務を処理してゆくには、あまりにも大器に過ぎて小回りがきかない。

板垣退助は政論を説くのを好むが、実務に適した才能はなかった。山縣は陸軍の機構充実のため多忙をきわめていた。井上馨は財政担当者としてあまりにも敵が多かった。外遊する岩倉、木戸、大久保が、留守中の内閣をとりわけ頼んだのが大隈重信であった。

行政上の公務に金の割りふりが絡んでくる、繁雑きわまりない部門の細かい裁断は、大隈のほかにできる者がいないというのである。

結局大隈は留守内閣の政務をすべてひとりで切りまわした。大木喬任民部卿、江藤新平司法卿が予算問題で井上大蔵大輔と論戦を繰り広げるとき、紛議を解消させるよう双方の意見を導いてゆくのが大隈の役目であった。

大木、江藤、大隈はともに肥前佐賀藩出身で、学識、才能ともにすぐれている。外務卿副島種臣を加え、佐賀県の四本柱といわれていた。

旧幕時代は長崎に近い地の利を生かし、外国文化の吸収につとめ、薩摩藩より早く反射炉を築いた。

人材のうえでは板垣、後藤象二郎のいる土佐高知県に匹敵する。幕府を壊滅させ維新を成功させたのは薩長と、彼らに協力した土肥であった。

土佐と肥前は薩長についで武功をたて、どちらも豊富な戦力をそなえている。

新政府は諸藩の人材を採用した。幕府のあとをうけ国政をおこなうために、旧幕臣も多数任官させた。

だがもっとも重要な役職は薩長がおさえた。全国諸県士族には薩長のそんな措置に反対の声をあげるほどの実力はない。仕留めた獲物のもっとも美味な部分を猛獣がむさぼり食うのを見ても、黙視するしかなかった。

土肥の人材はしかるべき役職を与えられたが、薩長出身者が長官となれば属官の地位につく。四県以外の士族は獲物のにおいや味わいから遠ざかっているので、逆に薩長に嫉妬を持たない。

だが獲物の間近にいる土肥の官僚たちは、薩長を離間させ、その機に猛獣を罠(わな)にかけるように自滅させようというたくらみを、捨てられなかった。

土佐士族を代表する存在である板垣は、隆盛と気が合う。大久保とは仲が悪く、木戸とは親しく交わっている。薩長いずれにも悪意を見せない。ただ胸の奥底には両者の関係が疎遠になり、間隙ができたときは即座に食らいつく野獣の本能があった。

後藤は放胆で余人に内心を隠さない。会談すれば他聞をはばかる危険な思いつきを相手かまわずしゃべりつくす。陰険な性格ではなく陽性なので政客の間に人気があったが、隆盛、大久保は嫌って近寄らせず、なぜか木戸と親密であった。

肥前の大隈は、はじめ木戸に接近しており、大久保とは無縁であった。大久保は明治三年頃まで大隈の力量を認めない心中を隠さなかった。だが大隈は大久保が今後政府首脳となるもっとも重要な人物だと察すると、それまでの態度を一変して、接近する方針をとった。

大久保は嫌っていた大隈が突然接近してきたので怪しむ。

「あやつが俺の論ずるところにこびへつらい、何とするつもいか。気が許せん」

だが大隈はわが立場をすべてなげうち、大久保の説を尊重し、従おうとするので、隔意を抱きつつもしだいに親しみ、重用するようになっていった。

そのため大久保は外遊に際し、大隈に後事を頼んだ。大隈は使節団が外国を歴訪しているあいだ、大蔵大輔の座にいた井上馨が文部省、司法省と予算問題で渡りあったときも仲裁役をつとめた。

井上が江藤に汚職を責められ辞職したのは明治六年五月十四日。参議大隈があとを継いで大蔵省事務総裁となった。

岩倉使節団は明治五年正月から七月までアメリカ、七月から十一月までイギリスに滞在し先進国の実状を見聞。産業発達の実状を眼前にして、すさまじいまでの文明社会の構造を理解する機会を得た。

だが条約改正の交渉では、日本と親交を重ねてきた英米両国も、利害に関わるかけひきに及ぶときはきわめて強硬な態度をとり、日本側よりもはるかに多い要請を持ちだしてきた。

こちらからなんらかの譲歩条件を出さないかぎり、歩み寄る姿勢はまったく見せなかった。使節団がワシントンに滞在して米国務長官フィッシュと交渉していた明治五年六月、ロンドン留学生代表の尾崎三良(おざきさぶろう)、河北俊弼(かわきたとしすけ)が訪ねてきて意見を述べた。

「いま当地において条約改正をおこなえば、国家に不利な契約をむすばされるおそれがあります。外国人の内地居住、旅行の自由、開港場の増加は、関税自主権、治外法権を回復できない状況を招くおそれがあります」

使節団は、アメリカと最恵国条約を結ぶことにより受ける不利益について尾崎らの説明をうけると、アメリカとの条約改正談判を打ちきることにした。

結局米国側は日本の国力を見て、条約改正に応じる段階に立ち至っていないと考えているので、ワシントンにおいて最恵国待遇の条約を結ぼうとしているのであった。

六月十九日、岩倉はフィッシュとの第十一回目の談判で、受け入れられないのを承知のうえで申しいれた。

「日本政府は海外で条約をむすぶのは承諾していますが、ヨーロッパのどこかの場所で、条約国の代表者のすべてと議論して定めたいと思います。このように決定したうえは、お聞きいれくださらなくともやむをえません」

フィッシュは答えた。

「まことに残念です。わが政府ではなるべく貴国のためになるよう条約をむすびたいと望んでいましたが、こうなってはやむをえません。いずれは各国で条約を取りむすばれたのち、合衆国でもそれにならってご談判させていただきましょう。使節の皆さまもいろいろご心配のほどは、よくわかっております。ヨーロッパのどこかといえば、どの辺りでしょうか」

「まだ決めていませんが、各国政府と相談して便宜の地を選ぶつもりです。これまで格別のご厚情を頂きましたが、やむをえません。貴国でそんなご意向であれば、他国でも同じように断られるかも知れません」

「大統領は明日帰館しますが、当地で条約ご調印いただけると思っておりますので、満足はしないであろうと思います」

岩倉とフィッシュの交渉はそれで終った。

使節団は七月三日にボストンを離れ、十三日に英国リバプール港に到着、十四日にロンドンに到着した。

女王陛下は避暑地へ出向いていたので、一行は駐日英国公使ハリー・パークス、通訳アストンの接待をうけ、スコットランドからイングランド一帯の工業地帯を案内してもらい、十月二十二日外務省で外務大臣グランヴィルを訪ねた。

岩倉は挨拶をした。

「貴国をお訪ねしたのは、これまでの修好の誼(よしみ)に感謝するためであります。またわが国と貴国の条約改正期限が近づいてきたので、貴国政府のご考案をお尋ねしたいと存じます。わが国は古来鎖国の風習がありましたが、二十年以前より外国と往来して参りました。近年内乱がありましたが、天皇陛下が天下を一統なされ、数百の大藩を廃し、郡県を置き、国内は平和であります。このうえは外国交際を重んじ、条約改正を望み、われらが使者として参ったのであります」

グランヴィルは条約改正の要件につき、語った。

「私が耳にしたところでは、信教についてなかなか難しい法規があるとか。近頃各国の政府は信教の自由をよしとしていますが」

「その件については後日お話し申しあげましょう」

グランヴィルはつづけて尋ねた。

「外国人は日本国内を自由に旅行できないようですね。これは制限を解かれたほうがいいですよ。わが国では閣下が諸地方をご回遊なさった通り、自由に旅行ができます。諸国の国民が親しく交遊するため、そうすることが必要だと思います」

岩倉は頷き、答える。

「おっしゃる通り、わが国は文明諸国との交流を希望していますので、将来は外国人の旅行も自由にできるようにするつもりです。しかしいまはまだ外国人を見たこともない国民が多いので、揉めごとを起こしかねないのです」

国民と外国人の争いはしばしば起こっていた。その原因は日本の事情を知らない外国人が、これまでの習慣を無視して自分の解釈を日本の国民に押し付けるためであった。

グランヴィルは、米国務長官フィッシュと同様の条約改正についての意見を口にした。

彼はいう。

「条約の談判は貴政府で論定されるのですから、いま充分に討論するわけには参りません。しかし貴国のためになるところを申しあげれば、わが国と盛大に貿易をいたすよりほかに手段はありません。その方法をあらまし申しあげれば、貴国内での往来、住居の自由を外国人に許して、全国のどの港に入港しても差し支えないようにして頂くことです」

岩倉は答える。

「わが国内の産物も次第に増え、運輸の便もひらいています。いずれは開港場を増やしたいと考えていますが、現在ではとても貴国と同様にはできません。その内実は寺島からご説明申しあげます」

英国駐在大弁務使寺島宗則（てらしまむねのり）は、岩倉に代わって答えた。

「いま開港しているわずかな数の港でさえ、わずかな規則をもうけても、いちいち外国人より苦情が出て満足におこなわれません。このうえ貴国と同様の規則をつくれば、難事がいまより幾倍にも増えるでしょう」

「難事とは、どんなものですか」

「たとえば遊猟の規則、ガス灯の管理、港内碇泊船の規則など、欧州では実に平凡に施行されている事柄も、わが国では無難におこないがたいと思います」

日本で外国人が横暴のふるまいをして、日本国法にいかに恭順しないかを寺島が説明しても、グランヴィルには理解できず、そんなことはあるまいと首を傾（かし）げるばかりであった。

彼はいう。

「わが国ではどの国の人民も、すべてこちらの法規に従っていますがね」

「日本ではそうではありません。外国人はわが国の法規に従わず、すべて彼らと相談することになり、治安がよくないのです」

「なぜそんなことになるのでしょう」

　国力の相違がすべての原因であることがわかっているのだが、グランヴィルは気づかないふりをした。寺島は実状を鋭くついた。

「英国ではどの国の船がどの港に入港しても、すべて英国法律に従います。法律以外の規則にも服従し、とりわけ在留公使に相談することはありません。わが国ではまったく事情がちがいます。すべて紛議の種がつきません。横浜でさえそんな有様で、ほかの港では揉めごとが相次いで収拾がつかず、とても貴国とは比較になりません。この状態を収束するには、まず外国人を日本の法律に従わさねばなりません」

　駐日英国公使パークスが口をはさんだ。

「近頃の時勢では日本のような辺地の法律に、外国人は服従しないでしょう。日本はヨーロッパとおおいに違い、文明開化が遅れております。その罰が重く、過酷に過ぎるのでヨーロッパ人は従いません」

　パークスは日本の法律が不完全であるとひたすら言い立てた。

　グランヴィルは岩倉に告げた。

「これは私の考えで申し上げるのですが、貴国の裁判法が充分に施行された実状があらわれたときは、当国政府の判断も変るでしょう。それまでは仮規則を設け、お互いに相談しあい裁判していくよりほかはないでしょう」

グランヴィル外相は噂では外国との交渉においては寛大に過ぎる人物といわれていたが、岩倉、寺島との交渉ではおだやかに見せかけて、利益をわが方に引き寄せ損害を相手に与える手練は、百戦練磨であると思わせた。

寺島がグランヴィルに聞く。

「裁判の実証を見たうえで、わが国法の権威を認めるとおっしゃいますが、いったん外国人に与えた権利はのちに取り戻すのが、きわめて困難であります」

グランヴィルは答えた。

「そうなるのも結局日本の裁判が不備なためですよ。いずれにしても日本と英国が貿易によって利をはかることが、一番大切なことです」

明治五年十一月五日、岩倉大使一行は避暑地から戻ったヴィクトリア女王に謁見できた。

岩倉はイギリスにおいても条約改正についての成果を何も得なかった。

英米両国はともに、わが国の改正要求よりもはるかに多い内容の要求を提示してきた。条約についての外交問題は国力に劣る日本がまだ手をつけられない段階にあった。

グランヴィルは明治六年正月に、駐日英国公使サー・ハリー・パークスに与えた手紙に、内心を打ち明けている。

「日本全権大使の当国滞在中の交渉の様子を見て、彼らがその使命、政府の意向、希望につき説明不足であったことを見たであろう。

私もまた彼らに当国政府の政策、希望につき、よく知らせる能力がなかった。

今後君のとる方策は、私が岩倉大使らと談判した方針に従うことである。当政府は日本政府ともっとも深い友好関係を保ちたいが、現在の情況では日本にいる少数の英兵を撤退させ、治外法権を廃止すれば日本在留の英国民の生命、財産を失わせることになりかねない。

君は今後日本政府を指導して、居留民らの意向をたしかめ、意見が確定したうえで報告せよ。英国政府はこちらへとるべき利益、日本に与える利益をさだめ、列国公使の同意をどの程度まで得られるかを判断するのだ。これらについての全責任を君に托(たく)すことにする」


岩倉使節団は明治六年五月から九月にかけ、帰国した。大久保利通がベルリンから東京に戻ったのは五月二十六日であった。木戸はロシアから七月二十三日帰朝。岩倉はデンマーク、スウェーデン、ノルウェーを歴訪し、イタリアからオーストリアを経てスイスに入り、七月九日ジェノヴァで政府からの帰朝命令をうけ、二十日にマルセーユ港を出港、九月六日に長崎着港、十三日朝横浜に着いた。

大久保が帰国してみると政府の参議は鹿児島県より隆盛、山口県よりは木戸のそれぞれ一人であったが、佐賀県からは大隈、江藤、大木の三人が参議に列し、さらに遅れて副島外務卿もまた参議となった。

江藤らは薩長と交代して政府の主流に郷土肥前の勢力を扶植しようとひそかに考えるようになっていた。このとき朝鮮問題が起こってきたのである。

朝鮮は国境をロシア、清と接しているので、彼らの勢力範囲に入ろうとする傾きがあった。旧徳川幕府は対馬藩主宗氏（そうし）に命じ、維新に至るまで二百五十余年の修好、交易を重ねさせてきた。

対馬藩は朝鮮の釜山（ブサン）に草梁和館（そうりようわかん）という官庁を置き、朝鮮政府は釜山府、東萊府（とうらいふ）を置き吏員に交渉にあたらせた。両国間の交通、交易の業務はすべて釜山で処理することになっていた。

維新ののち日本政府は宗義達（そうよしあきら）に命じ、王政復古の事情を告げさせ、今後の朝鮮との交流はすべて朝廷で処理するとの書状を送った。

だが朝鮮では、書中に「朝臣」という文字、また「皇」の文字があるが、これは朝鮮を日本の臣下と見なすものだとして受け入れず、外務省からしばしば談判を持ちかけたが応じなかった。

明治五年八月、外務卿副島は朝鮮問題についての処理条件を朝議に提出した。

「草梁和館は古来わが国民の利用したところで、いささか国権を存しており、後日国使を派遣するまで、ここに館司、代官所を置く。不要な役員は帰国させるが、商人たちはそのまま滞在させる。宗氏の負債は全部弁償し、これまで使用していた歳遣船は廃止する。対馬に住む朝鮮人民はすべて送還する」

朝議は副島の意見をいれ、宸断（しんだん）を得て外務大丞花房義質（はなぶさよしもと）を春日、有功の軍艦二隻に護衛させ、八月に釜山へ派遣した。

朝鮮の官吏は日本の要請に応じることなく、釜山における交易をすべて停止した。

明治六年五月、東萊、釜山の府使は命令を下した。

「日本人は西洋人と交わり夷狄（いてき）の風習を受け入れた。禽獣（きんじゅう）に等しい者であるから、こののち朝鮮人で日本人と交わる者はただちに死刑に処する」

朝鮮政府は日本の草梁和館に指示した。

「今度朝鮮政府は厳重な命令を発したので、日本人は暴力の被害を受けるかも知れない。日本人はすみやかに帰国せよ」

釜山在勤の外務省員らはただちに帰国し事情を報告した。

朝鮮では今後の国交について衆議をつくしたうえでどうするかを決定するといい、六、七年か十年待てと曖昧な返答をする。

その間に、日本人漂流者を保護せず、従来の取りきめを無視し横暴なふるまいをかさねた。日本政府の意向は強硬であった。

板垣らはいう。

「今日のような侮慢軽蔑を甘受していては国辱になる。断然出師して然るべきであるが、兵を動かすのは重大事であるため、とりあえず現地在留の人民保護のため、陸軍若干と軍艦数隻をさしむけ、万一事変のおこるときは九州鎮台を迅速応援させるべきである。そのうえで使節を派遣して公理公道をもって談判する」

隆盛はこのとき独自の意見を述べた。

「いま陸海軍を派遣して居留民保護にあたれば、朝鮮は当方の本意を疑いもんそ。日本国がわが朝鮮を乗っ取るつもりじゃというに違いなかごわす。これでは政府がはじめからあの国と友好をむすぶ態度と違うてくるじゃごわはんか。まずは兵を出すをとどめ、全権使節をつかわし、正理を述べて朝鮮政府に過ちを気づかせるのが大事ごわす。いまだ人事をつくさず兵を発するのは、ようございもはん。諭してもなお使節に危害を加うるときは、朝鮮の曲事はあきらかなれば、名分はわれらにありもす。天下にその罪を鳴らして打ち倒すべきでごあんそ」

隆盛は洋服を着用せず、烏帽子・直垂をつけた日本古来の礼装で自ら修好を求める特使として朝鮮へ乗りこむという。

もし朝鮮側が激昂して隆盛を殺したときは、それをきっかけに堂々と出兵せよというのである。

隆盛はわが命をなげうって政治上の難関に挑むことを、常に望んでいる人物であった。

板垣、後藤、江藤らは隆盛の意見に賛成したが、三条は隆盛の主張に同意しつつも確定をためらった。

三条は国民の信望を一身に集める隆盛が朝鮮に渡り、もし危害を加えられたときは国家の基盤を揺るがすほどの打撃を受けると憂慮したのである。三条と同様の危惧を抱く人々は政府部内に多かった。

隆盛は朝鮮使節の役を与えてもらいたいと建言書を三条に差し出し、ついで板垣にも助力を頼んだ。隆盛は陸軍大将として全国士族の立場を代表するための死を迎えることを望むばかりである。

三条は岩倉大使帰朝ののち、朝鮮問題を決定したいと考えていたが、隆盛は至急に閣議をひらき議定してもらいたいと要請し、八月十七日の閣議で決定することとなった。

隆盛は席上で自分の考えを率直に述べた。

「現在の朝鮮の態度は隣国に対する国際法上の義務を守っておらず、それを理由に戦を起こしても無法の行動とはいえない。

だが世界各国ではそのような事情を存知していないので、当方より使節をさしむけ隣国との友好を断とうとする振る舞いをやめ、交流を厚くするよう頼みこむ。

そうすれば朝鮮はかならず当方を軽侮するに違いない。そのうえで使節の私をかならず殺すでしょう。そのときは全世界の人士がすべて朝鮮攻撃を当然であると認めます。人事をつくして名分をあきらかにしなければなりません」

八月十七日午後の閣議で隆盛を朝鮮使節として派遣することが決定した。

三条は十八日に天皇が行幸されている箱根温泉に出向き、拝謁して隆盛使節の件につき奏聞し、裁可を仰いだ。

天皇は勅命を下された。内容はつぎのようなものであった。

「これは国家の大事であるから、岩倉大使らの帰朝を待ち、再度討議したうえで奏上せよ」

大久保は帰朝後、参議の地位にいなかったので閣議には参加しなかったが、隆盛の朝鮮使節派遣には賛成しなかった。

「いまわが国は文明国家として政治経済の分野に創業しなければならない事柄が無数にあり、前途はきわめて険しい。この際西郷殿が朝鮮に渡り、不測の変に遭遇すればわが国に大きな不幸をもたらすことになるので、岩倉大使の帰朝ののち対策をあらためて立てねばならない」

大久保が帰国したのち、隆盛は彼の自邸を幾度となく訪れ、以前と変らない親密な交際を重ねたが、日が経(た)つにつれ訪問の回数が減ってきた。大久保は朝鮮問題について反対しなかったが賛意をあらわすことがなかったので、隆盛は閣議で彼と衝突するであろうと察したのである。

当時官吏には暑中休暇が許されていたので、大久保は岩倉帰朝を待つあいだ旅行に出ることにした。彼は隆盛との衝突を避けたかった。

大久保は八月十六日に東京を離れ、箱根から富士山に登り、さらに西へむかい近江、大和、紀伊の名所を遊覧し、九月二十一日に帰京した。

大久保が政情のおだやかでない時期に長期旅行に出たのは、朝鮮問題のほかに島津久光が上京していたためでもある。

久光は四月下旬に上京した。三条は五月に在欧の岩倉につぎの内容の書状を送った。

現代文で記す。

「島津従二位久光は先月下旬上京、彼の議論はよほど時勢に遅れており、封建の余習を捨てがたく、非常に現在と違う政体を望んでいる。西郷、吉井友実ら旧家臣が朝廷に出仕していることを、もっとも不服に思っている。今度上京の際は鹿児島県士族四百人ほどを引き連れてきた。その者どもは髷（まげ）をゆい帯刀して、この頃ではすこぶる異様に見える姿で、世間の評判も騒がしいことである」

大久保は東京に滞在している久光にも遠慮していたのである。

大久保は岩倉が帰朝する前に三条から参議就任をすすめられていたが、辞退していた。

その理由は岩倉不在の間は朝鮮問題に手がつけられない、もし自ら閣議に加わっても隆盛の猛烈な要請を押えるのは、無駄なあがきだと考えていた。

そのうえに軽輩にすぎなかった隆盛と彼が、政府の重鎮となっていることを嫉み、ともすれば二人を引きずり落とそうと隙を狙っている久光がいる現状では、うかつな行動はできなかった。

大久保は岩倉帰朝のあと関西の旅から帰った。岩倉は大久保、木戸と協力して朝鮮問題に反対する交渉にあたらねばならなかった。このとき反対派の団結のためにもっとも働いたのが伊藤博文であった。

伊藤は岩倉使節団副使として一年半を過ごす間に、大久保の深い信頼を得ていた。そのため長州閥の長老である木戸に憎まれたこともあったが、親交を断たれるには至らなかった。木戸は帰朝ののち病床にあったが伊藤は彼を岩倉派の同志として働くよう約束を得た。

木戸は雄弁で政治力は病身でありながら衆にぬきんでていた。彼は朝鮮問題に反対の立場をとっていたので、同志とすれば頼もしい活躍を見せるにちがいなかった。

伊藤が木戸の協力を約する言葉を得たのは、岩倉の帰朝の翌日、九月十四日であった。同月二十四日には岩倉に招かれ出向くと、大久保が先に到着していた。三人は議論を交わし内政を優先し、朝鮮問題に着手しないことに決した。伊藤はその日のうちに木戸を訪れ協力を求めると、ただちに承諾を得た。

木戸はいう。

「ただちに貴公と大久保殿が参議となり、目的を達すべきです」

岩倉はその日のうちに伊藤邸を訪れ木戸の意向を確かめ、おおいによろこび大久保をただちに参議に推すことを約して帰った。

だが大久保は参議任命を容易に受けなかった。彼は隆盛の性格、能力を知りつくしている。いま政府の実権を握るすべての参議が全力をあわせて打ちかかっても、隆盛は一瞬に彼らを粉砕しつくすだろう。

――俺が相手に立たにゃ、戦はでけんど。こんまま身を縮めておらるっか――

大久保は隆盛の前途を塞(ふさ)ぎ、彼に従う勢力をすべて蹴落す荒業(あらわざ)をなし遂げるためには、いかなる急迫した事態に立ち至っても、岩倉、三条、木戸との提携が揺るがないことを確かめておかねばならない。

隆盛に協力する参議は岩倉派より多く、朝鮮使節についての閣議はほぼ決定し、天皇の御裁可も得ていた。大久保のはたらきがあっても勝てる勝負とは確言できない状況である。

三条は朝鮮事件について隆盛から閣議決定を厳しく迫られ、岩倉に相談する。

九月二十八日、岩倉は大久保を訪ね、参議就任を懇請したが大久保は応じなかった。

「この件についてては木戸さあを押したて、衝に当らしむるがよかごわんそ」

岩倉は九月三十日に隆盛をたずね、朝鮮問題の相談を持ちかけると、出発予定の九月二十日を過ぎているのに、ぐずついていては困る。早々に廟議（びょうぎ）決定してもらいたいと迫られた。

大久保が三条、岩倉に参議就任を承知した請書をさしだしたのは、明治六年十月十日であった。伊藤はここに至るまでの間、三条、岩倉、木戸、大久保の間を連日駆けまわって周旋に奔走した。

大久保は十月十二日、外務卿副島とともに参議に新任された。彼はアメリカ留学中の二人の子息彦之進（ひこのしん）（利和（としなか））、伸熊（牧野伸顕（まきののぶあき））につぎのような書信を送り、決心を告げている。

「私はこれまで参議大蔵卿をつとめ、今度また参議を命ぜられ、おそれいるばかりの仕合せである。このたびは考えねばならないところがあり、どこまでもご辞退するつもりであったが、いまの国情は内外ともにいうべからざる困難に際し、皇国の危急存亡のときに至った。

この国難に当たるのを逃れるのは本懐ではない。わが身の進退をはかって国家の大事を見過ごすのは罪多いことである。そのため断然当職を拝命し、この難に立ち向かい倒れても無量の天恩にこたえ奉らんと決めたのである」

隆盛は三条太政大臣にあて、十月十一日に閣議の相次ぐ遅延をなじる書状を送った。

「閣議の重なる遅延はいかにも残念であります。朝鮮との交渉は一大事であり、どうかこのうえ間違いのなきようお願いいいたします。

この件は最初お伺いのうえご許容いただいているので、今になってお許しを取り消されるようなことになっては、勅命を軽くなされることになり、決してご動揺はないことと存じあげますが、念のために申しあげます。もし変更なされたときは、実に致しかたもなく、私は死をもって国友の人々へ詫びるよりほかはありません」

大久保と隆盛の書状には、いずれも朝鮮問題に命を懸けると記されている。

ともにあい討って倒れるのであれば、なぜ大久保は帰国ののち隆盛と内心を打ち明け合い、事を納得しあわなかったのか。大久保がヨーロッパから帰ったのち、隆盛はしばしば大久保邸を訪ねている。

朝鮮問題はすでに閣議で決定し、天皇の裁可も下されていたので、話題にならなかったはずはないが、二人が意見を交換しあった形跡はない。

諸事に配慮のゆきとどく大久保が、実見してきた西欧事情を隆盛に話し、いまは隣国と紛議をおこすべきときではないと、反対の理由を納得しやすいように述べれば、隆盛がその政治判断を受けとめる可能性はあったのではないか。

それとも大久保は隆盛の性格を知りつくしていて、彼がここまで踏み込んだ道を戻らせるのは不可能であると見きわめ、説得を断念していたのか。旧友の間柄に理解できない霧がかかったまま、事態は移っていった。

十月十四日に閣議がひらかれることになったが、三条はどうすればいいかわからなくなった。

隆盛がすでに内決している朝鮮使節派遣問題に、このうえ延期などといえば国軍がどう動くかわからず、万一の場合は大騒乱がおこりかねない。三条はそのためなんとか隆盛使節の派遣を遅延させるべく、つぎのような文書を作ってみた。

「使節の儀についてはすでにご内決されており、決して変動はありません。しかし時期は先に延ばしたいのです。その理由は朝鮮の現状を見れば、使節をうけいれないのはあきらかです。あなたは殺害されるのを覚悟で使節をつとめるお覚悟で、朝廷もそれを予測しています。

そのようなことは情義において見逃せません。またわが国の海軍は配備がゆきとどかず、海戦をおこなえる実力がありません。勝海軍大輔にたずねると、海戦はとてもできない。そんな情況になれば辞職するしかないといいます。

もし海戦をさけられないのであれば、しかるべき軍人を米欧に派遣して堅牢な小軍艦数隻を購入し、新艦隊を編成せねばならぬといいます。そのため使節出発の時期を延期せねばなりません。

それでもあなたが無事に帰還するか否かは保証できません。どうか国家のためにしばらくご辛抱下さい」

　このような逃げ口上には何の力もなかった。

　朝鮮の兵力は日本に対抗できないほど微弱なことは、世界諸国が知っている。隆盛、板垣らは操兵に練達した将軍であるため、事情を知りつくしていた。

　十月十四日午前七時に閣議がひらかれることになった。三条、岩倉はその日の早暁に隆盛をたずね、説得しようと苦しまぎれに考えたが、大久保が反対した。

　閣議の前に三者が懇談しても、話がまとまらないとき、閣議はどう進めるのか。万事は閣議の席上で決定すべきだと大久保は主張し、三条らは承知しないわけにはゆかなくなった。

　そこで十四日の閣議はまず当事者の隆盛を除く他の参議一同が評議したのち、午後一時から二時の間に隆盛を参朝させて決定するという方針を立てた。

　隆盛はこの内情を聞きつけると十四日早朝に三条をたずね、閣議に公明正大の措置をとらないとは何事かと詰問し、結局岩倉邸で三条、副島、板垣ら参議が協議してまとめた手続きも破棄せざるをえなくなった。

　十四日の閣議に参議木戸孝允は病中で欠席した。出席したのはつぎの十人であった。

　太政大臣三条実美、右大臣岩倉具視、参議西郷隆盛、参議板垣退助、参議大隈重信、参議大木喬任、参議後藤象二郎、参議江藤新平、参議大久保利通、参議副島種臣。

閣議は岩倉の意見からはじまった。隆盛は陸軍元帥・大将・近衛都督として国軍の指揮にあたる重鎮であった。もし政府を倒す野心を抱いておれば、股肱として動かせる部下は数知れない。大久保が隆盛と衝突するとき死を覚悟したのは、彼を追いつめれば国軍がどんな動きを起こすか予測できないためであった。

岩倉はなんとしても隆盛の要望をおさえねばならないと、懸命に意向を述べた。

「朝鮮の無礼はよく分かっているが、いま使節を遣わし談判を持ちかけるなら、乱暴な国人たちは使節を殺すか、さらにはずかしめを重ねるかである。

そうであれば使節を遣わすのは戦争を覚悟してのことになろう。朝鮮のうしろには支那とロシアがいる。うかうかと朝鮮との戦を起こせば、ロシア本国政府がどんな出方をしてくるか分からないので、きわめて危険である。

わが国はヨーロッパの諸国に追いつかねばならぬが、国力は貧寒たるものである。樺太でロシア人が乱暴狼藉のかぎりをつくしている問題もある。この際朝鮮と戦端を開くような無謀なふるまいをする余力は、政府にはないのだ」

隆盛が反論した。

「樺太問題を解決するなら、ロシアへ談判に出向く使節は私にお任せくいやい。ただ朝鮮使節については、八月十七日の廟議決定の通りになさったもんせ」

板垣が岩倉の言葉に反発した。

「樺太問題は住民の諍いに過ぎぬですろう。ロシアは朝鮮に利権をまったく持っておらんき、朝鮮を助ける名分がない。とすりゃいまの急務は一日も早う朝鮮使節を派遣することですろうが」

大久保が反対した。

「わが国は内治に意をつくし、国力を高める時でごあんそ。朝鮮と事をかまえる時ではございもはん」

隆盛が大声でいう。

「時はいまじゃ。一日も遅らせてはなりもはん」

大久保がいい返した。

「談判がまとまらんときは戦争になりもんそ。そうなりゃ国家の大事ごわす。内治のごときに手が出せるか」

隆盛と大久保は凄まじい論戦をはじめた。たかぶる感情を隠さず、道理をはずれ罵りあい、列席の参議たちはあっけにとられた。

板垣はそのときの様子を後年に語っている。

「西郷と大久保のこのときの議論は、内心をまるだしにしちょったき、口をはさむ者が誰もおらなんだぜよ」

午後五時頃、閣議の座にいて終始沈黙を守っていた大隈が急に席を立ち、三条に告げた。

「申しあげます。私は都合がありますので、本日はこれにて退座いたします」

「そうですか」

三条はあえて理由を聞こうともしなかった。

椅子から立ちあがり黙礼して立ち去ろうとする大隈に、隆盛が巨眼をむけたずねた。

「大隈さん。お前んさあどこへいきやんすか」

「横浜の外国人の招きを受けており、伊藤殿とともに参ります」

「何の用か」

「夜会の招待を受けております」

「ばかもん」

隆盛は辺りを震わせる怒声を発した。

「お前んはこげん国家重要の問題を解決せにゃならんときに、とるにたらん外国人との宴会に出るために席を立つとは、それでん参議か。国家に対してなんたることをすっか」

「これは申しわけもありません」

大隈は再び席についた。

大久保は戦争が起これば、西欧諸国の成し遂げた近代産業のあとを追う、内治の拡大をはかることはできないという。

日本は横浜に英仏駐屯軍を置かれている状態で、外債は五百万円に達し、輸入赤字は百万円である。この財政をもって数万の兵を発し、日に数万円の軍費をついやせば、国民の日常生活にも物価変動の苦痛を与えるだろう。混乱がどれほどであるか予測もできない。海軍、陸軍、文部、司法、工務、開拓の業をおこし富強の道をはかるためには数年はかかる。

いま戦端をひらけば、銃器弾薬、船艦から軍服に至るまで輸入しなければならない。この状況を判断して朝鮮と紛争を起こすべきではないというのである。

閣議の決着は十月十五日に延期された。

第五章　隆盛辞職

明治六年（一八七三）十月十五日の閣議に、隆盛は欠席した。

閣議の内容は大久保が日記に書きとめている。現代文で記す。

「午前十時より閣議に出席した。三条、岩倉両公が私に聞かれた。昨日の朝鮮事件についてのお考えは決しましたかといわれるので、私は昨日の意見を主張すると申しあげた。ほかの参議方は西郷氏の意に任せるとのことであった。

とりわけ副島、板垣両氏は断然西郷氏を支持するとのことである。このうえは両公（三条、岩倉）の指示を待つことになり、われわれは別室へ引きとった。

しばらくして呼ばれ議場へ戻ると両公は告げられた。西郷は使節出向を許されないときは辞職するという。これは大変なことであるので、やむをえず西郷の意見をいれることに決めたといわれる。

私は昨夜申しあげた通り、ご両公のご意見お定めに従い異存はありませんが、私の意見ははじめの通り変えませんと申しあげた。ほかの参議一同は異存なく、ことに副島、板垣は西郷支持を断然と表明し、閣議は終った。

私は西郷の意見が採用されたときは、断然辞表を差し出す決心でいたので、そのまま引きとった」

断然という文字が三回も用いられているのは、大久保の緊張しきった内心がうかがえるものだといわれている。

三条実美が岩倉使節団の留守中に隆盛に朝鮮特使の派遣を要請され、受け入れたのは隆盛の気魄に圧倒されたためであった。

その後、岩倉使節団が帰朝して、岩倉具視、木戸孝允、大久保利通らと相談すると、本来朝鮮との間に波風をたてる覚悟ができていなかった三条は、隆盛の朝鮮遣使をとりやめる気になった。だが、十月十四日の閣議では、隆盛の辞職を覚悟の猛烈きわまりない気魄に再び萎縮してしまった。

万事に強引で粘り強く、いかなる手段を使っても政治目的を達するまでは方針を変えない岩倉でさえ隆盛には一歩を譲らざるをえなかったのに、三条に隆盛の前に立ちふさがる勇気があるわけもなかった。

板垣退助、副島種臣、後藤象二郎、江藤新平らの参議たちは隆盛を支持している。また軍隊はすべて隆盛の威風のままに動くだろう。その出方によれば、政府を打ち崩すのは赤子の手をひねるほどたやすいことである。

三条は内心の懊悩を記した書状を岩倉に送った。岩倉は十月十六日、急病と称し自邸に閉じこもり、朝から伊藤博文と大隈重信を呼び寄せ、今度の難問題の解決策がいよいよないものであろうかとたずねた。このまま聖断を仰ぎ隆盛が使節として朝鮮へ向かえば、いかなる重大事変が起こるかわからないので、なんとしても差し止めたいのである。

伊藤はまず答えた。

「太政大臣三条公が閣議で採決された内容をもって勅裁を請われ、右大臣岩倉公は同時に君国のためにもっともよいと信じられる自説を申しあげ、聖断を仰ぐべきでしょう」

大隈は伊藤の意見に同調した。

岩倉は翌十七日、三条に書状を送り、今度の事件は容易ならない国家の重大事件であるので、右大臣を辞職したいと述べた。

三条と協力して解決しようとした朝鮮問題を突然なげうち、退官すると言い出したのである。

元来繊細な気質の三条が、唯一の頼るべき味方から見捨てられた衝撃が、どれほど深刻であるか、岩倉が察していないわけはなかった。

岩倉は同日に大隈へ書状を送った。三条公がたずねてこられ、朝鮮問題のご決意はもはや揺るがないことになったので、小生は退職することになった。

あなたは一昨年から三条公に協力されてこられたので、小生が去ったあともどうか天下のために働いてほしいという内容である。

このときの岩倉の行動は、伊藤の画策によるものであったという説がある。

大久保も十七日朝に三条をたずね辞表を提出した。

三条は岩倉、大久保から辞表を受け、一人で隆盛に対抗しなければならなくなった。

十七日の閣議では木戸、大隈、大木が辞表を提出した。

隆盛は遣韓使節の上奏を迫った。三条は必死で時を稼ごうとした。

「これほどの国家の大事は、岩倉右府以下の参議諸氏が出席のうえでなければ、決められない」

隆盛はいう。

「もはや閣議で決まった事であれば、岩倉殿らの出席を待たねばならぬ理由はないでしょう」

三条は決断をためらうばかりであった。

「これは岩倉殿と諸参議が会同したうえでなければ決められない問題である。明日まで決議を待たれよ。明日も岩倉殿らが出席しないときは、私が単独で奏上しましょう」

隆盛は聞き入れず、実行を迫ったが、後藤のとりなしでやむなく承知した。

三条はその夜、岩倉と二度会い激論をかわし、深夜に帰ると隆盛を自邸に招いて岩倉が遣韓使節派遣に同意しない事情を語ったが、隆盛は応じない。三条はしかたなく十八日に奏上すると約束した。

　隆盛は三条が慌てふためく様子を見て、岩倉、大久保らが強硬に朝鮮問題に反対しているのを察知していたが、彼らの術策には乗らないと態度を変えなかった。

　その結果、隆盛の思いもしなかった事件が起こった。三条が隆盛との会談のあと床についた。その後昏睡状態となり、発熱はそうでもなかったが、大量の汗をかいている。午前九時に大学東校の医師ホフマンが診察。同十一時に佐藤尚中（さとうたかなか）が診察した。

　症状はいずれも脳の血液鬱積による病症と診断された。三条は薬剤を与えられ、十時半頃宮内省より竹内侍医が往診に出向いたときは意識は確かで、粥（かゆ）一碗を食べて寝た。

　この日、もっとも活動して使節問題反対派の結束を固めようと働いたのは、伊藤であった。彼は十八日朝、三条急病と聞くとただちに岩倉のもとへ駆けつけ、懇請した。

「このうえは右大臣自ら身をなげうち、難局を切り開かれるべきです」

　彼は岩倉を説いたあと大久保、木戸をたずね、事ここに及んだうえは再び参議として岩倉に協力を願いたしと頼んだ。

　伊藤が岩倉派参議のあいだを駆けまわり懸命の説得をつづけた結果、十九日に反対派諸参議が岩倉邸に集まり、善後策を取りまとめることとなった。

　伊藤は井上馨、山縣有朋らを汚職の罪で失脚させ、長州閥の勢力を弱め、肥前佐賀出身の参議らで政府の主導権を握ろうと、司法卿の猛威をふるった江藤を政府から追放しなければならないと決心していたのである。

その結果、大久保は開拓次官黒田清隆に命じ、宮内輔吉井友実とともに徳大寺実則宮内卿に大役を頼みこませることにした。黒田と吉井は隆盛の後輩であったが、使節問題では反対派であった。

大役とは徳大寺宮内卿に頼みこみ、天皇に二十日のうちに三条邸へ行幸していただき、病状をお問いいただいたのち岩倉邸にご親臨を仰ぎ、三条の病中は太政大臣の役務を代行せよとの聖旨を下されるよう、取りはからってもらうことである。

大久保は黒田に十九日の夜のうちに、翌朝の段取りについて念を押す書状を送っている。現代文で記す。

「徳大寺殿は見られる通りのおだやかな人物で、とても自分から動けるような気力はない。もしこの企てが途中で失敗すればなかなかやり直しはできず、それまでの事になる。

それで明日早朝のうちに吉井氏と談合した内容を細かく吟味して、万一見込みがないと思えば実行しないほうがいい。

もしできることならごく内密にあなたが徳大寺殿にご面会下されたい。きわめて不安です。この件はかならず大議論になりかねません。

今月十四日、十五日の閣議と同様の結果にするわけにはなりません。談合の順序を失えば瓦解してしまいます。

このうえもご熟慮のうえご尽力、ぜひにもがんばって下さい」

大久保の策謀は成功の可能性がきわめて低いと予想されていたが、思いがけない十全の結果を得た。

二十日に天皇が三条邸に行幸され、病を問われたのち岩倉邸に臨御され、つぎの勅語を下された。

「国家多事の折柄、太政大臣不慮の病患に罹（かか）り、朕深く憂苦す。汝（なんじ）具視太政大臣に代り、朕が天職を輔（たす）け、国家の義務を挙げ、衆庶安堵（あんど）候様、黽勉（びんべん）努力せよ」

勅語を賜（たまわ）った岩倉は、三条の病臥（びょうが）のあいだ太政大臣代理としての権限を、手中にすることとなった。

十月二十一日から二十二日にかけて、岩倉、大久保は黒田、吉井、伊藤、西郷従道を縦横にはたらかせ、隆盛らとの対決に際し一切の手抜かりがないよう討議連絡を整えた。西郷従道はヨーロッパに出張し、現地の状況を知りつくしているので、隆盛の朝鮮との交渉はまだおこなうべき時期にはきていないと見ていた。

彼はいま日本に対し敵意をたかめている朝鮮へ、隆盛を使節として派遣すべきではないと考えているが、兄の周囲は陸軍部内で強硬派として知られる桐野利秋らが取り巻いていた。

岩倉は太政大臣の代理となったのち閣議を二十三日に開催することに決めたが、隆盛は副島、板垣、江藤、桐野とともに二十二日に岩倉邸を訪れた。

　隆盛は岩倉に用件を告げた。

「使節の件は三条卿が十八日に上奏なされ、勅裁を仰がれるところを、にわかのご病気で参朝がかなわず、国家の大事を放棄しちょいもすが、あなたが明日にも奏聞なされたくお頼みいたしもす」

　岩倉はためらわず返答した。

「私の考えが三条殿と違うのは、あなた方もご存知でありましょう。私が太政の役目をいたすについては、わが意見も奏上いたします」

　江藤参議が尋ねた。

「卿は三条太政大臣のご摂行（代理）に相違ございませぬか」

「その通りであります」

　江藤はさらにたしかめる。

「それならば使節派遣についてはご同意でござりましょう」

「なに、私は同意いたしませぬ」

　司法卿として敏腕をふるった江藤は、鋭く切りこむ。

「それではご摂行の御役は果せませぬ。代理とは本人にかわりその意向を実行することです。本人である三条卿は使節派遣にご同意なされておられるにもかかわらず、代理のあなたが、ご自身の意向を加え奏聞できるのですか」

　岩倉は江藤の法理の解釈につけこまれ、返答に窮したが気力をふりしぼっていい返した。

「代理の権限について私はそうは考えません。人がかわればそれぞれ意見もかわるのは、いたしかたないことです」

　江藤は一喝した。

「意見がかわるとも、代理は本人の望むところをおこなうべきでしょう」

　岩倉は眼光すさまじく反撥した。

「なんと仰せられようと、私がおるかぎり尊公方のご意見はおことわりいたす。主上のご信任を頂戴いたし、太政大臣摂行をいたすなれば何のはばかりがござろうか」

　江藤は憤怒の声を放った。

「なにを言語道断のお言葉を吐かれしか。われらはかような暴言を申される人の下ではたらけぬぞ」

　江藤は岩倉の言葉を聞き、胸に釘を刺されたような衝撃をうけた。

　岩倉、大久保らが隆盛以下四参議の天皇に拝謁直奏することをおそれ、それを阻む方策をすでにたてているのではないかと察したためであった。

　江藤が口をつぐむと隆盛がいった。

「ただいまあなたは主上のご信任をうけておらるっと仰せられ申した。ならば使節のことはすでに三条殿が内奏なされ、ご裁可をいただいたことでごわんそ。それをまたいまさらご詮議なされば、聖意にそむくこつになり申さんか」

岩倉は隆盛に圧倒されようとする気持ちをたてなおし、懸命に踏んばった。

「なんとしても、私はこのまま上奏はできぬ。主上の仰せといえども、よからぬことはお諫(いさ)めいたすのが、太政の任につく者のつとめでござろう」

隆盛はいった。

「このうえご相談をかさねたとて、まとまることではございもはん。あとはご勝手になされりゃよかごあんそ。私はこれにてご免こうむり申す」

江藤は岩倉を罵った。

「言い訳のしかたに詰れば、皇威を侵すこともかまわぬといわれるか。私はあなたのような人のもとで国事にかかわりたくはありません」

隆盛につづき江藤が席を立つのを、板垣と副島が押しとどめようとしたが果せず、四人はそのまま岩倉邸を退出した。

岩倉は隆盛ら四参議が立ち去ったあと、ただちに大久保にあて、つぎのような内容の書状をしるし届けさせた。

「いま四参議がたずねてきて朝鮮問題につき話しあい、いろいろ談論したが小生はわが意見をつらぬき通した。このうえは主上の宸断を頂戴するのみです。

小生はどこまでも国家の御為とのみひとすじに主張したところ、それではいたしかたもないということで、議論はまとまらなかったのですが、西郷らは参議を退くということもいわないまま帰ってゆきました。

その様子を疑えば皇居へ出頭して主上に拝謁し、直奏するかも知れません。それについて徳大寺宮内卿からのお返事の別紙を同封するので、ご一読下さい。

こののち役職を進退する人々が出てきて、世上の噂も高くなると思うので、はやばやと政体改革の方針につき発表したいと思い、書きかけてみましたが、できませんでした。

また登用すべき人選を迅速におこなえば、人心がおおいに定まると思い、別紙に私案を書いたのでご一覧を願います」

岩倉は隆盛らが天皇に拝謁して直奏するのをおそれ、徳大寺と相談して拝謁の道をとざすようはからっていたのである。

大久保は岩倉の書状を読むと、ただちに返書を送った。彼がもっとも心配していたのは、隆盛ら四参議の天皇への直奏であった。

「皇居のほうは、徳大寺卿のご書面にしるされておられるようなお手配をなされておれば、まったく気遣いはないでしょう。

しかし明朝までの間に拝謁を願いたしとお迫りいたす者もあるかも知れません。おそれいりますが、上奏宸断が達成するまではご貫徹下されるよう希望いたします」

大久保は徳大寺が岩倉へ送った書面を見て、いちおうの安心はしたものの、そのうえの警戒が必要であるという。

彼らにとって隆盛らの直奏が、もっとも警戒すべきことであった。隆盛を信任されている天皇は彼の直奏をうければ、勅裁を下されるにちがいなかったからである。

大久保の書状には隆盛ら四参議が辞職するにちがいないと考えていた内心があらわれている。

「私の考えでは諸省卿に参議を兼任させるのがよいと思います。この件については軽はずみな変更をしてはなりませんが、実務をおこなううえから見て、やむをえないのではないのでしょうか」

各省の長官である卿に参議を兼任させる方式は、大久保がこのとき思いついたものであった。

これが現代に至るまで諸省の長官が国務大臣を兼任する組織として続くことになった。

十月二十三日、岩倉は参内し意見書を上奏した。

その内容は朝鮮に使節を派遣し、外交紛争の是正をはかることは、国権を守るために必要であるが、いま朝鮮と争いをおこすよりも国力を充実させることが重要であると、指摘する。

艦船の数をふやし、兵器、食料、大軍を動かす軍資金のそなえを充実させ、内政全般の強化が必要である。そなえが整ったのち使節を派遣すべきであると、岩倉はいう。

いま充分のそなえのないままに使節を送り、万一非常のことが起こっても対処できない状況になれば、後悔しても追いつかないことになるとして、ひたすら反対意見を上奏した。彼はいったん使節派遣に賛成した三条の意見はまったく上奏しないままであった。

岩倉は意見書を奏上したのち、さらにその意義をあきらかにする口演書を差し上げた。

「明治四年の冬、特命全権大使の命をうけたまわり、欧米各国にいって参りました。条約改正の目的を達成するために各帝王に謁して聖旨を申し述べ、大臣に接してわが政府の要望を披瀝（ひれき）しましたが、改正は至難の業（わざ）で理論口舌によって動く相手ではありませんでした。

実効、実力によらなければ当方の要望を達することはできません。彼らは体面をかざり西洋文明をかじったくらいでは応じません。国政の整備を完全にととのえ、国力を増強し、文明進歩の道を歩まなければ対等に扱いません。

いまわが国は文明をうけいれ進歩が著しいといわれていますが、富強の実力はとても欧米に及びません。国力を充実させなければ、不平等条約の改正はできません」

岩倉たち使節団は、国勢、財力、政教の進展が急務であることを、骨身に沁（し）みて感じとり帰国したのである。

「しかるに本月（十月）十四日、内閣において朝鮮遣使の議論をいたしました。三条太政大臣と私具視は、情勢の寛急、前後をおもんぱかり、順序を考えておこなうのがよい。いま急ぎ使節を送ってはならないと申しました。他の参議らは皆これに同意しましたが、西郷参議が一人、ただちに使節をやることを主張しました。

　大久保、大隈、大木の参議をのぞくほかの参議は、ようやく考えが動揺し、議論は決定しなかったのです」

　岩倉は事実をまげていた。副島、板垣、後藤、江藤の四参議らは岩倉らが帰朝する前から隆盛と同じ意見であった。

　大久保はその夜、黒田に書状で連絡している。

「もう聞いておられると存じますが、今朝西郷が家を出たということです。何も気遣いはありません。例の気質で決断したうえは、ぐずついていてはいろいろと紛議がおこりかねないと思い、外出したのだと察します。

　今日、副島の自宅へ遣使派の参議らが集まり、何事か相談しているようです。今朝、板垣が西郷に会いにいったそうなので、多分今後の相談をしているのでしょう。

　西郷はいったん決断すれば、彼らと行動をともにすることはありません。西郷は今日辞表を提出したそうです。実に意外なことです。なお桐野も辞表を出したそうです。篠原（国幹）はそんなことをしないと思いますが、貴兄からあつく談合し引きとめて下さい」

大久保は隆盛とともに板垣ら四参議も辞表を差し出すと予想していたので、彼らが主上に拝謁をお願いし、直奏をはかるのではないかと心配していたのである。

また黒田に篠原陸軍少将が辞職しないよう説得してほしいと頼んだのは、隆盛に従って鹿児島県出身の文武諸官が辞職するのを大いに危惧していたためであった。

隆盛が大久保のように裏面での画策に長じておれば、諸官につよく働きかけ辞職をすすめていたであろう。そうなれば政府の機能が動きをとめる状態に立ち至っていたかも知れない。

黒田はさっそく蠣殻町の西郷邸をたずねたが留守であったので篠原邸へ出向いた。だが立錐の余地もない来客が内外を埋めつくしており、懇談することができなかった。

隆盛は小牧新次郎という護衛の従者を連れ、政府に辞表を奉呈したのち、編笠で顔を隠し、隅田川から小舟に乗り上流の小梅村にある元庄内藩の米問屋であった、越後屋喜左衛門の別荘へ身を隠した。彼はそこで魚釣りと詩をつくる閑居の数日を過ごしたが、越後屋と懇意な黒田が訪ねていったので、二十八日に東京を離れ鹿児島へ帰っていった。

岩倉は上奏を終えたのちも不安でならなかったので、二十三日のうちに大久保に書状を送っている。

「西郷氏は辞表をはやばやと奉られたそうですが、叡慮はいかがでありましょうか。気を揉んでいます。是非お差し留めするのはもちろん、遺使の議論が合わなかったことだけで退職なさるのは実に遺憾であると存じております。ついては明朝西郷、貴兄、木戸らに退職を差し留め、すみやかに出仕されるよう申しいれようと思っています。たとえ表面だけでもそうしなければ、決しておだやかに済まないと存じます。この件につきどうお考えか、一応ご意向をうかがいたいものです」

岩倉は天皇が西郷をいかに信頼しておられるか、よく知っているので、辞表をうけとってもいったんは出仕の沙汰を下そうとしていた。

だが大久保は岩倉の書状を読むとただちに返報を書き送った。

「西郷辞表の件については、ごもっとものご意向と思いますが、ただちにご許容をいただかねば、本人のためにもよくないと存じますので、よろしくお願い申します。

この先何もお気遣い下さるような事件は起こりませんので、ご安心下さい。参議と近衛都督の役を免ぜられ、陸軍大将の位階だけはそのままにしておいて然るべきかと存じます」

大久保は隆盛が引退にあたり、政府倒壊を企てるような謀略をたくらむ小人物ではないことを知っているが、参議の座に残せば朝政をおこなううえで、最大の対立者になることを承知しているので、一時も早く辞職させたかったのである。

十月二十四日、岩倉の奏上は天皇のご採納をうけたので、板垣、副島、後藤、江藤の四参議は二十四日に辞表を奉呈し、二十五日に隆盛とともに辞職を聴許された。

かねて辞表を奉呈していた三条、木戸、大久保、大隈、大木喬任については、却下されたのはもちろんである。

岩倉、大久保らの策略を察知しつつも、国政を混乱させる騒動を起こさないため帰郷した隆盛の心境は、旧庄内藩士酒井玄蕃の対談筆記が、もっとも真実に近いといわれている。

庄内藩は戊辰戦争のとき官軍と激戦を交えたが、降伏の際に隆盛の指揮する薩軍が穏和な取り扱いをしたので、その恩義を忘れず隆盛との交流をつづけ、明治三年には藩主酒井忠篤が多数の藩士を連れて鹿児島へ出向き、隆盛の教えをうけた。

明治五年、隆盛が参議・陸軍元帥・近衛都督を兼任すると、酒井玄蕃は陸軍士官となったが、隆盛が辞職すると彼もまた辞職して鹿児島に出向き、隆盛下野の真意をたずねた。かれはその後病を発し帰京したが、明治九年に病没した。

酒井の筆記を現代文で記す。

「明治七年一月九日に、はじめて西郷先生とお逢いできた。おたずねした理由をくわしく申しあげると、それはまことにありがたいといわれた。このたびの朝鮮問題は、私が言い出したものではない。私が病気でひきこもっているときに、現地でさまざまの紛争が起こり、日本人保護のため一大隊の歩兵を派遣すると、板垣殿らが申されたのです。それはもってのほかによろしくないと思ったので、病苦をこらえ出仕したのです」

朝鮮問題がはじめに閣議にのぼったとき、隆盛は病臥していたので、彼が主唱しておこしたことではないのがわかる。西郷は言葉を続ける。

「ご維新ののち、これまで朝鮮とはご交誼を重ねてこられたのが、今度こちらから兵を遣わされるとなれば戦争となり、国民もその理由を納得せず、もってのほかのこととなります。

わが国からはどこまでもご信義を尽くさねばならぬと申しあげました。これまでの使節は、こちらから出向けばあちらが避け、あちらが一歩踏みだせばこちらが二歩退くという具合に、正面から向かい合った相談は一度もしておりません。

今度は厳然と使節をお遣わしなさり、これまでの曲直をはっきりとただせば、朝鮮は現状をおだやかに承知しないでしょう。つまり使節もそのまま日本へ帰さないことになります。そうなればわが国の世論は一致して、朝鮮との交渉は簡単には納まらないことを理解するでしょう。ただ現在のように現地で揉め事が起こっただけでご出兵されるのは、考えられない下手な手のうちかたです」

隆盛は国家のために朝鮮使節となり、わが身を犠牲として日本国民の敵愾心を煽れば、出兵するに至ることができるというのである。

酒井は隆盛に内心を打ちあけられ、懸命に書きとめてゆく。

「私はかねてから国家のために命をなげうちたいと思っていたので、朝鮮使節はかならずうけたまわって、これまでのなりゆきだけはぜひあきらかにいたしたいと申し出ました。ところがふだんの閣議とはちがい、よほど異論も多く面倒であったが、しだいに意見を聞きいれられ、陛下の内勅までいただきました。黒田清隆らがこの問題へ飛びこんできたが、一切相手にしなかった」

隆盛は樺太から北海道を狙ってくるロシアの動きを封ずることが大問題であると見ていた。

いずれはロシアは大害をわが国にもたらす。北海道を守るために現地に兵を置くのは、決して上策ではない。

ロシアはヨーロッパ内でも紛争が多く、トルコはロシアと衝突するであろうし、イギリスも動く。よくイギリスと申しあわせ朝鮮方面からロシアを攻めれば、大国といえども恐るるにたりないと隆盛は見ていた。

隆盛は語る。

「こんな考えを岩倉公に申し述べたが、彼は内心では戦は恐ろしいがそういえないので、順序がちがうといった。公のいう順序とは平穏無事の日であります。

現在のような国家に危急の及びかねない場合には、ふだんの通りの順序では国家の義務をつくすことができません。ただちに戦略上の策を練らねばならないのです。はじめは参議方に私の議論をもちかけると、すべての参議は私の意見に同意しました。だが岩倉公は軍略は知らないといわれます。ご存知がなければ、どこまでも存知する者にお聞きなされませんか。

軍事は恐ろしくてできないと申されるなら、今日から政府といわず、商法支配所とでも名を変えればよし、政府というからには政府の義務を果さねばなりません。義務を果さなければならぬなどと、随分はなはだしい議論もしました。

副島は外務卿として、朝鮮使節はぜひ自分が務めるなどと言い出したが、私はかねてご内勅をいただいているのに、このままですませるわけもなく、副島を打ちはたすよりほかはないなどというまで、争論は深刻になったのです」

隆盛は朝鮮問題を解決し、樺太、北海道に手をのばしてきたロシアの圧迫を、はねのけようとしていたのである。

隆盛と桐野が辞表を奉り、聴許されるか否かをまたずに帰郷したのを見た鹿児島県出身の近衛士官は、陸続と辞表奉呈ののちあとを追って去った。その数は百人をはるかに超えた。

十月二十九日、徳大寺宮内卿は篠原少将以下の近衛将校百四十余人を宮中へ召し寄せたが、篠原以下多数の士官が病気と称し参内しなかった。

天皇は上小御所代(かみこごしょだい)に出御され、佐官以上の将校に国家の重大事態に対処するため、一層勉励せよとの勅語を授けられた。

十月末には兵士が大挙して本来の職務をなげうち、勝手に辞職して立ち去ってゆくと、木戸の日記にしるされている。

当時陸軍卿は山縣有朋、大輔は隆盛の弟西郷従道であった。山縣は長州人として隆盛とはもっとも親密であるといわれていた。彼は陸軍省出入りの商人山城屋和助(やましろやわすけ)の公金詐取事件に関する汚職問題で失脚しかかったとき、隆盛に助けられたので、朝鮮使節問題では大久保らに同意したが、内心では恩義を忘れていない。山縣は西郷従道とともに、陸軍の組織が崩壊に至るのをとどめようと懸命に支えた。

だが高知県士族のなかには、この政治混乱の機に乗じて暴動をおこそうとしている者がいるという噂は、東京まで聞こえていた。戊辰以来いつも薩摩に先んじられていたが、今度は遅れてはならんと激語し、板垣がしきりに鎮撫(ちんぶ)しているというのである。

政府は隆盛辞職後の将兵鎮撫、兵員補充、内閣職員の充実、人心安定に繁忙の日を送っていた。

大久保は大蔵省の権力が強大に過ぎて各省との平衡を欠いているため、内務省を新設して国内民政を担当させようと考え、十一月十日に新設された内務省を統率する参議兼内務卿に就任した。

朝鮮問題で辞任した板垣、副島、後藤、江藤の前四参議は、功臣の辞任する者が相次ぎ、国内に不穏の気配が充満するのを見て、緊急の対策をとらねばならないと策を練った。

今度の政変は専制組織のもたらしたものである。国民に挙国一致の精神を発揮させるためには、公議輿論(よろん)の制度を確立しなければならないと板垣が、国会開設の建白を主唱した。

政府の中枢を掌握している薩長土肥のうち、薩摩は隆盛が去り彼に従う人士も廟堂(びょうどう)を離れたので、勢力はなかばを失った。

長州はその勢力をまったく弱めていない。土佐は板垣、後藤が辞任したので政府における発言力はきわめて衰えた。肥前は副島、江藤が辞任し、大隈、大木が政府に残ったが、土佐とともに薩長に従うばかりである。

長州は隆盛が引退したので、武力においてようやく薩摩と比肩(ひけん)できるようになったが、行政面においては大久保に主導権を握られている。

板垣ら四人の元参議らは、前東京府知事由利公正(きみまさ)らの協力を得て、専制政府に対抗する大政党を組織した。日本にはじめて出現した愛国公党である。

その推進する思想は欧米における天賦人権説によるものである。愛国公党の本誓冒頭にそれが明記されている。

「天が人を誕生させるとき、一定の義務権利を与えている。これは天が与えてくれるもので、人力で取りあげ奪えないものである。

しかし世情が未開のうちは人民の義務権利が認められないものである。わが国はながらく封建武断の制を敷き、人民を奴隷とした習慣がまだ改正されていない。

これを改めねば、国威はあがらず国民は富を得られない。われらは至誠、愛国心をおおいに発揮するため、同志と誓いあい人民の義務権利を主張し、天より賜るものを保全する。これは君を愛し、国を愛する道である」

愛国公党は明治七年一月十二日の夜、副島邸で本誓署名式をおこなった。

民撰議院設立建白書はそのあと一週間以内に提出する予定であった。国民には納税の義務があるが、参政の権利はそれに附随するものであるとするのは、英国議院政治の根源である民権主義思想であった。

だが板垣の思いがけない事件がおこった。高知県士族激派の有志が右大臣岩倉具視を襲撃したのである。隆盛辞職ののち鹿児島県出身の将兵、官僚がなだれをうつように辞職帰郷した。

それを見た高知士族の将兵、官僚も鹿児島に次ぐ多数が辞職した。彼らは隆盛に同情して辞めたのではない。鹿児島出身の将兵が政府の許可なく職をはなれ帰郷するのを、政府が軍紀を乱す者として処罰せず見逃したため、それを不満として辞職したのである。

彼らは明治六年十一月、「海南義社」という結社をつくった。

その盟約趣意書を現代文で記す。

「有志の士が愛国尽忠の志念において、出処進退が変るはずもない。どこへゆこうとこの志気が存在しなくなることがないのは、いうまでもない。

このたびわれら有志は辞職し、都下に住む者、帰郷する者が出たのはまことにやむをえないことであった。

だがますますたがいの親交を深め、志を培いいよいよ協力して、一旦緩急の際には、内は皇国を守り、外は強国の侵入をふせぐ。全力をあげてはたらくのはわれら有志者の義務で、片時も忘れてはならぬことである。

軽率な騒ぎをおこし好機を逸するのは有識の士のすべきことではない。何事もかならず共に議論をかさね、共に進退することを望む。ここに諸君と誓いこの義社を結成する」

社中の議論を決するのは、陸軍少佐または同等以上の官位に在任していた者で、社中の会議、規律につき五カ条の誓約をつらねている。

海南義社は高知県出身の旧軍人で結成したもので、辞職ののちも軍人として行動することを望む者の集団である。

高知県士族のうちには海南義社のほかに幾つもの大小党派があった。彼らは旧軍兵卒が多く、慎重に事にあたるような手ぬるい行動を嫌い、政府高官の暗殺など過激な計画でなければはたらこうとしない者が多かった。

高知士族を代表する板垣、後藤らは表立って過激派の壮士らと関係を持たず、民撰議院設立を唱えるばかりであるが、裏面では彼らが騒ぎをおこせば、その機を利用して政府を圧迫する考えをひそめていた。

激派の巨頭として知られた武市熊吉という人物がいる。彼は戊辰戦争のとき板垣退助の部下として働いた。板垣の幕僚であった彼は、土佐隊が大垣から東上し上諏訪に出て韮崎まで進み、翌日甲府へ突入することになると、因幡、高島二藩の斥候とともに情況偵察に出向いた。

だが甲州勝沼附近には近藤勇の指揮する甲陽鎮撫隊が布陣していた。同行する斥候らは引き返してしまったが、武市は独行した。途中で敵の騎馬侍と出会ったが威嚇して逃走させ、勝沼宿へ入り富豪の家に入りこみ官軍斥候であると告げ、甲陽鎮撫隊らの様子を聞きとり、帰隊報告した。

武市はこのような放胆な行動をかさね、板垣のもとで陸軍大尉となった。明治五年八月、板垣は隆盛と相談して武市を薩摩出身の陸軍少佐池上四郎とともに、清国、朝鮮の国情偵察に派遣することになり、外務省十等出仕の辞令を与えた。

大陸偵察は明治六年四月頃まで続けた。このような経歴を見れば、武市の性格が推測できる。彼が命を捨てることをためらわない同志たちと、政府を壊滅させる行動をはじめたのは辞職後間もなくであった。

明治六年十二月二十日、同志の千屋帰一（ちやきいち）、宮崎岬らが東京市街を焼き、その混乱に乗じ大臣参議をすべて殺戮（さつりく）する企てをおこし芝増上寺に放火した。油を入れた手桶（ておけ）に箒（ほうき）を浸し、軒庇（のきひさし）を濡らし火を点じるのである。

だが町家とちがい材木が巨大に過ぎて発火しにくいため失敗した。

さらに翌明治七年一月三日に浅草寺に放火したが、やはり大火に至らなかった。結局千屋、宮崎はまもなく逮捕処刑された。

武市は同志を自宅に集め、まず岩倉右大臣を誅殺することにした。実行するのは武市ほか九人の海南義社同志である。

彼らは決議を終えると、湯島天神開化楼で豪遊泥酔し、隣の座敷の客と喧嘩（けんか）をはじめ、刀を抜いて斬りあい、隣客は斬られて落命した。

同志の黒岩成存が下手人として警察に拘留されたが、霊岸島（れいがんじま）の裁判所判事は黒岩の親戚であったので、その自宅に預けられる軽罪となった。彼は外出も自由にできたので、岩倉襲撃の際は同志とともに行動した。

一月十四日午後五時、同志は武市宅に集合し、築地の海軍省の脇道から山下町、霞ヶ（かすみ）

関を越え、ドイツ公使館付近で二手にわかれ、麴町表通りと裏通りを通過して喰違門前に到着した。

附近は樹木雑草が生い茂り、待ち伏せの人数が身を隠しやすい。岩倉が午後四時過ぎに馬車で参内したことはたしかめている。

午後八時頃、二頭立ての馬車が馬蹄の音高く赤坂御所から近づいてきた。

「あれじゃ、まちがいないがじゃ。斬りすてよ」

岩倉右大臣の馬車は赤坂御所を出て、表霞ヶ関の自邸へむかう途中であった。喰違の土堤に馬首をむける手前で、前方に刀光がひらめき、「国賊」と叫ぶ声が聞えた。

同志の一人が馬車の後ろから刀を突きこみ、車中から黒いものが転げ落ちたのでまた力任せに斬りこむ。

馬車の反対側からも三度刀を突っこんだ同志が幌をひきはがすと座席には毛布だけがあり、人影はなかった。

岩倉は左右から幌のなかへ刀を突きこまれ、浅手を負いつつ馭者が斬り倒される瞬間に、頭から羽織をかぶり道へ飛び下りた。その刹那に黒いものが転げ落ちたのを見た志士の一人が力まかせに一刀を浴びせた。

だが岩倉は和服に博多帯を締め、短刀を差していたのでそのうえに斬りこんだ刀は意外に浅い傷を負わせるにとどまった。

武市らは懸命に附近を探す。岩倉は寒中の濠に飛び下り、必死に石垣にしがみつき、水中からわずかに頭を出し辺りをうかがう。武市らは通行人に提灯を借り、くさむらを斬り払い辺りを探索するうち二頭立ての馬車は馭者のいないまま御所の方へ駆け戻る。

武市らは宮内省の役人らが叫びたてるのを聞いて逃げ去り、濠から這いあがった岩倉は助けられ宮内省へ帰還できた。

武市らは捕縛されたが、岩倉襲撃は政府を震撼させる大事件であった。

第六章　士魂とは

隆盛が鹿児島へ帰ると、陸軍少将桐野利秋、篠原国幹以下近衛局の将兵があとを追って辞職帰郷してしまった。

司法省、警保寮でも辞職する文官があいついだ。政府には彼らの行動を制止することができない。国家の柱石である将兵、官吏が政府の許可を得ることなく帰郷していっても処罰せず、現職を離れても辞職したのではなく、非職であると解釈して、給料を彼らの郷里へ送ってやる。

大久保利通を中心とする政府は、隆盛と板垣、副島、江藤、後藤の四参議が辞職したいま、国家を傾けるほどの大動乱が起こりかねないと見て、ひたすら反政府の全国諸党派を刺戟（しげき）しない方針をとろうとしていた。

だが司法卿として辣腕をふるった江藤は佐賀県士族を蜂起させ、国政の主導権を鹿児島県士族とともに掌握しようとたくらんでいた。

隆盛がともに決起すれば全国の不平士族が一挙に暴発して政府を潰滅させてしまうで

あろうと予想したのである。

江藤は東京にいる同志村地正治らを佐賀へ帰らせ、反政府の志士を募るとともに鹿児島へおもむき、隆盛に行動をともにしようと働きかけることにした。

村地は当時の状況を語っている。

「明治六年（一八七三）十一月上旬、鹿児島へ行ったところ、同県の士族も動揺しており、西郷、桐野両氏は田舎に身を隠していた。方々探しまわってようやく面会できた。それでいまの政府の方針が誤っているので、全国の人心が動揺している。ぜひ協力してこの好機を生かし、一挙に中央を制しようではありませんかと、懸命に説得しようとした。

だが西郷、桐野氏らは時機がまだ早いと主張するばかりで双方意見があわず、挙兵には応じなかった。しかし佐賀県志士が挙兵し行動する場合は、われわれは何の妨害もしないといった」

村地らはやむなく十一月二十七、八日頃に佐賀へ帰り、政府に対し反省をうながすため協力する同志を募集した。村地は語る。

「私と中島鼎蔵（ていぞう）、徳久幸次郎が帰県して地元の友人たちに事情をうちあけ、尽力してもらいたいと頼むと、たちどころに数百人の同志が集まった。

それで征韓党という結社を設立した。それからは同志が集まるばかりで二十日ほどの間に千余人となった。

それだけの人数が入る場所が見つからず、旧藩の弘道館という学校が空屋となっていたので、そこで談合ができるようにはからいました」

その状況を江藤に報告し、彼を佐賀に帰らせ征韓党の首領にするため要請しようと衆議が一決して、十二月二十四日に中島鼎蔵らが東京へ出向いた。

江藤は中島らの頼みを承知した。

佐賀には憂国党という、政府の欧化方針に反対する保守主義者の団体があり、島津久光の方針を重んじていた。

島義勇は戊辰の役では佐賀藩軍監、大総督府軍監となり、関東各地を転戦し会計局判事となった。そののち開拓使判官、大学少監をつとめ、侍従に任命された。

彼は撃剣、腕相撲において天皇のお相手をつとめた。そののち明治四年十二月に秋田県権令に転じ、五年六月に退職して東京に帰った。

従兄弟の副島種臣とともに高名であった彼は、明治七年正月、太政大臣三条実美から佐賀へ帰県し、征韓党の形勢が不穏のため、鎮撫におもむくよう命令を受けた。

そのとき憂国党幹部が上京し、帰県して党首に就くよう頼んだので、義勇はそのときわが運命を感知したという。

出発のまえ、赤坂御所へおもむき天機を伺おうとしたが、門鑑がなかったので正門の外で地面に平伏し、幾度も拝礼して立ち去った。

江藤新平は司法省の長官として、長州閥の井上馨、山縣有朋を汚職の罪で追及し、破滅寸前まで追いこんだが、朝鮮問題の騒動により、いったんすすめた二人の訴追を断念せざるをえなくなった。

だが彼は司法卿在任のあいだに多数の諜者をはたらかせ、国民の今後の動向についてのあらゆる情報を集めていた。全国の農民は、政府税制が幕政当時よりもきびしくなったのを不満として、一揆騒動を至るところでおこしている。

全国の士族たちも廃藩置県後はかつての特権をあいついで奪われたのち、ひそかに謀議をかわしていた。一犬が吠えたてれば万犬がたちまち応じ、政体が潰滅しかねない大暴動がおこりうる危険な気配が諸県に充満しているのであった。

「政府を倒し、現在の大久保を中心とした藩閥を打倒する運動をはじめる絶好の機会は、目前にめぐってきているのだ」

江藤は佐賀出身の同志たちに説いていた。

全国不平士族が政府打倒の行動に踏みきるとき、彼らが指揮者として待望するのは西郷隆盛である。

隆盛が立てば全国士族のすくなくとも半数が、風を望んでその旗のもとに結集すると江藤は予測していた。いま決起にあたり隆盛を誘えばかならず応じると思っている。士佐の板垣、後藤もまた隆盛と行動をともにするにちがいない。

佐賀、薩摩、土佐三県の士族が挙兵すれば、たちまち政府を圧倒しうると見込んでいた。


明治七年一月十一日の夜、江藤は同郷の大隈重信邸をたずね、帰郷すると告げた。

「俺が帰らねば、地元の壮士らが鎮撫する見込みがないほど激昂しているので、ぜひにも佐賀へ急行する」

大隈は江藤をひきとめようとした。

「ミイラ取りがミイラになるという諺がある。鎮撫するつもりで帰ったところで、壮士らの激発をとめられまい。すでに挙兵しているかもしれない。そうなれば飛んで火に入る夏の虫で、わが身を焼きつくすことになり、危険きわまりないことだ。帰郷は思いとどまれ」

大隈は懸命に説得しようとしたが江藤は応じることなく、大隈邸に一泊して翌朝立ち去った。

一月十二日の夜、西郷とともに辞職した板垣、後藤、副島、江藤の四参議を中心とした、民撰議院設立建白、愛国公党設立についての協議が副島邸でひらかれた。

会合が終り散会となったが、副島は板垣をひきとめた。

「貴邸は近所だから、いましばらくとどまっていただけまいか」

板垣はなにか相談があるのだろうと思い、帰邸を遅らせることにした。

副島は江藤と膝をすり寄せ、重要な相談をしているようであった。

板垣は座を立ち室内を歩き、壁間に掲げられた書画を見て二人の相談が終ったのを見はからい、座に戻った。

副島は江藤にたずねた。

「この事については板垣君に話しても差し支えあるまいか」

江藤は頷き、二人は佐賀県の士族が暴発しかねない状況なので、急遽鎮撫しなければならなくなった。ついては明日帰郷するとうちあけた。

板垣はおおいにおどろいていった。

「西郷が政府の東京滞在の下命を無視して鹿児島に帰ったとき、両君はわれらとともに不当のふるまいというたではないか。

いま両君が帰県するのもまた、はなはだ穏当ではないことじゃ。ここは思いとどまってくれんろうか」

板垣はいま帰県すれば火に油をそそぐようなもので騎虎のいきおいとなり、君らもかならず渦中に巻きこまれるのはあきらかであるといった。

それよりも東京から壮士らを指導すれば、彼らも君らを見殺しにはすまい。そうするほうが事変はおだやかに収まるだろうとひきとめるのである。

話しあいを幾度かかさねたのち、江藤は副島にいった。

「板垣君のいわれるところはもっともだ。貴公は東京にとどまり、俺一人が帰県しよう」

副島は同意した。

板垣は江藤の帰県をも制止しようとしたが、聞きいれる様子がなかったのであきらめていった。

「いまわれらは愛国公党をむすび、立憲政治の基礎をかためんとするときじゃ。万一異変がおこりゃ、すべてはおしまいになるき、自重しようじゃないか」

江藤は日頃佐賀士族が議論倒れになり、実行力に乏しいとして、彼らの気勢をもりあげようとしていたので、板垣はいま彼を帰県させれば、事態は激化するのではないかと危ぶんだが、このうえ制止することもできなかった。

江藤の帰県を制止したのは、板垣、大隈のほかに木戸孝允、土佐の土方久元らであった。江藤の破滅が前途に歴然と見えていたからである。

江藤は帰途、同志とともに大久保利通邸の前を通過するとき、内心を洩らした。

「なあ、大久保は小童だよ。薩摩の勢力を背負うておるゆえ偉そうにしておるが、維新の大目的などが彼らにわかってたまるか。俺が佐賀に帰ったと聞いたら、さぞおどろくだろう」

しかし、大久保はおどろかなかった。

江藤が帰郷し叛乱士族の指揮をとれば、鼠が鼠取り籠のなかに踏みこんだのと同様の結果を招いてやろうと、待ちかまえていたからである。

江藤は明治六年十二月二十八日、政府に帰県を願い出た。現代文で記す。

「東京に御用滞在を仰せつけられ、ありがとうございます。しかしふだんから多病で、近頃は疲労がはなはだしく、気のむくままに保養したいと存じます。

それで東京での有事にそなえての御用滞在のご下命をご免下されたく、よろしくお願い申しあげます」

政府は御用滞在を免除しなかった。

「願いはご許可にならない。東京でゆっくりと保養せよ」

副島種臣が政府に帰県を請うたのは、明治七年一月十五日であった。

「一月十日付で保養のため内地旅行を願い奉ったところ、十四日に別段の御用があるので許可しないとのお沙汰を頂きました。しかしいま一度申しあげます」

彼は胃腸、肝臓が弱っており、仕事の束縛を受けず養生するよう、お達し下されたいと願い出たが、政府は許さなかった。

江藤は一月九日に再度帰県の願書をさし出したのち、政府の允可をまたず、同月十三日に東京を離れ、十九日に嬉野温泉に到着したとき、聞届書を受けとった。このため副島は破局にのぞむことを免れた。大久保は副島と仲がよかったので、彼を東京にとどめたといわれている。

江藤が佐賀に帰ると、地元の征韓党の壮士たちは諸所に集合して演説し、いまにも叛乱を起こしかねないように殺気立っていた。

「俺たちは戊辰に際し、洋式軍備をととのえ、精鋭が城下に充満し、戦力は諸雄藩の遠く及ばざるところであった。

だが議論ばかりして実行になかなか及ばないのが、佐賀者の通弊じゃった。戊辰の役で薩長に後れをとりしはそのためである。俺たちは今日の時勢に至り、諸県にさきがけて事変をおこさねば、また世に取り残されてしまうぞ」

彼らのいう激語の内容は、江藤が鼓舞扇動したものであった。

いったん憤激した壮士たちを取り鎮める手段はなく、燃えひろがった火焔にわが身を焼かれる結末を、招き寄せるしかない前途の運命に、江藤は気づいていなかった。

江藤に後れて佐賀へ向かった島義勇は、江藤とは対立する保守主義者で、廃藩置県にも猛反対した人物である。だが彼が横浜から乗った汽船には、今度佐賀県権令（知事）となった岩村高俊が乗りこんできた。

土佐人の彼は船中で酩酊し、わが戊辰の役の戦闘体験を放言し、佐賀県士族を罵倒した。

「あいつらあは、兵をあげるというちょるが、どうせ文弱烏合の連中じゃき、俺が出りゃ何ができるがか。ひとひねりで弾圧してやらあ」

島は傲慢きわまりない岩村の言動に憤怒した。岩村は権令であるのに、鎮台兵を率い佐賀に入るといい、下関で汽船を下りたので、島は憂国党を率い江藤と協力して鎮台兵と戦わねばならなくなるだろうと考えた。

島は二月十一日に長崎へ上陸すると江藤が待っており、元家老の屋敷で会った。江藤は岩村が佐賀討伐にくるのを知っており、騎虎のいきおいで戦う決心をしていた。

島は当時の情況をのちに法廷で供述している。

「江藤は政府の討伐に抗戦すると決した。戦闘の手配、武器弾薬も充分備えている。佐賀県は征韓、憂国、中立の三党派が折れあわず、おおいに憂慮しているので協力してほしいと私に懇願した。

私は旧主、先祖の墳墓の地を政府兵隊により焦土とされるのは堪えがたいと思い、協力を承知した」

岩村高俊は戊辰の役に際し、官軍参謀として北越で行動し、長岡藩河井継之助と会い、慎重な人物である彼を抗戦に踏みきらすまで罵倒しつづけた。

大久保内務卿が彼を佐賀県権令としたのは、江藤らを憤怒決起させ破滅に追いやろうとしたためであった。

江藤が二月十三日に長崎から佐賀に到着すると、城下の住民は蜘蛛の子を散らすように山中へ避難していた。江藤配下の壮士たちはただちに決起を承知し、島の憂国党も行動を共にすると決した。

両党の兵力はおよそ三千人、ほかに県内の壮士千五百人余りが参加した。

東京の太政官に佐賀県下の情報が電報で伝えられたのは二月三日であった。太政官は陸軍に下命した。

「佐賀県下の士族が動揺しているとの連絡があったので、近隣の鎮台に兵を出させ鎮圧せよ」

陸軍省は熊本鎮台司令長官谷干城に出兵の命を下した。

二月九日には福岡から佐賀県下の動揺がさらに激しくなってきたとの電報が届いたので、大久保内務卿はただちに文武の大権を与えられ、九州へむかう。東艦、雲揚艦の二隻が大久保の指揮下に入り、東京鎮台第三砲隊と大阪鎮台の歩兵二大隊七百七十五人が、熊本鎮台へおもむいた。

熊本鎮台の兵力は二大隊である。そのうち一中隊は対馬に駐屯し、一小隊は日田分営にいた。熊本城本営には一大隊半がいるのみである。谷は本営防備に主力を用いようとした。

「このうえ兵を動かせば、城を守るがは難儀ぜよ。陸軍省からなんというてきても、城は出られんがじゃ」

だが二月十三日に佐賀県権令の岩村が熊本鎮台にきて、佐賀への出兵を求めたので、無視できなくなった。

谷はやむなく一中隊で岩村を護衛し、佐賀へむかわせようとしたが、参謀らがあまりに少ないというので、歩兵第十一大隊を左右二隊にわかち、右半大隊三百十六人に陸路をとらせ、左半大隊三百三十二人は熊本の回漕会社の蒸気船二隻に分乗させ、海路をとらせた。

海路をとった半大隊のうち一隻は迅速に佐賀附近の海岸に到着し、乗船していた将兵は岩村を護衛して午後一時に佐賀城へ入ったが、一隻は遅れ、入城は深夜十二時頃になった。

十六日の夜明け方、士族隊が城の四方から猛烈な砲撃を浴びせかけてきた。鎮台兵は防戦するが、大砲を一門もそなえていないので火力で圧倒され、被害が続出するばかりであった。

このままでは死傷者を増やすばかりなので、突撃して活路をひらこうとした奥保鞏（おくやすかた）（のちの陸軍元帥）中隊が、午前七時に二分隊を指揮して、北門をひらき突撃した。

士族隊は門外の武器庫の屋根から小銃を乱射する。奥大尉は左腕に被弾したが屈せず疾走するが、さらに胸に盲管銃創をうけ動けなくなった。

このとき城中にいた鎮台兵は先をあらそって突撃した。百姓鎮台とあざけられていた彼らが、白兵戦でおどろくべきはたらきをあらわした。小銃に銃剣を装着し奮闘する軍曹が顔を斬られ倒れると、賊兵が首を刎(は)ねようとするのを、少尉が斬った。

鎮台の将兵は必死に戦い、士族隊数十人を殺し、武器庫を焼き、米穀、銃器弾薬を奪い、城内に戻った。

山川浩少佐(のちの陸軍少将)と奥大尉は重傷を負ったが命をながらえた。重傷の大池大尉はついに戦死した。下士卒の戦死者は三人、負傷者は五人であった。

その夜、城中には四方から砲弾が飛来爆発し、翌日も猛烈な砲撃がつづいた。熊本鎮台右半大隊は途中三池に一泊し、夜明け方に佐賀へむかったが、筑後川(ちくごがわ)を渡河する前から佐賀城の砲声が雷のように鳴りわたっているのが聞えたので、瀬高(せたか)に到着すると布陣して形勢をうかがった。

佐賀中立党を率いる首領前山清一郎は部下二百余人を率い瀬高にきて、鎮台に協力を申し出た。征韓党、憂国党との協力にふみきらなかった前山ら中立党は、佐賀城内の鎮台将兵が甚大な被害をこうむったのを知って、右半大隊と行動をともにすると決めたのである。

左半大隊の残兵約二百人は十八日の早朝に城門をひらき味方の待つ府中へ脱出した。

彼らが追撃する士族の乱刃を逃れ、府中の右半大隊と中立党隊に合流できたのは、日没に近い頃であった。

江藤と島は二月十九日、征韓党、憂国党の兵五千と称する大部隊を率い佐賀城に入城した。同日午前十一時、大久保内務卿は山田顕義（あきよし）少将以下文武官員をともない、野津鎮雄少将の指揮する大阪鎮台第四大隊とともにニューヨーク艦で博多港に上陸して、博多中島に司令部を置いた。

午後十一時、猶龍（ゆうりょう）艦が博多に第三砲隊を上陸させた。翌二十日午前十時には北海艦が入港、第十大隊が上陸した。

同日午後六時、野津少将は東京鎮台の第三砲隊、大阪鎮台の第四、第十大隊を指揮して、二十一日午前二時に二日市へむかい出発し午前六時に到着。そこから第四大隊が本隊とわかれ、戦闘態勢をとりつつ南下し、田代に着いた。

田代には数百人の士族兵がいたが、官軍の不意の進出におどろき、佐賀へ潰走した。府中の熊本鎮台第十一大隊は、佐賀中立党前山清一郎らの協力を許し、正午過ぎに佐賀へむかった。

二十二日午前六時、大阪鎮台第四大隊は砲隊とともに田代から朝日山へむかった。第十大隊はその左方に散開して迫る。士族隊は朝日山麓に砲台を築き守備を固めていた。

第四大隊は小銃射撃を敵陣に浴びせ、砲隊は砲二門を連射する。士族隊も四方から銃砲を乱射してくるので、官軍は大いに動揺して退却寸前に至った。

大隊長は浮足立った士卒を叱咤しふるいたたせようとする。ついに士族隊は集落に放火し退却したが、官軍が追跡すると引き返して斬りあった。官軍は潰走する敵を一里ほど追い、多数の銃器弾薬を奪った。

府中を出発して佐賀へむかっていた熊本第十一大隊は朝日山の銃砲声を聞くとただちに戦場へ殺到し、敵を撃破したが伏兵の罠にかかり、日没を利して一里ほども退却した。

この日士族兵は終始奮戦し、官軍の損害は甚大で敗北の瀬戸際まで追いつめられたが、指揮をとる野津少将が弾雨のなかに立ちはだかり、奮戦してもちこたえた。

附近の地形はきわめて平坦で樹林がむらがって、見通しがよくない。地理に詳しい士族兵は至るところに出没して銃撃を浴びせてきた。

野津少将は士卒を散開させ、地物を利用して前進するよう、声をからして指図した。

「敵は一発撃ってこっちの動きをたしかめ、二発めで撃ちとめるつもりだ。身の動きを追われているのを忘れたなら、息の根をとめられるぞ」

野津は第三砲隊に命令した。

「わが銃隊のうしろより大砲四門を射撃して、敵正面に集中せしめよ」

両軍の砲声は絶えず落雷のように轟きわたり、砲煙によって視界を塞がれた。

敵は日没まえに退却していった。

大久保は二月二十三日に田代まで観戦にきた。日記に見聞をしたためている。

現代文で記す。

「山田（顕義）、岩村（高俊）と同行し、人力車で轟木、中原を通過し、砲戦の実況を見た。今朝からの戦は、はじめは撃烈で死傷者が多かったが、ことごとく勝利して神埼まで陥落させた」

二月二十四日には前線の苔野村を訪れている。

「午前十時頃から苔野村官軍陣営見舞いに岩村権令を同行し、野津少将、渡辺央少佐らに面会して、連日の苦労を慰め戦地の実状を聞く。今日は休戦で、佐賀城下へ大斥候を出したそうである」

大斥候は、前線偵察に二個小隊を出したことをいう。彼らはおどろくべき情報を得てきた。

「地元の者どもは昨日の激戦で官軍が勇敢に戦い、賊従の隊長鍋島市之丞が戦死したので、神埼にいた江藤新平が逃げ去ったと申しております」

このとき大久保は江藤が遁走したと聞かされたが、佐賀から脱出し鹿児島県の隆盛のもとへ走っていたとは知らなかった。

江藤は神埼に本営を置き、味方を指揮していたが、苦戦に陥ると島義勇に告げた。

「俺は今日、勝敗を一気に決するため、兵を二隊に分け、一隊を正面から当らせ、一隊を間道に進めて官軍の背後から攻めさせようとした。

この辺りは味方が地理に通じているので勝てると思ったが、官軍の伏兵に裏をかかれ、ついに大敗した。いまは戦勢きわめて不利なれば、全軍がただちに解散すべきである」

征韓党、憂国党の幹部らは江藤の態度が急変したことにおどろき、理由を聞いた。

「今月十八日に佐賀城を乗っ取ったるわれらが、なぜ五日後に一敗したからといって解散せねばならぬのか。九州諸県をはじめ全国の反政府同志は、われらが城を死守して戦わば呼応する者が必ず出てくる。

われらが全滅したところで天下の同志は遺志を継いでかならず立つのだ」

佐賀士族隊は二月十八日、佐賀城を占領したのち、東京、大阪、熊本の三鎮台の兵と善戦し、彼らを幾度も苦戦に悩ませ、退却させた。

二十三日には敗北したが、それまでは優勢を保っていた。二党の兵もおおかたは健在である。佐賀城にたてこもり全滅を覚悟して戦えば、前途にいかなる結果があらわれるか予断を許さない状況にあった。

だが江藤は首領の責任をとろうとせず、ひたすら全軍解散を説くばかりであった。

「わが軍は窮地に追いこめられ、もはや城を支える余力はない。俺は死を惜しまないが、本来の志をつらぬくつもりだ。

こののち全軍が敗北をかさねても武装を解かず抵抗すれば、敵は軍律により指揮の任にあたる者を、すべて処刑しつくすだろう。

いまわれらが突然解散して行方をくらませば命を失わずにすむ。俺は薩摩へ脱走するからあとを追ってくるのもよい。つまり敗北しても命を全うしようとするのは、終局の勝利を得るためである。

どこに潜伏していても、俺がふたたび挙兵したときは、決起して応じるのだ。維新のまえに高杉晋作が一時長州を去り、九州、四国へ行方をくらました手段と同様なのだ。

俺はこれから薩摩に潜入してともに挙兵するよう、西郷を促そう。薩摩が動かぬときは土佐の同志を誘うのだ。土佐が起たぬときは別の考えがある。いまは解散して潜伏し、俺の起つ機を待つのだ」

江藤はわが意志を島義勇に告げ、二月二十三日の夜半に海路をとり薩摩へむかった。

士族隊の幹部らは江藤をひきとめ、鎮台部隊との再戦をすすめたが、江藤は本営を筑後川上流の天険に移すと称し、佐賀を離れたのである。

江藤は司法卿として長州閥をなぎ倒すほどの腕の冴えをあらわしたが、佐賀で挙兵すれば薩、土はもとより天下の不平士族が、迅雷の勢いで協力するという甘い推測をしていた。

全国に不平士族が充満しているという江藤の集めた情報は、実状をとらえたものであったが、諸県の同志が行動に移る前に、大久保が行政、司法、軍隊統率の大権を与えられ西下した。それで佐賀の挙兵にあいついで蜂起するはずの士族が、いきおいをそがれたのである。

江藤は佐賀で挙兵すれば鹿児島に帰った西郷隆盛が、かならず呼応して、桐野、篠原ら股肱を動かし彼に協力すると思いこんでいた。

隆盛は江藤よりはるかに大きな戦略家であった。日本は朝鮮、中国、ロシアという交流にきわめてむずかしい外国と接触してゆかねばならない。

隆盛は朝鮮問題では大久保、岩倉の策動によりつまずいたが、政府はやがてかならず国政を誤って崩壊すると見ていた。そのとき彼らのあとをうけて政権を担うのは隆盛をおいてほかにはなかった。

そのため自分が必要とされる時節の到来を待っておればよいと隆盛は考えていた。それを立証する挿話がある。

明治六年十月、隆盛が参議、近衛都督を辞任し帰郷しようとしたとき、ともに参議を辞した土佐の板垣退助が、彼に内心を打ち明けた。

「今度君とは長いあいだ別れることになるだろう。そうなれば中傷などをする者も出てきて、君との仲が疎遠になるかも知れない。

これまで君と俺とは志をおなじくして信じあってきた。だから今後もたがいに心を許しあい、善悪ともに行動をしようではないか」

板垣は隆盛とは討幕運動以来懇親をかさね、ともに行動してきた。岩倉全権大使一行の欧米出張のあいだは、国政に参画協議してきた。

隆盛の朝鮮特使派遣問題では、板垣は全面協力した。そのため彼は今後も隆盛との密接な関係を維持しようといったのである。

このときの隆盛の返答は、『自由党史』に述べられている。現代文で記す。

「西郷は大笑していった。君と俺が協力すれば天下に敵はなかろう。これは政府としては実に困ることである。

そのため俺は君の援けは求めず、敵対しても恨まない。俺のことを気にかけず、放置してなすがままにさせておいてくれ。今後のことは俺の胸中にあるのだ」

板垣は予想もしなかった隆盛の返答をうけ、こやつの慢心もここに至ったかと落胆の溜息をつかざるをえなかったという。

板垣との協力さえ辞退した隆盛が、江藤と手をむすぶはずがなかった。江藤はたしかに政敵と廟堂で論戦するとき、口舌の切れ味はすさまじく、反抗する敵をなぎ倒す手腕は恐るべき威勢をあらわした。

だが彼には隆盛のような天下の人心を集める武人の資質がなかった。

当時、全国に名声がとどろき渡っているのは隆盛であった。

政権を完全に掌握している大久保、岩倉の人気でさえ、隆盛とは比較にならなかった。

隆盛につぐ威勢を保っているのは、島津久光であった。隆盛になびかない全国の保守派は久光を支持している。

江藤が佐賀県士族党を率い決起するのは、隆盛、板垣らの声望をあてにした、きわめて根拠の弱い冒険であった。佐賀で叛乱をおこし官軍に圧迫されたときは、全国の反政府勢力は、決起をとりやめ情勢をうかがおうとするだろう。

政府高官として弁舌をふるえば、鋭敏な頭脳をはたらかせ、政体の近代化に縦横の活躍をしたであろう江藤が、武力革命に踏みきったのは、わが才能を過大にたのみ、隆盛がかならずともに挙兵すると信じて、みずからの息の根をとめた軽率な判断であったとしかいえない。

江藤が六人の同志とともに二十五日に鹿児島へ着くと旅館に荷物を置き、ただちに武村の隆盛の屋敷を訪れた。家人は隆盛が留守だというばかりで、行先を答えなかった。江藤は懸命にたずね、ようやく揖宿（いぶすき）郡山川郷の宇奈木（鰻（うなぎ））温泉に滞在していると教えられた。江藤が宇奈木へむかったのは二月二十八日で三月一日に宇奈木温泉に到着し、隆盛を訪れた。

隆盛は入湯し養生していたが、江藤の突然の来訪に驚きつつも、側近の者を退かせてこころよく対面した。二人は廟堂に身を置いていた頃と変わらず、うちとけて語りあっていたが、話の内容を聞く者はいなかった。

密談は三時間に及び、江藤は隆盛のもとを辞し温泉の近所の民家に泊った。翌二日の早朝、江藤はふたたび隆盛をたずね、密談はおよそ四時間に及んだ。

二人は対話に熱中してたがいににじり寄り、膝頭を突きあわせるのにも気づかなかった。隆盛はきびしい口調で議論をつづけ、双方の激昂した声は窓外にひびく。江藤はついに隆盛を説得できず、午前九時に別離の挨拶をのこし、宇奈木温泉を去っていった。

隆盛は江藤の去ったあと、しばらくおちつかず、ついにあとを追い揖宿郡十二町村湊まで出向き、その夜は村の区長宅に一泊し語りあかした。

翌日、隆盛は区長に漁船を雇わせ、鹿児島へ去る江藤を送らせた。

隆盛が泊っていた宇奈木温泉の女将は後年におとずれた海軍大将伯爵樺山資紀に、隆盛についてのいろいろな挿話を話した。資紀はそれを筆記してのこしたが、江藤が訪問してきたときの様子を語った、つぎの一節は有名である。

「西郷さんがうちへこられたのは、明治六年の師走の二十七、八日頃であった。一人の家来と十二、三匹の犬を連れてこられ長くご滞在なさった。

毎日山へ出て兎を追いまわし、三、四匹も獲ってこられる日もあった。ときどきうちの主人に馬を曳かせ、山川湊に買い出しにゆかせ、魚などをたくさん買わせて、自分が食べたり犬に食べさせたりしていた。

ときどきたずねてくる客がいた。あるとき他国の人（江藤）がきた。ちょうど夕方で、その晩はじきに帰られ近所で泊られた。翌日は朝早くお見えになり、はじめは低い声で話しあっておられたが、だんだん声が高くなり、膝すり寄せて激しい言い合いになった。きれぎれに声が聞えるうち西郷さんは大声で、『私がいうようになさらんと、あてがちがいますぞ』とおっしゃった。

それからしだいに声が鎮まっていった。お別れになるときはご機嫌が直り、さようならばといっておられた」

江藤が隆盛に面会し、懇請した事柄については、彼が捕われたのち佐賀城内法廷の供述の内容により判明している。

彼はまず佐賀への援兵を懇願した。隆盛がその願いに応じることのない事情は、明晰な頭脳の持ち主である江藤になぜ通じていなかったのか、ふしぎな事実であった。

隆盛は岩倉、大久保の朝鮮問題の処理方針には不満であるが、江藤に誘われて反政府暴動をおこすつもりはなかった。

国政から離脱して鹿児島におれば、全国士族の政府への非難は強まるばかりで、隆盛の再起を望む声がおこってくるにちがいない。そのとき彼が時流の波に乗れば自然に政府は崩壊してゆくだろう。

いま第二の維新ともいうべき武力行動をおこせば、世情は政府を支えざるをえなくなり、政府諸官も結束をかため難局を乗りきろうとすることになる。叛乱をおこせば時勢の流れを逆行させる結果を呼びおこしかねないと、隆盛は判断していたので、江藤の誘いに応じる愚行に踏みだせない。

また隆盛は武人として江藤の行動に反感を持たざるをえない。戦況の変化がいかなるものであったにせよ、いったん佐賀士族を率いて決起した江藤は、彼らと最後まで運命をともにすべきであった。

二月十三日以降、江藤に従い善戦して官軍に打撃を与えつづけた佐賀士族隊が、二十三日の神埼の一戦に敗北しただけで全軍を解散逃亡させたのは、武人の行動として恥ずべきふるまいである。

「議論倒れ」と評判のあった佐賀士族の本質が露呈した状況であったが、隆盛はもちろん佐賀へ援兵を派遣して、逆賊の行動に踏みだすことはできない。

江藤は援兵を望めないときは一身上についての依頼を求めようとした。隆盛の助言によって上京し、わが志を上聞に達したいと望んだのである。

かれはまだ四十一歳である。国事犯として十年収監されても出所すれば、政治家として活躍できる歳月が充分にあった。

だが隆盛は国事犯の江藤に何の協力もできる立場ではなかった。

「自分が決心しておこした事変については、自分がその責に任じるほかはない。自分の判断によって決着をつけるべきである」

自首するか自殺するか、なんらかの方法で自分がひきおこした騒動の始末をせよというのが、隆盛の意見であったようである。

佐賀は長崎に近いので、薩摩より先行して新式銃砲を製造して、新鋭軍隊を結成していたが、薩摩武士のような強悍な威力はそなえていなかった。鹿児島県の人口は八十一万三千余人。そのうち士族は二十万四千人に達していた。

彼らは明治六年に公布されて全国に設置された、平民六鎮台による火力などを問題にしていなかった。双手で斬りこむ日本刀の前には、平民を訓練した銃砲を主力とする鎮台が対抗できるはずもないと思いこんでいた。

双刀を遣えば倒せない敵はないという自信に満ちた薩摩の乱暴者と呼ばれる者は、桐野利秋、辺見十郎太ら数多いが、永山弥一郎もその一人であった。

明治十年の戦役のとき鹿児島県令であった大山綱良は幼時に茶坊主であったが、弥一郎も鹿児島荒田村の下級武士で茶坊主であったらしい永山休悦の子として、天保九年（一八三八）に生まれた。

彼は永山万斎と名乗り江戸藩邸に勤仕していたが、安政六年（一八五九）、大久保利通らの組織した誠忠組に参加した。文久二年（一八六二）、橋口伝蔵らとともに脱藩し、大坂中之島の宿屋から四月二十三日伏見の寺田屋に入った。有馬新七ら同志の六人は上意討ちをしかけられ命を落とした。別間にいた永山万斎は、同志二十三人とともに助命され、鹿児島での謹慎を命ぜられた。

五年後の慶応三年（一八六七）三月、島津久光が六箇小隊を率い京都へむかった。そのとき永山弥一郎と改名した彼は城下四番隊の監軍（次長）として出征した。

慶応四年（一八六八）四番隊は正月三日、四日に幕軍と戦い、五日に淀に進出した。このとき桐野が永山の武者ぶりにおどろきいいふらした。

「弥一郎のごたる胆（きも）のふとか者は知らん。動きもすばしこうて、ついていけるこちゃなか。伏見の戦で俺が一番乗りじゃと思いようたら、あいつが敵陣から分取った刀を担いで帰ってきたど」

桐野は戦場で永山にいつも先を越され、ひたすら感じいるばかりであった。

慶応四年閏（うるう）四月、官軍に対抗する奥羽越列藩同盟が成立し、会津藩兵が白河城にたてこもった。同月二十五日、永山ら官軍先手が城を攻撃したが激しい反撃をうけ潰走した。

白河城を陥落させたのは、宇都宮の官軍の増援をうけた五月一日であった。永山が味方の先頭に出て城内に入ってみると、酒樽（さかだる）一個が庭に転がっていた。

彼は野村忍介（のむらおしすけ）にいう。

「ここに酒樽があっど。なかに残っちゅうか」

野村が樽をあらためると、酒はかなり残っていた。永山は味方の兵を呼び集め、からになるまで痛飲したのち戦場へ駆けだした。

六月二十四日、永山の四番隊は北上して奥州棚倉城を攻めた。このとき永山は左脇腹に盲管銃創をうけた。

弾丸の摘出手術をうけるため横浜病院へ移送されると、永山は麻酔薬をつかわず手術を受けたいと申し出た。医者はおどろいたが、永山が麻酔なしで手術のあいだ花を活けていたのを見て、眼を疑った。

手術のあと、医者は医薬と食事のほかの飲食を禁じていたが、数日後従兵に饅頭を買ってこさせ、仲間とともに食っていた。そこへ突然医者があらわれたので、仲間たちは布団の下へ隠したが、永山は発見され叱責された。

永山はしばらく黙っていたが、やがて医者を睨みつけていった。

「俺の負傷はもはや治っちょい申す。饅頭を食って悪かこつはございもはん」

医者は怒った。

「なにをいうか。その傷は今朝手当てをしたばかりではないか。治っていないことは存じているぞ」

永山は眼をいからせ、気合いを発した。

「チェ、チェエーイ」

拳をかため、幾度も柱を殴りつけたので、脇腹の疵口(きずぐち)がやぶれ血膿(ちうみ)が流れ出た。

永山はそのまま退院して本隊へ帰り、自分で予後の治療をした。

彼は戦場に出るときにはズボンをはきチョッキをつけたうえから着物を着ていた。白兵戦になると着物をぬぎ、身軽な体勢で短刀を持ち、敵中へ躍りこんだ。

敵と肌を接する格闘になると、刀身の長い刀よりも短刀を用いるほうが有利であることを知っていたのである。

彼は敵と斬りあったあと、倒した相手の刀を奪い持ち帰り、「俺は今日、蔵に当ったど」ということがあった。

蔵に当るとは、鹿児島で役得をはかる蔵役のことをいう。戦利品としての銘刀を手に入れたことを冗談にいったのであろう。

戊辰の役で功績をあげて帰郷したのち、彼は小隊長、大隊長に就任せず、常備隊の嚮導(きょうどう)（道案内）という下士官の役をつとめ、不満としなかった。隆盛はこのような薩摩兵児気質を愛していたのである。

第七章　炎の気配

佐賀の乱は、首脳の江藤新平が鹿児島へ逃走したのちも、佐賀県士族は善戦し、明治七年（一八七四）二月十六日から二週間戦って三月一日に抵抗をやめた。

官軍の死傷者は三百五十八人、叛乱軍死傷者は三百三十三人、ほぼ互角の勝負であった。江藤新平は同行してきた石井貞興と徳久恒敏という二人の青年を桐野利秋に預けたのち、宇奈木温泉から伊予八幡浜へ海路をとって逃げたが、三月二十九日、高知県安芸市甲浦（かんのうら）で県吏に捕えられ、四月十三日に斬刑に処せられた。

これまで政府では西郷隆盛以下の薩摩閥が木戸孝允、山縣有朋らの率いる長州閥をおさえ、陸軍、警察の実権を掌握していたので、西郷とともに官職を辞退、帰郷したおびただしい人材は、県下の各郡まで堅固な行政組織を築きあげた。

一方、東京に残留する者は、大久保利通を中心として団結し、全国士族をおさえる実力をそなえている。征韓論にやぶれ帰県した隆盛と行動をともにして帰郷した者は、政府の施政に従わず、鹿児島県が完全な独立国であると見られるほどの、郡、町、村の支配にかかわった。

隆盛は鹿児島に帰郷してのち、全県下士民の父のような存在として信頼を集めていた。大山綱良県令は、隆盛の意見を代行する番頭のようなものである。

隆盛は吉野開墾社で鍬（くわ）をふるい、私学校の会議に出席し、温泉に滞在し犬の一群を率いて銃猟をする。

だが、隆盛を国政の中心に引き戻そうとする動きと、彼の力によって明治政府の大久保らを倒そうとする動きが、全国で強い潮流のように渦巻き流れていた。

隆盛を政府へ戻そうとするのは、近衛兵の中軸となっている鹿児島城下士族である。警視庁の警察権を完全に掌握している鹿児島外城士族は城下士族の隆盛を恩人と思ってはいるが、鹿児島へ帰る気はなかった。

江藤新平、林有造らは大久保、岩倉らの現内閣を打倒し、国政を一新するため隆盛の決起を望む、政府顚覆（てんぷくは）派であった。

全国士族の間に、反政府の風潮が高まり、世情不穏の気配は高まってきていた。

明治八年十月、左大臣島津久光が礼式復旧、税制改革を建言したが用いられず辞職。参議板垣退助が、国会開設と参議・省庁長官を分離する建言をおこなったが退けられ辞職。

明治九年三月、木戸孝允が病気を理由に参議を退いたので、政府は大久保利通の専制体制により動くことになった。

同年十月二十四日夜、熊本敬神党太田黒伴雄に従う右翼士族「神風連」が、廃刀令など士族を圧迫する政府方針に反対して暴動をおこし、県庁、鎮台を襲撃して熊本鎮台司令長官、県令ら七十人を殺害、二百余を負傷させたが、翌二十五日、総勢百七十五人と小規模であった叛乱軍は、まったく火力をそなえていなかったので、呆気なく潰滅した。

二日後の十月二十七日、筑前秋月士族二百人が決起し、翌日、長州萩では前参議、兵部大輔などの重職を歴任した前原一誠の率いる二百人の壮士が挙兵したが、前者は小倉鎮台に包囲され潰滅、前原は二百人の士族とともに十月二十八日から五日間、広島鎮台の兵と戦い敗れ去った。

前原は禁門の変、旧幕府の長州征伐、戊辰戦争において戦場を馳駆した老練の武人で、政府から六百石の賞典禄をうけ、武名は全国に聞えていた。

彼が挙兵の支度をろくにおこなわず突然決起したのは、政府の大久保利通らが用いた探偵政策に乗せられたためであったといわれる。

明治九年一月十二日、鹿児島県士族であるという指宿貞父、小林寛の二人が萩にきて、西郷、桐野の内意を告げるために、前原に面会したいと申しいれた。

前原ははじめは警戒して会わなかったが、強く求められて会った。二人の客はそれまで訪問してきた諸県の志士よりも、はるかにまさる説を口にした。

彼らは西郷、桐野の代弁者であるという。

「西郷、桐野は名分を重んじていまだ自ら動きませんが、君民のために身をなげうち事をなすをよしと決めておい申す。

前原先生が真に決起のお志があらば、小銃、大砲などの武器を贈与いたすにやぶさかではあいもはん」

武器をくれるという二人のいうところが、あまりにも前原の願望に合致したので、前原は隆盛、桐野の心中を探るため、内心の一端を指宿らにうちあけた。

彼は明治九年一月十二日付の日記にしるしている。現代文で記す。

「雪。伊藤信亮がきた。日暮れまえに鹿児島人指宿貞父、小林寛がきた。腹心の奥平謙輔、横山俊彦、佐藤保介もきた。

その夜は鶏鳴が聞える頃まで談論をかさねたのち、皆は帰っていった。積雪は数寸に達していた」

その夜の様子について、前原はのちに旧友品川弥二郎に書状で述べた。

現代文で記す。

「私は頑愚で片意地であるうえに、世間の景況に暗く、諸県の有志という者どもに面談したが、格別に心を動かされるほどの議論を耳にするほどのこともなく、私よりもかたくなでとるにたらない者ばかりでした。

そのなかで薩摩の指宿という者は、西郷、桐野の内命をうけたと称してきました。私ははじめは会わずにいたが、指宿はしつこく面会を望むのでやむをえず会いました。その議論は水際立っていて壮烈なもので、それまでにきた諸県有志などという連中からは聞いたことのない内容でした。

彼は西郷、桐野は諸事に慎重で動かないが、君のため、大衆のために身を殺して義挙をあげるのは、このうえもない男子の面目を立てることだといいます。

この指宿は因循にして無駄な生を盗んで生きるつもりはありません。あなたがさいわいにも尽力して決起してくれるなら、小銃、大砲を贈与いたしますといいました。

しかしまだ深く信じることはできなかったが、西郷、桐野の真意をはかることもできようと考え、返事をしました」

前原は指宿と小林にだまされ、政府の探偵の甘言にたやすく乗ってしまったのである。

その後指宿らは連日前原とその同志らに会い、叛乱に加わる壮士の数をふやそうとした。前原はその後、指宿らに手紙を預け、小銃三千挺、野戦砲八門の供与を隆盛に依頼したという軽率な人物であったため、決起しても名声にふさわしいはたらきをあらわすこともなく、潰滅した。

全国の情勢が騒然としてきた当時、政府の施政を無視して独立国のようにふるまう鹿児島県、その県政を指揮している私学校党の実状を諸県に伝える役割を果たしていたのは、「評論新聞」であった。

慶應義塾塾長で「明六雑誌」の主催者である福沢諭吉、「東京日日新聞」主筆福地桜痴（ふくちおうち）、「郵便報知新聞」主筆栗本鋤雲（くりもとじょうん）、「朝野（ちょうや）新聞」社長成島柳北（なるしまりゅうほく）といった一流論客を執筆者に招くことは望めない小新聞であるが、反政府党派の機関誌としてその記事は志士たちに唯一の指針として読まれた。私学校党の動きを世間に知らせ、反政府の志ある人々に非常な刺戟を与えた。

その反面で明治八年二月から九年末廃刊の日まで、私学校党に政府の現状を観察させる強力な視点となり、西南戦争を引き起こす原動力となったのは、あきらかであった。「評論新聞」の社長は、海老原穆（えびはらぼく）であった。彼の父宗之進は薩藩財政をたてなおした家老調所笑左衛門の部下として働いた。そのため海老原家は尋常の士族などは遠く及ばない、豪富を蓄えていたといわれた。

海老原穆は戊辰の役では奥羽に戦い、明治四年には桐野利秋の指揮下で親兵隊に属し、陸軍大尉となった。

明治五年八月には愛知県七等出仕となったが、明治六年の隆盛下野の際に官職を辞した。

その後私学校党の宣伝、諜報（ちょうほう）の任務を果たすため、明治八年三月に「集思社」を東京でおこし、「評論新聞」を発行するようになった。

海老原が隆盛に近い立場にいたかはあきらかでないが、桐野とは気があい親密な間柄であった。彼は豊かな資産を、志士を養うために惜しむことなく費消した。

「評論新聞」社中には政府探偵もいたが、海老原は彼らをも家族のように扱う。

明治九年三月には「中外評論」「文明新誌」を発刊したが、いずれも政府攻撃の激越な内容であった。

「評論新聞」は国民にむかい反政府の先頭に立つという立場をとり、私学校党の代理をつとめる言論機関であると信じさせた。海老原は私学校党の諜報機関として鹿児島との間に密書をたずさえた社員を、絶えず往復させていた。密書を足袋の裏に縫いこみ、桐野、篠原国幹らに手渡すのである。

「評論新聞」は西南の役をおこすために力を用い、十二分の効果を得たことはあきらかであるといわれている。

情報機関の発達していなかった当時、全国の不平士族は「評論新聞」によって私学校党の動きを知り、隆盛を中心とする彼らの決起の日を指折り数えて待っていた。

いっぽう私学校党には、政府の実力は脆弱（ぜいじゃく）でいくらかの圧力を加えればたちまち瓦解するとの実状を証する情報を数多く伝える。

桐野ら私学校党が政府鎮台の過小評価に傾いてゆくのを勢いづけたのは、海老原のもたらした情報であったのは、まちがいない。

「評論新聞」の記事は私学校党を暴発させるために、事実を歪曲誇張したわけではなかった。海老原は西郷、桐野らの耳目として懸命に国内の政情を探索していたが、故郷の士族らの戦力を高く評価し、豪富らをひきたて財貨を貯めこむ腐りきった藩閥政治家を彼らに一掃させたいと気がはやりすぎたのであった。

海老原は手もとに集まってくる情報を分析し新聞に報道するうち、政府の実力を過小評価するほうに傾いていった。

新聞の内容は過激になるばかりである。見出しにも露骨な反政府の意思をあらわしてはばからない。

「政府弾劾論」「圧制政府顚覆すべきの論」「暴逆官吏は刺殺すべきの論」など、殺気に満ちた記事があふれる新聞は、飛ぶように売れた。政府はそのような記事を書いた記者を逮捕し監獄に入れたが、海老原は仮編集長と称する、投獄処分をひきうける臨時雇いに入獄させ、記者たちを日夜とどまることなく活動にかりたてた。

海老原は明治九年一月刊行の「評論新聞」第四十四号に「鹿児島県の景状を論ず」という記事を掲載した。内容を現代文で記す。

「私は鹿児島県の景況を聞くと、胸中にかかる疑念が一層濃くなってくる。廃藩置県から五年を経ているのに、県内は旧態依然たるものである。

士族の禄制は廃藩置県後もかわらない。県民は太陽暦を用いず太陰暦により、県の吏僚は長官から等外に至るまで他県人をまったく採用しない。

さきに鹿児島出身の士族は、西郷氏が辞職すると、上司の下命を待つことなく退職帰郷した。近衛兵は再三の勅諭をかえりみず解散した。

近頃県下に設置した賞典学校（幼年学校）は、陸軍の原則を無視し純然たる兵団のようである。私学校は文部の規則に従わず、さながら国会議事堂である。

県内の士族たちはそれぞれ銃器弾薬を私蔵して官庁に差し出さない。これらのことは他県では例を見ない。

全国諸県はひとしく政府の管轄を受けているが、鹿児島県は傲然として無視してはばからないのはなぜであろう。

県内士族が精強で軍隊の権威に服さないのは、世人が大いに疑い怪しむところである」

このような指摘は、政府の弱点を天下に暴露するもので、鹿児島県支配に着手しなければ面目を失うことになる。

「評論新聞」の指弾の論調はさらに厳しくなる。

「いまや政府は断然一決して、鹿児島県を他県と同様に、県官を他県人と交流させ、私有の兵器を回収し、その他諸条件を改正して、すべて公明正大の政権に服従させねばならない。

このようにすれば全国人民ははじめて、恩威ならびおこなわれる政府の方針に服し、不平の声も自然に消滅し、国家は何の困難もなく政治をおこなうことができる。国権を海外にひろめようとすれば、まず国内に政権を確立しなければならない。事にはすべて順序がある」

つぎのようにも記す。

「鹿児島県は士民が強暴である。彼らを早急に従わせようとすれば、激昂を招きはからざる障害を招くおそれがあるという者がいる。

その言葉の卑劣怯懦（きょうだ）なるを見よ。いま公明正大な政府の威権をもってこれを処置すれば、朝憲をはばからない不逞の徒は何者ぞ。

上には堂々たる賢明の朝臣あり。下には勇気満ちあふれる鎮台兵がいる。強暴な士民を圧倒するのは、烈風で枯葉を払うようなものである」

海老原穆は政府を鹿児島討伐に向かわせようと、挑発しているのであった。

隆盛に従う私学校党大幹部の桐野利秋、篠原国幹、村田新八らはいずれも政府に足をとどめれば、参議、大臣になったはずの人材である。

彼らは隆盛が政府を去り帰郷すると、それにならい官職を捨て、行動をともにした。

彼らは政治面で同調するとともに、感情においてふかく結びついていた。戊辰の役ではともに戦死を覚悟のうえで戦場を駆けまわった。

そのあいだに隆盛を中心として国家のために命をなげうってもよいという情誼で、たがいをむすびあわせた。

その絆は薩摩武士がいう「議をいうな」の精神によってできあがったものであった。利害得失をはかる段階は、すでに通りすぎていたのである。


明治九年十一月には全国で、貢米の減免を訴える農民の暴動があいついでおこった。茨城県では農民たちは警察署を襲い警官を殺傷した。県庁では士族の応援を頼み、かろうじて鎮圧した。

十二月二十日、三重県下飯野の農民数千人が県庁へおしかけ、伊賀名張郡の農民も呼応して四日市支庁と区裁判所を焼きはらった。

彼らは監獄を襲い、囚人らを逃走させあばれまわり、民家の財を奪い火を放ちつつ尾張、美濃、大和へ乱入したので、名古屋鎮台、大津の営兵を出動させようやく鎮圧した。政府は明治十年一月、地租三分を二分五厘に減額する布令を発した。国内諸県の農民たちがいっせいに蜂起して、暴動をおこしかねない危険が迫ってきたためである。

隆盛は狩猟に出るとひと月ほども帰らないことが、めずらしくなかった。ゆく先々の温泉で湯治をおこない、山坂を早い足どりで歩き、兎、鹿などを獲った。

山へむかうとき精米二俵と書籍、筆箱、用紙などを入れた柳行李（やなぎごうり）二個を馬の背に積み、供をする者に曳かせ、自分は徒歩でゆく。

股引のような山袴（やまばかま）を穿（は）き、鷹野足袋をはき山草履をつけ、木綿縦縞（たてじま）の厚司を着る。

フィラリアで睾丸が肥大していたが、足どりは早い。

山中の山家（やまが）と呼ばれる茅屋（ぼうおく）にもためらわず入りこみ、住人の使いふるした食器を気にもせずに用い、粗食、粗茶を機嫌よく笑いながら礼を述べつつ飲食する。

さつま芋は少ない食物をくれる人たちへの礼儀だといい、皮を剝（む）かないで食った。帰るときには、過分の礼物を渡した。

狩りに出発するまえには丼に豆腐を盛り、道案内人と腹ごしらえをする。犬が獲物を上手に追いこむと頭を撫（な）で、自分の弁当を食べさせてやった。

食料がすくなくなるとさつま芋を買う。途中の集落で休むときは、附近の子供が集まって隆盛に抱かれ、背に乗ってまとわりついた。隆盛は子供たちと会うたびに、いろいろ話を教えてやるのでなついており、そばを離れようとしない。

隆盛が厚司のうえに締める帯は、上下に赤い筋の入った「オイロ」と呼ばれるもので、子供たちはオイロを締めた巨体を見ると、こけつ転（まろ）びつ駆け寄ってきた。

ある山家で水を飲ませてもらったとき、台所の水瓶（みずがめ）とならべて置いてあった桶の水に、家族が食事を終えた茶碗（ちゃわん）がそのまま浸されていた。

隆盛は「よか漬けものが漬けちゃらい」といいつつ、水瓶の水を柄杓（ひしゃく）で汲（く）んで飲み立ち去った。集落の人々は、その後はどれほど忙しいときも、食事の後片付けはかならずおこなうようになった。

隆盛の側近にいた近衛陸軍大尉辺見十郎太のおもしろい挿話が残っている。辺見は狩猟の道案内人有富三次に犬の糞（ふん）を指さしていった。

「お前ん、食ってみいやい」

三次は平然と答えた。

「お前が先に食やれば、食っが」

隆盛はおおいに笑った。

「そらそうじゃ」

日本にただ一人の現役陸軍大将がなぜ世間の名利から離れ、辺地の農民とかわらない生活を送ったのか。

政府の組織を強化するために欠かせないもっとも重要な手段は、大久保利通が鹿児島へ出向き、隆盛に出馬を懇請することであった。隆盛が国政に協力することになれば、国内で鹿児島県だけが中央政府の指示に従わず、独立国家のようにふるまっている現状が、一挙に解決する。

現状のままで推移すれば、薩摩私学校の生徒は鹿児島県の私兵として、政府打倒の叛乱をいつおこすかも知れない。そうなれば国家をゆるがす大事変がおこる。

だが大久保は鹿児島へおもむき、西郷と話しあおうとはしなかった。大久保は鹿児島県の治政問題について、西郷と提携してゆくのは不可能であると諦めていたのである。

大久保は明治九年七月、鹿児島県令大山綱良を東京へ呼び寄せようとした。大山は当時の事情を、西南戦争がおこってのち捕縛された裁判所での訊問に対する口述に、くわしく述べている。

「明治九年七月に内務省から至急上京せよとの通達がきた。だが県下では地租改正をおこなっているので、上京できないと辞退した。

だが内務省ではその用務もひとまずおき、上京せよと再達してきた」

大久保は大山との対面を急いでいたのである。

大山は旧藩時代、家中の誠忠組大幹部として、大久保が頭のあがらない存在であったが、いまは内務卿の権威によって先輩を呼び寄せられる。

大山の口述は続く。

「七月五日に鹿児島を出立し、十七日に東京着。内務省へ出頭すると卿（大久保）は病気で、全快のうえで会うという。

全快ののち内務卿に面接すると、今度聖上の奥羽御巡幸があって、大御変革も仰せ出されるそうだ。この機会に、鹿児島県も参事、課長らの人事を一新せよ。上京を通達したのは、それを促すためであるという。

私は答えた。それならば私はまったく県令の地位にふさわしくありません。早く辞表を出し退職せねばならないところを、いましばらくとぐずついて四年が過ぎました。

願わくば現在の県官をすべて免職して、賢才を選任されたいと答えた。だが卿はそんなことをいうのではない。維新前後にたがいに協力しあった仲であるから、君は県令の地位を守り奉職せよ。参事以下はその職務について調査して、進退を決めさせよという。

私は答えた。ご沙汰を拒むのではありませんが、県官らに罪があれば辞職させますが、罪がないときは進退をどうするか、一応帰県のうえで一同の意見をたしかめますので、いましばらくのご猶予をお願い申しあげますと。

卿はそのように処断を延ばせば、せっかくお前んを呼びだした意味がなくなる。早速に人事を一新せよといった。私は県にはいろいろの事情があるので私の見込みをいまただちに決することはできませんと答えた」

政府は全国士族の家禄賞典禄を廃し、金禄公債を下付する制度を明治九年八月に実施するが、大久保はその件につき大山県令の承諾を求めたのである。

大山は禄制についての交渉を大久保とおこなったという事情を、口述において語っていないが、大久保は禄制施行をうけいれさせることができれば、鹿児島県政にそのうえの干渉をしないでもいいと考えていた。

大山県令は年末まで東京に滞在していたが、その間に県官の任免につき彼の要望を全面的にうけいれる回答を得た。金禄公債については鹿児島県だけに限り、それを売買するものは、禄の十カ年分に相当する証書を給し、一割の年利を附すことになった。

内務省が大山の要望をうけいれたのは、十月に神風連の乱、秋月の乱、萩の乱が相次いで起こったためであった。

大山は半年ほど東京に長期滞在し、明治九年十二月二十七日に鹿児島に帰った。

大久保の指示により鹿児島の現況を視察するため、内務少輔林友幸を同行していた。

大山の口述によれば、林少輔の鹿児島における行動は大山のいうがままであった。

十二月二十八日に県庁に出仕した林は、翌二十九日から明治十年一月三日まで休暇をとった。

一月四日に出仕した林は属官三名を連れて県下視察に出張し、九日に県庁へ戻り、各課の事務を検閲したのち、大山に告げた。

「私の見たかぎりでは、他県と異なるところはありません。参事以下課長についての人事異動はおこなう必要はないでしょう」

大山は林に事態の先行きを心配していると告げた。

「当県のことにつき、政府ではお疑いを持たれているように察し、このままでは私ども幹部は長く奉職できないのではないかと、心配しております」

林は答えた。

「私が貴地へ参り、現状を見ると、人事異動をおこなう必要はないと判断いたします」

大山はあつく礼を述べた。

彼は一月十六日、参事以下の県官を連れて林少輔の旅宿へ出向き、たがいに歓談して以前の通りに人事をすえおくことに決した。

林少輔は隆盛に会いたいので幾度か訪ねたが留守で、行先はわからないといわれた。彼はやむをえず一月十八日に大山に会い、一通の手紙を預けた。

「これは大久保内務卿よりいただいた書面です。自分が西郷殿に面会して懇談したいのだが、それができなくなったので、この書面を西郷殿へお届け下さい」

表記を見れば、大久保卿より西郷にあてた書面であったので、大山は受けとり隆盛の弟小兵衛(こへえ)へ渡したが、その後のことは知らなかったと、のちに裁判所の訊問に答えている。

林少輔は大山にまるめこまれ、県庁の実態を把握できなかったのではなく、大山以下の県官が中央政府の施政方針にそむいている行動を一点でも指摘すれば、火に油をそそぐような結果になると推測したのであろう。

明治十年一月九日付で海老原穆が、私学校へ送った通信は、最後の連絡であったといわれる。現代文で記す。

「昨年（明治九年）十二月上旬より鹿児島県下で、不穏な噂が流れている。年末に一時噂は下火になったが、本月（明治十年一月）ふたたびさかんになってきた。

去年の冬以来、鹿児島出身の官省の役人たちのうちから、帰省を願い出る者がふえている。そのなかには警部、巡査が多い。

そのため政府は役人の帰省、旅行を厳禁し、警視庁探偵の通報が届くと、川路大警視はただちに騎馬で大久保に内容を知らせに出向く。

こんな状況ははじめのうちはきわめて機密のうちに進められていたが、最近ではその動きがしばしば新聞紙上に掲載され、市中でも評判になり、鹿児島から早く兵を出していまの政状を一新してほしいものだと、政府を非難する者もいるので、警視庁もおおいに警戒しているようだ。

巡査や鎮台兵も、もし鹿児島から大軍が出撃してくれば、皆逃げ散ってしまうだろうと恐怖しているようである。

もっとも陸軍では非常に大規模な戦備をととのえ、好機を見定め出兵するだろうという説もある。また一昨日七日の電報によれば、桐野、別府以下三百余名が汽船三邦丸で鹿児島を出港したとの通報があり、米価も急騰している。

京都への行幸も本月二十二日にご延期になった。すなわちいまは実に一大好機会で、正々堂々、大挙して全国人民の困苦を救うべく一日も迅速に動くのが良策である。（下略）」

海老原は静岡、酒田、土佐、和歌山、米沢、新潟、千葉、熊谷に同様のきざしがあり、鹿児島の大挙に応じるであろう。そうなれば政府が一時に離散するのはあきらかである。この機会を失ってはならないと私学校党を煽動した。

隆盛は鹿児島で狩猟、湯治の日を送り、東京の情勢が耳に届くのは、海老原を主な情報源とする桐野利秋、篠原国幹らとの談話によっていた。

隆盛は明治六年から隠棲の生活を続けるうちに、政府の軍備が一変している実状もほとんど知らない。陸軍の将官が二十三人しかいなかった当時、陸軍少将であった桐野、篠原でさえ、鎮台の戦力を過小評価していた。

桐野は明治五年に熊本鎮台司令長官をつとめた経歴があるが、明治十年になっても鎮台兵などはイラサ棒（竹棒）一本で追い払えると高言していた。

隆盛には政府の施政についての不満がわだかまっていた。彼は鳥羽伏見の戦のとき、薩軍軍賦役として全軍の指揮をとったが、総指揮をとる身として前線に出向くことができないので、錦の御旗を自分の傍らに立てさせ、敵弾を身辺に集中させようとした。

薩軍将兵は「巨眼さあの死に癖がはじまった」といいあった。

隆盛は部下が死傷するなか、自分が安全な後方にいて指揮をとり、作戦を成功させ栄爵を得ることをいさぎよしとしなかった。

隆盛は弟吉二郎、従道、小兵衛、従弟（いとこ）大山弥助（巌）とともに出征したが、彼らにくりかえし命じた。

「お前んらはいったん陣場へ出たら、生きて帰るな。俺のためにそうやるのほかはなか」

麾下（きか）の将士を死傷させ、縁者が無疵でいるのが申しわけがないというのである。

その結果弟の従道は鳥羽伏見の戦で、耳下から首へ銃弾が貫通する深手を負ったが、英医ウィリスの手術によって命拾いをした。

吉二郎は慶応四年八月二日、北越長岡城攻撃戦で腰に銃弾をうけ、柏崎病院に収容されたが、八月十四日に戦没した。大山弥助は銃弾で耳朶（じだ）を撃ち切られたが、療養することもなく戦場往来をつづけ、隆盛の要望に応えた。

隆盛は鳥羽伏見の戦のあと一月十六日に、鹿児島で彼の自宅の留守居をしてくれている旧友川口雪篷（せっぽう）に、つぎの手紙を送った。現代文で記す。

「君公（藩主茂久）よりお迎えの使者がきて、御前に参ったところ、おおいにお叱りをうけ、困っています。

もう年寄り仲間に入ったので戦に出ることもできず、ただ世話（指揮）するだけで残念です。戦が終れば引退を願い、隠居するばかりだと決めています。

まったく世上の俗事にからんでのご奉公はうんざりでやる気がなく、なんとも仕方のないことです」

隆盛はもう年寄り仲間に入ったというが、当時は四十歳で初老という年齢である。隆盛は一月十八日、朝廷から徴士（準参与）任命を辞退、藩主茂久に朝廷の陸海軍総督任命を辞退させた。

京都薩摩藩邸で藩士たちは茂久への辞令を見て、「新将軍はうちの殿でごあんそ」と騒ぎたてているところへ、隆盛があらわれ叱りつけた。

茂久が隆盛を叱責したのは、この件がからんでいたのだといわれる。島津茂久が新政府の中枢に進出すれば、薩摩とともに倒幕に尽力した諸藩主も政府に進出する。そうなれば維新を血でかちとった下級藩士らの立場は圧縮され、徳川幕府にかわり島津幕府ができあがる。

それでは士農工商の身分を廃し平等とする方針、藩地を政府へ奉還する廃藩置県を実行する維新の目的がすべて消え去る。

そのため隆盛は茂久に奥羽出兵を辞退させ、ともに鹿児島へ帰藩した。政府は八月になって、隆盛を北陸征討軍総差引に任命し、越後出陣ののち新発田（しばた）に置かれた北陸征討軍本営に留まるようすすめたが、隆盛は断り、十月末に出羽、庄内藩降伏の手続きを終えたのち、官職を辞して鹿児島に帰った。

薩摩藩では戊辰戦争に参加した兵士らが幹部将校の川村純義、野津鎮雄、伊集院兼寛らを中心として集まり、討幕運動にまったくかかわらなかった上士たちを藩の要職から引退させる運動がはじまっていた。

騒ぎはひろがるばかりで、元小姓組、郷士ら軽格であった兵士らを柔順に従わせるためには、隆盛の説得をまつほかはないと藩主茂久が明治二年二月、村田新八を連れて日当山温泉にいた隆盛をたずね、藩政参与になるよう頼みこんだ。

隆盛はやむをえず藩政改革に着手し、藩兵の再編成をおこなう。同年六月、隆盛は賞典禄二千石を下賜され、九月に正三位に叙せられたが位階は辞退した。

その後廃藩置県、近衛兵暴動などの重大事に際しては上京して政府に協力した。明治五年には陸軍元帥兼近衛都督兼参議、明治六年には陸軍大将兼参議に任命されたが、政変後の十一月に帰郷した。

当時であれば隆盛が鹿児島県士族を率い、政府の政治方針を糾弾するため上京すれば、その声威に応じる全国士族のうちから呼応する者が相次ぎ、組織して間のない鎮台の兵団は戦うまえに瓦解していたかも知れない。

だがいまは世情が大きく変化していた。陸海軍の戦力が急速に充実し、反対に全国士族がかつて備えていた兵器は旧式化し、その主なものは政府に回収されていた。刀さえあれば鎮台兵はたやすく蹴散らせると考えている桐野らは、時代にとり残されていた。

隆盛が桐野、篠原らとともに、政府から支給される賞典禄によって建設した賞典学校と銃隊学校、砲隊学校が私学校党の中心となっていた。

賞典学校は士官養成の教育をおこなう。英語、フランス語を学ばせ、成績優秀者は海外へ留学させる。

銃隊学校、砲隊学校は帰郷した旧軍人を集めた。歩兵を全部収容した銃隊学校はもっとも大規模で、全私学校の中心とされていた。

毎朝九時に生徒が出席して討論、会議をおこない、たまに校長の篠原が出席して講話をするときは、校内が満員となった。

私学校はこの三校のほかに数をふやした。城下の各方限（大字）に分校を置いてゆく。校名は分校とはいわない。方限の名をつけ、高見馬場私学校、高麗町私学校などと呼ぶ。そのうち明治八年末頃から大山県令は私学校党の幹部を県内の区長、戸長に任じるようになった。

県下で十八人の区長のうち十人を帰郷軍人が占めた。それで軍政が敷かれたのとおなじ状態になった。警察は県庁第四課長中島健彦以下の、私学校勢力が支配する。

県内の青年はすべて私学校に入らなくてはならなかった。

明治八年十二月、県庁は私学校生徒が県外へ遊学することを禁止した。

政府と衝突する時期が接近してきたと判断したためである。東京に遊学していた学生が帰郷すると、地元から離れることを禁止した。違反した者は発見されると殴り殺される。

隆盛は城下だけではなく、外城の至るところにも私学校を設けさせ、そのため政府に無断で国有林を払い下げ、用地を貸す。隆盛は大山綱良に内心を洩らしていた。

「これまで私学校を経営してきたのは、いずれ近いうちに外国が侵入してくる。しかしいまの日本の形勢では防戦する戦力もない。そのときに、生徒を兵隊として国難におもむくためだ」

隆盛は国民のすべてが彼の決起を求めるときが近いと見ていた。そのとき私学校党の先頭に立って、政府弾劾に出馬しようと考えていたのである。

大久保利通とともに私学校党の動静を常にうかがっていたのは大警視川路利良であった。彼は鹿児島の北方三里の比志島(ひしじま)の外城士で、家格は代々与力であった。鹿児島では足軽を与力という。川路は元治元年（一八六四）蛤御門の変のとき戦功をあげ、その後藩命により長崎で英式軍楽を練習した。

維新のときは隆盛に従い庄内征伐に兵器隊長として戦い、軍功を認められ士格となった。明治五年春、警察制度が発足すると隆盛の命令で兵器隊員を率いて上京し、警視庁を組織し、隆盛の抜擢によりめざましく昇進した。

同年九月には三十九歳で邏卒総長に任ぜられ、ただちに警察制度視察のため、ヨーロッパへの出張を命ぜられた。彼はほとんどフランスに滞在し警察制度を学び、おおいに得るところがあった。

フランスの警視総監ジョゼフ・フーシェは独特の探偵組織をつくりあげていたので、川路はそれを学び帰国した。

日本の探偵組織は旧幕時代からきわめて発達していたが、川路はさらにそれを強化した。彼は身長六尺（約百八十二センチ）をこえる体格で、かつて身につけた制服はいまも警視庁資料室に展示されている。

川路が帰国してまもなく、隆盛は朝鮮問題でわが方針がいれられず、参議を辞任し帰郷した。隆盛の恩をこうむり望外の栄達を遂げることができた川路が、官職をなげうち後を追って帰郷するだろうと思わない者はいなかった。

だが川路は辞職して隆盛のあとを追わなかった。彼は足軽の立場から抜け出せたのは、西郷の抜擢によったためであるのはもちろんだが、わが命をなげうっての戦場での健闘によって得た結実でもあると思っていた。

彼はいまフーシェの探偵組織を日本でただ一人学んできた。その結果を実際に用いて効果をあらわさねば、ヨーロッパで得た新知識は水泡に帰する。

それに隆盛のあとを追って去った将校下士らは、ほとんどが近衛歩兵で、城下士出身者であった。外城士であった者は城下士とは昔から反目していたので、日頃から隆盛を英雄視して西郷派と称していても、あとを追わなかった。

城下士の隆盛に追随していても、本心では距離をおいていたのである。川路の指揮下につながる探偵が、いつともなく鹿児島に潜入していったのは当然であった。

川路の伝記『川路大警視』の記述を現代文で記す。

「明治九年十二月、鹿児島県士族宮内盛高ら、警視庁の要職にある者幾人かが、川路大警視の内命をうけ鹿児島探索に出向き、同月二十七日に鹿児島に到着した。

翌二十八日、宮内はまず桐野利秋をたずねた。桐野は私学校党数十人とともに刀剣をあらためていた。宮内はそのさまを見て、なんのためにそんなことをしているのかと聞いた。利秋は答えた。

東京に出て君側の奸をのぞくのが、目下の急務だ。その予定はすでにきまっている。いまさら多言は必要ではない。事をあげるのは来年である。われらは明年四月に隅田川の桜を見たいものだと思っていると。

宮内は黙って桐野家を辞去して、篠原国幹を訪問した。篠原も真意をただすと桐野と同様の返答をした。宮内はさらに私学校党幹部淵辺直右衛門をたずね彼にも真意を聞くと、われらは国家有事のときには義勇奉公に一身を捧げるが、いまの情勢では桐野、篠原のような妄動には出ないといった」

宮内は判断に迷い、二十九日に島津家の家令内田政風をたずね、私学校の動静を聞いた。政風は桐野、篠原については言及せず、島津久光と隆盛は暴挙にくみしないと断言した。

宮内は明治十年一月四日に東京に帰り、川路に見聞した事実を報告した。川路は宮内が帰京するまえ、九年十二月下旬に部下の鹿児島県伊集院郷士族少警部中原尚雄、牛山郷士族中警部園田長輝、出水郷士族権中警部野間口兼一、平佐郷士族中警部末弘直方、喜入郷士族少警部安楽兼道ら三十余人を帰県させていた。

名目は父母の病気見舞い、賜暇帰省である。中原らが川路から与えられた任務は宮内よりもはるかに重大であった。彼らは私学校党の桐野、篠原ら隆盛の股肱の幹部を排除するという、おそるべき目的を与えられた決死隊ともいうべきものであった。

このたくらみに大久保が関わっていたという確証はない。

第八章　雷雲迫る

川路利良と同様に西郷隆盛と親密な立場にいた村田新八という人物がいる。

川路より二歳年下で幼時から隆盛を兄のように慕い、文久二年（一八六二）二十七歳のとき、隆盛が島津久光の怒りにふれ沖永良部島へ流罪になると、村田も連座して鬼界ヶ島へ流された。

戊辰戦争では薩摩二番隊監軍として奥羽へ出征して戦功をたて、明治二年（一八六九）に鹿児島常備隊砲兵隊長となった。

明治四年には宮内大丞（くないだいじょう）となり、岩倉具視全権大使一行に参加し、欧米巡回をかさね明治七年春に帰国した。西郷はすでに参議を辞任し鹿児島に帰郷していた。

村田は川路に劣らない巨漢で冷静沈着な人物として知られ、宮中の風儀粛正を任務としていた。彼がいまさら隆盛のあとを追わなくても、義理に欠けるということもない。今後宮内省の高官として、栄達への階段を登る前途が待っていた。

だが新八は洋行のあいだにおこった征韓論騒動の実状を詳しく知ると、七歳年下の従弟高橋新吉を呼んだ。

新吉は鹿児島藩士として長崎の英学者何礼之（がれいし）の塾で勉学するうち、洋行費を調達するため友人たちとともに英和辞書の編纂（へんさん）をくわだて、明治二年に上海（シャンハイ）の米国長老派教会美華書院に印刷を依頼し『和訳英辞林』を出版した。

新吉は渡米して英語研究をかさねたのち、帰国して租税寮官僚として財政に手腕をふるっていた。

新八は新吉と会い、内心をうちあけた。

「征韓で参議らが衝突した。西郷、大久保両大関の衝突じゃ。政府諸官の征韓論の決着についての意見は、大久保の意見と同様である。

それで俺はいまから鹿児島に帰ってうどさあ（隆盛）の意見をたしかめたのち、今後の進退を決しようと思うのじゃ」

新吉は応じた。

「そんなことなら、俺も兄貴といっしょに鹿児島へ帰るよ。進退をともに決しよう」

二人はただちに旅装をととのえ、横浜の旅館で一泊した。翌朝に鹿児島へ向かう汽船に乗り、帰郷する。

新八は夜がふけてから新吉に突然話しかけた。

「今夜俺は寝床に入っても、どうしても眠れん。頼むから起きて、俺と話しあってくれ」

　二人は言葉をかわしはじめたが、新八は年下の従弟の今後の発展を願うため、帰郷を思いとどまらせようとした。

「うどさあに俺が会えば、その心中はわかる。お前は東京にとどまり父殿を保護する任務があるぞ。鹿児島に戻り、うどさあのもとを離れて東帰できるかはわからん。帰郷するのは俺一人でよか」

　新吉は新八の忠告をうけいれ、東京に戻った。新八は新吉が隆盛に会えば、おそらく東京に戻ることはあるまいとわかっていたのである。

　隆盛は全身涙の袋といわれるほど後輩弱者への慈愛に満ち、いったん彼に接して心を通わせた者は、その傍から離れることができなくなった。

　隆盛は幕末に大久保利通とともに討幕運動で大活躍をした。その後、大久保は朝臣として政府ではたらくことになったが、隆盛は帰郷して温泉をめぐり、銃猟の旅を楽しむ隠棲の生活を選んだ。

「私は藩士として賊臣であるとの罰をうけたため、先君斉彬公に申し訳がなか。そのため薩摩藩のためにはたらいたのじゃ。このあとは引退して謹慎して生活する。それが先君の厚恩を忘れぬことになるからじゃ」

　だが、戊辰戦争のあと、戦場から帰還した下士と、藩を支配してきた上士のあいだで紛争がおこった。

それを鎮圧できるのは国父島津久光でも大久保利通でもない。隆盛のほかにはいなかった。

隆盛は明治二年一月、朝廷の出仕要請を辞したが、二月には薩摩藩主島津忠義が隆盛の狩猟先まで出向き、藩政協力を頼んだのでやむをえず参政として、藩の機構を一新した。

そのため藩内の大領主の地位を剝奪し、二百石以上の上士の家禄を削減し、下士たちへの俸禄をふやし、軍隊の充実をはかった。

彼の施政は久光の意向にそむくものであったが、隆盛の信望に頼らなければ内紛が収まらなかったので、彼は黙認せざるをえなかったのである。

隆盛は大久保への手紙に内心を洩らした。

「久光公のご疑念を解くか、殺害されるかのどちらかであろうと、毎日死ぬ覚悟で奉公している」

明治三年一月、隆盛は参政を辞任し藩政顧問となったが、七月には藩庁の要請をうけ藩大参事に就任した。さらに十月には弟西郷従道が帰郷し、政府への再出仕を求められたがうけいれなかった。

だが十二月に大納言岩倉具視が鹿児島へきて、島津久光に隆盛再出仕を懇願したので、久光もうけいれざるをえなくなった。

上京した隆盛は大久保、木戸孝允と協議して、東京に集結させた薩、長、土三藩の親兵隊の兵力で全国諸藩を制圧し、明治四年七月に「廃藩置県」を断行した。

明治二年に「版籍奉還」をおこない、形式としては全国の土地、人民は天皇に奉還されていたが、依然として藩主が藩知事となり旧領を支配していた。

その後、藩知事は東京府貫属の身分を与えられ、天皇政府が全国を直接支配する絶対主義制度が成立した。

それを維持するためには徴兵制度を採用せねばならず、軍隊は士族のみで編成されるものではなくなり、士農工商すべての階級から徴募されることになった。

生活の方途を削減される士族たちに要求されるのは、日本が文明国家となるため耐えねばならない窮乏生活であった。

隆盛は彼らの前途を思えば、政府首脳として身を置くことが苦痛であった。その後、岩倉具視を特命全権大使とする国際不平等条約改正交渉使節団が派遣され、およそ一年八カ月にわたり、木戸、大久保、伊藤ら政府実力者が洋行した。

隆盛が徴兵令をうけいれたのは、兵は庶民から徴募するが、士官は士族から採用すると山縣有朋らに説得されたためであった。

留守内閣には高知士族を代表する板垣退助、後藤象二郎、佐賀士族の副島種臣、江藤新平らの征韓論者がいた。朝鮮は日本が王政復古ののち、開国を要請しても拒絶してきた。交渉にはまったく応じないうえに、明治六年五月に釜山の日本公館に食糧購入を拒むほど、敵意をあらわにした。

板垣、江藤らは軍隊をともない釜山に上陸して国交をひらく交渉をする方策をとろうという、「征韓論」を主張した。そうすることによって、政府の主導権を手中にしている大久保、木戸ら薩長閥を蹴落そうと企んだのである。

隆盛は大久保のような策士ではない。全国の士族が活躍できる場を朝鮮に求めようとした。朝鮮と戦うのではなく、平和のうちに通商交流をおこないたいと望んだのである。

「私は兵を伴わず釜山におもむき、烏帽子、直垂の礼装をととのえ、談判をしよう。先方が開国に応じることなく、私を殺害したときは、ただちに出兵して無法を咎め戦えるではないか」

隆盛は全国士族のためにわが身を捨てる覚悟をきめていた。

だが彼が修好使節として派遣される内奏が終えられたとき、岩倉大使らが帰国して上奏した。

「西郷隆盛の遣韓使節は、にわかに派遣すべきではありません。情勢をよく判断したうえで、順序を追い裁可すべきであります」

天皇は岩倉の上奏を嘉納され、朝鮮特使派遣が中止されることになった。

隆盛は閣議で決定した遣韓使節派遣を、天皇から否定される情勢を知ると、岩倉の上奏が明治六年十月二十三日に裁可される以前に、辞表を提出した。

岩倉が隆盛の辞表を受けるべきか決断できないのを見た大久保は、ただちに受けとり、参議、近衛都督を免職として陸軍大将を現職のままにすべきであると主張した。

この結果、隆盛は辞任帰郷、板垣、江藤、副島、後藤の参議四人は、閣議で遣韓使節派遣を決めた責任をとり、隆盛のあとを追い辞任した。

村田新八は帰郷して隆盛に会えば、このような事情をうちあけられると予測していた。そうなれば東京に戻り、政府の大官として国家の運営に尽力するよりも、隆盛と生死をともにして、余生を送ることを選ぶのは眼に見えていた。そうする理由は隆盛と維新の難局を乗りこえてきた、記憶の鎖を断ち切ることができないためである。

隆盛と行動をともにすれば、前途は政府施政の障害となり、破滅に向かうことになる。新八は従弟の高橋新吉には、政府にとどまり、平穏な生涯を送ってほしかったので、彼を横浜から東京へ引き返させたという挿話が『西南記伝』に記載されている。

隆盛は中原少警部らが鹿児島に帰郷したという情報を、明治九年十二月末に知ると、ただちに従者矢太郎と犬数匹を連れ、明治十年正月には大隅半島の南端に近い、錦江湾口の小根占（こねじめ）にいた。

小根占は隆盛が好んだ兎狩りの猟場であった。帰郷ののちはじめて出向いたのは、明治八年旧三月節句のときで、五日間を狩猟に過ごした。二度めは明治九年旧正月で、このときは一カ月の長期滞在であった。三度めが明治十年正月で、十数日を過ごした。

小根占での住居は郷士平瀬十助の家であった。十助は隆盛よりも一・六五寸（五センチ）ほど背が低かったが、肥満しており、無欲、朴訥で豪毅な性格であった。隆盛は彼と気が合うので平瀬宅を宿所と決めたのである。

隆盛は晴天の日は好物の小みかんを入れた袋を腰に提げ、早朝から山中に入り、日暮れがたに帰ってくる。

獲物は自分はあまり食べず村民たちに分け与える。山へ出向くときの服装は、中折れ帽子をかぶり、紺の筒袖のうえに分厚い胴着をつけ、村人がつくってくれる草鞋をはき、小鉈を帯に差し、兎わなを首にかけていた。

肥満しているが足がきわめて速く、従僕たちが息をきらせてようやくあとを追うほどであった。

雨の日は終日読書と詩をつくり、書をしたためて過ごす。月の明るい夜は海に船を出し、烏賊を釣った。

座敷では寝ころんでいることが多い。南国でも冬は冷えこむことが多かったが、寒気が身に沁みるときでも火鉢に手をかざすような姿を見ることはなく、大煙管に煙草を詰め、ゆっくりとすいながら何事か思案していた。

食事は飯を三杯ほど食べ、うるめ鰯の刺身を好み、たこは好きではなかった。水をよく呑みつつ、大きな字を書いているとき、隆盛を取りかこみ、見事な筆さばきを見ている村人たちが忍び笑いを洩らす。

隆盛が「お前たちゃ、ないごて笑るか」と聞くと、彼の袴の間からのぞいている大睾丸を指さし笑い崩れた。

彼は村人に何事についても丁寧に応対した。日本にただ一人の陸軍大将である隆盛が、川で泳いでいた少年から何か書いてほしいと頼まれると平瀬家へ連れてゆき、墨をすらせ、裸体の少年が裸馬に乗った絵を描いて与えた。

隆盛は全国士族の信望を集めるわが立場を離れ、「老夫遊猟残生をなぐさむ」の詩文の通り、山海の風光を楽しむ晩年を送りたいと願っていた。

川路利良が鹿児島へさしむけた密偵三十余人の団長、警視庁少警部中原尚雄三十三歳が横浜から汽船に乗り、鹿児島県川内港に上陸したのは明治十年一月十日であった。

中原は外城士族で城下士族と祭日に殴りあいの大喧嘩を引き起こしたことが、幾度となくあった。同行していた友人たちはそのため争いに巻き込まれて迷惑したので、彼から離れてゆくようになった。

暴れ者の中原の名は城下士族に聞えていた。彼が帰ってくれれば、私学校党は彼を自由に動かさないのが当然なので、外出は危険きわまりない。

彼は隆盛に対し敵意を抱いていなかった。かつて台湾出兵に参加し、東京警視庁に奉職したとき、隆盛に直接相談し便宜をはかってもらったことがあるので、日頃から公言していた。

「西郷さんは国の宝じゃ。皆でもりたてていかねばならん」

だが城下士族に対しては強い怨恨を抱いていた。

中原は伊集院の実家へ帰る途中、ゆきかう男から顔をのぞきこまれ、険しい視線を浴びた。洋服、外套に中折れ帽子をかぶっているので官憲だと見る者はいないが、地元の男とはちがう風態が目をひくのだろうと中原は思った。

――これまでにない気配じゃ。「評論新聞」あたりからなんぞ知らせが私学校に届いちょるかも知れん。こりゃ剣呑（けんのん）じゃ――

中原はまず串木野の親戚長平八郎の家に立ち寄り、様子を聞くことにした。

「ここらじゃ私学校生徒にならん者は人間扱いはされんぞ。犬猫のように蹴飛ばされても何もできん。村八分にされちょるからな。外へ出りゃどこから石が飛んでくるかわからん。お前んは警部と知られりゃただでは済まんぞ。外出はできるだけつつしんだほうがよか」

中原は川路大警視の命令を満足に実行できる情況ではないと察した。

彼はできるだけ現状を把握しようと、市来の大久保規正宅を訪れた。大久保は去年まで警視庁中警部として勤務していたが、辞職帰郷しなければならない事情があり、実家に戻っていた。彼は涙をこぼしつつ語った。

「俺は警部をつとめた川路の犬じゃといわれ、郷中への出入りも絶たれた。いうてみりゃ島流しにされたような身上じゃ。東京へ手紙でこっちの様子を知らせることはできん。去年の夏から手紙は私学校で検閲されるとじゃ」

中原は日が暮れたあと、闇にまぎれて伊集院の実家へ帰った。案の定、彼を迎える家族は久しぶりに逢った彼を笑顔で迎えなかった。近所に住む親戚が集まってきて東京の生活をいろいろと聞くのは、これまでの通りである。

だがうちとけないこわばった顔つきを崩そうとせず、焼酎を飲む。そのうちに二人の親族が喚きだした。

「尚雄、さっきから聞いちょりゃ、私学校に味方すりゃ難儀するなどといいよるが、汝が政府の密偵なら、俺どんが殺すぞ」

中原は二人をとり静めようと、声をふりしぼっていう。

「俺は密偵でんなか。お前んらの心の迷いを晴らしにきただけじゃ」

中原は帰郷したが、家を一歩も出ることができない。彼を見た私学校の壮士は、白刃をふりかざして襲ってきかねないからであった。

中原ら三十余人の鹿児島へ向かう警察官らは、東京を出発するとき川路大警視から箇条書にした長文の訓示を与えられていたことは、川路の個人秘書大山綱昌がのちに語っている。

訓示の全文は警視庁随一といわれる文章の達人佐和少警視がつくったものであった。訓示は三十五カ条にわたり、その内容にはつぎのような事項がある。

一、鹿児島私学校党が挙兵して、国軍を討滅できるか。
一、もし国軍を撃破しても、私学校党に天下を治めうる人材があるのか。
一、挙兵のための軍資金を、彼らは持っていない。
一、挙兵の際、東京へ向かう汽船があるか。
一、陸路をとって上京しようとするとき、熊本鎮台が通過させるだろうか。
一、戦闘で死傷者が出たとき、見殺しにせず治療する医師がいるのか。

私学校党が暴発しても、勝利を得る見込みはない。国軍を撃破しても天下を治める能力がないと川路はいう。

一、賊軍に呼応決起する者はいない。肥後学校党二百名がいるのみで、久留米、柳川は政府に楯（たて）つく気力がない。

川路は九州、中国、四国、関東、東北の諸地方に、私学校党の挙兵に応じる士族はわずかで、銃砲弾薬に乏しく、統一行動をとることもできず、鎮台兵の威力に抵抗できる者はいないという。

一、帯刀は禁止されており、兵器をひそかに持つ者は犯罪者である。
一、正当の理由なく官軍に抵抗する者は賊軍である。
一、私学校党のわずかな人数で、政府を破滅させられようか。
一、彼らがかねてより憎む大久保に、何の罪があるか。海外に対しては西郷を追い越すほどの功績がある。
彼に何の罪があるか。そのほか要路の大官の誰を誅伐するのか。
一、私学校党が政府官僚を憎むのは、すべて嫉妬である。政府を誹謗（ひぼう）するのは、負け惜しみである。官僚を憎むべき悪業を指摘しても、その罪跡はまったくないではないか。
一、私学校党が私を憎むのは何の罪があってのことか。新聞記事を見よ。私の業績

を褒める記事の掲載されない日はないだろう。私学校党だけが私を憎むのは、
彼らがまちがっているからである。

私学校党が挙兵しないうちから、川路は彼らを犯罪者、賊軍と見る心中をあらわしていた。さらに城下士族にさげすまれてきた、外城士族の心の傷の痛みを呼びおこす。

一、人と生れて自助独立の権利を持たず、わが生涯の利害を他人に侵されるのは、牛馬に等しい。君らはいまも旧来の陋習（ろうしゅう）から抜け出ることができず、旧城下士族にあざむかれ、牛馬のように扱われつつ、ついに天下の大罪人とされようとしている。わが輩はそれを知って黙止できない。

一、いかに不見識の外城士族でも、今日に至ってなおお独自の意見を持たず、このうえもなお城下士族に下僕のように扱われるのは罪の上塗りをしているものだ。かつて近衛兵となった外城士族が城下士族の古参兵に虐待され、警視庁へ転任志願をしたことを思い出さないのか。然るに今日まただまされて、彼らとともに賊名を受けることになろうとする者がいるのは、嘆かわしいことではないか。

一、私学校党の者はいうだろう。われらは死力をふるい奸吏を倒すのみである。決

して政府を奪うのではないと彼らはいうが、それは暴言である。彼らが政権をとり、治政をおこなう自信もないままに動乱をおこすとは何事か。三千五百万の国民を保護するに際し、奸吏を除くのであれば、政府がそれを実行すべきである。私学校党が奸吏を殺害しつくすとすれば、それは私怨をはらすものである。天下の誰がこんな賊に加担するだろう。

わが警視庁は六千名の力により、天下の指標とならねばならない。


川路大警視の下命により佐和少警視の起稿した訓示の草案は、口述されたところをまとめた長文で、前述の箇条書には記されていない、緊迫した気配のこもったつぎのような部分があった。現代文で記す。

「東京で総員六千余人の警視庁を創立したのは、大久保氏をはじめとするが、最初は西郷氏の意向によったものである。

近頃の風評では虚実はあきらかではないが、西郷氏が腕力をもって政府に迫るようである。これは不平暴徒が氏の威名をかりて世間を煽動するもので、西郷氏は万々このような暴挙はなさることがないと、堅く信じているものである。

だから西郷氏の知遇によって出世し、氏の信頼を得る者といえども、一朝大義を誤り、おのれの見解を主張し、兵戈（へいか）をもって政府に迫るような、国憲を破る者があるときは、これを殺して西郷氏の恩を報じなければならない。これはかつて氏が教えられたことで、氏に背く行為ではないので、氏もかならずこれに満足して下さるであろう」

この草案の部分は西郷隆盛を殺せとは指示しないが、隆盛にひきたてられ信頼を得た者であっても、国法を犯せばその者を殺して隆盛の恩に報えという。

私学校党を率いる桐野利秋、篠原国幹、村田新八らが国法を犯すときは殺害して、西郷の恩に報ぜよという文面には緊迫した殺気がみなぎっている。

中原尚雄らは鹿児島へ出向くとき、大久保利通内務卿に挨拶をした。大久保は涙を流しつつ彼らを激励した。

「最近、私学校党の反政府のふるまいは露骨になる一方である。政府はこの対策を懸命に講じている。あわれむべきは国家の情勢をまったく知らされず、徒党にひきこまれている青年たちである。

貴公らは帰郷すれば彼らに大義名分を説明して、大災難にまきこまれないようにしてやってもらいたい」

中原たちが外城士族を私学校党から引きはなす説得に、とりかかりかけていた明治十年一月中旬、鹿児島警察署長野村忍介のもとへ、弟の一等巡査加世田景国（かせだかげくに）がたずねてきて告げた。

「噂によると、うどさあの命を狙う男が小根占へ船で向こうたちゅうこつじゃ。まことならうどさあの身が危なか。俺がすぐにあとを追うて小根占へ出向き、守ることにしもんそ」

野村は応じた。

「それがよか。すぐにいけ。急がにゃいけん」

加世田はただちに出発した。

野村はさらに腹心の巡査二人を呼び、応援させるため加世田のあとを追わせた。

このようないきさつは、いかなる事情で露顕したのか不明だが、中原たちは帰省の目的を私学校党に察知されているとは、まだ知らなかった。

鹿児島では薩摩、大隅、日向の所領七十七万石のうち、藩士の持高四十万石について、一石あたり八升一合を出させ、総計三万二千四百石を、軍事施設建造の費用に充てていた。

維新前から集成館、瀧の神に銃器火薬製造所を建設し、草牟田(そうむた)・田上・上之原・小山田などに火薬庫を置いている。

明治四年七月の廃藩置県の際、政府は造船所を海軍省に引き渡し、火薬製造所を陸軍省砲兵属廠の管轄にゆだね、操業させていた。

旧藩士の納米は運転資金として、明治九年秋まで続けられている。各製造所の規模は日本有数といわれていた。

鹿児島では政府と私学校党との対立が切迫してきた折柄、生徒たちはスナイドル銃とその弾丸を、先を争うように買い集めている。銃弾は一発が一ダース五銭であったものが十三銭に値上がりしていた。

旧藩時代には艦船兵器製造の要職をつとめ、廃藩後は実業家となり私学校党とあいいれない立場にいた市来四郎は、一月二日の日記に町の様子を書きとめている。

現代文で記す。

「当地の磯造船所、火薬所で製造した大砲、諸機械、弾薬など一切を東京、大阪城へ汽船で輸送したので、積み残しはないようである。銃砲弾はまだたくさん残っているようだ。

守衛たちの人数をふやし、厳重に警戒しているようだ。まったく近頃の騒動が政府に聞えて、万一にそなえての手段であろう。

私学校の連中はそれを聞きつけ、おおいに不平の様子である」

県令大山綱良以下県庁幹部は、政府がこれまでの火薬運搬は帆前船で輸送していたが、今度は三菱汽船の所有汽船赤龍丸を用いており、極秘の行動をとって短期間に用務を終えようとしているのを、知っていた。

火薬運搬には危険がともなうので、従来の慣例によればかならず戸外の明るいうちにおこなうことになっていた。

輸送の順路、時間についてはその予定を県庁に予告し、輓馬の背に一尺角の赤旗を立て、危険を表示することになっている。

県庁も沿道の民家に火薬運搬を予告し、警戒させることにしていた。だが県庁になんの通告もせず、深夜に赤龍丸に危険な荷を搬送したので、私学校党生徒らがその事実を耳にすると、奮激して武器弾薬強奪の行動をとろうとするようになってきた。

明治十年一月二十九日夜、新屋敷方限の生徒数人が集まり、焼酎を飲みながら弾薬運送の件につき、不平を口にした。

そのうちに一人が憤然と語りはじめた。

「政府は近頃外城士族の刺客二、三十人を鹿児島へ帰らせ、大先生（隆盛）を亡き者にしようち動かせちょるそうじゃ。それに政府の汽船が夜中にほうぼうの火薬庫から兵器弾薬を持ちだし、赤龍丸へ盗人んごつ運びおるようじゃ。これは俺どんらを征討すっためめの支度をしちょるに違いなし。これを見過ごす手はなか」

酒を飲んでいた生徒たちは四方へ駆け出て仲間を集め、五十人ほどの一団となり、午後九時に草牟田火薬庫の門を乗り越え侵入した。

「こら、何者じゃ」

番人たちがとめようとしたが、たちまち縛りあげられる。生徒たちは火薬庫に侵入して、小銃弾五百発を収めた弾薬箱六百を奪い、火薬庫から一町（約百九メートル）ほど離れた草牟田私学校へ運びこんだ。

翌三十日早朝、事件を知った一等警部中島武彦は、鹿児島警察署長の野村忍介を通じ大山県令に報告した。

同時に海軍造船所次長の菅野覚兵衛が県庁に保護を求めるため駆けこんできた。大山はただちに中島警部を臨検のため造船所へおもむかせた。

その夜、私学校党が一千人といわれる大集団で上之原火薬庫、磯集成館銃器弾薬製作所へなだれこみ、倉庫四棟を打ちこわし、大量の弾薬を馬車に積み、奪い去った。

集成館主任陸軍大尉新納軍八は身の危険を避けるため、ほど近い大山県令宅へ駆けこみ、保護を求めたが、大山はことわった。

そんなことは、野村警察署長に頼みにゆくのがよい。俺はただちに県庁へゆき、騒動鎮圧の手段を講じなければならないという。

新納は県庁へ出向き野村に会おうとしたが不在であるというばかりで、やむをえず市中に身を隠した。

鹿児島県警察は騒動を傍観せざるをえない内情であった。中島一等警部は大山県令に告げた。

「これまでの慣例によらず、夜中に弾薬を赤龍丸に積み、持ち去ろうとしちょるので、生徒らが掠奪（りゃくだつ）しちょります。そいをとめるのは巡査ですが、巡査はすべて生徒ごわんで、取り締る手段はなかごわす」

「そいは仕方がなか」

大山は事態を放置した。

三十一日には私学校の大集団が白昼から鹿児島海軍造船所磯火薬庫に乱入し、小銃弾薬二万四千発を奪った。

海軍造船所次長の海軍少佐菅野覚兵衛は旧幕時代、海援隊士として大山県令とは旧知の仲であり、県に対する交渉もきびしい。県が現状を放置するなら熊本鎮台の出動を要請すると、強硬なかけあいをしている。

菅野覚兵衛が二月一日、造船所に残置している弾薬を検めてみると、ミニエール小銃弾十万発が残っていた。

「暴徒がいつ押し入ってきてこれを奪うかも知れん。これをどこへ隠すか。すぐに決めにゃならんぜよ」

技術者である海軍一等属官佐々木定静がいった。

「これを暴徒に奪われるよりも、水をかけて火薬が用をなさぬようにするのがいいでしょう。暴徒らを怒り狂わせることになるでしょうが」

菅野は即座に命じた。

「事ここに至って何をためらうことがあるか。いまただちに決行せよ」

佐々木は同僚とともに、人夫を指図して磯火薬庫のすべての銃弾に海水をそそぎかけた。菅野少佐は二月二日に県庁で大山県令に会い、今後暴徒が火薬庫に侵入したときは、熊本鎮台に出動を依頼すると確言したので、その日は騒動がおこるまいと安心していた。

だが午後六時まえに私学校生徒千余人が押し寄せてきて、宿直員に弾薬小銃の所在を問う。

宿直の一等技師桐野利邦、佐々木、下川辺ら属官は彼らの要求を拒めば、いかなる暴行をはたらかれるかも知れないと判断し、倉庫をすべて開いた。

生徒らは倉庫にある種々の兵器を奪い去ってゆく。生徒の一人が佐々木属官を見てたずねた。

「お前んの名をいえ」

「当所に宿営している官吏、佐々木定静です」

「火薬に水をかけたのはお前か」

佐々木は返事をする間もなく、四方から殴られ蹴られ気を失い、側溝の汚水のなかへなげこまれた。

佐々木は溺死する直前に意識をとりもどし、溝から這いあがり職工休憩所に忍び入った。人夫の一人が彼を扶けて裏手の山へともない雑草のなかに潜伏させた。

生徒らは桐野技師の腰に縄をつけ、野戦砲の信管と砲弾の置かれている場所を聞いてきたが、桐野が答えるまえに所内の配置をそらんじているかのように知っている生徒が数人いて、鍵箱をやぶって鍵束を提げ、提灯で闇中を照らし、自由に同僚を先導して歩きまわった。

彼らはしきりに桐野に聞いた。

「佐々木はどこへいきよったか」

桐野は彼らをだました。

「あれは先ほど門の外へ逃げたようですが、疲れて海へ身を投げたようです」

生徒たちは佐々木の行方をしつこく探っていたが、午後十一時頃に四斤山砲三門と付属品を奪い、立ち去っていった。

附近の人影が去り、静まりかえってきたので、佐々木属官はよろめきつつ山道を下り、海軍庁舎へ戻った。桐野は佐々木の帰庁を待っていたので、よろこんでいった。

「君が姿を消したのち、暴徒は行方を探しまわっていた。よく隠れて発見されなかったのは、まことに幸運であった。

だがここにいるのは危険きわまりない。庁舎を出て負傷の手当てをせよ。いつ刺客が襲いかかってくるかわからんので、俺の舎宅に身をかくして疵を焼酎で洗え。戸棚には金創膏があるからそれを用い、静かに身を保っておれ」

佐々木は桐野のすすめに従い、彼の舎宅へ入り、物置に布団を運びこんで身を横たえた。佐々木が去ってまもなく生徒の一群が彼の舎宅に入りこみ、内部を打ち砕いて去っていった。

二月三日、菅野少佐は属官をすべて呼び集め、今後の処置につき相談した。海軍中主計の栗原実には会計簿と官金約三万円を造船所外に移させ、私学校党の暴行を避けるため、鹿児島出身の属官らに宿直を命じ、他県出身者はすべて退庁させ自宅で待機させることにした。

菅野は地元出身の栗原に、自分と佐々木が対処すべき方針について聞いた。栗原は日ごとに危険が増加していると答えた。

「生徒らは貴官と佐々木の二人を、どのように処分すべきか考えちょります。とにかくいまただちに立ち去るべきです。私は後事をはかり、すべての責任をとりもす」

「うむ、わかった。あとを頼んだぜよ」

菅野は佐々木とともに日向へ逃げようと、日没とともに便船に乗ったが、向かい風が激しくなったので、桜島へ船を着けた。

翌朝、桜島に住む造船所職工を鹿児島へ向かわせ情況を偵察させた。

風波は収まったが、職工は帰ってくると私学校党の動静を報告した。

「菅野次長は鹿児島におらるるとも、身体に何の心配もなかごわす。佐々木どんはそうはいかん。一時も早うここを立ち退かざあなりもはん。ただ日向、大隅一帯の海は、見張り船がいっぱい出ちょる。そこへ船で向かえば、虎口にわが身を投げいるっことになりもんそ」

佐々木はやむなく菅野と別れ、その夜鹿児島に帰り、二月五日の夜明け前長崎へ逃れるため船を雇おうとして、私学校党に捕えられた。

菅野少佐は二月五日に大山県令に使者を送り、書状で海軍造船所の今後の措置につき協力を頼んだ。

内容を現代文で記す。

「去る二日にご面談いたしご依頼していた件につき、ただちに使者をもって回答下さり、一同やや安堵していたところ、あにはからんやその夜は大暴動がおこり、千余人が所内へ侵入し、工場と二倉庫はすべて破壊された。

兵器はいうに及ばず諸機械に至るまで掠奪破損させたうえ、技術者を捕え殴打、足蹴にして水中に投げこむなど、傍若無人の暴行は言語道断であった。

当造船所は造船を主務としており、守衛の人員も防禦の兵器もない。こんな形勢に至っては、ただ県庁の保護を仰ぐほかに何の手段も持っていない。

県庁も打つ手がなかったのか、ついにこんな暴動に至ったので、やむをえず工事を中止し、造船所を閉鎖した。

もっとも桜島造船所は襲われていないので前の通り操業している。ついては私も桜島にいる。

だが去る二日の夜から属官らの住居へ刺客のような者が、しばしば押し入ってきて家内を探索する。私にも一旦どこかへ身を隠せとすすめる者もいたが、私は当造船所次長として逃避のふるまいができる立場ではない。

また建造に着手している軍艦は、完成期日も決められているので、廃業あるいは期限遅滞してはならないと不安に駆られている。

願わくは今後工事に故障がおこらないようご尽力下されたい。また所内に格納する残品がご入用であれば、公然と申し出てほしい。

そうすれば盗賊の所業とはっきり区別できるよう取り計らおう。

また覚兵衛について不審な点があればいかように糾問してもらうとも決して逃げはしない。夜中に寓居に乱入して婦女子らを驚かせるような挙動はやめてほしい。いま属僚三人が行方不明である。ただちに行方を調査したいのでご依頼する」

海軍造船所にはその後も私学校生徒がしきりにやってきて、金庫に保管している官金を渡せと恐喝する。海軍中主計栗原実はやむなく金二万九千七百円を県庁へ届け、大山県令に保管を頼んだ。

その後栗原は海軍造船所が閉鎖されたので帰郷することになった。その際大山に預けた官金の返済を求めると、さまざまな口実をもうけ、わずか二千五百円を返したのみであった。ほとんどを私学校党の軍用金に費消していたのである。

閉鎖された海軍造船所は私学校党が、属官、職工らを呼び集め、集成館の旧称を記した看板を掲げ、銃器弾薬の製造を猛然と始めた。

弾薬掠奪の事件は熊本電信局から発信した電文により、二月三日午後五時半に海軍省に届いた。急報はただちに京都行在所に回送された。行在所では海軍大輔川村純義、内務少輔林友幸を鹿児島へ出向かせ、現地の情勢を視察させると決めた。

東京にいる岩倉と大久保は、京都行在所に出張している三条、伊藤と連絡をとりあっている。大久保は二月六日に岩倉へ電信を送った。現代文で記す。

「かねて申しあげておいた通り、大山には詳しく話しておきました。太政官の急使派遣の情況を見て、陸軍省よりも派遣する者を選びます。

そのためただちに土方久元（ひじかた）を派遣するよう、ご内示下さい。急使陸軍少輔大山巌は、陸軍卿（山縣有朋）も一応帰京下さり、諸事について評議したうえでなければ、非常の決裁をせねばならないときに機を失しかねない不都合となりかねないのです。

いずれも明日（土方が）拝謁のうえで申しあげます。明朝は是非九時に参朝して下さい」

土方の乗った汽船は二月九日に神戸に到着。ただちに京都行在所へ出向き、岩倉、大久保の意向を三条に伝えた。

このときの大久保の行動を見れば、弾薬掠奪の事件によって、私学校党を率いる桐野、篠原らが政府に叛く挙兵を決意せざるをえない土壇場においつめられてゆく、容赦ない方針があきらかであった。

西南戦争を引き起こしたうえで、隆盛を生徒とともに自滅に至らせようと彼がはかっていたか否かはわからないが、生徒たちが国事犯として処罰を受けるのを黙過する隆盛ではなかった。

隆盛にとって大きな危険が頭上に落ちかかるのを防ぐことができる唯一の手段は、天皇に拝謁して恩赦を請い奉ることであった。隆盛を深く信愛されている天皇は、彼の奏請をかならずお聞きいれなされるであろう。

だが大久保ら政府閣僚はかならず隆盛の前途をさえぎり、宮中へ伺候しようとすれば現役陸軍大将である隆盛を、謀叛人として処分するに違いない。隆盛は生徒らと運命をともにせざるをえない道を選ばされようとしていた。

弾薬掠奪事件は、私学校党の勢力を弱体化させるため、明治九年末から翌年正月にかけて帰郷した警視庁少警部中原尚雄らの行動と関わっていた。

中原らの行動は東京の「評論新聞」を主宰する海老原穆社長らが、桐野、篠原両少将にいち早く通報していた。

「評論新聞」は、私学校の東京での宣伝・諜報機関としてはたらく一方で、鹿児島県の現況を掲載し、廃藩置県後も旧態を維持し独立国の状態を保っている同県と政府は、いずれは激突せざるをえないという情況分析をしていた。

政府軍と私学校党が開戦する時を待っているのであった。

第九章　出陣

明治九年（一八七六）十二月下旬から翌十年一月十五日にかけ、鹿児島に帰った中原少警部ら三十余人は、連日親戚友人らと会い、探索した私学校党の実情を、東京の川路大警視へ密報していた。文面にはさまざまな暗号を用い、他人が一読しても内容がたやすく理解できないようになっている。

だが「評論新聞」元記者田中直哉が、東京の友人へ送る手紙を落し、鹿児島第一分署の巡査に拾われた。

読んでみると、「不日(ふじつ)鹿児島を破り、共に肩をならべてその愉快をつくし候」などと危険なにおいのする文章が目につき、巡査はただちに鹿児島警察第四課長のもとへ駆けつけ、報告した。署長野村忍介は小根占へ狩猟におもむいている西郷隆盛の護衛として巡査三人を派遣した。

田中直哉の手紙を読んだ私学校党は、帰県した中原少警部らの身辺を探索するため、谷口登太(たにぐちとうた)を中原に接近させようとした。

谷口は中原と同様に外城士族で三十三歳、戊辰の役ではともに兵器隊士で、維新後は谷口も警視庁に勤めていた。台湾征討にも従軍していたので、旧友といえる間柄であった。

明治十年一月二十六日、谷口のもとへ旧知の士族、相良長安がたずねてきた。

「お前んは東京へ出るそうじゃな」

谷口は首を振った。

「そげなこつは思うちょらんど」

相良は搦んできた。

「そいなら、なんぜ私学校へいかんとじゃ」

谷口はまとわりついてくる蝿を追いはらうように、自分の住む日置郡小山田から鹿児島の私学校まで三里あまり離れており、貧乏で弁当もつくれないので、入校しないと答えた。

うるさい長安を叩き出してやりたいが、相手は腕っ節が強いのでそうもできない。

長安はなぜか谷口に私学校への入校をしつこくすすめ、ふだんは口にしたこともない意見を述べた。

「私学校は外患の憂いがあったとき、はたらく精兵を養成するためこしらえたものじゃ。いまアジア、トルコの一帯で戦がおこっちょる。そん禍が日本に及んできたとて、兵隊がなけりゃ合戦もできん。そこで私学校党がくりだして上京して攻め寄せる毛唐を打ち払うとじゃ。

　ほんじゃき兵器をととのえ、新規入校者を召集しちょる。もしそんときに入校しとらにゃ、臆病者(やっせんぼ)じゃちいうて、二才(にせ)（青年）どんに叩き殺されるやも知れん。いまのうちに入校せえ。俺が手引きしちゃるきのう」

　相良は谷口に入校の手続きをとってやるといったあとで、なにげない口調でいいはじめた。

「近頃東京から警視庁の警部らが帰省しちょるが、中原尚雄もおるそうじゃ。お前んはあれと仲がよか。もう会うたとか」

「まだじゃ」

　相良は谷口に頼んだ。

「中原は私学校の動向を探るために、帰省しちょるに違いなか。お前んが中原に会うて探ってくれ」

　接近する口実は、台湾出兵ののち久しく顔を見ていないので会いにきた。近頃地元では私学校党の勢力が強まるばかりで、俺(おい)のように入校しない者は臆病者とか政府密偵とかいわれて迷惑している。いっそ東京へ出たいと思うが、いますぐに然るべき勤務先もなかろうかと、たずねろというのである。

一月三十日に谷口が中原宅をたずね、相良とうちあわせた通りに話をもちかけると、中原は渡りに船と応じた。

「近頃は警視庁も盛大に人数をふやしちょるので、お前んは以前に奉職しちょった縁もあって、いつでん採用されるじゃろ。お前んが東京へきてくれりゃ、おたがい尽力しあえるじゃなかか」

酒をくみかわすうち、中原がふと思いついたようにいいだす。

「谷口どんよ。私学校党が出京するというちょる者がおっが、いつ頃になるじゃろ」

谷口はしばらく考えて、答えた。

「おおかた三月頃になるじゃろかい」

「そうか。私学校党は、実につまらん連中じゃなあ」

中原は私学校党が熊本鎮台を潰滅させるのも難事であるという。錦江湾に軍艦二、三隻、川内附近の海上に一、二隻も回航させ、海陸からの攻撃をすれば、たちまち潰滅させることができる。そんな情況であるのに、外城士族のお前んらあは、代々城下士族から在郷者といわれて差別されてきながら、いまになって私学校党になぜついてゆかねばならないか。つまらないと思わないのかと中原は巧みに谷口の気分を動揺させようとした。

中原はやがて内心を洩らした。

「三月頃に私学校党が事をおこすときに、外城士族を一味から引き離すのは、俺の力でもかなりでくっじゃろ。しかし鹿児島じゃうどさあの下で徒党を固めちょるので、そいを引き離すのはとてもむずかしか。

俺はまずうどさあに会いたいと思うたが、途中でうどさあを取り巻く二才どもにつまみ殺さるっのもばからしいと、いままで控えちょった。

しかしもしうどさあが事をあげる時がくりゃ、面会して議論して、聞きいれてくれにゃ刺し違えるよりほかはなか。うどさあと死ぬなら不足はなか。お前んはこの先なんぞ変事を聞きつけりゃ、知らせてくいやんせ」

谷口は辺見十郎太の弟と旧知の間柄なので、私学校の内情を調べてみる。また、隆盛が武村の屋敷に在宅のときを調べて知らせようというと、中原はおおいによろこんだ。谷口はその夜のうちに帰宅した。

一月三十一日、相良が谷口の家をたずね、中原が谷口に語った内容を聞きとり、報告書にまとめ私学校へ提出した。しかし、相良長安は架空の人物で、谷口を中原に接近させたのは、谷口の別の旧友であったと『薩南血涙史』には記載されている。

二月三日、鹿児島警察署第四課長中島健彦が巡査百人を指揮して、警視庁が派遣した探偵捕縛をおこなった。

中原少警部は谷口の使いという男に誘い出され、近所の橋を渡ったところで数十人の壮士に捕えられ、城下の西田町出張所に護送された。

他の探偵たちも一人をのぞき捕えられた。二月二日正午に出航した横浜行きの汽船三邦丸に乗った権中警部松山信吾だけが助かった。

密偵の一人は私学校党から受けた拷問の様子を記している。

「彼らは私を糾問所に引きすえ、調査官二名、私学校生徒ら十数名が銃、棒、十手などを持ち、取りかこむ。

われらはあいついで拷問をうけた。棒で殴られ手足を挫かれ、鞭打たれて嘔吐する者もある。私は顔面から頭、四肢、腹背を所かまわず棒と鞭で乱打され、骨は砕け肌は破れ、目がくらみ、しばしば意識を失った。

獄吏たちは抱きおこして水を飲ませ、われにかえるとまた殴打の雨を降らせる。全身の皮膚はことごとくくろずみ、顔を見ても誰かわからないほどである。

ことにいたましかったのは、両手の指が五本とも皮と肉を打ちやぶられ、白骨だけがあらわに残っていたことで、誰も自分の足で立っている者がなかった。

『中原の肝は俺が取っど』

『いや、俺じゃ』

私学校の壮士たちは拷問の途中で凶暴な喚き声をあげた」

私学校生徒の四日間つづいた火薬庫襲撃の通報が海軍省に達したのは、二月三日午後五時であった。鹿児島から熊本まで電信が通じていなかったので、遅れたのである。

海軍省から京都行在所まで、ただちに情報を電信連絡する。天皇は孝明天皇十年式年祭のため、京都御所におられたので、廟議がひらかれ、海軍大輔川村純義と内務少輔林友幸が鹿児島への出張を命ぜられた。

川村は隆盛と親戚で海軍中将の重職にあった。二人は二月七日、軍艦高雄丸で神戸を出港して、九日正午に鹿児島前之浜に入港した。篠原国幹は野村忍介に、高雄丸へ出向いて様子を見てくるように命じた。

前之浜には高雄丸とほぼおなじ時刻に太平丸、迎陽丸の二隻の汽船も到着していた。汽船が入港すると、積荷を運搬する艀が集まってくるのだが、その日は見渡してみても一艘(いっそう)も漕(こ)ぎ寄せてこない。

海岸には小銃を肩にした多くの私学校生徒の姿があった。また政府の汽船大有丸、鹿児島丸、寧静丸はすでに私学校党に奪われたのであろう、甲板に武装した生徒たちが大勢姿を見せていた。

「こいはおだやかならん雲行きじゃ。しばらく情勢を探らにゃいかん」

しばらく双眼鏡で海岸をうかがううち、野村忍介が小舟で埠頭(ふとう)を離れようとしているのが見えた。

そのとき帯刀して小銃を持った私学校生徒五人が駆けつけてきて、大声で叫んだ。

「俺どもをお連れ下さいやったもんせ」

野村が乗せようとすると、永山弥一郎、淵辺高照が声をかけた。

「どこへいくっか」

「高雄丸で川村どんに会うてくる」

永山らは制止した。

「一人で刀を持たんでいかにゃなるまい。銃を持った男は下ろせ」

野村はすすめに従い、刀を永山らに預け、一人で高雄丸へむかった。

野村は高雄丸に漕ぎ寄せ大声で呼ぶ。

「鹿児島警察署長の野村が参じ申した。川村中将どんに拝顔したか」

水兵らは野村をのぞき見るが、警戒して舷梯を下ろさない。名刺を渡すとようやく艦内に入れた。艦長室で長く待たされたが、やがて伊東祐亨海軍中佐が姿をあらわし、野村に告げた。

「川村大輔がきておらるっど。会いやんせ」

川村中将は野村に会うと用件を告げた。

「俺は一刻も早う大山県令どんと会うて話したか。じゃっどん浜を見りゃ戦支度の生徒らがうろついちょる。お前んはよくきてくいやった。県令にいますぐ本艦へきて俺と相談せえとすすめておくれ」

野村は前之浜へ戻り県庁へ駆けつけ、大山とともに高雄丸へ戻った。川村は用件を告げた。

「この頃、鹿児島は物情騒然としちょる。薩人は平常心を失うちょるごたる。先日三菱の赤龍丸が公命によって火薬庫から弾薬を搬出しはじめると、大勢の男らあが邪魔して仕事がでけんまま帰ってきた。

政府は鹿児島の事情がわからんので、廟議をひらき、俺が実地視察にきたとじゃ。近頃の鹿児島(かごつま)の物情をそんまま教えてもらいたか」

大山は中原少警視ら刺客の逮捕、弾薬掠奪に至った理由を語ったのち、意外の情勢を語った。

「さような形勢のなか、西郷大将は、桐野、篠原両少将と間なしに東上し、政府に問わにゃならん事があいもす。私学校生徒らあは大将警護のため、すべて従う事になっちょい申す」

川村中将は事態が想像してきたよりもはるかに切迫しているのを知り胸を締め付けられる。

「お前んらが捕縛したという政府が送った刺客らの陰謀には確実な証拠があるのか」

「証拠は疑いのなかもんごわす」

「それなら刺客の口供書を、ここで見せてたもんせ」

「書類は警察で整理しちょるごわんで、まだご高覧いただくこつができもはん」

川村は嘆息していった。

「刺客の口供を軽々と信じらるっか。我輩が及ばずながら誠意をつくし、郷党諸士の憤懣を解くため全力をつくすので、お前んさあも熱誠をつくして、西郷大将の東上の志をひるがえしてくいやんせ」

青天にいまだ雷ははじけちょらん。平地に波瀾が捲きおこっておるわけでもなか。いまのうちに円満に事が収まりゃ、国家の祥福こんうえもなか」

大山は川村の願望はすでに達せられない状況になっていると語った。

「私学校党がうどさあを迎え大評定をひらく前に、お前んさあのような高官がきて、鎮撫にあいつとめたならば、ききめがあったやも知れもはんが、もはや時を失してごわす」

いまとなっては隆盛が東上を思いとどまるといっても、私学校党は政府の悪謀を潰滅させるための上京を、やめないというのである。大山県令は、自分が万余の壮士たちをひきとめようとしても、蚊が山を背負うようなものでまったく見込みがないといった。

川村は自分の力では動きだした事態を押しとどめることはできないと知ったが、望みを捨てれば隆盛は破滅する。彼は大山に頼んだ。

「俺がうどさあに面謁できりゃ、崩れてくる山を万が一にも支えらるっかも知れん。俺をうどさあに会わせてくれ」

大山は答える。

「うどさあもお前んさあに会いたがっておらるっ。会う場所と時をきめもんそ」

「そいならすぐ下艦して伝えてくいやい。午後一時に椎原国幹の家でお目にかかりたかとなあ」

大山と野村はただちに高雄丸を離れ、埠頭へむかった。

小銃を手にした私学校生徒たちを乗せた数艘の小舟が、沖へ出ようとするのを、野村が呼びとめ、叱りつけた。

「汝どま、誰の指図で高雄丸へいくとか。舟を下りよ。下りぬ者は斬い棄つっ」

生徒らは不満の表情を見せ、埠頭に下りた。椎原国幹は隆盛の叔父で川村の舅である。大山は私学校本校にいる隆盛に会い、川村の頼みを伝えた。隆盛はしばらく考えていたあと、大山に命じた。

「いま川村と会えば、一利なきこともなかじゃろ。俺はゆき、川村はくる。お前んは中継ぎをせい」

大山は高雄丸へふたたび出向き、隆盛の意向を伝えた。

隆盛が佩刀を提げ、椎原邸へゆこうと立ちあがると、篠原国幹がとめた。

「万一のことがおこってはなりもはん」

篠原は隆盛を椎原宅へは出向かせず、辺見十郎太、河野主一郎を呼ぶ。

「お前んらが川村に会い、これまでの顚末を述べ、先方の意中を聞け。川村のいうこつがお前んらの意に叶(かな)わんときは、お前んらあに処置を任す」

辺見、河野らは篠原の意を察して、匕首(あいくち)を懐に入れ、椎原邸へ出向いてゆく。

隆盛の末弟西郷小兵衛は、辺見、河野が川村に面会して双方の主張が違ったときは、川村は刺殺され、事態はたちまち悪化すると見て、隆盛と彼を取り巻く幹部らに説いた。

「川村どんは兄さあとしきりに会いたがっちょい申す。会って話しあわにゃならん、重大なわけがあるのでごあんそ。兄さあが川村どんに会えんなら、桐野、篠原ご両人を代理として会わせ、わけを問いただすべきでごあんそ」

幹部らはたちまち同意した。

過激な性格の辺見、河野を川村に面談させるのは、きわめて危険であることを知っていたためである。

西郷小兵衛は疾走してあとを追い、辺見、河野に追いつき私学校へ連れ戻す。桐野、篠原は永山弥一郎、西郷小兵衛、辺見、河野ら十数人をともない、丸木舟三艘に乗って高雄丸の川村中将に会見しようとしたが、一艘が転覆し、篠原らが海に落ちた。

そこへ小銃を携えた壮士十数人が走ってきて叫ぶ。

「俺どもも連れていってくいやんせ」

桐原らは叱りつける。

「大人数でなにをすっか。高雄の連中が見ちょる。騒動をおこすな」

川村中将は望遠鏡でその様子を観望していった。

「あやつらは本艦を乗っ取るつもいじゃ。いま砲撃してあん奴らあを打ち砕くはたやすか。じゃっどんこっちから仕懸けて戦端をひらくわけにゃいかん」

川村は錨（いかり）を引きあげる間を惜しみ、艦長に命じた。

「錨鎖を切断し、十町ほど沖へ出よ」

桐野たちは高雄丸が沖合に移動するのを見て、川村との面会をあきらめた。

「仕様んなか。あとを追いかけりゃ撃沈されかねん」

双方がたがいの行動を警戒しすぎて、談合が成立しない結果となった。大山綱良は、私学校党が東上を開始すれば政府との全面衝突となり、全滅の悲運に直面しかねないと思っていたので、川村中将をなんとしても隆盛に会わせ、切迫した情況を鎮めたかった。

彼は私学校本校にいる隆盛に進言した。

「しばらくは川村、林らあの願いを聞いて、東上を見あわせたもんせ」

隆盛は、私学校党が東上しないと、火薬庫襲撃を決行した生徒らが謀叛人として処刑されてしまうのを、見過ごせなかった。隆盛は本意をいう。

「川村らあはこちらの本意を聞いちょるので、それを了解すりゃ、こんうえ騒動をおこすことはなかごわす。しかしそうなるか否かはすこぶる疑わしか」

大山は政府と和談を成立させる機会が遠ざかってゆくのを、どうすることもできず、煩悶しつつ県庁へ戻る。

野村忍介が前之浜埠頭から帰ってくる途中、県庁へむかう大山県令を見て駆け寄り、告げた。

「桐野どん、篠原どんは川村に怪しまれ、高雄丸は沖に出てごわす。お前んが川村を海岸の県庁出張所に呼び、二人で相談すりゃよかごわんそ」

「うむ、そいがよか」

大山は野村とともに本校へ戻って隆盛と幹部たちに相談した。皆が大山の案をうけいれた。桐野は、大山が高雄丸に出向くときは、野村を同行させよと求めた。

それを聞いた辺見十郎太が喚いた。

「俺を連れていったもんせ。俺は生きちゃ帰らん」

辺見は彼の言葉をさえぎろうとする者にむかい、刀を抜こうとした。

自顕流の達人として知られる大山が怒った。

「ぎゃあぎゃあぬかしおって、うるさか。邪魔するなら斬い棄つっ」

辺見を威嚇した大山は、野村を連れ小舟で高雄丸におもむき、川村中将に告げた。

「お前んさあ、海岸の県庁出張所まできてくいやい。桐野、篠原とそこで相談のうえ、うどさあと話しあいをしてくれりゃ、たがいの疑いも晴れもんそ」

川村は隆盛を取り巻く幹部らが、事を穏やかにまとめるつもりがなく、大兵を動かし東京に出向き、はらわたの腐った政府重臣を一掃し、政権を改革する方針を定めたと判断したので、桐野らと会うために上陸するのは危険きわまりないと判断していた。

彼はいう。

「西郷どんとの対面の機はもはや過ぎちょるではなかか。俺が上陸すりゃ、艦の乗組員が同行する。西郷どんにせよ、桐野、篠原ご両人にせよ、俺に面談すっ時には、私学校生徒らがついてくる。いずれにしてももはや何事もおこらず、話しあいのでくっ情勢ではなか。もう遅きに失したとじゃ」

大山はやむなく高雄丸を離れた。

二月九日午後五時、高雄丸は鹿児島を離れ荒天のため、指宿、日向灘などに停泊。十二日に尾道から大阪に滞在している山縣有朋、伊藤博文につぎの内容の電報を発信した。

「九日朝に鹿児島に入港しましたが、私学校生徒が高雄丸に侵入しようと小舟を寄せてくるので、上陸できません。

大山県令と艦内で三度会いましたが、到底鎮定の話しあいができるような有様ではありません。薩摩へ航行する汽船を停(と)めなさい。この電文を熊本鎮台へ通報し、警備を厳重にさせねばなりません。

私学校党は、川路大警視が中原少警部に命じ、西郷大将を暗殺させようとした罪を問おうとしています」

政府がなぜ隆盛を敵視するのか問責するのであれば、私学校の大軍を率いて東上する手段はいたずらに混乱を招くばかりである。

それよりも隆盛と桐野、篠原ら首脳部が東京へ出向き、政府を詰問してその責を問うべきであるという意見をとなえたのは、陸軍中佐永山弥一郎であった。

村田三介は、自分が中原少警部ら一味を護送出京し、事件の裁決を政府に迫るべきであると主張する。

隆盛は内心では永山、村田らの意見を採るのが正当であるとわかっていたが、火薬庫を襲った生徒たちが国事犯として処刑されるのを、黙視できなかったので、彼らとともに決起しようと望んでいる。

鹿児島警察署長野村忍介は私学校の会議の席上で述べた。

「川村どんが帰京すりゃ、政府は長崎、下関などの要地へ兵をつかわし守備させるじゃろ。私学校一万三千の壮士が、武器をたずさえ東上すっとなりゃ、政府は手を出さず見過ごすっどかい。

俺どもは攻められりゃ、そんまま引きさがれん。戦わざるをえん。そうなる前に備えを立てておかにゃなりもはんぞ。戦いは敵の虚をつかにゃならん。

俺は京都にしばらくおりもしたので、山陽、山陰の人心が不穏なこつを知っちょい申す。敵は俺どもが上京するとなれば、きっと通路を妨げるでごあんそ」

野村は彼の考案した戦略を述べた。それは戊辰戦争以来、薩軍部隊が成功してきた奇襲戦法であった。

「俺は敵の虚をつくため、壮士六百人を率い、船で日本海に出て若狭小浜に上陸。士民に暴動を呼びかけつつ一日で京都御所へ駆けこみ、鳳輦（ほうれん）を守護して西郷大将をご召見遊ばされるよう詔（みことのり）を請い奉りもんそ。

そのうえで各鎮台に西郷大将東上の道をひらかせ、諸方に檄（げき）を飛ばし天下に号令すりゃ、大事はたちまち成功いたしもそ。

俺ども六百人がすべて討たれても、京都で騒動がおこっちょる隙に、豊前（福岡県、大分県の一部）、小倉へ一万余の壮士が押し出せば、政府の兵を蹴散らすは疑いもなか」

桐野、篠原は嘲笑した。

「政府尋問は戦でなか。こなたより戦端をひらくことは断じてならん。なんでさような権謀をはかるとか」

野村は嘆いた。

「先生の道を、あん和郎（わろ）どもが誤らすのじゃ。大久保、岩倉が武力でさえぎるはあきらかじゃろがい」

私学校党東上についてとるべき戦法は三つに分かれていた。西郷小兵衛らは長崎を急襲して軍艦、汽船を奪い、横浜に上陸して東京へ殺到する策をとっていた。

第二は熊本城を小兵力で包囲し、鎮台の出撃をはばみ、残る兵力は大分から博多へ移動し、海峡を渡って下関へむかう。

第三は全兵力で熊本城を攻撃し、九州全土を占領して、東上する。この作戦を桐野が主張して、大山県令、野村署長らと対立したが、隆盛から薩軍を統帥する全権を与えられていた桐野は、断固としてわが意見を押し通そうとした。

明治四年陸軍少将に任ぜられた桐野は翌五年熊本鎮台司令長官に任命され、六年に陸軍裁判所所長に転任するまで熊本で在勤していた。その後五年間に民間から召集された鎮台兵の戦力がどれほど進歩したかを知らなかった桐野は、竹棒で追いはらえば、蜘蛛の子を散らすように逃げ散ると豪語していた。

鹿児島県士族の気質は荒々しく、明治期になっても侍のあいだで決闘がおこなわれるのは、めずらしくなかった。

戊辰戦争から廃藩置県に至るまでの国政大改革は、西郷隆盛の威望があってはじめて成立したといわれる。

桐野、篠原は隆盛に従い私学校生徒一万三千人を率い東上すれば、実戦経験のほとんどない鎮台兵に前途を阻まれて窮地に陥ることなど、まったく考えられないという。

しかし西郷小兵衛、永山弥一郎、野村忍介らは冷静に事態を判断していた。

薩軍は全員が携行する小銃の弾丸が百五十万発、一挺（いっちょう）につき百発程度である。銃撃戦となれば二日間で撃ちつくす。

大砲は私学校が保管していた四斤山砲二十八門、十二斤野砲二門と臼砲（きゅうほう）三十門である。官軍はクルップ野砲ほか百門を超える装備であった。

軍費として支度した現金はわずか二十五万円であった。のちに弾薬食糧の補給に困り西郷札という紙幣を五十万円ほど発行したが、官軍が戦闘終結までに要した軍費四千百万円とは比較にならない。

薩軍は服装もさまざまであったが、中折帽子をかぶる者が多かったという。

東京に到着すれば墨田川堤で桜見物をするつもりでいた。

鎮台兵は農民出身者がおおかたであるが、海陸総兵力は六万を超える。冷静に判断するとよほど慎重に行動しなければ、熊本、佐土原などの士族の応援をうけても大損害をこうむって当然の苦戦を強いられる。

二月十四日、大山県令は隆盛の指示により東上について政府、各鎮台、府県庁への通達報告のため、使者を派遣した。京都に滞在する太政大臣三条実美にあてた届書はつぎのようなものであった。現代文で記す。

「西郷陸軍大将外二名上京につき御届けの事件を申しあげます。

もと警視庁へ奉職していた警部中原尚雄、そのほか別紙に記名した者どもが帰省と称し帰県し、ひそかに国憲を犯さんとする密謀が発覚したので、政府御規則に従いその者どもを捕縛尋問しました。

その結果はからずも犯人の供述は別紙の通りでありました。この事件を知った陸軍大将西郷隆盛、陸軍少将桐野利秋、陸軍少将篠原国幹ら三名が、今般政府へ尋問せねばならないことがあり、まもなく鹿児島を出発いたしますので、ご理解いただくため届け出を申しあげます。

もっとも旧兵隊の者どもが随行のため、多数出発いたしますので、人民が動揺しないよう、手ぬかりなく一層の保護をお願いするため別紙の書面で届け出たので、県庁ではそれを受けつけました。

本文と内容のおなじものを、もよりの各県、鎮台にも通知しました。

また犯人のうち中原尚雄ら帰京の前、四カ月分乃至（ないし）八カ月分の俸給を、警視庁より受けとったと申していますので、つけくわえます。

明治十年二月十三日
鹿児島県令大山綱良

太政大臣　三条実美殿」

鹿児島では薩軍北上の直前に、隆盛の命を狙わせたのは川路大警視だけではなく、大久保内務卿も関わっていた内情が判明する事件がおこっていた。

川村海軍中将の乗艦高雄丸が前之浜へ着港した二月九日、同時に二隻の汽船が到着していた。

そのうちの迎陽丸に東京からきた鹿児島県士族野村綱（のむらつな）が乗っていた。彼は以前に宮崎県中属として勤務していたが、明治九年八月に宮崎県が鹿児島県へ合併されたのち、翌九年十二月二十八日に上京し、大久保に書状を送り対面を求めた。

大久保は野村綱を自邸に招いた。野村綱は明治十年一月三日に大久保に会い、鹿児島の現状につき詳細に語った。

大久保はそれまで野村綱と面識がなかったが、容貌すぐれ弁舌するどい彼を信用し、内心を打ち明けた。

「私学校は肥大した腫物のようなものじゃ。これにかわる一大学校を建て、若い者らあの前途を誤らせんようにせにゃならん。そんためにはまず私学校生徒らあを仲間割れさせ、腫物を小さくさせることじゃ」

野村は大久保の命令をうけ、彼の手先としてはたらくことになった。

一月二十九日、大久保は野村綱をひそかに呼び寄せ命じた。

「その後、鹿児島の形勢は悪くなるばかりのようじゃ。少警部中原尚雄らは川路大警視の下命によって鹿児島に戻っちょる。お前んはただちに帰郷し、変動あれば知らせよ」

野村綱は探偵として働かせるには、胆力に乏しい人物であったが、大久保は彼を信用した。

野村綱は一月三十一日に横浜から西下し、二月九日に鹿児島へ到着する。埠頭には私学校の番兵が大勢立ちならんでいた。乗客らは鹿児島に居住する縁故者の印鑑をもらわなければ、上陸できない。

野村綱は船中で顔見知りの二人の男に頼み、印鑑を捺印できて上陸したが、二月三日から九日までの間に、中原少警部ら三十余人の川路大警視の探偵がすべて捕縛された事実を知り、彼らの供述した調書を町角の高札板で見ると、たちまち震えあがり、鹿児島警察署へ自首した。

野村綱は二月十一日の夜から十三日へかけて口供書をとられた。現代文で記す。

「私は旧宮崎学校生徒九人の今後の就職について方向を定めるため、明治九年十二月二十八日に出京。当時鹿児島動揺の風聞があり、国家のため憂うべき事態と思い、同三十一日に鹿児島での士族の有り様は切迫しているので、詳細は存じませんが、実情をお聞き下さるなら参じますという書信を大久保卿にお送りすると、明治十年一月三日にお屋敷へ招かれ、私学校という大腫物を取りのぞくのが急務じゃと承りました」

野村綱は初対面の大久保卿と懇談して帰宅したが、同月二十九日に召喚され出向くと、三十一日に横浜出港の客船で鹿児島へ帰るよう下命され、旅費として百円を与えられて依頼をうけた。

「来月から三月までが鹿児島は危なか。もし事情が変わりゃ、弾薬糧秣の手当もせねばならん。様子が急変すっ時は郵便は停り、電信は切れよう。

そん時はご苦労じゃがただちに便船で駆け戻ってくいやい。警視庁より出張した探索方も皆必死の覚悟でいる。暴発が起こったときは、それぞれなすべきことを申し達しておる。その内容はつまり主任の人を倒すか、または火薬庫へ放火するなどのことで、それならばできるかぎりはたらき申すと私はお答えした」

野村綱はそのうえで川路大警視が派遣した密偵の中原たち三十余人の氏名を書いた半紙を手渡され、一月三十一日東京を出発し、帰県した。

だが中原少警視らはすでに捕縛され、その行動を自白させられている情況であったので、いまさら探偵はできないと判断し、警察署へ自首したのである。

野村綱の口供書には重大な一節があった。主任の人を倒すか、火薬庫へ放火するというが、主任とは隆盛自身が自分を示す言葉であると判断したからである。野村の自白がなかったならば、隆盛は大久保を積年の旧友として信頼を貫いたであろう。

隆盛は川路大警視が私学校党の壊滅を計っていたとの報告を受けると、それが事実だと判断したが、野村綱の口供書を見ると深刻な打撃をうけた。

大久保利通とは国政の諸問題について衝突をかさねてきたが、たがいの長所を伸ばしあい扶けあってきた旧友の信義は変わらないと思いこんでいた。

かつて島津久光によって君命に背いたとして、沖永良部島へ遠島の刑に処されたのも、大久保の策謀によるものであったかと、昔の疑念がよみがえり、それまで迷っていた率兵上京実行の決意を固めたのである。

隆盛は明治九年十一月、元薩摩藩筆頭家老であった桂久武に送った手紙に内心を隠さず語っている。現代文で記す。

「この三日間はめずらしく愉快な通報を得ました。去る十月二十八日、長州前原一誠、前越後府判事奥平謙輔らが石州口（島根県）から叛徒を率い突撃したようです。三十一日には徳山（山口県）辺りの志士も繰りだし、柳川（福岡県）辺りも同様の乱が起こっているそうです。

熊本（神風連）の人員は船で行動していると、たしかに判明しました。これらの件については熊本の巡査二人が前原らの電報をもって協力を求めにきたので、相違ありません。

今頃は大阪辺りは占領したのではないかと察せられます。

因幡（鳥取県）、備前（岡山県）、石州あたりの士族はかならず決起するつもりで、十一月三日の天長節（天皇誕生日）を期日としていたところ、その前に前原らが動いたのです。

天長節を期日としたのは、かならず東京に同志がいたためでしょう。それでなくては他府県の同志と同時に行動できません。

前原はよほど広い範囲で兵を動かすつもりでしょう。こののち四方で蜂起するだろうと楽しみにしています。

この通報を受けましたが、いまも日当山で狩りをしているので、急いで帰っては壮士らが騒ぎたてるだろうと推測して、私の挙動は他人に覚られないようにしています。

天下が騒然としてきた今はなおさらです。

いったん動けば、天下を驚嘆させるほどのことをしようと考えています。この旨あらましをお知らせいたします」

明治九年十月二十四日に熊本神風連の乱、同二十七日に秋月の乱、二十八日に萩の乱が続いておこった。蜂起した士族たちは奮闘したが、各地方に蜂起がひろがり大阪も占領されるというのは夢想に過ぎず、たちまち撃滅されるに至った。

隆盛は国税をほしいままに費消し、藩閥をつくり汚職のかぎりをつくす政府は、全国有志者が蜂起すれば、たやすく崩壊すると見ていたのである。

桂久武は隆盛より三歳年下で、旧日置領主島津久風（ひさかぜ）の五男である。隆盛の父吉兵衛は日置島津家の書役をしていたので、隆盛と久武は幼時からの旧友であった。

慶応三年（一八六七）六月、薩摩藩が倒幕挙兵に踏みきったとき、藩重役はすべて反対したが、筆頭家老であった久武の決断により実現した。彼は明治三年には隆盛とともに藩権大参事として藩政改革にあたった。

西南戦争では隆盛の依頼に応じ、大小荷駄隊（おおこにだたい）隊長として軍資金の工面と募兵につとめ、弾薬製造所を監督したが、九月二十四日に隆盛とともに城山で戦死した人物である。隆盛が胸中の秘事をうちあけたのも、当然と思える親友であった。

隆盛が書中に、いったん動いたときは天下を驚嘆させるほどのことをすると記しているのは、腐敗した政府を打倒するときが、必ず巡ってくると思っていたことを立証している。

島津家家令であった市来四郎の記録にも、隆盛が親交のあつい人々との交わりの席でつぎのように述べたと記している。

「海陸千辛苦楽栄誉ヲ極メタリ。今後皇室ノ大事或ハ外難アルニ臨ミテ斃（たお）レンノ決心ナリト、語レリトナム」

隆盛は全国士族の間に政府への不満が充満し、私学校生徒が蜂起する時期がしだいに迫っていることを知っていた。

政府高官たちは汚職、贅沢三昧にふけりつつ、地租改正、家禄制度改正による、士族、農民の生活を脅かす施策は、とても甘受できない苛烈なものであった。

熊本神風連、秋月、萩の乱がおこったのは、明治九年三月に廃刀令、八月に金禄公債証書発行条例が出されたためであった。

鹿児島県では全国で一県のみ家禄制度について、政府の指示に従わない独自の方針をとってきた。

明治五年に知行制を廃止されたが、年貢米一石につき三斗六合を支給することにした。旧藩時代の年貢は一石について三斗九升八合から郷費一升一合と税八升一合を差し引いたものであり、明治六年十二月、政府が家禄税を設けても、それを県庁から支払ったので、士族の実収入はあまり変らなかった。

ついで明治八年九月、家禄、賞典禄が金禄にあらためられたが、鹿児島県では米禄を続行し、明治九年八月まで士族の生活は旧藩時代と大差なく続けてゆけた。

だが明治九年八月から家禄、賞典禄はすべて公債に改正されるとの通達が政府から発せられると、桂久武のような島津一族の血縁者でさえ、将来の生活に強い不安を持つようになっていた。

明治十年二月十五日、大山県令は県属今藤宏（こんどうひろし）に命じ、西郷大将以下上京の趣意書を書かせ中原尚雄、野村綱の口供書とあわせ使者に、熊本鎮台に持参させた。趣意書はつぎの通りである。

「拙者儀今般政府へ尋問の廉有之。明後十七日県下発程、陸軍少将桐野利秋、篠原国幹及び旧兵隊の者随行致候間、其台下通行の節は、兵隊整列指揮を受けらるべく、此段及御照会候也

明治十年二月十五日

陸軍大将　西郷隆盛

熊本鎮台司令長官」

隆盛はこの趣意書をあとで読み、いかにも非礼な文章であったので、その取り消しを今藤に命じたが、すでに熊本鎮台司令長官谷千城少将に届けられていた。

隆盛上京についての大山県令の布告が発表されると、東上に参加しようとする壮士は、私学校生徒のほかにも、日に幾千人とあらわれ、鹿児島市中の民家は、武装した壮士たちで充満した。

二月十三日、市来四郎は日記に記す。

「雪降りて地上真白、眺望よろし。此の冬は本日の雪をもって積るのはじめとす」

この日、旧練兵場に集合した薩軍は隊伍編成をおこなった。歩兵五個大隊、砲兵二個小隊、輜重隊（しちょうたい）である。

歩兵大隊は一番から五番までを区分した。一大隊を十個小隊として、小隊の人員は二百名である。小隊には衛生兵四名、ラッパ手一名、軍夫二十名を配属させ、軍夫も戦闘の際は戦えるよう帯刀させた。

砲兵は一番砲隊、二番砲隊に分かち、隊士は約二百名。砲は開戦後追加した分をふくめ、四斤山砲二十八門、十二斤野砲二門、臼砲三十門を装備している。

いずれも戊辰戦争に用いた旧式で、鎮台にくらべ火器弾薬の欠乏が歴然としていた。

このほかに別府晋介が編成した独立一番大隊、二番大隊があった。加治木、国分附近の郷士の子弟で編成し、兵員は各七百名であった。ほかに輜重兵、軍夫を加え、総計一万三千人の大軍となった。

二月十五日、雪はこの日も降りつづき、六、七寸（約二十一センチ）から一尺（約三十センチ）余りも積り、五、六十年ぶりの大雪であった。この日に練兵場を出発したのは、一番大隊、二番大隊四千余名であった。午前六時に集合、同八時にラッパを吹き太鼓を叩き、西目、東目両街道に分かれ、北上していった。

十六、十七両日も雪は降りしきった。隆盛は十七日、砲隊とともに練兵場から東目街道に出て熊本をめざした。彼は陸軍大将の略服を着て正帽をかむり、草鞋脚絆（きゃはん）の足ごしらえも厳重に、雪道を田の浦にさしかかった。彼に従うのは桐野利秋、村田新八、淵辺高照であった。

田の浦には隆盛の長男である十二歳の寅太郎が、下男につきそわれ待っていた。

「寅太郎、ようきやったのう」

隆盛は足どりをゆるめ子とともに数町をゆく。

「もうここでよか。もう戻りやい」

寅太郎は雪中に立って父を見送る。隆盛は幾度もふりかえり、子の姿が見えなくなるまでくりかえした。

第十章　血戦

明治十年二月十二日、川村海軍中将が尾道から送った電報が東京の岩倉具視右大臣のもとへ届いた。内容は切迫した鹿児島の情勢報告であった。

「去ル九日ノ朝、鹿児島湾に至ル。私学校ノ諸生兵器ヲ擁シ、本艦ニ薄近セントスルノ形状アルヲ以テ、陸ニ上ルコトヲ得ズ。大山県令ヲ本艦ニ招致シ其詳ヲ問フ。県令曰ク『私学校ノ諸生ハ怒気激昂シ予等ノ力ヲ以テ之ヲ鎮静スベカラズ。其原因ハ中原警部ガ、川路大警視ノ命ヲ含ミ西郷大将ヲ刺殺セントスルニ起ル。県庁ハ中原及其徒二十余人ヲ捕縛セリ』ト。鹿児島ノ事決裂セル既ニ此ノ如シ。復タ如何トモスル能ハズ。急ニ大処分ヲ行ハンコトヲ乞フ」

岩倉は大久保内務卿と協議して、大久保は翌十三日、横浜から西下、十六日に神戸へ着港すると、京都へ急行して天皇に単身鹿児島へおもむき、私学校鎮撫にあたりたいと上奏した。

「私と西郷は不幸にもこの幾年かは主張が折れあわず、離れておりますが、西郷の心事をもっともよく知るのは私であります。

私が西郷に会い説得すれば、西郷はかならず私学校党の者どもをおさえ、激発させずに収めるにちがいありません」

内閣では大久保の意向に反対の意見が多かった。木戸孝允は征討令が発令されたときは、全軍の指揮をとり、一挙に鎮定すると強硬論を主張した。

廟議の結果、二月十七日に有栖川宮熾仁親王を勅使に任命され、陸軍少将野津鎮雄、同三好重臣が護衛兵司令官を命ぜられた。

二月十八日、勅使有栖川親王殿下は海路をとり鹿児島へ下向されることになったが、突然熊本鎮台司令長官谷干城少将から電信が届いた。

「薩軍ノ先鋒スデニ熊本県下佐敷ニ至ル。鎮台ハ二十日若クハ二十一日ヲ以テ開戦スベシ」

切迫した情勢を知った政府は廟議をふたたび開き、勅使下向をやめ、翌十九日、逆徒征討令が発せられた。

「鹿児島県暴徒は、ほしいままに兵器を携え熊本県に乱入、国憲をはばからず、叛跡顕然につき、征討仰せられ候条、この旨あい達し候。

明治十年二月十九日

太政大臣　三条実美」

という内容である。

有栖川親王は征討総督として、大阪に総督本営を置き、征討軍団に進発命令を下したのち、福岡に本営を移転する予定をたてた。

二月二十日午後二時、薩軍独立一、二番大隊が熊本の南端川尻に入ると、市中は火事場のように騒ぎ立っている。荷車、馬車で混雑し、子供を連れた男女が大きな荷物を背負い、山中へ隠れようと押しあっていた。

斥候が市中の情況を偵察してきて、薩軍指揮長別府晋介に報告する。

「熊本鎮台は民家を焼き払い、城外を平坦となし、要所に砲台を増やし、地雷を埋設して、俺どもを待ちおっとごわす。火はまだ消えんち、年寄りも子供も走りまわり、湧きたっておいもす」

別府はこの情況で進軍すればたちまち鎮台との戦闘がはじまると判断し、全軍を停止させ偵察斥候の小部隊を前途に派遣したのみで、後軍が到着してのち隆盛の意向にそうべきだと判断した。

このとき熊本鎮台参謀長樺山資紀は谷司令長官に進言していた。

「いま城内に固守しとれば士気は縮みもす。川尻に寄せてきた敵を攻むっがよかごあんそ」

樺山は鹿児島県士族で、激しい薩摩気質を知っているので二個中隊を川尻へ夜襲にむかわせ、薩軍陣所に放火せよと命じた。

指揮長別府晋介は小隊長を集め、命令した。

「俺どもは熊本城などは見向きもせず、まっすぐ東京へむかうつもいじゃったが、鎮台は戦をしかける容易でなか支度をしておつ。今夜は夜襲をしかけてくるやも知れん。皆、草鞋ばきで寝よ」

晋介は一個小隊を夜通しで巡察させることにした。

彼は熊本鎮台が薩軍に戦闘を挑むとはまったく予期していなかった。しかし、このあと思ってもみなかった難局に直面しなければならない。

鎮台の二個中隊は午前一時に城を出て闇にまぎれて川尻に着いた。彼らは薩軍の巡察小隊とたまたま遭遇した。官兵の一人は誰何(すいか)をうけないうちに発砲した。

「ないごつじゃ」

「斬れ、斬れ」

小隊長は騒ぎたつ部下を制止し、地面に伏して声をかけた。

「俺どもは薩摩私学校党じゃ。鎮台と戦をすっつもいはなか。撃ちあいをやめよ。話しあおうじゃなかか」

だが鎮台兵は話しあいに応じる余裕がなく、薩軍の斬りこみを怖れ、小銃を撃ちまくった。挑発されても戦うまいと考えていた小隊長は部下に命じた。

「しょんなか、横手から突貫せい」

薩兵は銃火の正面を避け、左右から襲いかかり斬りつける。

官軍は白刃をふるう薩兵に応戦するすべを知らず、たちまち十数名が戦死した。彼らは銃器弾薬を投げ棄て闇中を逃げまどい、加勢川(かせがわ)に溺れる者も多かった。川の対岸に一隊が伏せていたが、味方の大混乱を見ると援護せず逃走していった。

巡察小隊長は官軍伍長一名を捕虜として本営に連行し、別府指揮長が熊本鎮台の実情を訊問した。伍長は別府の予想をはるかに超えた内容を自白した。

「山縣陸軍卿より下命あり。西郷隆盛は謀叛をくわだて、大軍を引き連れ東上する。熊本に殺到するのはまさに近かろう。

いやしくも鎮台軍人たるもの備えを固め、身命を捧げ戦うべしとのことである。われらは戦備を固め、橋を落し砲台を設け、市中の工人に多数の地雷を製造させ、それを城外の高地に埋設した。

私どもは参謀長より川尻附近を偵察し、なしうれば敵営を焼けとの命令をうけ、出動した」

別府は指揮する二個大隊の小隊長を呼び、会議をひらいた。座上の意見はつぎのように一致した。

「われらは此度の東上につき、叛意などまったく持っていない。西郷先生が政府に訊問することとあるため、護衛の役をうけ出動したまでだ。

政府がわれらを叛徒と呼び、兵を出して征伐するというならば、先方がわなをしかけてきたのだ。官軍と戦うのは好むところではないが、事態がここに至ってはやむをえない。彼らと銃火をまじえ最後の手段をとり東上すべきである。

まず熊本城を陥落させせよ。戦をおこしたのはわれらの罪でないことを、神明が照覧しておられる」

別府も同感であったが、はやる気持ちをおさえ、後方の小川に宿陣している後続の二番大隊へ馬を走らせ、指揮長村田新八の意見を求めた。

村田は政府がこちらの予測をはるかにうわまわる、強硬な策をとり、薩軍を叛徒として潰滅させる作戦を実行してきたと知ると、即座に答えた。

「いまさら鹿児島へ帰っても、もはや謀叛人じゃろ。進むよりほかはなかごあんそ」

村田は明治二年鹿児島常備隊砲兵隊長をつとめ、同四年には宮内大丞となり、そののち岩倉全権大使一行に加わり、欧米を巡遊して同七年に帰国した。世界の現状に通じた人材である。

隆盛が私学校党を率い東上すれば、大久保、岩倉らが政府に対抗しうる唯一の大勢力を征討する好機と見て、かならず叛乱軍の烙印をおすであろうと推測していたので、おどろかなかった。

隆盛の決起に応じて叛乱に参加する全国士族の数は、おびただしいと村田は予想していた。高知県の林有造らは、隆盛が頼めば決起して大阪を占領するため、立志社の壮士らを動かすであろう。

隆盛は政府と戦うことなく、わが威望により、岩倉、大久保、木戸らの悪政を指弾し、失脚させられると思っていた。だがそれは世情を知ることに疎くなった隆盛の夢想にすぎないと、村田はそうした楽観の消え去る日がくるのを覚悟していた。

政府の海陸勢力は薩軍とは比較にならない厖大なもので、戦意を持たず東京へ旅行に出向くつもりの薩兵は、弾薬、食糧、衣類など輜重の支度はまったくない。

軍資金もわずか二十五万円を持っているだけである。島津久光側近の市来四郎は薩軍の貧寒とした懐ぐあいにつき、記している。

「将兵から人夫に至るまで、およそ二万人を超えている。一日一名、食糧などの費用が二十銭ずつとして四千円である。傷病人の療養費一名につき三十銭として、一日分六千円となる。

二十五万円の軍資金では一カ月も持ちこたえられないのではないか」

市来のいう通り、隆盛らが予期していなかった戦支度は皆無に近い状態であった。

熊本鎮台は谷干城陸軍少将を司令長官にいただく、歩兵第十三連隊第一大隊、第二大隊、砲兵隊、工兵隊をあわせ三千四百余人である。

官軍の全兵力は、第一、第二、第三、第四旅団、別働第一、第二、第三旅団。その総兵力は六万に近い。

また海軍は二千三百一トンの龍驤以下十九隻の艦船を擁し、兵員二千二百八十名。艦砲射撃、警備、偵察に縦横の活躍をおこない、精鋭無比の薩軍も九州、四国から近畿に及ぶ海域の制海権を官軍におさえられ、海路を用いる作戦行動を展開できない。長崎、博多、下関など薩軍が東上のための要衝に進出できない情況に引きずり込まれてゆく結果を招く威力を発揮した。

熊本鎮台では薩軍接近の直前、二月十九日の正午前、谷司令長官と樺山参謀長が城内巡察に出ていたとき、突然本営附近から黒煙が湧きあがり、火の手は見る間に一帯の建物にひろがる。籠城にそなえ倉庫から廊下、櫓（やぐら）に積みあげていた兵糧、薪炭がいっせいに燃えあがった。

櫓下の火薬庫に引火すれば大爆発をひきおこすところであったが、将兵の命をかけての消火活動で引火は免れた。だが天守閣、二の天守から城内のすべての楼閣倉庫は三時間ほどのあいだに全焼してしまった。

さらに火災が呼びおこしたのか北西の風が吹きつのり、城台の焼け残りの木材が火の粉を飛ばし、城下の民家が燃えはじめた。

市街の火災は熊本城から東北へむかい、拡がるばかりで前例のない大火災となった。そうなれば住民たちは消火につとめるよりも、家財を荷車に積み避難しようと急ぐ。

警官が市中を駆けまわり避難を指示して喚きたてる。

「町なかも鎮台同様に丸焼けになる。いまのうちに逃げにゃ、焼け死ぬぞ」

大火のおこった原因はいろいろと噂にのぼった。熊本鎮台の会計部に勤務していた曹長が鹿児島県人で、薩軍決起の前に休暇を申請し鹿児島へ帰省した。

彼は薩軍に協力するため、熊本鎮台が籠城に必要な兵糧、薪炭を早急に購入しはじめたとき、騒動にまぎれ人夫となって城内へ入りこみ放火、銃殺されたと『血史西南役』という史書に記されているが、事実のように思える。

谷司令長官は、砲撃戦になれば木造の城郭は出火して、かえって混乱を起こしやすい。石垣さえ残っておれば要塞としての強みは変らないと将兵をはげまし、猛火をくぐり米麦六百石、味噌（みそ）、醬油（しょうゆ）、塩、酒など必要な食糧を二日間で買い集めさせた。

谷、樺山ら鎮台首脳の将校たちは、明治九年十月の神風連の乱のとき、百姓、商人からの徴兵で編成された熊本鎮台兵が、日本刀をふりかざす士族叛徒に追いまわされ逃げまどった実状を重視していた。

白刃をふるい肉弾攻撃で天下に敵なしといわれる薩軍と白兵戦をおこなえば、たちまち潰滅するにちがいなかった。

そのため一旦籠城すれば城門を塞ぎ、一兵も城外へ出すことなく、銃砲の火力で敵の攻撃を凌（しの）ぎ、援軍が到着するまで堪えぬく方針をとることに決めていた。

「剣術では子供扱いされようが、銃砲を扱えば対等じゃき、助勢がくるまで城から狙撃して持ちこたえよ」

熊本ではこれまで鎮台兵を蔑視する風潮がひろまっていた。

鎮台の小使が夜間に外出すると、提灯に書かれた鎮台の文字を見た青年らが、小石を投げたり、水をかけにくる。

樺山参謀長が下宿から乗馬で城内の兵営に出勤するとき、市中の児童がついてきて竹棒で馬の尻を叩き、「くそちん」「くそちん」と呼びかけあざ笑った。「糞鎮」である。

維新の風浪のなかで血を浴びた経験を積んできた樺山は苦笑を浮かべる。

鎮台兵を夜間（やかん）歩哨（ほしょう）に立てると、犬猫が闇中を動いただけで発砲するような臆病なふるまいをした。

川路大警視は大久保内務卿と内談のうえで、約二千名の警部巡査を九州へ派遣していた。長崎、福岡、佐賀に上陸させ、薩軍の蜂起に備えている。

二月十九日に叛徒征討令が下ると、長崎にいた綿貫吉直少警視は巡査隊六百人ととももに、熊本城へと入城した。

二月二十一日、別府晋介の率いる独立第一、第二大隊を六番、七番大隊と改称し、午後四時に熊本へ出発した。小島という集落に近づくと、斥候が駆け戻ってきて報告した。

「敵艦が坪井川の川口に入り、百貫石の辺りで近衛兵を上陸させようちする様子であいもす。兵数は甲板にあふれちょいもす」

薩軍は別府晋介が二千人ほどの兵を迎撃させた。

百貫石に到着した彼らは、敵兵を満載した短艇が着岸しているのを見た。薩兵は蘆の茂みに隠れ、轟然と狙撃を集中し、うろたえ四方へ逃げようとする敵を包囲し、抜刀して斬り倒す。近衛兵は全滅した。

薩軍は官兵の武器弾薬を短艇に積み、凱歌をあげた。薩兵は官兵と二度衝突して、白兵戦の威力を過信しすぎた。

薩軍諸将は、西郷隆盛が川尻の本営泰養寺に到着すると幾度も軍議をひらき、熊本城攻略の可否を論じた。

篠原国幹は鹿児島出発以前から強硬策を主張しており、その方針をまったく変えていなかった。

「俺どもが熊本の城を攻め落せんときは、とても東京に行き着けんでごあんそ。城を四方より攻めて陥落させる。それで全軍の半ばを失うとて、天下の同志はかならず決起しもす。なんの気づかいもなかごわす」

隆盛の弟小兵衛、野村忍介らは反対した。

「いま天下の有志者は、政府の大官どもを信じおりもはん。筑前（福岡県北西部）、筑後（同県南部）、豊肥（同県東部・大分県北部）、長崎、小倉の士族は、はや俺どもの味方で、何千もの人数がわれらと協同して立つとのことでごわす。いま全力をふるって城を攻め、損害を受くるは上策ではなかごあんそ。

城攻めは先着諸隊に任せ、本隊はひたすら前進して官軍を攻めやぶり、長崎、小倉を占領しもんそ。ならば熊本城は兵糧に窮し落城するに違いなかごわんそ。

九州を手中にすれば、全国の壮士はすべて立つでごわす」

隆盛は長い思案をかさねた末に、全軍で熊本城を包囲攻撃する篠原の策をしりぞけた。

桐野も小兵衛らの主張をうけいれた。

篠原と桐野は大久保、川路の放った密偵の策略に乗せられたのだとの説が、のちに巷間（こうかん）にひろまった。

薩軍が熊本城を攻撃すると、城内の鎮台兵が叛乱をおこし、鎮台の幹部将校をみな殺しにして、薩軍に合流するとの流言を篠原らが信じたというのである。

隆盛は熊本城を包囲攻撃しても、被害がふえるばかりであると、判断した。大久保らの奸策に誘い出され、政府軍との戦闘準備をととのえないまま、隆盛の威望と私学校軍団の圧力により各府県の士族たちの参加を得て、大久保、川路ら大官の非行を問責しようとする、隆盛の望みの綱は切れた。

このうえは薩軍隼人としていさぎよい最後を迎えるよりほかに道はないと見通した隆盛は、まったく軍議の席に出なくなった。

二月二十五日に、政府は陸軍大将正三位西郷隆盛、陸軍少将正五位桐野利秋、陸軍少将正五位篠原国幹以下、薩軍に加盟した将校らの官位をすべて剝奪した。

隆盛は陸軍大将の正帽をかぶり、略服を着て鹿児島を出発していたが、征討令が発せられたことを知るとただちに軍服をぬぎ、和服姿になった。大きく突き出た下帯に兵児帯を巻き、和泉守兼定一尺七寸の脇差を腰にして、外出するときは大きな竹笠をかぶり、たまには中折帽子をかぶることもあった。

熊本では明治九年十二月から士族有志が幾度も協議をおこない、西郷隆盛が決起したときは行動をともにするための、支度を進めていた。

二カ月前の十月二十四日、神風連の乱がおこり、鎮台はかろうじて鎮圧したが安岡良亮県令、種田政明鎮台司令長官が殺害された。

続いて十月二十六日に福岡、秋月の乱、二十八日に山口、萩の乱がおこり、世情は騒然としていた。

熊本士族には私学校党、敬神党、実学党、勤王党、民権党の五団体があったが、勤王党は、宮部鼎蔵以下の志士のほとんどが維新動乱の間に落命し、敬神党は神風連の乱で壊滅した。

実学党は横井小楠の思想を継ぎ、政府に反対の立場をとっていない。私学校党は藩校「時習館」の系統を継ぐ旧肥後藩士の主体としての隠然たる大勢力を維持していた。

民権党は政府施策に不満で、その政治方針を打倒し自由主義を推進しなければならないと広言していた。

彼らは人吉の有志を通じ、鹿児島私学校党の有志が、熊本県下にきてしきりに銃器弾薬を買いあさっては、天下に事をなす時機がきたと気勢をあげている様子を聞き、事変がまもなくおこると察していた。

明治十年二月二十日、私学校党と連絡をとりあっていた民権党は熊本協同隊として、四百余人が挙兵した。私学校党は同月二十二日に決起し、両隊で十五小隊を組織し、総勢千三百人が熊本隊と称し行動をはじめた。

大隊長は私学校党の領袖で四十歳の池辺吉十郎が選ばれた。各小隊は地縁、血縁で結成され、もっとも多数の小隊は百七、八十人。少数の隊では五、六十人。六番小隊は最小で七人しかいなかった。

熊本隊はその夜、春竹町紺屋に進出していた薩軍本営に使者二人を出向かせ、西郷隆盛に会い、参戦の意を述べた。隆盛は両手を畳につけて丁重に挨拶をした。

「拙者が西郷吉之助ごわす。このたび貴県有志の方々のご援助をいただくことは、まことご厚意に感謝の言葉もなかごわす。

ただ拙者らは地理不案内で、道を案内する嚮導者を幾人かお頼ん申したかごあんで、そんうえのご加勢はご無用になはってくいやんせ」

二人の使者は参戦の決議を終えているので、中止できないと答えた。隆盛はしばらく考えたのちうなずいた。

「そんなら明日の城攻めには、地理に明るい貴隊が搦手（からめて）より押しいってやったもんせ」

この日午前六時から薩軍は七千余の兵力で熊本城を攻撃していた。薩軍砲兵隊の火砲は輸送が遅れ、八代（やつしろ）辺りを通過しており、戦場に到着するのは夜半であると見られていた。

熊本城の正面からは、五番大隊が池上四郎の指揮のもと、砲煙弾雨のなか凄まじい攻撃をくりかえした。城内に布陣していた官軍は、銃砲撃では薩軍を圧倒する。城壁の内から雨のように銃砲撃を浴びせかけると、弾薬を豊富にそなえているので、城壁をよじ登ろうとする薩軍諸隊は、たちまち死傷者の数をふやした。

薩兵らは敵の猛射撃に対抗しようと、倹約すべき弾薬をつい使いすぎてしまう。

硝煙のたちこめる戦場で、敵陣の方向を銃砲声で聞きわけている薩兵たちは、銃弾が不足するうえに、飯と水を届ける人夫の数も減ってきたのに悩まされた。

官軍は下馬橋砲台の山砲一門、千葉城砲台の野砲、山砲各一門、城内の野砲二門、臼砲一門を咆哮させ、薩軍の損害は増加してゆく。薩軍は県庁、藤崎八幡宮を襲撃するが、官軍は社内の砲台から野砲を発射し、榴弾、榴散弾を連発し、薩軍はなぎ倒される。

官軍も薩兵の狙撃をうけ、死傷者が続出した。樺山参謀長が負傷し、歩兵第十三連隊の与倉知実連隊長が戦死したのは午前十一時頃であった。

与倉中佐は大砲の射手が薩軍の狙撃をうけ、相次いで倒されてゆくので、双眼鏡で敵兵のうちの狙撃手の動きを発見し、部下に命じ射殺させることに熱中していた。

城の西北にあった砲台の射手は狙撃されて、継続射撃しているのはわずか一門であった。与倉連隊長が敵兵の動きを注視するとき、思わず姿勢を高めにしたため、腹に一弾を受けた。陸軍大尉清水鋭威が駆けつけ、中佐を体の上に乗せ、あおむけに寝たまま後方へ六メートルほど動き、軍医を呼んだが、連隊長はすでに絶命していた。

城の背後から攻撃する薩軍を指揮するのは、篠原国幹であった。彼は二十一個小隊約四千人を指揮していた。

午前十時から動きはじめた篠原の兵団は、官軍が死守する段山を奪取した。

官軍は必死の逆襲をくりかえすが、白兵戦がはじまると官兵は薩兵の敵ではなかった。

一人で二人、三人を斬る者はあたりまえで、七人、八人を撫で斬りにする荒武者がいる。一番大隊四番小隊坂元隊はまっさきに城の西北部藤崎八幡宮の高台を占領し、城内へなだれこもうとしたが、官軍が前後左右から銃火を集中してくるので、一個小隊二百人では弾幕を突破できない。

坂元は味方を呼び寄せようと伝令を走らせるが、銃砲火が飛びかっていて、まったく連絡がとれなかった。

味方の一番大隊、二番大隊の久留、佐藤、鎌田、川村の四小隊が坂元隊の右下で城壁をよじ登ろうとしては、射撃の的になり、苦戦している状況を坂元隊の伝令が発見すれば、彼らと連携して薩軍は城内に乱入できたかも知れない。

久留ら薩軍小隊長らのうちには、部下を叱咤激励するため、銃火のなかで立ちはだかり命を失う者がすくなくなかった。

熊本隊隊長池辺吉十郎は二月二十一日に川尻へ出向き、薩軍篠原国幹と熊本城攻撃についての軍議をかわし、二十二日朝から篠原とともに段山口攻撃の戦いに参加した。彼は篠原の行動を観察しており、その内容を隊士らに告げた。

彼の顔は硝煙にくろずみ、全身に火薬のにおいがしみついていた。彼は出町の本営に千三百余人の全隊士が密集しているのを見て笑みを浮かべた。

「これほど集まってくれるとは思うてもおらなんだ。ありがたい」

池辺は一昨夜川尻で篠原国幹らと攻城戦略について話しあい、二十二日朝から篠原と同行して段山口からの攻撃に協力した。

篠原は常に兵士の先頭に立ち、小銃を構えて狙撃を続けるばかりで一言も号令を発しないで、大部隊を手足のように進退させる。池辺は彼の武者ぶりに感じいった。

熊本隊は二十三日早朝から城北二の丸から攻撃開始の手筈を定めたが、夜が更けて薩軍本営から連絡の使者がきた。翌朝からの攻撃は中止になったという。前日の戦闘で前途に敵なしと楽観し、東京で花見をするつもりでいた薩軍が、まったく予期しなかった甚大な損害をこうむったためである。

政府は諸鎮台、警視庁の諸部隊を陸路、軍艦、汽船を用い急遽九州にむかわせている。薩軍首脳はいまとるべきもっとも有利な手段は鹿児島に帰り、故郷の山野に立てこもって長期戦を展開することだと考えたが、薩摩隼人の面目にかけて退却はできないとの意地をひるがえせないのは、みな同様である。

薩軍は二十三日の城攻めに熊本隊の協力を辞退したが、午前七時頃、場外の高所花岡山、日向崎に四斤山砲数門が到着したので、勢いを盛り返した。

薩軍山砲は旧式であるが、城内弾薬庫附近に集中射撃をおこなうので、官軍は必死で弾着の射程外へ弾薬を移した。花岡山からは城内の様子が手に取るように見える。

台場には附近の町民、突入に備えて待機している薩兵が押しあうように集まり、城中から間を置いて撃ってくるアルモスノ砲の砲弾がけたたましく空中を擦過して、地面をゆるがし土砂をふきあげると、地面に伏し喚声をあげる。

危険きわまりない戦場見物を楽しむ人がふえてきた。町民、士族から焼酎、酒肴（しゅこう）が差しいれられ、三味線の音、唄声（うたごえ）が湧きたつのであった。

辺見十郎太の率いる一個小隊が、進軍ラッパを吹かせて城壁を登ろうとしたが、暴風のような射撃を浴び、中止せざるをえなかった。辺見は砲弾の断片に額をかすられ、血（ち）達磨（だるま）のようになったが、指揮をやめなかった。

熊本城の北方でも、二月二十二日に薩軍と官軍の遭遇戦がはじまっていた。官軍第十四連隊小倉営所、福岡分屯所の官兵が熊本城に増援のため南下しているとの、斥候報告があった。

薩軍は四番大隊に九番小隊と五番大隊二番小隊四百人を迎撃にむかわせることにした。二小隊は朝からの攻城戦で、弾丸をおおかた撃ちつくし、弾薬盒（だんやくごう）に残る数はわずかであるが、白刃をふるっての突撃は望むところであった。

九番小隊長は伊東直二、二番小隊長は村田三介、いずれも剣客として知られていた。両小隊の嚮導は熊本隊隊士野満安親（のみつやすちか）、富記（とみき）の兄弟であった。

熊本城の援軍として南関（なんかん）から植木へ進んでいるのは、熊本鎮台小倉衛戍（えいじゅ）歩兵第十四連隊右半大隊、第二大隊左半大隊、第三大隊。将校三十八人、下士百二十人、兵卒八百五十七人、総員千十五人で、新式後装銃を装備していた。

薩軍二個小隊が植木へ出発する前、五番大隊九番小隊が植木の手前の大窪に布陣していた。小隊長の国分寿助が小倉第十四連隊の熊本増援を予想して、独断で進出したのである。

彼らが森蔭に身を隠している眼前を、村田小隊が砂を捲きあげ急行軍で通過してゆく。

「あれらあが一番駆けしよっとか。くやしか」

国分らは本営の命令を受けていないので、村田隊を見ているしかない。戦闘がはじまってからしか動けない。

第十四連隊長心得乃木希典は二十二日午前六時、南関から高瀬へ南下しようとして、町並みをはずれるところで熊本実学党党首太田黒惟信に出会い、緊張せざるをえない情報を得た。

「熊本県士族は、実学党のほかはすべてが、西郷方につくでしょう」

乃木の率いる部隊は、午前十一時頃に高瀬で昼食をとったが、町じゅうが荷物を担ぎ、大八車を曳いて走りまわり鶏犬の声も騒がしく、人々は山野に避難しようと狂奔していた。

第十四連隊の将兵は小倉から急行軍を続けてきたので疲労しきっている。乃木連隊長は足痛で悩む兵の治療を軍医におこなわせ、疲れきった兵には酒を与え、数時間の仮眠をとらせたうえで本隊を追及させることにして、体力を失っていない兵六十数人を率い、酒を飲ませ軍歌を高唱させ木葉(このは)村に前進した。

千人を超える将兵のうち、わずかな人数で進出してきたため、乃木連隊長は前途を警戒し、十数名の騎馬斥候を先行させ、周囲の気配を探りつつ南下してゆくと、官軍らしい部隊が西方から植木へむかってくる。

双眼鏡でうかがうと味方の別動隊として山鹿から植木へむかう、第十四連隊第四中隊であった。

彼らは正午に山鹿を出て植木をめざし行軍したが、途中で薩軍が植木に進出しているとの情報を得て、間道伝いに田原(たばる)へ迂回(うかい)してきたのである。

第四中隊も落伍者多数で人員は定数に足りないが、携行する弾薬は豊富で士気はふるいたった。

乃木連隊長は全隊を物音を忍ばせ植木に接近させ、町はずれの五、六町手前で停止し、斥候隊数十名を偵察に出す。彼らは戻ってきて報告した。

「町のなかには誰もおりまっせん。家に残っておった爺(じい)さんに聞けば、薩摩の兵隊らはもう大窪へ去(い)によったけん、誰もおらんといいよります」

乃木は将校たちと意見を交したあと、植木の町の西端に散兵壕(さんぺいごう)を設け、兵を展開させた。白梅が咲き誇っている村道が、午後六時頃に暗くなった。

たまに犬の遠吠えが聞こえるだけで、あとは風が低い唸りをたてるのみである。大きな月が頭上にあって、動くものがあればはっきりと見える。

ちいさな物音がして、三人の百姓が荷車を曳き、南のほうへ去っていく。

「こりゃ、どけへいくか」

兵士が着剣した小銃を突きだすと、百姓たちは地面に四つん這いになった。荷車にはつくったばかりの握り飯と味噌汁が乗せられていた。

「こいを薩摩の奴らに持っていくか。まあよか、こいは俺らあが食うてやる」

二百個ほどの大きな握り飯を官兵たちが食い、腹ごしらえをした。

乃木は偵察隊を出した。村はずれまでゆくと、林中から猛烈な射撃をうけた。偵察隊が駆け戻ってくると、乃木は全隊を壕内に隠れさせ射撃を禁じた。

狙撃音によって味方の兵員数を察知される。斬りこみに長じている薩軍の白兵戦にひきずりこまれたときは、甚大な損害が生じるのである。

およそ一時間の静寂のあと、午後七時過ぎに薩軍村田隊が喊声を上げ、刀を右肩にかつぎ本街道を突進してきた。

「撃て」

号令の声があがり、官軍が後装銃を放ち、薩兵が地面に転がる。兵士が撃たれると将校がその銃をとって撃つ。

薩兵が銃弾を撃ちつくすと、村田は大声で命じた。

「引け、引け」

いったん退却するのは、官兵を白兵戦で叩っ斬るためであった。

本道の両脇に斬込隊数十人を伏せさせておき、本隊をわざと退却させて官兵を誘いこみ、たがいがもつれあったところで撫で斬りにするのである。

村田が号令をかけようとしたとき、はるか遠方からときの声が聞こえてきた。

村田が喚く。

「敵か味方か、どっちじゃ」

熊本隊から派遣された嚮導高田露(たかだあきら)が答えた。

「味方の伊東小隊じゃ」

高田は一見女性のような美しい容貌で、絹の着物の下に緋縮緬の長襦袢を着込んでいた洒落者であったが、斬りあいの手練は薩摩兵児も呆気にとられるほどであった。

村田は躍り上がって叫んだ。

「よし、いけっ。一人もあまさずぶち斬れ」

村田が官軍の正面から怒濤のようになだれこみ刀をふるい、返り血にまみれる。

伊東小隊は一団となって乃木連隊の背後へまわりこみ、絶叫とともに官兵の渦巻くなかへ斬り入った。

　戦場は敵味方の見分けもつかない大混乱となり、人体に刀身を打ちこむときの異様な衝撃が耳朶を打った。

　乃木連隊長は混乱した戦場から退却するほかはないと判断して、負傷者、弾薬などを人夫に後送させ、不要なものはすべて焼却してのち、退却ラッパを吹き鳴らした。

　官兵は後方の千木桜と呼ばれる所に退き、散開して敵襲に反撃しようと布陣した。乃木連隊長は連隊旗手の河原林雄太少尉に巻いた連隊旗を背負わせ、後退させた。

　乃木は退却してゆこうとして、薩兵に袈裟がけに斬りつけられ、身をかわしつつ転げ落ちた。従兵の伍長が乃木のうえに覆いかぶさったので、かろうじて命拾いをした。

　周囲の薩兵をようやく追い払い、数十人の兵士たちがまた斬りこんでこようとする敵に猛射を加えているあいだに、乃木は河原林少尉の姿が見えないのに気づいた。

「河原林はどこだ。おれば返事をしろ」

　兵士の一人が答えた。

「本道から引きあげるとき、少尉殿は押し寄せてくる敵に抜刀してむかわれました。その後、お見かけしておりません」

　乃木は大声でいった。

「それはただごとではない。軍旗を取られたら腹を切らねばならん。旗を取りに戻るぞ」

月光を浴び、官軍の動きを注目している薩軍のほうへ、乃木が馬首をむけると周囲の兵が着剣した銃を手に従おうとした。

曹長、軍曹らの下士官が泣きながら乃木を抱きとめた。

「連隊長殿がいまここで戦死なさりゃ、われわれはどう動くかわからんばってん、短気をおこさんで下さい」

そのとき後方から第三中隊が駆けつけてきたので、乃木は中隊長津森大尉に河原林少尉の捜索を命じ、疲れはてた将兵を率い木葉村に帰還した。

戦場から離脱しようとした河原林少尉は、乱戦にまきこまれ必死に斬りあううちに方角を見誤り、人の気配のない場所へ従卒とともに出た。

投刀塚（なたつか）と呼ばれるなだらかな丘陵である。彼は塚の石垣のうえに半身をあらわし周囲の情況をうかがう。

そこへ薩軍伊東隊の吉野郷士岩切正九郎という、薬丸自顕流の遣い手が道に迷い通りかかった。彼は前途に人影を見て忍び足で近づくと敵ではなく、薩軍の人夫で彼と同様に道に迷っていた。

二人で歩きまわるうち、人夫がささやく。

「いま人声が聞えもした」

「なに、敵がきたと」

岩切が月光のなかをすかし見ると、塚の石垣のうえに上体をあらわしている者がいた。忍び寄ってゆくと官軍士官の服装である。

岩切は抜刀するなり肩口へ袈裟がけの一撃を打ちこむ。

河原林少尉は即死した。従卒はどこかへ逃走した。

岩切は士官の服をはぎ、分捕りをする。肩から腰へ旗のような布を巻きつけている。

「こげなもんは汝にやっど」

岩切たちは帰隊した。旗のようなものを持ち帰った人夫は、それを所属小隊長の村田三介に渡した。

村田はそれをあらため、仰天した。

「これは官軍第十四連隊旗じゃ。おとろしか物を持ってきたじゃなかか。すぐに本営へ届けよ」

狂喜した村田はよろこびを隠せなかった。

連隊旗を岩切正九郎に奪われたのを知らない乃木連隊長は木葉村に後退し、一個中隊と三個分隊を遊軍として散開させ、農家で夜を過ごした。

官軍は木葉村本道の左右に一個中隊を展開し、左手の斜面に一個中隊、右手山麓に三個分隊を布陣させた。総指揮をとるのは第十四連隊第三大隊長吉松少佐であった。

薩軍本営は植木の村田、伊東の二小隊が第十四連隊を撃破したので積極攻勢をとる方針を決めた。五個小隊を山鹿街道、三個小隊を西方の高瀬街道に分かれて前進させ、木葉村の官軍を攻撃し、高瀬、南関へ北上して一気に小倉まで長駆して、関門海峡をおさえようという作戦である。

二十三日午前一時、熊本本営附近を出発した薩軍八個小隊が前進をはじめ、途中で三隊が山鹿街道、五隊が高瀬街道へ分かれた。

夜明け前に人の気配の途絶えた植木に入った薩軍は斥候に前後の情況を探らせた。数時間を経て戻ってきた斥候は報告した。

「十四連隊の鎮台らは、木葉村まで退却した様子であいもす」

「よし、木葉村へ押しいれ」

五個小隊は午前九時に植木を離れ、木葉村へむかった。

十数町ほど進むと田原坂の登り口に着いたが、ゆるやかな坂を官軍将兵三十人ほどが前方から接近してくる。

彼らは第十四連隊津森大尉の率いる斥候隊で、午前五時に木葉村を出発して田原坂に着いたところであった。

薩軍が乱射すると、官軍は抗戦せず退却する。薩軍は縦隊で追撃し田原坂から北西へ一時間ほど走り、木葉村に着いた。木葉村の官軍は偵察隊が陣地へ逃げ込むと、一斉射撃をおこなう。

薩軍は後退して上木葉村の高所の森蔭に散開した。山鹿街道を進んでいた薩軍三個小隊のうち二隊が、木葉村の銃声を聞きつけた。

「もうはじまったか。機を逃しちゃいかん。走れ」

熊本隊から派遣された嚮導が間道を案内してひた走る。

彼らは午後一時頃木葉村の北方へ出ると地元の農民に命じた。

「官軍陣所のうしろへ案内してくれ」

険しい山の急斜面を越えると官軍陣地が眼下に見えた。

背後の斜面から猛射を加えると、官軍はうろたえ身を隠す。上木葉村で突撃の機をうかがっていた薩軍五小隊は、味方が木葉村後方から攻撃をはじめたのを知ると、村内へ斬りこんだ。

乃木連隊長は津森大尉に一個中隊の遊軍を本道へ救援に急行させたが、薩軍は戦機を逸してはならないと白刃をふるい怒濤のようないきおいで、肉弾戦を挑んできた。

第十一章　露の命

木葉村本道陣地を守って戦う官軍三個中隊と三個分隊の総指揮をとる吉松少佐は、白刃をひらめかせ怒号とともに斬りこんでくる薩軍の攻撃を支えきれないと判断し、連絡将校を左翼陣地を守っている乃木希典連隊長心得のもとへ走らせ、救援を求めた。

「この状態では本道陣地をとても支えられません。ただちに援兵を要請します」

乃木は本道陣地が潰滅寸前で、吉松少佐の願いも当然である事情はよくわかっていたが、左翼陣地から数十人を本道へおもむかせたら、その様子をうかがっている薩軍がたちまちなだれこんできて、大敗北を喫して退却せざるをえなくなる。

熊本城が陥落するかも知れない瀬戸際に、城外はるか離れた小村落で薩軍に肉弾で攻められ潰滅するのは恥辱だと奮起した乃木は馬を飛ばして本道陣地へ駆けつけ、吉松少佐を無理と知りつつ激励するほかはなかった。

「本道陣地が守れなければ、俺が代って指揮にあたる。貴官は左翼へいけ」

吉松は顔をゆがめ、頷くと歯を見せて笑った。

「よくわかりました。力が尽きるまでやります。幾人でも援兵をまわしてもらいたかったが、どちらもたいへんだ。ご心配かけてすまなかった。連隊長心得の君は陣地を離れてはいかん。戻ってくれ」

笑顔で手を振る吉松に、乃木は返す言葉もなく左翼陣地へ戻ったが、まもなく本道で突撃の喊声（かんせい）が上がった。

吉松少佐が麾下（きか）の副官渡辺中尉以下二十数人の士卒と銃剣をつらね、必死の突撃をしかけたのである。官軍を侮り蹂躙（じゅうりん）していた薩軍は、思いがけない突撃をしかけられ、数百歩退却し、本道陣地は崩壊の危機をしばらく免れた。

吉松少佐、渡辺中尉は負傷した。吉松は重傷を負い、危篤状態の有様で顎を動かしかろうじて呼吸をしていた。

薩軍は猛攻を続けていたが、日没の頃から銃声がまばらになり、怒濤が押し寄せるような突撃も収まってきた。

乃木少佐は各中隊長に命じた。

「現陣地を明日も守り通すには兵数がすくない。本部をここより北西の石貫（いしぬき）村に後退させ、迫間川（はざまがわ）に沿って布陣するほうが、守りやすい。日が暮れたら、右翼から梯形陣（ていけいじん）をとり退（ひ）くことにする。

包帯所、炊事場、村内哨兵は大室中尉の指揮に従い、木葉村の後方稲佐村の高所に布陣し、後衛として行動せよ」

官軍が右翼から退却する動きをとらえると、薩軍はすさまじい抜刀攻撃をくりかえしつつ、一隊が木葉村から稲佐山の麓へ移動して、官軍の退路を断つように待ち構えた。

日没前から雨が激しく降りだしてきた。雨中に硝煙がたちこめ、視野を塞いだので死闘をつづける両軍は、敵の姿を見分けられなくなり、日本刀で斬りかかられると、銃剣で必死に立ちむかう。

官軍の士卒はこのまま乱闘を続ければ斬り倒されると見て、われがちに高瀬の方向へ逃走していった。

乃木少佐は乗馬が疲労しきって動けなくなったので、担架で後退していった吉松少佐の馬に乗ったが、たちまち流弾が馬体に命中したので、馬は悲鳴をあげ狂奔し敵中へ駆け入って倒れた。

乃木は地面に投げ出され、従兵阪谷伍長が身代りとなって敵の乱刃のもとに倒れた。官軍は木葉川を渡り全隊が退却してゆく。

稲佐村の高所にいた後衛の士卒四十人が、あとを追ってくる薩軍にむかい一斉射撃を二度くりかえした。薩軍は突然動きをとめた。

熊本城攻囲をつづける薩軍本営からの急使が、木葉から稲佐へ潰走する官軍を追う薩軍八個小隊に、命令をもたらしたのである。

「有力な官軍が山鹿本道を南下、貴隊らの背後を攻撃するおそれあり。そのためただちに稲佐より南関への前進をやめ、植木に集結し守備態勢をとれ」

薩軍本営は先鋒の八個小隊が木葉附近の戦闘で大損害をこうむり、大敗したという官軍の流した偽りの情報をうけ判断を誤り、進撃の好機をのがした。

植木の戦いで薩軍の戦死者は、第九番国分隊数名、負傷者は小隊長国分寿助ほか十名。官軍戦死者は吉松少佐以下二十二名、負傷者は四十九名。

薩軍の奪った武器はスナイドル式銃三百六十挺、弾丸一万二千発であった。官軍の吉松少佐は後送の途中で絶命した。

薩軍は池上四郎の指揮する歩兵四千七百名、山砲数門で熊本城を包囲させ、二月二十二日、博多に上陸したという征討第一、第二旅団を迎撃するため、桐野利秋、篠原国幹が山鹿と田原、村田新八と別府晋介が木留（きとめ）に大兵力を急行させ、南関を撃破する作戦をたてたが、味方敗北の誤報により進撃の速度をゆるめ、勝機をつかめなかった。

二月二十二日に博多へ上陸、隊列を整えた征討第一、第二旅団は即時前進して、二十四日には久留米市中に入った。

第一旅団司令長官は陸軍少将野津鎮雄、参謀長は陸軍中佐岡本兵四郎。第二旅団司令長官は陸軍少将三好重臣、参謀長は陸軍大佐野津道貫（のづみちつら）。

新鋭部隊が久留米から高瀬へ進軍の態勢をととのえているとき、木葉村での激戦で薩軍に蹴散らされ退却してきた、歩兵第十四連隊第三大隊の士卒が、雨と血に濡れてあらわれ、渡辺中尉が乗馬で旅団本部に到着し、前日からの戦況を報告した。

野津大佐は即時攻撃すべきだと主張した。

「薩人は勝てばいきおいづき手に負えもはん。第一旅団前衛は人力車に装備を積み、木葉へ駆け足で急行すべきでごあんそ」

官軍は第一、第二旅団主力を高瀬占領にむけ前進させ、敗退してきた第十四連隊は山鹿へむかわせた。

薩軍に協力して熊本城を攻めていた熊本隊は二月二十三日に風雨のなか、三百余人の別働隊を高瀬の方向へ派遣した。博多から南下してくるとの情報があいついでいる、官軍旅団を迎撃するためである。

熊本別働隊は熊本北方四里弱の木留村に宿営し、翌二十四日の未明に出発して、高瀬街道の熊本への近道である吉次峠をめざした。激しい風雨をついて三里を行軍し、伊倉村に着き、村民に情勢を聞くと、官軍は北方の玉名に宿営しているという。

「よし今夜はここに泊ろう。明朝は玉名へ押し寄せりゃおもしろか働きができるばい」

日没のまえに数十人の別働隊士は、高瀬で大敗した官軍第十四連隊が武器装具を放棄していると住民らの連絡をうけ、それを分捕りに出向いた。

彼らはスナイドル銃数十挺、背嚢七十数個、靴数十足、刀剣数十口、眼鏡、時計、水筒、弾薬盒、乾魚(ひうお)数十荷を担いで戻る。

この夜、山鹿へむかう薩軍四番大隊千人が桐野利秋の指揮をうけ植木に進出、宿営した。

二月二十五日午前七時、熊本別働隊は斥候の報告をうけた。

「官軍およそ千二、三百人が伊倉へ押し寄せてきますたい」

伊倉は地形が平坦であるため、別働隊は南下して野辺田(のべた)山に布陣した。待ちかまえていたが官軍は正午を過ぎてもあらわれない。

「待ちくたびれたぞ。小天(おあま)におる薩兵と力をあわせ進撃するのがよかたい」

小天には薩軍三個小隊六百人がいて、連絡をとるとただちに応じた。

別働隊は彼らとともに高瀬攻撃を開始した。午後四時頃、薩軍に続き菊池川河口附近に進出すると、対岸の土手には土嚢(どのう)が連なり千数百人と推測できる官軍の大部隊が、銃口をつらねていた。

こんな情況のもとで正面から白兵戦を挑むのは、獰猛な薩軍のもっとも得意とするところである。

彼らは上流の橋を守る官兵に、集中射撃を加え、突撃してたちまち高瀬の敵堡塁(てきほうるい)になだれこみ、斬りまくった。

熊本別働隊は下流の渡し場から舟で渡河して退却の態勢をとる官軍を、側面から攻撃する。たまらず、千二百人の官兵は玉名山へ退却した。

薩軍と熊本別働隊九百人は高瀬を占領したが、大阪鎮台の官軍第八連隊の新鋭が進出してきて、猛烈な射撃を浴びせてきた。

「こやいけん、いったん退け」

弾薬不足を気遣う彼らは、日没後の塗りつぶしたような闇に乗じ、伊倉に後退した。

官軍第一、第二旅団は南関町に到着して、本営を置き、翌日からの熊本進撃の準備を急いでいた。

高瀬で薩軍三個小隊、熊本別働隊の肉弾攻撃をうけ、甚大な損害をうけた官軍は、野外に篝火をつらね、二個中隊に戦闘態勢をとらせ、敵の急襲をいつでも撃退できる布陣をとった。

第一旅団司令長官野津、第二旅団司令長官三好以下参謀長らが、翌二十六日朝からの高瀬、山鹿の薩軍攻撃の部署を定めた。

高瀬から植木への攻撃は、午前四時から開始する。先頭は前衛一大隊が敵を撃破して進路を確保し、つづいて中央一大隊、後備一中隊が前進する。

後続する第二陣は、第二旅団近衛第一連隊一大隊が、午前五時半に進撃する。砲兵隊は夜明け前から逐次南関に到着するので、戦線に参加させる分隊と、本営守備にあたらせる分隊を分け、それぞれの部署に配置する。

　山鹿附近の警備には乃木少佐の指揮する三中隊が出動し、応援は第十四連隊二中隊と第二旅団第一連隊が南関で待機する。

　二月二十六日は午前七時、伊倉村に宿営していた熊本別働隊は、斥候の急報をうけた。

「敵の大軍が菊池川を渡って高瀬からこなたへ押し寄せてきますばい」

　熊本隊一番小隊長佐々友房は、その日の戦闘の情況を『戦袍日記』に記している。

　熊本別働隊は薩軍三個小隊とともに伊倉八幡宮の祠前を通過した。薩軍は左翼、熊本別働隊はその右翼高地に半月状に展開した。

　午前八時頃、木葉村の方向に銃声が湧きおこったが、高瀬に布陣している官軍は前進の気配を見せない。高瀬町の松林のなかには官軍数千人が集結するのが見えた。

　その隊伍整然として訓練のゆきとどいた様子は、薩軍、熊本隊の眼をひいた。

「あれは小倉分営の鎮台とは違うぞ。小倉分営の兵なら、あの人数であれほど静粛にはいかんぞね。あの連中は東京からきた援軍に違いなか」

　佐々友房らは官軍の態勢を、息を呑んで眺める。彼らは斥候十数人を敵状偵察に出発させつつ、谷間の低地に下りてゆく。

　谷間には密集した兵がいて、まばらな林間から激しい射撃を浴びせてくる。

　佐々が敵の振る指揮旗を見ると、赤旗である。

　斥候に偵察させると、敵と思ったのは、熊本隊十五番小隊であった。

「おーい、こっちは一番小隊じゃ。撃つな、撃つな」

十五番小隊長岩間小十郎が駆けつけてきて、告げた。

「俺たち熊本大隊千人は、昨夜大隊長池辺先生に従い熊本を出立し、木留から白木、木葉を通過し、今朝当地に着いたばい。熊本本隊からの嚮導が本隊出陣を知らせにきちょらんか」

「昨夜は歩哨が夜明かししちょったが、誰もきよらん」

早朝からの高瀬の合戦では、敵味方が入り乱れ、見分けられない乱戦になっているという。

佐々は十五番小隊と協力し、薩兵とともに谷間を渡り官軍にむかい突撃した。敵の部隊が潰走し、数丁を追ううちに官軍士官が指揮旗を振り、敗兵をまとめているのを見た佐々は、狙撃兵伊東永に命じる。

「あれを撃て」

伊東は一発で狙いを外さなかった。

敗走していた官兵は援軍をふやし、猛烈な一斉攻撃をかさね、銃弾を雨のように集中してくる。距離はわずか半丁であった。佐々らは必死に戦い、数回の白兵戦によって危機を免れてのち、前夜からの渓谷にのぞむ陣所に戻った。

薩兵数十人が陣所を死守し、白刃をふるい、押し寄せる官兵と入り乱れて戦う。このとき熊本隊は別働隊とあわせ千三百名であったが、官軍の罠にかかり、四分五裂して隊形を乱し、死傷者が続出した。

同日、熊本隊全軍は未明に木留を進発し、高瀬へ直行した。農夫一人が途中で走り寄ってきて告げた。

この先で熊本本隊らしい人々が官軍と戦い大変苦戦しています。すぐに行って助けてあげて下さいといった。このため主力隊が前方へ急行したが、農夫は官軍の間者であったため、たちまち伏兵の攻撃の渦中に陥り、前後から猛攻をうけ、ついに敗走した。

池辺大隊長は中軍の前進隊と同行していたが、敵軍の包囲攻撃をうけ潰滅し、残兵わずか三十余人と村内の神社の内に布陣し、発砲応戦を禁じた。

彼は庭石に腰をおろし、煙管で煙草をふかすばかりであった。官軍は神社に庇を接する民家に火を放ち、攻めこむ動きをあらわす。部下は池辺にすすめた。

ただちに血路をひらいて突撃すべきです。そうしなければ枕をならべて討死にするほかはありません。池辺はすすめを受けいれず、俺の命令をしばらく待ってほしいといった。

だが六番小隊長古賀作十郎、同半隊長佐藤健十郎と兵士二名は池辺の命令に従わず、刀を抜いて突撃した。四人はたちまち狙撃をうけ、戦死した。

熊本本隊千人は官軍と入り乱れ、隊形を崩し、銃撃しあい、日本刀と銃剣との血みどろの白兵戦をおこないつつ、しだいに熊本の方角へ後退していった。

別働隊佐々一番小隊長は、薩兵とともに小銃を乱射し必死の防戦をしていると、左翼を守備している別働隊と薩軍が、伝令を走らせ応援を求めてきた。

「死傷者相次ぎ、薩兵らは支えきれず、逃げ走りよるばってん、危のうなっとるたい。助力を頼みます」

佐々らは左翼へ応援に走ったが、彼につきそい走っていた狙撃手伊東永が即死した。

左翼陣地を守っていた薩兵たちは、数倍の火力を集中してくる官軍の攻撃に堪えきれず潰走し、別働隊もあとに続いた。

「こりゃいかんばい。総崩れになるぞ」

佐々は友人の深野一三(ふかのいちぞう)の小隊に応援を求めたが、彼らが応援に駆けつけてくる前に、右翼を守っていた薩兵と別働隊が、官兵の猛攻を支えきれず退却していった。

佐々は怒濤のように押し寄せてくる、官軍三個中隊半の大兵に包囲されるまえに、伊倉八幡宮前まで後退してくると、深野小隊長が小隊を率い、応援にくるのに出会った。

二人は敵の返り血を浴びた軍装で、路上に立ち、話しあう。

「池辺先生の本隊は、大敵に追い散らされ、全軍が統制を失い、取りまとめようにも手をつけられんごたるなっとるじゃろ。俺らの二小隊で吉次峠へ戻って守らにゃならん」

「うむ、どうせ捨てた命じゃ。なんでもやろうたい」

佐々は本道、深野は間道をとって吉次峠にむかうことにした。

敵の大部隊は猛追撃をつづけ、背後に迫ってくる。斥候がいう。

「敵は別の道を進み、もはや吉次峠を占領しとります。あやつらはいま野辺田山におり、あの何百という人影は、それですたい」

兵士たちは動揺し、戦意を失っていいあう。

「吉次峠の麓を迂回して熊本へ帰らにゃいかんたい」

佐々は部下たちの判断をうけいれなかった。

「吉次峠はわが輩がいったん占領した所じゃ。あの人影がはたして官軍ならば、現世の見納めにこころよく合戦して命を捨てようたい」

抜刀を担ぎ足音を殺し、峠道を登ってゆくと、聞えてくる人声が官軍ではなく、戦を見物にきた附近の村民の騒ぎであった。

佐々は大声で笑った。

「また風声鶴唳（ふうせいかくれい）におどろかされたか。ばからしか」

日暮れ前に吉次峠に到着すると、石や土をつめた竹籠を積んだ胸壁をつらねた陣中には、佐々の兄干城がわずかな兵とともにいた。

干城は溜息（ためいき）をついていった。

「薩軍、熊本隊はともに大窪へ退却しおった。ここにおるのは俺らだけじゃ」

「深野はどげおるじゃろか」

「あれも逃げたぞ」

「なにを、臆病者が逃げたか。あいつは俺の手で成敗してやっど」

二十四歳の佐々は、敬愛していた三歳年上の深野が退却したと聞かされると、激怒した。

彼は吉次峠で斬り死にの覚悟をきめ、部下たちに聞いた。

「諸君、ここで最後の一人まで戦って死ぬるのと、退却してそれぞれに死ぬるのと、どっちがよいか。いま吉次の堡塁を捨てたなら、敵はここよりまっすぐ熊本に入り、入城するたい。そうなりゃ、西郷が百人おったとてどうにもならん。

わが輩らが命を捨てるのはいまのほかにはなか。死ぬは一度じゃ。今夜われらはこの陣所で死のうたい」

兵は気をたかぶらせ、叫んだ。

「ここで死ね、死ね」

佐々は感激して、刀を抜き道端の楠(くすのき)を削り、木肌に筆で記した。

「敵愾隊ことごとくこの樹下に死す。わが輩平生楠公を慕うゆえ、かくの如(ごと)し」

敵愾隊とは、佐々ら一番小隊が決起したとき命名した最初の隊名であった。

そのとき深野隊の斥候磯野、牛島の二人が通りかかり、佐々たちが吉次峠を死守する決意をかためたのを知り、この地で生死をともにしたいと願い出た。

　佐々は磯野らに命じた。

「深野は大窪を退却したらしか。朋友の俺との約束を守らず敵地に置き去りにして、おのれが生きのびる道を探るとは、友誼(ゆうぎ)あるふるまいといえるのか、たしかめてきてくれ」

　斥候たちは大窪へ駆け去った。

　彼らは戻ってきて佐々たちに事情を知らせた。

「深野隊に貴命を伝えましたが、吉次峠へむかう途中、熊本大隊の伝令より木留本営に集合せよとの命令をうけたので、いま木留に着陣しとるたい。大窪村へ退却したのは他隊ですばい」

　佐々は納得した。

　辺りが暗くなってきたので、佐々隊は陣地の周辺に数十の篝火を焚かせ、斥候二名を熊本隊の本営に派遣し、吉次峠死守を告げた。

　まもなく池辺大隊長が数人の部下とともによろめきつつ峠の堡塁に到着した。

　佐々はおどろいて迎えた。

「先生、お元気でしたか。お怪我のご様子はいかがですか。無事に敵中を斬り抜けられて何よりです」

池辺は空を仰ぎ笑声を響かせていった。

「敗北せり、敗北せり」

彼はふだんと変わらず鷹揚な態度で語った。

「われらは敵にだまされ、おびき寄せられ、いきなり四方から射撃をうけ、たちまち諸隊は散乱した。

はじめ附近の土民がきて、熊本の別働隊が高瀬に先着していると申したので、入りこんでみれば、敵中に誘いこまれておった。

諸隊はおどろき乱れ散って、硝煙のなかどこへ走ったかわからん。僕は部下の一手とともに血路をひらき、高瀬川堤をまわって逃れてきたたい。この戦で死傷は六、七十人は出たようじゃ。

僕はこれより本営に戻るばい」

佐々が池辺の血が滲む脇腹を探ろうとしたが、池辺はその手を押しのけた。

「軽い疵じゃ。気遣いはいらん」

池辺と従兵が立ち去ったあと、熊本隊の兵四人が吉次峠の堡塁へ辿りついた。

十番小隊八木正躬、十三番小隊津田盛迪は、官軍の包囲を斬り開いて逃げようとしたが、弾雨があまりにもはげしいので森のなかに駆けこみ隠れた。

銃声がとぎれてきたので、樹間を伝い後退してゆくあいだ、道のうえ、畑のなかに熊本隊士の屍体が転がっているのを、幾度も見た。

彼らは衣類を奪われた裸体で、銃剣で蜂の巣のように刺されていた。

八木らは黙禱を捧げつつ通り過ぎる。うしろから官兵数十人が叫びたてながら迫ってきたので、二人は森のなかへ駆けいり、走るうちに古ぼけた材木小屋を見つけ、隠れた。

敵に発見されたときはまず小銃を発射したのち、刀をふりかざし敵を一人でも斬って死のうと覚悟をきめると、気分が落ち着いてくる。

敵は小屋の戸を開けたが入りこんではこないまま、附近を歩きまわっている。

日暮れまえにラッパの号音が鳴りわたり、官兵の足音が聞えなくなった。

「奴らは高瀬へ引き揚げてゆくぞ。命拾いをしたばい」

風音がかすかに聞えるほど静まりかえったので、二人は小屋を出て附近の民家の戸を叩いて主人を呼び、敗北した熊本隊士であると告げた。

「これから味方の陣へ帰るばってん、腹がすいていかんばい。何ぞ食うものをほしか」

主人は二人が戦死を免れたのをよろこび、どぶろく、粟飯でもてなしてくれた。

八木と津田はおおいによろこび、手持ちの小銭を礼として渡し、午後八時頃に吉次峠へむかおうとした。

そのとき主人がいった。

「今日は熊本義軍が負け、百姓は皆気落ちしたですたい。家はきっと官軍の焼討ちをくらうと思うて、家財はうらの林へ隠したがです。

そこへ義軍のお方が敵に追われてきたので、助けて長持のなかへ隠しときましたばい」

八木らが納戸に置かれた長持の蓋を開けると、なかから立ちあがったのは十一番小隊池辺源太郎であった。三人は手を握りあった。

「おたがいに命あってなによりじゃ」

池辺は昼間の乱戦で味方にはぐれ、四方を敵に包囲されたので、切腹を覚悟した。

そこへこの家の主人があらわれ、自害を懸命にひきとめわが家へともない、長持に隠した。

その直後、数人の官兵が乱入してきて主人を威嚇した。

「いま賊兵が逃げこんできただろうが」

「そげな者はきちょらんですばい」

官兵の隊長は、池辺が隠れている長持に腰をかけ、部下が家のなかを探しまわる。池辺は隊長が長持の蓋を開ければ、一刀のもとに斬り殺そうと身構えていたが、官兵らはそのまま去っていったので、池辺は土壇場で命拾いをしたのである。

三人が吉次峠へむかう山道を急いでゆくと、誰かの足音がうしろからかすかについてくる。敵の斥候であろうかと藪のなかに身をひそめ様子を見ると、山袴に脚絆、半羽織の身ごしらえに両刀を帯びた男が早い足取りで歩いてくる。

「これは味方たい」

三人は路上に身をあらわす。相手は刀の柄に手をかけたが、「熊本隊の者ではなか」と声をかけられると「そうたい」と嬉しげに返事をした。

その男は熊本隊の坂本淳（すなお）という兵士であった。彼は高瀬川堤での官軍との乱戦で敗れ、伊倉へ退却するとき、敵の重囲のなか退路をとざされ、畑の積藁（つみわら）のなかへ潜りこみ、身をかくした。

官兵は積藁に幾度か銃剣を突き刺したが、手ごたえがなかったので通り過ぎた。坂本は頭をかすられ、もう駄目だと観念したが敵が去り、手拭いで頭を縛りしばらくすると出血もとまったので、吉次峠の篝火をめざし歩いてきたのであった。

二月二十六日午後六時、薩軍の精鋭部隊三千余人が熊本を出発し、大窪に到着すると官軍が集結している高瀬を攻略する部署を整えた。

右翼軍は三個小隊で司令は桐野利秋である。中央軍は六個小隊で、篠原国幹、別府晋介が司令。左翼軍は五個小隊で、村田新八が司令である。一個小隊は二百人前後である。

右翼軍は山鹿から菊池川上流を南下し、官軍左翼を撃破する。中央軍は植木本道を北上し、菊池川を渡河して、官軍正面陣地に突入する。左翼軍は吉次峠から伊倉に進出し、菊池川を渡り、官軍右翼をつき、高瀬の敵主力を撃滅する。

熊本隊は左翼軍に従い吉次峠の守備にあたることになった。そのような動きを知らない佐々友房は夜がしらじらと明けそめてきた頃、隊伍を組んだ大部隊が、熊本のほうから坂道を登ってくるのを見て、堡塁のうえに登って見ると、千数百人の薩軍が隊旗をひるがえしてくる。先頭には熊本隊の嚮導二十人ほどが赤旗を振り道案内をしている。

佐々の口からよろこびの声がほとばしった。

「今日のうちには斬り死にと覚悟していたが、どうやら命は先に延びたようたい。皆、薪を燃やし薩軍を迎えよ」

やがて木戸が開き、入ってきた巨漢が大声で呼んだ。

「佐々君、佐々君。どげおっか。無事か」

佐々が駆け寄り、男の手を握りしめた。

「五体満足でおりますたい」

巨漢は村田新八である。

「佐々君、ひさしかぶいで生きての対面はめでたか。昨日から苦戦続きじゃっと聞いちょったが」

「官軍が攻めてくるどて思うちょったけん、今日かぎりの命と思い定めとったですたい」

村田に続き、三十歳ほどの年頃の洋式軍装をした男が篝火をとりかこみ暖をとる兵たちの間に、腰をおろした。小隊長の腕印をつけ、村田に劣らない巨漢であった。

彼は西郷隆盛の末弟小兵衛であると、村田が紹介した。小兵衛は容貌が雄偉で動作がおちついている。口数は少ないが、黙っていても、他の将士とちがう威厳があると佐々は思った。

村田はいった。

「君らは連戦して疲れたじゃろ。しばらく休憩すりゃよかんそ。俺どまこれより兵を動かし、こころよかはたらきをすっつもいじゃ」

村田は佐々たちと歓談の一刻を過ごしたのち、薩軍を指揮して高瀬へむかっていった。

この日、一番鶏(いちばんどり)の啼(な)く頃、山鹿へ北上した右翼軍は左折して菊池川沿いに下り、午前十時に高瀬北西の迫間(さこま)津附近に達し、高瀬と南関の官軍戦線を分断しようとした。

船隈(ふなくま)に着陣していた第二旅団の参謀長野津道貫大佐はその情勢を把握すると、ただちに直属の一個小隊を玉名高地に布陣させ、さらに二個中隊を増強し、一個中隊を遥拝宮に配置した。

桐野は附近の地形を眺め、攻撃策を考えた。官軍は一帯の高地に布陣しているので、かならず数を頼み、守備に弛(たる)みが生じているだろう。こちらが一隊を動かして山間をひそかに進み、突然彼らの後ろへ回りこみ、腹背を一挙に攻撃すれば、かならず勝利はわが手に入ると考えた桐野は玉名の森に一隊を南下させ、官軍の背後に喊声とともに斬りこませた。

　同時に一隊が正面から肉迫する。官軍は不意の攻撃にうろたえ四散潰走した。薩軍は敵陣を占領し、遺棄されていた大量の兵器弾薬をすべて奪い去った。

　薩軍は遥拝宮をも襲撃した。官軍は兵力を急派し、堡塁を死守しようとしたが、薩軍はチェイ、チェイの掛け声もすさまじく、寡兵（かへい）で大兵にあたり、白刃をふるい斬りまくる。官軍は死傷者が続出しうろたえて陣地を捨て潰走した。薩軍は勢いに乗って追撃し、遺棄したおびただしい弾薬を奪った。

　薩軍は官軍の二堡塁を占領し山頂でしばらく休息した。第十四連隊長乃木少佐は負傷していたが、薩軍に奪われた二堡塁を奪回するため、午後五時に大部隊を山頂への攻撃にむかわせ、四方から雨のような射撃を浴びせた。薩軍は猛然と反撃するが、早朝から間断なく白兵戦をおこなってきた将士は疲れきっていた。

　篠原国幹、別府晋介らの率いる中央軍は、このとき官軍主力の烈しい反撃に押され後退し、援軍は期待できず、弾薬もまったく尽きてしまったので、左翼隊はやむなく占領した官軍陣地を放棄し、刀をふるい血路をひらいて山鹿へ走った。

　このとき二番大隊三番小隊長重久雄七（しげひさゆうしち）は部下十五人とともに江田（えだ）の高地に踏みとどまり、殿（しんがり）をつとめて戦い夜がふけてから植木に退却した。官軍の銃撃に倒れた主な幹部は各小隊の半隊長が多かった。軍装を見て狙撃されたのである。

官軍正面を攻めた篠原国幹、別府晋介の中央軍は、この日夜明けに大窪を出発し、田原本道からまっすぐ高瀬へ急行し、先鋒の新納（にいろ）隊は午前六時、菊池川の堤に至り、橋を渡ろうとした。

だが官軍第一、第二旅団、第十四連隊主力が対岸に散開しており、猛烈な射撃を加えてきて、薩軍は橋を渡ることができない。懸命に応射するが現状を突破する手段がなかった。

一番大隊二番小隊の半隊長加世田（かせだ）弥八郎が官軍の乱射のなか、午後一時に土手から飛び出し、あとを追う部下たちとともに川舟を漕いで対岸に渡り、官軍の右翼から斬りこむ。

村田新八の左翼軍は午前八時に安楽寺（あんらくじ）を過ぎ、菊池川の堤に展開して対岸の官軍を射撃した。兵数において薩軍にはるかに勝る官軍は川を渡り左翼軍の右側に迫ってきた。たがいの距離は百歩ほどになり、硝煙がたちこめるなか、一番大隊二番小隊坂本甲太郎が額に被弾即死し、死傷者が続出してきた。指揮官たちは斬りこみを覚悟した。

「弾（たま）はもうなか。クソ鎮に撃たれっせえ、逃ぐっか。そいでん男か」

斬りこみの密集隊形をとろうとしたとき、天をつく喊声とともに薩軍一個小隊が戦場にあらわれ、官軍のなかへ斬りこんだ。

「味方がきた。こっちも押せ、押せ」

左翼軍が川を渡り白刃をひらめかせ、われがちに突進する。

官軍は態勢を乱し、正午を過ぎた頃、ついに潰走した。

村田新八は西郷小兵衛、浅江直之進の二個小隊に命じた。

「敵んうしろせえ回りこんで観音丘を取って、退路を断ちやい」

玉名の丘陵には歩兵第一旅団第一連隊の官軍一個大隊が高瀬一帯の高地に布陣し、野砲一門をそなえ、薩軍の来襲にそなえていた。

このとき戦線は東西六、七里にひろがっている。薩軍は凹凸の多い地形を利用して、官軍に思いがけない抜刀攻撃をかさね、出血を強いた。

官軍は薩摩兵児の肉迫を恐怖し、夢中で退却して道に迷い、林中で待ち伏せしている薩軍の餌食となった。

西郷、浅江の二個小隊は玉名の高地へ突撃する。官軍は銃砲撃で薩軍を制圧しようとした。薩軍の喊声は銃砲声をおさえ、官軍は堡塁を支えきれず、火を放って高瀬街道を退却していった。

この激戦のあいだに、陣頭で指揮旗を振って駆けまわり指図していた西郷小兵衛が、ついに左胸に敵弾を受け戦死した。彼は口数がすくなく人前に立つのを嫌う人物であったが、豪胆で沈着、用兵に長じていたので、全軍の将兵がその死を惜しんだ。

薩軍は左翼軍のめざましい健闘を見て態勢をたてなおし、官軍を追撃したが、第二旅団の一個大隊があらたに戦線に進出し、薩軍を包囲した。

薩軍将兵は死地に陥ったと感じとり、死ぬ覚悟を定めた。

「銃を捨てよ、死ぬときはいまじゃ。ここで死ねばよかんそ」

彼らは抜刀して死地に駆けこもうとした。そのとき友軍の一番大隊五番小隊が、新式小銃を発砲しつつ戦線に参加してきた。

全滅を覚悟した薩軍は勢いをもりかえし、数倍の官軍を斬り破り銃器を分捕った。だが、新手の官軍が左方の高地にあらわれ、攻め下ってきたので、数において劣勢な薩軍は伊倉へ退却していった。

吉次峠の堡塁を守っていた熊本隊一番小隊長佐々友房は、終日望遠鏡で東方の山鹿から中央軍の攻める木葉、西端の伊倉に至る長大な戦線での薩軍と官軍との一進一退の死闘を見渡し、眼を離せなかった。薩軍三千人は火力、兵力において勝る官軍と白兵戦で対抗し突撃の喊声と銃砲声は山野を震撼させた。

砲火の轟き(とどろき)が静まった日暮れがたに、七、八人の薩兵が蓆(むしろ)を敷いた戸板に縄をかけつきそい、長い担い棒をかけ農民が担ぎ峠を登ってきた。

戸板の上には黒ラシャの外套(がいとう)で覆った屍体がのせられ、草鞋ばきの両足が棒のように出ていた。

「誰の骸(むくろ)じゃろうや。兵隊じゃなか」

兵士の戦死体は薩軍、官軍ともに手足を縛ってその間に青竹を通し、二人の農民に担がせて運ぶので、この丁寧な扱いを見れば指揮官であろう。

哨兵が走ってきて知らせた。

「西郷小兵衛殿のご遺骸ですばい」

佐々はおどろく。

「なにを、小兵衛どんが」

佐々と熊本隊軍監古閑俊雄が遺骸にかぶせられた外套をまくり、蒼白（そうはく）な顔を拝んだ。

「今朝の出陣を見送ったのが夢のようじゃ。小兵衛の仇（かたき）は俺たちがきっとうつばってん、先にお旅立ちないよ」

夜になって薩軍指揮官たちは伊倉で翌日からの軍議をひらいた。

篠原、村田が小隊長、半隊押伍（おうご）（伍長）らに意見を聞く。

「菊池川を渡り高瀬を攻むっとは、地形が不便に過ぎる。明日はどげんやるか、妙策がごわすか」

浅江直之進ら小隊長たちがいった。

「伊倉に防備隊を置き、官軍の進撃をはばむ。他の隊は全軍が南関の敵を滅したのち二軍にわかち、一軍は筑前街道を塞ぎ本営を置く。

いま一軍は佐賀、肥前を通過して長崎を攻撃して、兵器弾薬の補給源を得ることが、もっとも緊急の軍略である」

村田は彼らの意見を上策であるといったが、熊本城がまだ陥落していないいま、戦線を拡げれば、軍需の供給に苦労しなければならない。しばらくこの辺りの険阻な地形によって戦い、鎮台を疲れさせたのち、好機をとらえ一斉攻撃に出る策はどうだといった。

軍議は村田の策に決した。

吉次峠を戦線の中央に置き、東は耳取山、那智山、田原坂から右手の山地に陣地をつらねる。西は三ノ岳、二ノ岳から河内海岸に至るすべての要害を固める。

敵が襲来したときは全軍が連絡をとり、呼応して戦うのである。

つまり薩軍は精鋭こぞって官軍主力を撃破し、北方への進路をひらこうとしたが、兵力はすくなく弾薬も乏しかったため、計画は予定と食い違った。

そのため攻撃から守備へ戦略を変え、官軍の来攻に備える方針をたてたのである。

薩軍四番大隊長桐野利秋は田原坂を固め、二番大隊長村田新八、六番七番連合大隊長別府晋介は木留に着陣、それぞれ出張本営を設けた。熊本本隊は木留に本営を置く。

二月二十八日、薩軍一番大隊一番小隊は、前小隊長西郷小兵衛戦死のあとを林七郎次が継ぎ、全隊は吉次峠から木留に移った。

新納清一郎は二番小隊を率い、菊池川下流高地に布陣していたが、命令によって田原坂に陣を移した。

三番小隊長浅江直之進は同日夜明け前に高瀬川を渡り、敵情偵察をおこなおうとしたが、官軍の猛烈な射撃をうけ、しばらく交戦ののち原倉に後退した。そこで三番小隊の半隊は味方の三個小隊と一番砲隊半隊長の率いる砲三門とともに植木から木葉に進出し、稲佐本道沿いに堡塁をつらね守備をかためた。

吉次峠附近には八個小隊が要所を選び展開している。

吉次峠は高瀬と熊本を結ぶ間道の要衝で、標高二百三十八メートルの険しい地形であった。

この日戦線は休戦状態で静まりかえっていたが、政府軍艦九隻が河内、塩屋、近津海(ちこうづ)岸に猛烈な艦砲射撃をおこなったのち、河内附近の民家に放火して陸兵部隊の上陸を試みたが、薩摩、熊本の諸隊が協力して必死の反撃をおこなったので、官軍は上陸できなかった。

三月一日、官軍四個大隊が博多に上陸、大分には警視隊五個小隊が到着した。警視隊には指揮長・一番隊長を命ぜられた、元会津藩家老で戊辰戦争にその名を知られた鬼官兵衛こと、佐川官兵衛がいた。

この日午前八時、官軍は高瀬街道を南下、木葉に堡塁をつらねる薩軍を攻撃した。薩軍二個小隊と大砲三門が反撃し、午後二時まで戦線は膠着(こうちやく)し勝敗は決しなかった。

薩軍の主力は山鹿に本営を置く十三個小隊で、主将桐野は官軍本営南関を抜き、小倉に進撃するつもりであった。

三月三日、官軍第一、第二旅団は高瀬から東南にむかい、安楽寺、伊倉に進出しようとした。

第二旅団参謀長野津道貫大佐は歩兵二個中隊を前衛、三個小隊を後衛として、二方面に分け前進して伊倉で合流させることにした。

このとき薩軍浅江直之進の率いる一番大隊の三番小隊は原倉にいた。相良長良の一番大隊の五番小隊、佐々友房の熊本隊一番小隊は吉次峠、三宅新十郎の同五番小隊は耳取に展開していた。その左翼には岩間小十郎の熊本十五番小隊、三ノ岳附近の山岳には六個小隊が散開していた。

午前七時、官軍前衛部隊は木葉の戦線で喊声が湧きあがり、銃砲声のとどろくのを左方に聞きつつ、吉次峠を防衛する堡塁をつらねる立岩に押し寄せた。

立岩に布陣する薩軍浅江隊は寡兵であったが、十数回の斬りこみをおこない、撃退をくりかえす。官軍は立岩の左翼から砲兵の攻撃を加える。浅江隊の損害は次第にふえてきた。

第十二章　田原坂

明治十年（一八七七）三月三日、官軍第二旅団参謀長野津道貫大佐の率いる歩兵五個中隊で編成した支隊は、午前五時に高瀬を出発し南下して伊倉へむかう。

伊倉の南二里（約八キロ）のところに原倉村があり、その東方半里に吉次峠、その左手〇・八里の地点に耳取山があった。

附近は大小の山嶺（さんれい）がつらなり、熊本に兵団が入るには、吉次峠、耳取山のいずれかを攻めねばならなかった。

薩軍浅江直之進の一個小隊は原倉にあり、薩軍相良長良の一個小隊と熊本隊佐々友房の率いる一個小隊は吉次峠を固めている。熊本隊三宅新十郎の一個小隊は耳取山に布陣している。三ノ岳には熊本隊岩間小十郎が埋伏し、さらに熊本隊林七郎次らの四小隊は野出に着陣し、たがいに連絡をとりあい、吉次峠、耳取山の争奪がはじまれば戦闘に参加する用意をととのえていた。

午前七時頃から木葉方面で銃砲声が高まり喊声が空にひびく。官軍支隊はたがいにはげましあって前進し、吉次峠の登り口の立岩(たていわ)に着くと、薩軍浅江隊の反撃をうけた。

官軍は山砲、臼砲の射撃をさかんにおこない、薩軍の左方から猛攻を加えた。浅江隊は乏しい火力に頼れず、白刃をふるい斬って出る。白兵戦を数十回かさねると浅江隊の損害はふえるばかりとなり、苦戦に陥った。

木留本営に出張していた篠原国幹、村田新八は原倉附近で官軍が猛攻を加えていると知ると、ただちに一個小隊を戦場へ急行させ、さらに一個小隊を応援にむかわせた。篠原、村田は戦いの指揮をとるために現地へ急行した。

薩軍小隊長土橋七之丞は兵数を二つに分かち、左右の山肌をつたい官軍の背後へ斬りこませた。官軍は驚愕(きょうがく)して高所から逃走し、数百人が低地に至った。

だが官軍は大兵力によって薩軍の圧迫をしだいにはねのける。怒濤のような攻撃を加えられた寡勢の薩軍は退却して原倉の陣地にたてこもった。

官軍の兵力は五個中隊であった。野津大佐は一個中隊を正面からあたらせ、二個中隊を右方、二個中隊を左方から攻撃させる。さらに別の一個中隊を後方に出現させ、退路を断とうとした。

勇猛な薩軍もやむなく、白刃をふるい斬りまくって一筋の血路をひらき、吉次峠、耳取山の味方のもとへ退却した。佐々隊は吉次峠の台場から戦闘の情況を注視していた。眼前にあらわれた官軍は、桐野、篠原が訓練した頃の、鈍重な進退が影をひそめ、山腹の凹凸、樹木の疎密を利用し命令に応じ迅速に行動し、射撃も巧みである。

弾薬に乏しい薩軍は立岩小屋附近の山腹で、白兵突撃に持ちこみ、白刃をふるい死を怖れず戦った。

彼らの先祖である薩摩隼人は、戦場に立つとき、十数倍の敵中へ斬りこみ平然と死をえらんだ。足軽の身分である陸小姓（くがこしょう）のなかには、敵を三百人、四百人斬ったという戦歴を持つ老人がいたが、彼らは年老いても手厚い待遇をうけなかった。

冬になり寒風の吹くなか、狭い住居にすらいられない老武者たちは、蓆一枚をかぶり、古疵の痛みに堪えながら錦江湾の砂浜でごろ寝をした。彼らの赫々（かっかく）たる戦歴は家中の誉れとして語り尽くせないほど、多かったのである。

彼らの子孫である薩軍精鋭は立岩小屋附近で奮闘していたが、ついに吉次峠、半高山（はんこうやま）へなだれをうって退く。

薩軍小隊長上橋七之丞は戦死する。熊本隊三宅小隊は押し寄せてくる官軍大部隊と交戦し、悪戦苦闘をつづけた。

篠原国幹、村田新八、別府晋介ら薩将が吉次峠の台場に到着すると、兵を率い立岩小屋へ殺到した。官軍の砲撃は肥薩両軍に痛手を強いつづけた。

薩軍は立岩小屋に備えていた山砲三門のうち一門を放棄し、二門を吉次峠へ曳いてあがったが、砲弾はすでになく、官軍への形ばかりの威嚇に用いようとしただけであった。

官軍二個大隊の攻撃は終日衰えなかった。夜明け方から日没まで、松林に身を隠し応戦する肥薩の将兵は、銃撃に飛散する樹皮が顔に当り、眼も開けられなかった。

熊本隊軍監古閑俊雄が五十人ほどの兵とともに、半高山の中腹に身を隠していると、官軍の長い縦列が通過してゆく。

「敵が手の内に入ったぞ。発砲させてはいよ」

だが古閑軍監は許可せず、敵の大軍にひそかに迫った。敵が数間しか離れていない眼前に接近し、集落を焼討ちしつつ耳取山へむかいはじめたとき、古閑は大声で叫んだ。

「いまじゃ、一斉射撃」

官軍は不意をうたれ、死傷者を残したまま退却してゆく。薩軍小隊長永山休二は吉次峠から斜面を駆け下り、抜刀攻撃を加え、死力をつくして敵を斬る。

吉次峠の佐々隊は激戦のなか、一人の死傷者も出さなかった。敵を近寄せない険阻な地形と堅牢な台場が将兵を護った。

三月四日は夜明け方から激戦がはじまった。突風と降雨のなか、弾薬乏しく食に窮した肥薩の将兵は、必死の激闘を続ける。

吉次峠台場では篠原国幹と村田新八が新手の薩兵数百人を二隊に分けた。半高山と三ノ岳中腹から敵の側面に急襲を加えるためである。

篠原は緋色の裏地が風にひるがえるたびに見える外套を着て、陸軍少将の身分であった往時にふさわしい銀装の剣を佩用していた。

彼は数日前、植木本営で小隊長を集合させ、内心を語る訓示をした。

「われらが東上の挙をおこしたのは、すみやかに宮中へ伺候し、これまでの政府の方針を糺弾する意中を申しあげ、宿志を述べるためである。

だがいまのように熊本城を包囲して日を重ねるならば、志を奏上できるのはいつになるのか。熊本城には一軍の押えを置き、本道、間道をとわず一斉に進軍すべきだ。熊本をいまのように囲んで動かねば、成功の日はいつくるか。台場などは不要である。

道を塞ぐ敵は排し、一歩、寸地を進まねばならない。俺はこれを望んでいる、諸子に何らかの異議があるか」

小隊長たちは拍手をもって篠原の意をむかえた。

「そいは俺どもが願うところに違いなかごわす。ただ篠原さあについて、死をもって敵を破いたかごわす」

篠原はよろこんで自分の考えを熊本本営に提議したが、本営は熊本城で官軍と雌雄を決し、敵を全滅させてのち東京をめざせばよい。いまはそれぞれの戦場を固めよというのである。

この返事をうけた篠原は、「俺はこのあと誰の意見によって死ぬことになるか分らぬ」と溜息をついたという。

この日、篠原、村田の二隊はすさまじい攻撃をはじめた。篠原の雄姿は戦場に立つすべての者の注目を集めた。

薩軍小隊長石橋清八が篠原の身を気づかった。

「篠原さあの命は山より重うごわはんか。兵とともに捨ててはなりもはん。すぐ安全な後方へ退ってくいやんせ」

篠原は笑った。

「俺は戦をしゆうが。危なかと思うて退るのは勝手じゃが、俺は退かん」

篠原の運命は、まもなく彼の望む通りになった。

官軍の江田国通少佐は、かつて篠原を見たことがあったので、彼を発見すると、狙撃手に命じた。

「あれが篠原閣下だ。ただちに狙撃せよ」

篠原は一発の銃弾でわが望みを達し、薩摩隼人の最期を飾った。狙撃手はのちの陸軍少将村田経芳であったといわれる。

篠原の死を知った薩軍は、狂気のような白兵攻撃を展開した。

官軍は銃砲で応戦できなくなり、なだれをうって逃走する。〇・五里（約二キロ）ほどもつれあって走り、肥薩両軍はすべてで攻勢をとり、斬りかかる。

官軍の屍体は道路を覆い、一・五里ほども北方へ撃退された。官軍は全戦線で大敗した。時刻は午後三時半であった。野津大佐も敵味方の入り乱れるなかで、二弾を身に受けたが、一弾は帯革、一弾は剣鞘に当り負傷を免れた。官軍がどうしても越えられない吉次峠は、地獄峠と呼ばれるようになった。

三月五日、薩軍五番大隊五番小隊長薗田武一の小隊が田原坂本道右翼を守備していたが、官軍大部隊が本道防備にあたる薩軍五番大隊八番小隊が猛攻をしかけているとの連絡をうけ、半隊約百人が応援に急行した。

薩軍は銃弾を消尽しつくしているので、官軍を発見するとただちに白兵戦を敢行する。官軍は射撃を開始するまえに陣中へ斬りこまれ、死傷者が続出して退却せざるをえなくなる。

田原坂本道攻撃にあたる官軍先鋒は二百二十間（約四百メートル）以上も退き、占領していた薩軍台場を捨てた。午後四時頃であった。

薩軍木留本営は、待機している四番大隊五番小隊永山休二、一番大隊六番小隊長相良吉之助の二小隊を田原坂へむかわせた。午後一時頃、永山隊が田原坂南方の二俣に至ったとき、突然官軍一個中隊が接近してきて猛烈な一斉射撃を加えてきた。

永山隊は応射しつつ近づき抜刀する。敵はたちまち動揺し退却したので、永山隊はあとを追い斬りこむ。

官軍が二里ほども潰走するうちに、周囲に布陣する他の官軍部隊が銃火を集中してくるが、抜刀攻撃に移る態勢を見せると、逃走した。

戦場には収容されないまま放置された官軍の屍体が転がっており、死後硬直によってまだ生きているかのように手足を動かすのを見た官兵たちは、戦意を喪失し、銃砲を捨て逃げるばかりである。

戦場の山腹では薩軍の上半分が紅色、下半分が白色の隊旗に似せた紅旗を振り、「味方、味方」と大声で叫び罠に陥れようとしたが、薩兵はだまされなかった。

三月三日から五日までの戦闘で、官軍諸隊は全戦線で敗退をつづけた。二大隊を統率する野津大佐は士官らを召集し、命令した。

「この一帯は攻撃するに不便な土地である。もし無理に攻撃すれば、損害はふえるばかりじゃ。このまま戦えば損耗はどれほど深まるか見当がつかない。いまはいったん退却して兵を休め、兵器を手入れして再び出動するのが、最良の策だと思う」

士官たちは同意し、小部隊を伊倉にとどめ他の兵はすべて高瀬に退かせた。

耳取山を占領していた官軍も高瀬に退き、陣所は薩軍の手に戻った。官軍幹部は五日夜、高瀬陣営でこののちの作戦につき協議した。

第二旅団参謀長野津道貫大佐は、吉次峠、耳取山を攻撃するよりも、敵左翼の田原坂攻撃に全兵団の戦力をあげて攻めかける方針をとるよう、進言した。

「田原坂は大砲を曳いてゆけるゆるい道であるので、攻めやすくなる」

第一旅団司令長官野津鎮雄少将は同意した。

「よろしい、貴官が全軍の指揮をとれ」

官軍の情報を探知した薩軍は田原坂の塁壁を固め、九個小隊約二千人が守備にあたった。

三月六日の夜明け方、官軍各部隊は田原坂本道を正面攻撃するため南下してゆく。第二旅団は田原坂本道、二俣本道を散開して前進した。

官軍第一旅団は午前八時、銃砲の猛烈な射撃のあと、白兵攻撃をおこなおうとしたが、薩軍はよく戦う。彼らは官軍が接近してきても沈黙して戦機をうかがい、至近距離に至ったときに一斉射撃を加える。

官軍は三個中隊を薩軍陣地の背後にまわりこませ、両翼を攻撃しようと動いて察知され、横手から狙撃をうけ退却した。

官軍は正面、左翼、右翼から攻撃するが、たちまち逆襲をうけ、左翼を攻めた第八連隊第二大隊は完全に包囲され、全滅の危機に陥った。

そのとき二俣街道にいた野津大佐は率いる二個中隊に突撃させ、包囲された部隊のために血路をひらき、窮地を救った。

官軍第二旅団も田原坂本道を正面攻撃して、なかばは撃退され、なかばは敵を制圧するため幾度も突撃をくりかえしたが、おおかたは白兵戦で倒れ、退却に至った。

官軍は全戦線にわたり敗北し、反撃に成功せず、一斉に退却しつつあった。二俣にいる野津大佐は各隊から選抜隊という強兵四十余人を選ばせ、ひそかに間道を伝い敵塁に突入させた。

薩軍は不意をつかれ、狼狽して塁を捨て後退したが、たちまち刃をつらねて逆襲してきた。選抜隊はこれを支えきれず、二俣へ潰走した。

両軍の戦線は東西十里（約四十キロ）余に延びていた。薩軍抜刀隊は彼我の陣営から銃砲撃戦を展開しているとき、地を這い樹林に身を隠して官軍に迫り、さらに忍び寄ると抜刀して撫で斬りにする。

辺りが暗くなってくると、抜刀隊はすさまじい勢いを発揮した。官軍は銃撃が困難になってくると、蛇のように接近して斬りこんでくる薩軍をひたすら怖れ、面目を失うのもかまわず逃走する。

一隊が死傷なかばを超すと同僚よりも先に逃げ去ろうと、味方を押しのけ突き倒し、うしろの闇に身を隠すために必死になった。官軍は豊富な弾薬を用い猛烈きわまる射撃をつづけ、その都度三方から前進して薩軍の側背をつこうとするが、たがいに連絡をとることができず、凹凸の多い地形を利用した小さな台場から薩軍抜刀隊が駆けだしてくると反撃する前に混戦状態となり、敵から身を隠そうとするばかりで、前進することができなかった。

官軍は暮れきって目標をつけられなくなっても、ひたすら銃撃するので、薩軍はまぐれ当りの銃弾で死傷して、一帯は危険きわまりなかった。

「闇夜に撃ちまくるとは、無駄使いでもったいなかこつじゃ」

薩軍は銃火をめあてに敵部隊の背後へ兵をまわりこませ、退路をさえぎったうえで、正面から疾風のように斬りこむ。

官軍の諸部隊は幾度となくしかけられているこの戦法で攻められると、もろくも大敗した。薩兵たちは嘲った。

「撃たんで寝ころんでりゃ、弾丸がきれたと思いこみ、やがては攻めてくっど。そいを待って抜刀攻めをすりゃ、皆殺しは楽なことでごあんさ」

だが弾薬に窮した薩軍にくらべ、海軍によって海上から兵員、資材の豊富な提供をうけている官軍は、損害をうけても回復力がきわめて早かった。

個々の戦闘で敗北退却しても、新編制部隊が戦線へ到着し、攻撃してくるので、薩軍はどうしても北上できない。小倉、博多を一蹴し、関門海峡を越えるのはいつになるのか見当もつかなかった。

三月七日の熊本城攻撃の様子を記した薩摩隊士の日記には、花岡山台場の薩軍大砲が、午前八時頃号令に従い城内へ一斉に撃ちこまれた様子が述べられている。

城内は大混乱であった。熊本城から一里も離れた花岡山陣地に、城内の悲鳴がはっきり聞えたという。

十一時に撃ちかたやめになる。衛生兵であるその隊士は田原坂附近の戦線から戻ってきた兵士と昼食をともにした。彼らは話しあう。

「官軍は叩きゃ逃げおっが、いくらでん新手が出てきおっど。手ごわか。じゃっどん俺どもは負けもはん」

兵士は刃こぼれの目立つ刀を上段にふりかざし、打ちおろす動作を見せた。衛生兵は数日前から病院へ運ばれてくる負傷者で、足の踏み場もなくなった理由を知った。薩軍は戦闘に勝ちながら、敵を完全に撃破する戦力がなく、ただ日本刀にわが命を懸けて戦うばかりであったのだ。

三月七日朝、田原坂の戦線は濃霧のうちに沈みこんでいた。両軍は見通しのわるい戦場で攻守をくりかえすが、やがて田原坂西方高地にある官軍山砲陣地が、砲撃をはじめた。数門の山砲が二俣の薩軍を狙って砲弾を集中する。

遮るもののない地形のなか、山砲弾が爆発すると、薩軍の死傷者は続出した。このため薩軍は抜刀隊数隊に山麓を伝い、砲兵陣地を急襲させようとしたが、官軍はその行動を察知して急射撃で応じ、薩軍抜刀隊は敵陣に接近できなかった。

午後三時頃、官軍はやや前進し薩軍と二十七間（約四十九メートル）を隔てて対峙していた。薩軍はしばしば白兵攻撃をおこない、官軍は損害を重ね苦戦の色が濃くなってきた。

薩軍指揮官らは狙撃兵に官軍将校の服装をしている者をひたすら狙わせるうち、彼らの兵力が薄い場所を発見すると、幾つかの小隊を突進させ急襲し、官軍はおおいに狼狽して陣地を捨て逃走した。

三月八日、官軍の二俣坂、田原坂の戦闘は一歩も前進できないままに終った。第一旅団は原倉にあり、砲兵陣地を増築して田原坂の薩軍に砲撃を加えたが、まったく効果がない。

第二旅団は二俣から田原坂を攻撃したが、かえってつけこまれ、伏兵の抜刀攻撃をうけ、銃器弾薬を遺棄して潰走した。

三月九日午後四時、近衛歩兵第一連隊第二大隊第一中隊は本道から田原坂東方の轟木の薩軍広瀬隊を攻撃した。

さらに歩兵二個中隊は渓流をわたり大小砲を射撃しつつ迫ってゆく。広瀬隊は敵が接近してはじめて応戦した。陣中にいる間、山砲の猛射をうけたが薩軍の損害はきわめてすくない。

堡塁の防壁は土を詰めた竹籠をかさねているだけの簡略なものであるが、砲弾で破壊されてもきわめて迅速に修復できる。応援の二個中隊ははじめて戦場に出たので、薩軍の白兵攻撃がはじまると、震えあがって逃走した。

三月十日、薩軍木留本営は木葉の薩軍三個小隊を午前一時に吉次峠で熊本一番小隊と合流させ、田原坂との間の円台寺を奪わせようとした。

だが各隊は集合の機に遅れ、夜が明けてから前進をはじめたので、攻撃がきわめて困難となり、三、四塁を奪っただけで日没後に退却した。日々激戦をかさねる薩軍は火力、兵力を激減させ、敵本陣を壊滅させる戦力をすでに失っていたのである。

この日、薩軍木留本営にいた村田新八は、大山巌少将が高瀬本営にいると捕虜から聞きつぎの書面を持たせてやった。


「ほのかに聞く。君今般当地出張の数にありと。実否不明といえども、もしこの説をして実ならしめば、実に疑うべし。

如何となれば君昨年帰県の節は官府の処も、正否朝に位し玉石混淆せりと。故に独歩孤立確乎不抜の正論をもって俗胆を破らんと。意気揚々、議論聞くべきに似たり。然るに今度出兵の中にありと思うに、昔日の論今日に反し、俗吏の交際をなし、なんぞ旧魂を忘却せらるるの甚だしきや。

又は今節陸軍大将西郷氏別紙質問の為、闕下へ拝趨既に当地まで出張せらるるの趣意不通に出候や。

不審万々依て鹿児島県令より各県及鎮台へ告知の一書相添え、此者帰し候。よろしく熟慮せよ。
　三月十日　　　　　　　　　　　　　　　　　　　村田経満
大山巌殿」

官軍は田原坂、吉次峠、二俣の薩軍拠点を三月十日まで約十日間攻撃したが、死傷者が急増するばかりで、敵陣の堅塁を抜く見込みはつかず、熊本籠城軍の損耗は日を追って深刻になるばかりである。
このため大挙攻撃を断行する方針を立て、作戦は左の二点において行うこととした。

一、田原坂、二俣口に布陣の第一旅団諸隊は、守備位置を護って戦い、そのほかに横平山（那智山）南方の円台寺を襲う。
一、第二旅団は砲兵隊の攻撃により敵塁を破壊し、田原坂西方の横平山の南につづく円台寺山の台地に進出する。

官軍は三月十一日午前五時、号砲三発を発射して行動を開始した。円台寺山へむかった薩軍は、橋口小隊の堡塁を急襲し占領した。橋口隊の左翼に布陣する永山休二の小隊は官軍に横手からおそいかかる。附近の薩軍諸隊も応援に駆けつけ、官軍大部隊のなかへ乱入し敵の陣中へ飛びこみすさまじい白兵戦を展開した。

永山は右眼に敵弾を受け即死する。薩軍は激怒し士気をおおいにふるいたたせ、敵を追撃し百余人を倒した。

両軍の当日の損害はきわめて多かった。第二旅団は風雨をつき、戦場に到着した新装の大砲八門を発射しつつ、横平山、二俣から田原坂本道へ猛進し、薩軍堡塁三カ所を蹂躙して前進した。

しかし、攻撃はそれまでで、田原坂を目前にして挫折し、薩軍、熊本隊の白刃をふりかざす突撃に対抗できず、潰走した。

この日の戦闘ははじめ官軍が勝利を得たが、午後になって薩軍の白兵攻撃が功を奏したので、両軍の死傷者はもっとも多く、屍体で足の踏み場もなかった。

三月三日から十三日に至る田原坂の攻防で、官軍のこうむった損害は、薩軍被害の二倍に達していた。薩軍のしかける白兵攻撃はいつでもすさまじい効果をあらわす。

だが官軍は海路、補充部隊を戦線へ続々と投入していた。戦闘の主力である歩兵は、三十二個中隊に増加している。

薩軍には佐土原（さどわら）、人吉、高鍋の党薩諸隊と呼ばれる壮士が参加してくるが、損害を補充するには足りない。とりわけ戦場で部隊を指揮する幹部の不足が深刻となりつつあった。

田原坂、吉次峠の薩軍のあいだで、彼らの願望をこめた俗謡が唄われていた。

〽愉快や山鹿で
　苦戦は田原
　ついに吉次で
　とどめさす

前述した熊本の病院に勤務する衛生兵は連日日記をしたためている。彼は南薩加世田郷の郷士で二十六歳、大砲隊二番隊病院掛役を命じられた久米清太郎であった。清太郎の七カ月に及んだ従軍日記は、子孫の風間三郎氏著『西南戦争従軍記——空白の一日』と題した一冊となり、株式会社南方新社から発表されている。

熊本城下の病院は混雑していた。重傷者は川尻本病院へ送られ手術をうけるが、清太郎は続々と運びこまれる負傷者を何人手当てしたか数を覚えられなかった。

三月十日、院内を巡回にゆくと血に染まった包帯を足に巻いた同郷の友、吉峰宗寿が寝かせられているのを見た。吉峰は田原坂で官軍の砲弾の破片により両足の骨を砕かれたのである。

「吉峰どん、大丈夫な」

清太郎が声をかけると、吉峰は苦痛をこらえる顔をゆがめ、わずかにほほえみ頷く。

三月十一日、十二日、十三日は大小荷駄隊が田原坂の前線から四十余人、五十人、四十余人と負傷者を運びこみ、市中にあらたに病院を設営しなければならなかった。

そこもたちまち満員となり、患者は土間に隙間なく寝かされた。清太郎は薩軍大勝利の報告が田原坂から届いているが、負傷者激増の現状を見ればそれを信じられなかった。

同郷の壮士が意識も明らかでない状態で、田原坂から戻ってきてそのまま川尻本病院へ運ばれてゆく。生死の運命を賭けて手術をうけるためであった。

命知らずの勇敢な行動は隊の名誉となるが、重傷を受けた者は農民たちから募集した、軍夫二人が担ぐ長棒にぶらさげられた畚（もっこ）に入れられて、熊本まで野獣のように運ばれるうちに壮絶な苦痛を味わい、その半ばは落命するのである。

三月十四日、官軍は薩軍の死傷がはなはだしいうえに、銃弾が尽きたらしく射撃もまばらになってきたので、この日に田原坂方面の総攻撃をくわだてた。

第一旅団、第二旅団、警視抜刀隊は一斉に進撃し、砲兵隊は二俣台場から砲撃して薩軍の抜刀攻撃を制圧しようとした。

午前六時、号砲三発を発射した官軍は、銃剣をつらね突撃した。薩軍薗田（そのだ）小隊はいったん陣地を奪われかけたが、抜刀しての乱戦になると数倍の敵兵を圧倒し、官軍陣地になだれこみ、士官を狙い斬撃をくりかえす。

薩軍は日没まで善戦を続け、敵士官と組みうち刺殺する小隊長もいた。官軍警視抜刀隊は、薩軍一番大隊七番小隊の堡塁に突撃すると、いきなり官軍が斬りこんだので、狼狽し、薩軍は刀を抜く余裕もなく退却したが、まもなく態勢をたてなおし反撃し、堡塁を奪回した。

午後五時、数百の薩軍は攻勢に出て近衛第二大隊に斬りこみ、激戦を展開した。この日、七本(ななもと)の薩軍山野田、山内、瀬戸山、小城(おぎ)の四小隊は連日の激戦で合わせて九百名に近い定員が数十名にまで減少して、ひとつの台場に四、五人を配置するばかりで、弾薬も尽きはてていたので進撃できなかったが、ついに白兵攻撃をおこない敵四十人を倒し、多量の銃器弾薬を入手できた。

白兵攻撃は命をなげうってかかれば、大戦果が得られる。太平洋戦争において硫黄島(いおうじま)で日本軍が夜間肉迫攻撃をおこない、米軍は非常に悩まされたとの記述が米国の資料に記されている。

闇中の入り乱れた近接戦闘では、照明弾をいくら撃ちあげても、突撃してくる敵の位置を確認できず、乱射すれば同士討ちになり、大混乱をひきおこしたというのである。

日本側資料、記録にはまったく発見できないので、日本軍将兵が全滅した戦場では、白兵戦が西南戦争と同様に、最後の激闘の段階におこなわれたのであろう。

三月十五日の夜明け前、薩軍は四個小隊から選抜した四十名の精鋭に、官軍から奪った新式後装銃を持たせ、横平山の官軍堡塁を奇襲させた。

空はまだ白まず、深い霧がたちこめていたので官軍は敵の来襲をまったく察知していなかった。だが薩兵の一人がくしゃみをしたので、官軍哨兵が警戒の声をあげた。しかし奇襲隊は一発も発射せず敵塁に侵入し肉迫して激闘をかさね占領した。

横平山は西方の三ノ岳から吉次峠を経て田原坂につなぐ連嶺のひとつで、田原坂、木留から行動する薩軍に対抗する、もっとも重要な拠点であった。

もしその陣地を完全に占領されたときは、田原坂、二俣の戦線は崩壊する。官軍は歩兵第十一連隊の二個中隊、歩兵第一連隊の二個中隊、歩兵第八連隊の一個中隊、歩兵第十四連隊の二個中隊、警視抜刀隊を山麓に集結させた。

官軍は薩軍の左翼から攻撃し、激烈な戦闘を展開した。両軍の戦死者は堡塁を築けるほど、うずたかく重なりあっていた。

午後になっても激戦は続き、勝敗は決しない。耳取山陣営で指揮をとっていた村田新八は伝令使、加治木彦七を横平山へ走らせ、河野喜八小隊長に告げさせた。

「該地は両軍の要地たり。これを失うべからず。各隊努力してこれを守れ。弾薬糧食は直ちにこれを送らん」

河野は土塁に指揮旗を立て、弾丸雨飛のなかにあぐらをくみ、落ち着き払って答えた。

「この地は死をもって守っで、気をもまるっこつはなかごわす。お前んは戻り本営に報告して、弾薬、糧食を早う送りくいやんせ」

加治木が河野と別れ六、七歩去ったとき、河野は額に弾丸をうけて即死した。時刻は午後一時三十分であった。

官軍はラッパを吹き、山腹を這いのぼるが、山頂の一塁から薩軍が正確な狙撃をして、動く兵をすべて倒した。

官軍工兵は土を詰めた袋を背負い、斜面を這いのぼり山腹の一カ所で転倒すると、袋で身を守り射撃する。薩軍は弾薬が尽き、兵員の半数が死傷したので、木石を投げて官軍の前進をとどめたが、午後四時になってついに横平山から退却した。

横平山の決戦は田原坂方面のうち唯一の激戦で、薩軍の損害は死傷者二百四十数名、官軍死傷者は八百三十余名に至った。

この日午後、薩軍の猛将貴島清（きじまきよし）が二個小隊を率い木留より戦場に到着し、山野田隊、長崎隊とともに白兵戦をくりかえした。敵軍との距離は三十歩、木石を投げ罵りあい白刃をふるう。

官軍は追われて潰走したが薩軍の死傷は激増して損害ははなはだしかった。

久米清太郎は三月十五日の日記に記す。

「今日負傷者六十人ほどがきて、毎日、寺院、市中の民家に新病院を設けなければならないので、夜通しの作業で各病院を巡院した」

翌十六日も負傷者六十人が大小荷駄隊の馬車で到着した。患者の衛生状態はきわめて悪く、手足は戦場の泥と血に覆われ、破傷風予防の措置などまったくされていないのは、薬剤がきわめて不足しているからであった。

高熱を発しうわ言をいう負傷兵が生きながらえるためには、幸運を頼むしかなかった。

翌十八日も負傷者六十人が担ぎこまれた。この日重傷をうけたまま、なすすべもなく放置されていた清太郎の親友吉峰宗寿は症状の悪化を防ぐために、負傷した足を切断することになった。

官軍の放った砲弾の破片が左右の太股に突き刺さり、肉をえぐって骨の傍まで達しているので切断手術をおこなうほかに、回復する手段がなかった。

大手術をするため、鹿児島から医師児玉剛造を呼ぶことになった。児玉は鹿児島の「赤倉」と呼ばれた病院に勤務している外科医であった。

赤倉というのは病院が当時珍しい赤煉瓦(あかれんが)で建てられたものであったかららしい。正式には「鹿児島医学校病院」といい、明治二年(一八六九)に建設された。

初代院長は天保八年(一八三七)、英国アイルランドに生れたウィリアム・ウィリスであった。ウィリスはエディンバラ大学で医学をまなび、専攻は外科である。若いうちに王立外科会員となった秀才で、文久二年(一八六二)二十五歳のとき在日英公使館員として来日した。

生麦事件のときも現場に駆けつけている。身長一九〇センチ、体重一二七キロの恐れを知らない青年であったという。彼は文久三年には英艦に乗船し、薩英戦争に参戦した。

彼が薩藩と交流するようになったのは、明治元年の戊辰の役のときであった。西郷らは京都相国寺内に薩藩病院を設け藩医を治療にあたらせたが、漢方医らは治療の方法を知らず、負傷者は感染症あるいは出血多量で死んでゆく。

大山弥助（のちの巌）が耳に負傷したが、疵の治癒ははかばかしくない。西郷はイギリスの医者が横浜で負傷者の出血をとめ、手足を切断して死に瀕している患者を大勢救ったのを知っていたので、洋医を招き治療にあたらせることを藩にすすめた。

西郷は五代才助（友厚）らを駐日公使パークスのもとへやり、協力を求めた。朝廷は外国人の入京を許そうとしなかったが、重傷を負った兵士は連日命を落してゆくので強硬に申請し許可をうけた。

負傷者のほとんどは銃創で、首に銃弾をうけた西郷信吾（のちの従道）も手術によって快癒した。漢方医らは手術を試してみるが、血管を結び止血し麻酔薬を使うことも知らなかったので、患者は堪えきれず死亡した。

ウィリスはクロロホルム麻酔、止血法を用い名声をひろく知られた。明治二年二月には東京医学校の学長として活躍していたが、新政府によって「わが国はドイツ医学を採用する」と方針が一変したので、西郷は失業したウィリスを九百ドルの月給で招いた。新設された赤倉病院は外科、内科、産科、眼科の四科を置き、生理、解剖の基礎医学の研究もおこなわれた。

ウィリスはイギリスから必要な医療器具をとりよせ、近代医療施設を完成させた。明治十年三月、西南戦争がおこるとウィリスは妻八重子、息子アルバートとともに英国軍艦で東京へ去り、帰国した。

吉峰宗寿の手術をおこなう児玉医師は、ウィリスの高弟であった。

「児玉どんが手術してくれりゃ、間違いはなか。死にゃせんど」

清太郎たちは児玉が執刀すれば宗寿は死を免れると思っていた。清太郎は親友宗寿の体力がきわめて低下していることを知っていたので、弾片が深くくい入っている左足を切断して命拾いをしてほしいと切望している。

片足を失えば、もはや郷士としてはたらくことはできないが、故郷での静かな生活を送れよう。

清太郎は吉峰に左足切断手術をおこなうことを告げた。吉峰はすでに診察の情況を察知して、足を切断するよりほかはないと覚悟していた。

「よか、先生の申さるっ通り手術をうけもそ。砲弾が当るようなところにいたのは運が悪かった。治っても敵陣へ乗りこめんど。そんときゃお前んさあが俺を背に負い突進してくいやんせ」

清太郎は死を覚悟しているであろう親友の意中をおしはかりつつ、吉峰のつめたい手を握りしめるばかりであった。

翌十九日、清太郎は淡々と記す。

「今日朝六時三十分、吉峰宗寿死没につきただちに埋葬かた、鮫島甚右衛門殿方へ届出、諸都合取付。八時比川越、有馬、相徳、鮫島、拙者、共に二番病院にて埋葬方に而(て)遺髪を取りて墓印を書く。九時比墓所まで五名共、差越葬、宗寿看病女共二人に而(て)、其の女へ一円ずつ与う(下略)」

田原坂方面の戦線では凄惨な消耗戦が続いていた。薩軍五番大隊四番小隊長長崎尚五郎は示現流の達人として知られていたが、三月十六日午後三時頃、堡塁の前六、七歩のところまで肉迫してきた官軍のなかへ斬りこみ、またたくうちに数名を倒した。彼が打ちおろす白刃を打ちはらえる敵はいない。官兵は彼に集中射撃を加えた。

長崎が倒れるのを見た薩兵は怒号して敵に襲いかかる。彼らはふりそそぐ銃弾に身をさらすのを恐れず、気をたかぶらせ正気さえも失うほどに憤り敵影に殺到する。

危険にひるむことなく、一小隊が五、六名に減っても追撃をやめない薩兵は、連日あいつぐ乱戦のなかで命を捨てることを急ぐかのようであった。

三月十九日には薩軍は隊中に士官がおらず、あるいは全滅する小隊もあったため、小隊の制度をとりやめ、数隊を合併して一中隊と呼称するようになった。

薩軍は官軍の物量によって消耗し、再起できないほどの深手をこうむっていることに眼をそむけ、敗北を認めまいとした。その理由として官軍の戦闘に倒れた兵数が、薩軍に倍加していることをあげる。その事実は誤っていないが、薩軍精鋭が損耗を重ねても、戦闘に参加する補充兵がいない。官軍は補充兵数がふえるばかりで、実際の戦況は薩軍の戦力ばかりがつるべ落しに落下していった。

三月二十日午前五時、官軍は二俣から渓谷を渉って田原坂攻撃の位置についた。進撃の命令を待つが、夜中から降りつづく大雨はやむ様子を見せず、濃霧はたちこめて眼前の物の形さえ分からない。

午前六時、号砲三発が轟き渡った。官軍は近衛中隊を先頭に各隊が前進する。砲撃もつるべ撃ちの発砲である。

本道の左翼を守る薩軍五番大隊四番小隊は、小隊長が戦死し、半隊長が重傷を受け入院し分隊長が指揮をとり、わずかな兵を動かし抵抗したが、背後から包囲されると向坂まで退き、本道の堤に伏せて防戦した。

四番小隊右翼の薩軍五番大隊五番小隊は猛然と戦いつづけたので、野津大佐は歩兵第十四連隊の一個中隊に命じ、背後から攻撃させた。薩軍五番小隊は霧が晴れてきて、敵に包囲されているのを知ると堡塁を捨て植木街道から敵の背後を攻めようと走った。

深手をうけた田原坂方面の十個小隊ほどの兵は、植木方面に布陣した。五番大隊一番小隊長河野主一郎は、山鹿本営へおもむき、野村忍介らに現状を告げ、官軍攻撃のため三個小隊の派遣を要請した。

田原坂の敗兵十余名が向坂で防戦したが、豪雨で弾薬が湿り発砲不能になること三度に及んだ。彼らのうちには川村甫介（かわむらほすけ）、能勢弥九郎ら名の知られた小隊長がいた。

二人はいう。

「俺どまこの地に負けりゃ、どの面さげて他の隊長どんと会えるかよ。そいよかここで諸君とともに死のうじゃなかか」

兵士は皆、このうえ苦戦を重ねるよりも死んだほうがいいと、激しい感情につき動かされ語りあう。

「西郷どんについて東京の桜を見るは夢でごあんしたな。こんうえは早々にこの世を退きもんそ」

川村、能勢はいう。

「しかしこげな人数で斬りこんでも仕様（しよ）んなか。しばらく応援を待たにゃならん」

彼らが乏しい銃弾を放ち、官軍と銃火を交えていると、川村は狙撃を受けて死んだ。将兵は涙をふるって戦う。

正午を過ぎたとき、薩軍中島健彦、貴島清の二将が敗兵十数名を伴いあらわれ、味方の総数は三十余名となった。

　薩軍は田原坂から敗走したとき、山砲三門、臼砲一座、小銃百余挺を奪っていた。薩将中島、貴島は向坂の左右に伏せた。三番大隊九番中隊長小倉壮九郎、一番大隊七番中隊長北郷万兵衛、三番大隊六番中隊長町田権左衛門が手兵を率い集合した。

　全隊を正面と側面に分かち、小銃三発の合図で敵中へ斬りこむことにした。貴島清は命令した。

　午後四時、小銃三発の号砲とともに左右正面から抜刀突撃した。町田は絶叫した。

「全軍の勝敗はこの一挙にかかったど」

　町田は獅子奮迅のはたらきをし、大喝一声敵中へ躍りこみ縦横に斬りまくる。たちまち二十数人の敵を切り倒した彼は、ついに銃撃をうけて倒れた。貴島清は十七人を斬殺し、中島は七人を斬った。能勢、小倉、北郷もそれぞれ数名を斬る。

　官軍は隊形を乱し、先をあらそい逃走してゆく。薩軍は植木まで追撃したが日没となり堡塁を築き守備態勢に入った。薩軍は田原坂の敗兵、山鹿、木留からの援兵が集まり兵数は一大隊に達した。

　一時間ほどの白兵戦で官軍死傷者四百二十七名、失踪者二十一名、薩軍死傷者十八名であった。薩軍は小銃、大砲、糧食、時計、ラッパなどをおびただしく奪った。

第十三章　手負い獅子

明治十年（一八七七）三月二十日、田原坂で奮戦し十七人を倒した貴島清は薬丸自顕流の遣い手として知られた元近衛陸軍少佐である。洋書を常に懐中にしていたというインテリの貴島は、私学校党の幹部として会議に列席した。そこで、桐野利秋がこれからとろうとする方針を述べた。

「今度は俺どもが大義名分を押し通すための上京じゃ。謀叛じゃなか。東京へまっすぐ上るだけでよか。何の策もいらぬ。熊本鎮台がさえぎりゃ、踏みつぶせ」

桐野が熊本鎮台司令長官を明治五年に務めたあと、貴島もその後二年間勤務していたため、彼らの戦力を詳しく知っていたので反論した。

「いまの鎮台は城に籠りゃ強うごわす。東京へゆくには熊本を避け、豊後か長崎から海路をとらにゃいけもはん」

桐野は貴島の提言を一蹴した。熊本の弱兵など怖ろしいのかというのである。貴島は西郷隆盛のために命を捨ててもいいと決心していたが、桐野のような暴れ者の率いる私学校党と行動をともにする気にはなれず、鹿児島に残留し、形勢を見守った。

だが熊本で桐野らが火力において勝る官軍相手に苦しい戦闘をつづけているという情報をうけると、隆盛に同行して死ぬ覚悟を決めた。

彼が戦場へむかうと聞いた鹿児島県士族は同行を望み、熊本に着いたとき貴島隊の兵数は六百五十人に達していた。

貴島は家を出るとき、常に身につけていた金の腕輪をつぎの辞世の歌とともに妻に残した。

かねてよりかくなるものと知りながら
今日の別れの悲しかりけり

貴島は県令大山綱良から軍資金三千円を受け、途中熊本にむかわず小倉を攻撃して薩軍の東京への進路を掌握しようとして、宮崎諸地域の兵を募集した。

募兵を終え小倉へむかおうとした時、熊本の戦線の情況が激烈となり、薩軍の損害が甚大になってきたので、隆盛は急使を送り、貴島の一時も早い参戦を求めた。

貴島は三月三日のうちに熊本へ駆けつけたのである。

田原坂の激戦は三月四日からはじまり、同月二十日まで十七日間続いて両軍の死傷者は約七千人であった。官軍が連日費やした弾薬は、一日三十万発から五十万発に達した。薩軍は弾薬を消費しつくし、もっぱら肉弾攻撃をくりかえした。

「東京日日新聞」の記者福地源一郎（桜痴）が、田原坂の現地取材に赴いたところ、白兵戦のおこなわれた場所で血にまみれた手帳一冊を拾って、記事を本社へ送付した。

「賊の手帳を得て一見せしに、西洋の手帳にて邦文と英文と取り混ぜにて認めたり。その姓名は知れねども、十八年十カ月の少年書生にて、去年東京に来り海軍生徒の試験を経たるに、国もと容易ならぬ形勢なりと聞き、昨十二月十七日に鹿児島に帰り、西郷に付属して出張せしことを記せり。

敵ながら、かほどに英学も相応にできる少年が、死せしことは可憐なり」

この手帳を持っていた少年は、村田新八の長男岩熊であろうとの推測が、南日本新聞社編『鹿児島百年（中）――明治編』に載せられている。年齢も一致するというのである。

「岩熊は明治初年、おじの高橋新吉の招きでアメリカに留学、彼の『薩摩辞書』の手伝いなどしていた。手帳はアメリカみやげの一つ、戦場でも大事に身につけていたのであろう。なお、岩熊の弟二蔵も兄に従って従軍しているが彼はのちに大口で重傷を負い、延岡で官軍の捕虜となっている。

岩熊は初め四番大隊に属していたが、半隊長の市来弥之助が特に彼をかわいがり、『死なせるには惜しい才能』と、田原坂では前線に出さず伝令使として後方勤務にあてていた。

攻防たけなわのある日、本営連絡のため木留に行ったが、そこに父の新八がいた。父は岩熊を見て怒った。

『若いくせに病人でも勤まりそうな仕事を買って出るとはなにごとか。戦場に来たらまっさきに奮闘せにゃいかん！』

小隊に引き返した岩熊は、奮然として植木の前線に突入し、死んだのである。半隊長の市来は驚いて木留の本営にかけつけた。彼の戦死を新八に報告し『申しわけないことをしもした』とわびたが、新八はひとこと『わしが岩熊に死に場所を見つけてやったのだ』と言った」

肉親の情をおさえ、戦陣の義務を優先させるために愛児を死に追いやる、薩摩隼人の心情は、他県人には理解しがたいまでの峻烈きわまりないものであった。

田原坂の戦いで死んだ薩軍の最年少は草牟田出身の満十四歳の諏訪祀四郎である。庄内から私学校に遊学していた十六歳の伴兼之は田原坂で戦死、その兄鱸成信は官軍の陸軍少尉として、植木で戦死した。

彼らは秀才で、明治十二年に私学校からフランス留学生としての派遣が決められていた。田原坂戦線の現状を見た川口武定の『従征日記』には、つぎの記述がある。

「無数の賊屍、土塁の前後に枕藉して倒れたり。賊はたいてい銃創を負う。その服たるや、陸軍旧制服、あるいは海兵服、あるいは小紋股引をつけ、うしろをからげ、あるいはメリヤスの股下などを服する者あり。

形状一ならず。破裂弾にあたりたるものは五体飛散し、わずかに両脚もしくは片足を余す者あり。

あるいは頭顱なかば爛砕し、脳漿を流し、スイカの熟爛したるに似たり。(中略)筆紙のよくつくすべきにあらざるなり。予ははじめてこれを見て、幽魂演技場の仮想をなし、人間現世の意思をなさず」

三月二十一日朝、木留本営から薩軍二個小隊、熊本隊二個小隊が出撃した。田原坂を制圧した官軍が怒濤のように南下してくるのに対し、熊本隊を指揮する深野一三隊長は薩軍と呼応して刀をふるい、部隊の先頭に出て斬りこむ。

官兵三名が銃の筒先をそろえ、飛びこんできた。深野は一人を斬り倒し、さらに刀身をまわして横手の一人を斬った。その兵は一太刀斬りこまれ逃げる。深野が敵を追おうとしたとき、後方から味方ではなく官軍が潰走してきた。

深野は引き返し数人の敵を相手に斬りむすぶ。熊本隊士が数人駆けつけてきて、官兵の斬り倒される者は数えられないほどであった。深野は敵を深追いせず、味方を呼び集めた。

手にする刀は血にまみれ、刃が曲っているところが幾カ所もあったので、樹木の幹にあて叩き直した。

翌二十二日朝、眼前にかざすわが手も見分けられないほどの濃霧のなか、吉次峠を守っていた熊本隊が数百人の官軍に突然襲いかかられた。

佐々友房の率いる熊本隊は官軍の激烈な銃砲射撃に対抗し、必死の防戦をつづける。そのうちに吉次峠の南後方に聳える三ノ岳から銃声が湧きおこった。

三ノ岳は吉次峠を中腹、半高山を北にひかえる一帯の最も高峯であった。半高山の東側に薩軍が木留本営を置いている。木留は熊本へむかう植木本道につながる支道に面する戦略上の重要拠点であった。

三ノ岳の銃声は長くは続かず、官軍が占領したことを知らせるラッパの音が、幾度もくりかえし聞えてきた。三ノ岳が占領されると吉次峠の陣所は、彼らの射撃を高所から浴び、防禦の手段がなくなる。

木留本営から伝令が駆けつけてきて、佐々に三ノ岳が陥落し、防禦にあたっていた熊本隊の三個小隊は退却したと告げた。

「熊本五番小隊長は戦死、わが兵はすべて退却したので、吉次峠だけが官軍に包囲されることになる。ただちに木留へ後退せよ」

佐々は伝令の緊急退避命令を部下たちに知らせなかった。

三ノ岳からの直接の攻撃は、斜面の角度が四十度という険しさであるうえに粘土質であるのに妨げられ、実施されなかった。

午後四時頃、官軍の攻勢が弱まり主力が後退してゆくのを見た佐々は偵察に出て敵の小隊らしい一団を見ると射撃し、斬りこんだ。官兵たちは小銃を投げ棄て逃走していった。

三ノ岳は熊本隊の半隊長、分隊長二名が隊士十五人を率いて頂上に近い観音堂、十五人がさらに絶頂の権現山に崖を登って入り、官軍の頭上から射撃牽制(けんせい)した。

二十三日の夜が明けそめた頃、熊本二番、八番小隊は山崎参謀の指揮のもと、三ノ岳観音堂へ登り、先行していた隊士らと合流し、山の中腹辺りに布陣していた官軍を攻撃し、彼らに占領されていた台場を取り戻した。

官軍はこの日濃霧のなか、歩兵五十五個中隊、砲十四門、工兵二個中隊、警視隊の大兵力を動かし、熊本へ通じる植木街道の左右にひろがり支道を前進させた。

第八連隊の三個中隊が霧のなかを半高山へむかい、薩軍堡塁を奪おうとした。午前六時、官軍が深い林のなかを伝い迫ってゆくと、何の物音も聞えず無人だと気を安んじたとたん薩摩示現流独得の長く尾を引く猿叫といわれる気合いが、静寂のなかから至るところに湧きあがり、一斉射撃が豪雨のように襲ってきた。官軍は近衛兵、抜刀隊を前進させ薩軍との白兵戦に対抗させるが、死傷者を増やすばかりであった。

二十四日、二十五日、薩軍は白刃を振るい乱闘をつづける。濃霧を利して官軍陣地を攻撃しようとしたが、突然霧がはれて敵堡塁の真下で発見され、銃火を浴びてなお突撃し自滅する一団がいた。

薩軍は畑の溝に身を隠し、官軍が迫ってくると突然立ちあがり抜刀攻撃をする。薩軍に白兵戦を挑まれると官軍は数倍の損害を強いられ退却せざるをえない。

命を捨てる覚悟で殺到してくる薩軍が襲いかかると、どうしても体が縮みあがるのであった。


田原坂の激戦のあと、強大な戦力をそなえた官軍第一、第二旅団を薩軍、熊本隊が植木、木留の一帯でくいとめようと肉弾戦をかさねているとき、軍艦が別働第二旅団を八代に上陸させていた。彼らは南方から薩軍を襲うのである。

八代に集結していた別働第二旅団は三月十九日に日奈久(ひなぐ)に上陸した。高島鞆之助大佐、黒木為禎(ためもと)中佐の第二連隊と警視隊であった。日奈久の薩軍の戦況は悪化するばかりで、後退をつづけるうちに損害をかさね、四月十日を過ぎた頃の兵力は千五百名から三百名に激減していた。

四月七日、薩軍五番大隊医師今給黎佐之助(いまきゆうれ)が午前十一時に御船町(みふねまち)に後退したばかりの薩軍本営に、書状で報告した。現代文で記す。

「私は昨六日、木山を午前二時に出立し、川尻まできたところ、御船町の茂平という人が甲佐にいる敵兵百五十人ほどが『みどり川』を渡り、朝田に出発するのを見うけたといったので、ご報告いたします」

この連絡をうけた熊本本営の村田新八は、御船本営から偵察者を出し、八代から行動する攻撃軍の情況を探索させようとした。

「八代山手の官軍の動静が、まったくわからないので、貴地から腕ききの間諜を派遣され、小川より南方の情況がわかりしだいお知らせ下さい。辺見十郎太が鹿児島へ募集に出かけた増援軍は、宮の原までは着いている様子ですが、確報を渇望していますのでよろしく」

薩軍三個小隊が日奈久海岸の防衛に当たっていたが、眼前に七隻の軍艦があらわれ数千の官軍が上陸したので仰天した。

「こやいけん、とても相手にゃならん」

薩軍警備隊は、熊本本営に伝令を走らせ情況を急報した。本営は三個中隊、狙撃二番隊、第二砲隊分遣隊を急行させたが、現地に着いてみると官軍は氷川(ひかわ)の河畔に進出し、銃砲声が天地を震わせていた。

「もっと人数を出さにゃいかん」

薩軍は熊本から十二個中隊、二番砲隊、千五百名をただちに援軍として送った。全軍を指揮するのは剽悍の名が知れわたった永山弥一郎であった。

だが、官軍の総兵力は陸軍少将山田顕義の率いる別働第二旅団が八代に進出し、兵力は四千名に達した。

薩軍は小川の山上に二門の四斤山砲を据え、必死の反撃をつづけるが、アームストロング砲、ガットリング砲を咆哮させる官軍の火力には遠く及ばない。

四月十二日午前三時半、官軍別働第一旅団は宮地を出発し緑川を渡った。同時に辺場山、御船、犬塚山へ大部隊が前進した。

南から熊本を目指す衝背軍四個旅団がむかう先に布陣している薩軍はわずかに三百余人であった。

犬塚山で激戦が展開されたのは午前五時半であった。辺場山にむかった十個中隊は薩軍陣地の左右から襲いかかる。別働第三旅団は砲二門の援護射撃のもと、権現山から突撃する。

薩軍は五時間の激闘のあげく弾薬は尽きはて、援軍はまだ到着しない。陣地の左右両翼は崩れ去ったが、正面陣地を守る岩切、橋口の両小隊と二番砲隊は死力をふるい抵抗する。だが弾薬を最後の一発まで使いつくすと、白刃をふりかざし血路をひらき退却していった。

薩軍司令永山弥一郎は街路に出て酒樽に腰をかけ、大刀を膝もとに引きよせするどい眼光で戦況を注視していた。

兵士たちがしばしば走ってきて、もはや支えられる情況ではないと気を揉んでいう。死を眼前にした彼らは、永山の言葉をただひとつの頼りとしているのである。

永山は吐きすてるようにいう。

「臆病者が。俺どま今日はここで死ぬ。ほかに何の考えもなか」

兵士たちは絶望を意識に刻みつけ、去ってゆく。

熊本隊本営斥候宗像景雄（むなかたかげお）が永山の傍にいた。彼が傍の丘へ駆けあがり敵状を見ると、視界のすべては敵軍で埋まっている。彼は戻ってきて永山に報告した。

永山は聞いた。

「俺の兵どもは、どけおっか」

彼は宗像と御船川を渡り見渡すと、遠方にまばらに逃れ走る薩兵の姿が見え、陣中にとどまるものは一人も見当らない。

周囲の人影はすべて敵で、永山らを狙撃する銃弾が身近に唸りをあげるばかりである。

永山は歯ぎしりをして宗像に告げた。

「俺はこの大敗を取った。何の面目あって同僚の顔を見られもんそ。一死をもって罪を謝したか。お前んらは早う逃げて、こん有様を本営に報告してくいやんせ」

永山は道端の民家へ入ろうとした。

彼の友人である大小荷駄隊（輜重隊）の税所佐一郎がきた。宗像は税所に告げた。

「永山どんはあそこで死ぬつもりじゃ」

税所はいった。

「よし、俺がとめてくっど」

永山をひき戻そうとした税所は、数回言葉を交わしたのち宗像に呼びかけた。

「俺も永山とともにけ死んど。お前んさあ生きて帰れ」

二人はともに民家へ入り老婆がいたので、持っていた数百円を与えていった。

「こん家を俺どもに売れ」

彼らは家に火を放ち、刺し違えて死んだ。


熊本南方の薩軍は戦力に大差のある衝背軍に圧倒され苦戦を続けていたが、植木の戦線では善戦していた。

四月八日、官軍が植木方面に攻撃を集中したが、薩軍の迎撃により近づけなかった。

当日の官軍死傷者は三百五十人、消費した銃弾五十四万九千発で、第八連隊には一個中隊で死傷しなかった兵が三人残ったのみという、恐るべき損害をうけた。

熊本城内では食糧、弾薬の備蓄量が欠乏してきていた。熊本城が陥落すれば、全国諸県の士族が蜂起する危険は目前に切迫する。

四月十三日夜、西郷隆盛は熊本隊嚮導の案内をうけ、二本木本営を出て東方の木山へ移動した。

薩軍の抵抗は肉弾攻撃のみであった。弾薬盒に入れた銃弾は二、三発。官軍の弾雨をついて抜刀攻撃をおこない、切り伏せた敵の弾薬を奪い取って射撃を続けた。

官軍軍艦は海上から薩軍堡塁を発見すると、巨砲を唸らせ粉砕した。隆盛のいる熊本二本木本営は陥落を免れることが困難であった。

隆盛は官軍に戦意をいままで抱いたことがない。東上して岩倉、大久保ら政府を運営する首脳者に会い、彼らのおこなう政治が正道を踏まず、秕政(ひせい)であることを詰問し方針を変更させるつもりであった。

この先、熊本城を官軍から奪回できず、全国有志が決起しなければ、わが運命は天意に従うばかりであった。隆盛が武力で政府を攻撃するときは、まったく違う作戦をたてていたであろう。桐野は武勇を誇るばかりの猪武者(いのししむしゃ)で、「議をいうな」と慎重派を罵倒し、屍山血河(しざんけつが)の猛勇のみを重んじる。

官軍先鋒部隊を指揮する山川浩中佐は、戊辰戦争で健闘した元会津藩家老であった。彼は四月十四日の夜明け方に、緑川と加勢川が合流する中洲に進出して、斥候に地形の偵察をさせた。

斥候は報告した。

「川は深く、対岸には薩軍堡塁がつらなり、船団を仕立てねば攻撃は無理です。だが下流の川尻には左翼友軍が進出しており、敵陣に火焔があがり騒ぎ立つ様子であります」

山川中佐は友軍が川尻を制圧したのち攻撃を続行しているのであろうと察し、昼過ぎに附近の村民に船を集めさせ緑川を渡って、熊本へ急行した。

桐野の指揮する薩軍が官軍の圧迫に崩れ大敗し、木山町へ退却していった。官軍山川中佐の部隊は、午後四時に熊本城下の下馬橋まで進出した。

薩兵はなお城下に残っていて花岡山へ集結しようとしたが、選抜隊の精鋭兵士らにあとを追わせたのち、城兵が長六橋（ちょうろくばし）に姿を見せた官軍を薩軍と見て射撃したが、山川中佐は兵を整列させ、ラッパを吹き軍旗を押したてながら、大声で味方の来着を報じた。

四月十四日は熊本城外に布陣して、薩軍の襲来にそなえていた山川部隊に遅れて到着した、衝背軍別働第一、第二旅団が入城した。植木方面から悪戦苦闘をかさね南下してきた正面軍もしだいに入城してきた。

熊本鎮台が五十数日間の籠城の間にうけた損害は、死者百二十七人、負傷者四百十六人、合計五百四十三人。ほかに警視隊の死傷者百七十八人を加えると総計七百二十一人に及んだ。

薩軍の負傷者は不明で、死者は百三人であった。この日熊本城に官軍衝背軍が入城したので、北方の薩軍、熊本隊は三ノ岳、木留方面に布陣していた諸勢が現陣地を午後一時に焼却し、全軍が木山へ退却していった。

熊本隊佐々信房は友軍が木山へむかう道路を確保するため、大窪附近を警備した。夕方になって、田原坂、吉次峠、鳥栖（とりのす）（現・合志市）から引き揚げてくる野村忍介ら薩軍四千余が大窪を通過、熊本隊の先導で木山へ退却していった。

豪雨のなか泥濘（ぬかるみ）をこねまわし夜明け前に木山に到着した薩軍、熊本隊は執拗に追撃してきて高所に火を放ち、狙撃してくる官軍に抵抗する態勢をととのえられず、相当の損害を強いられていた。

彼らが親のように慕う西郷隆盛は、村田新八、池上四郎の指揮する護衛隊に守られ、すでに人吉へむかい山中の険路を伝い去っていた。

木山本営には桐野利秋がいて、総指揮官をつとめ、熊本隊隊長池辺吉十郎が参謀をつとめていた。熊本隊の小隊長らが本営に出向き今後の作戦について桐野の意向を聞こうとした。

佐々ははじめて会った桐野について、つぎのように描写している。

「胸宇快活、言語明晰、襟を開き誠を推し、一見旧のごとく和気面に溢る。然れどもその肩を揚げ、気を吐くに当りては猛将勇卒仰ぎ見る能（あた）わざるものあり。

容姿秀逸、軀幹（くかん）健全、年まさに四十ばかり、腰に金銀装の大刀を帯び、威風凜然（りんぜん）たり」

桐野の颯爽たる姿が眼にうかぶ。

熊本隊の幹部らは桐野に聞いた。

「熊本攻城は潰え、今日の形勢となれば、将軍はいかな対策を取られるのか」

桐野は笑って答える。熊本人に対し薩摩訛はつかわない。

「死ぬ覚悟で戦うばかりじゃ。天道は是か非か、運命のむかうところは、またいかんともなしがたいことだ」

戦いの帰趨は天道に従うほかにはないという桐野の言葉は彼の本質を告げていると佐々は思った。桐野は薩摩隼人の意地をつらぬき、近代装備の官軍を白刃でなぎ倒し、勇名をとどろかせての最後を遂げたいばかりであった。

百姓、町人と身分の差別はほとんどなくなり、刀を捨て近代社会に融合し、貨幣経済のなかで生きてゆくよりは、武士のままで死んでゆきたいのである。

軍議の席へ、大津を襲った官軍別働第三旅団歩兵十二個中隊、砲兵、工兵各一個分隊を別府隊が途中で草原に身を隠し待ち伏せていたところ、大敵が網にかかったという通報がきた。官軍は大砲を正面に進め大津の薩軍堡塁を粉砕するいきおいで迫ったが、別府隊が草原から襲いかかると、官軍は陣形を崩し二里（約八キロ）余を走り、堡塁を捨て退却していったという。

大津の右翼竹田街道には薩軍四個小隊が展開していたが、三里の間に布陣しており、一帯は見通しのいい草原である。東方の大津町の激戦の銃砲声は猛烈をきわめ、そのうち敵兵が湧くようにあらわれてきた。

飫肥（おび）一番隊石川隊半隊長守永守は二十名の部下を畑の高地に伏せ、迫ってくる官軍に応射させていたが、全滅の危険は眼前にあった。このとき石川隊長が駆けつけてきて、励ました。

「しばらく支えよ。薩の援兵がじきに着く。俺も地蔵坂からここへ斬りこむぞ」

守永は気をとりなおし兵を叱咤して半町ほど前進し、麦畑をはさんで敵塁まで七間（約十三メートル）に迫り、そこで「斬りこめ」と大声で叫んだ。

官軍はうろたえ立ちあがるが、飫肥隊は突撃して半里余の間に官兵二十名を倒し捕虜一名を捕えた。

この日夜明け方、官軍が坂梨口に攻めてきた。薩軍二番大隊五番小隊の哨兵が発見し、本隊へ急報にむかう。その間に官兵二百五十名が堡塁に肉迫した。

小隊長鎌田雄一は援兵を率い駆けつけた。薩兵の持つ銃弾はわずか二、三発で各自抜刀して白兵戦に持ちこむ。官軍が背後に回り包囲しかけたので鎌田が叫んだ。

「こうなりゃおしまいだ。敵のなかへ飛びこみ斬り死にしっせえ」

鎌田は残る部下二十七人とともにラッパを吹き、突進した。敵はたちまち勢いを失い敗走した。

　薩軍は敵を追い散らし、笹倉の敵本営を焼き、銃器弾薬を奪い堡塁に戻った。突撃した将兵二十七名は、一人も損ずることなく全員帰還した。

　このように薩軍は各地の戦闘では官軍を制圧していたが、弾薬不足を補う手段がなかった。熊本隊佐々小隊長は薩軍、熊本隊が約千三百人で御船を囲む左翼の駒返峠から、右翼は飯田山から健軍までつらねる防衛線を新設したので、四月十八日に全戦線の巡視に出かけた。

　佐々小隊は甲佐街道から盗人塚の守備を命じられている。彼は守備を命ぜられた地域の数十カ所に塁壁を構築させた。

　佐々が傍の山の名を聞くと、村人は答えた。

「盗人塚ですたい」

　嫌な名だと思いつつ隣の山の名を聞く。

「あれは駒返嶺たい」

「あの山の名は」

　官軍が攻撃してくる方角の山は、白旗山であった。

　佐々は古来の名将たちは戦場の地名によって勝敗の吉凶を卜し、不吉な地名の場所では戦わなかった前例を思いだし、ここで一戦すれば大敗するかも知れないと胸中をゆさぶられた。

佐々らが巡視している間に大津を守備している薩将野村忍介と別府九郎が木山本営を訪ね、桐野と今後の戦略方針につき語りあった。野村たちはいう。

「いまや我らは熊本で大敗してこん田舎に逃げこみもした。俺どもは今後の敵情をこげんように察しもす。

彼ども(あい)はわが軍が動かんようにおさえつけ、海路鹿児島へ出向き、俺どもの弾薬全般の道と募兵の道を断ち切ったのち、人吉のほうから攻め寄せ、熊本からと挟み撃ちにいたしもそ。

いまのうちにこの戦法に応じる備えをしておかんと、まえに八代に上陸しよった敵を軽んじてうしろを突かれ、熊本城を棄(す)ててしもうたように、わが軍の進退はきわまりもんそ。永山どんのごたるむごい最期はふたたび見とうはなか。

敵がいまだ動かぬうちに、七、八個中隊を鹿児島へ走らせ、地元の守備をきびしく、根拠を固めてのち、わが全軍は大挙人吉から鹿児島へ戻りゃよかんそ。

そうすりゃ戦えば必ず勝ち、兵の意気さかんなること火焔のごとくなるに違いなか。これがもし敵に先んぜられ、鹿児島を取られりゃ、臍(ほぞ)を噛(か)んだところで仕様もなか。鹿児島を押さえるはいまでごあんど。

古人もいうちょいもす。先んじて戦場で敵を待つ者と、遅れて戦場に到着して戦におもむくものをくらべてみよ。労と機は失うべからざるものであると」

桐野は答えた。

「俺もそげなこつば思うたこともあっが、鹿児島にゃ桂四郎（久武）がおっど。守備はかたか。気遣いせんでよか。遠か故郷へ兵を帰すよりゃ、地元の人数を使うほうが金もいらん」

野村が答えた。

「鹿児島については、お前んのいわるっ通りといたしもそ。いまひとついうこつがごわす。この大津近辺の土地は広く平とうて守りにくか。それよか全軍をあげて二重峠を破り、豊後日田に入り、おおいに敵を攪乱（かくらん）すりゃ官軍は対応に疲れ、きっとわれに利ありと見申す」

桐野は相手にしなかった。

「それもよかんそ。したが一度快勝して敵を皆殺しにしたか。しばらく待ってくいやんせ」

野村たちは言葉を失い、大津の宿営へ戻った。

四月十八日から十九日にかけて、御船町に着陣している熊本隊陣営に、木山本営から大小荷駄で諸隊の弾薬が続々と運ばれてきた。佐々はいった。

「御船に陣を置くのは危うい。三面が山で、前方の一面だけが川に向こうとります。戦がはじまりゃ、敵の銃砲は町家のなかへ届きます。敵の砲火に押され退却する時は、一物も持ち出せんたい」

熊本隊は御船町に布陣せず通過して、南方の甲佐、堅志田を攻撃する作戦をとろうとしていた。

熊本隊隊長池辺はこの方針を桐野利秋に献策するため、木山本営に戻った。池辺の帰還を待つうちに官軍が、混雑して守備位置も決めていない薩軍、熊本隊を攻撃してくれば全滅させられかねない。

佐々は熊本隊幹部に決断をうながす。

「ここにおりゃ、皆殺しにされかねん。甲佐へ押し寄せるか、退却して飯田山の麓を守るか。それもはばかるなら、荷駄弾薬を残らず飯田山麓に移さにゃいかんぞ」

佐々は応じる者がいなかったので、自隊の荷をすべて飯田山麓に移し、戦闘準備をおこなった。

熊本隊は木山本営に三度急使を走らせ、許可を得ようとした。

「御船は攻めるに容易で守るに不便の地である。戦がはじまれば弾丸は陣中に雨下して、敗北すれば輜重弾薬は持ち去ることができない。このため近くして半里（約二キロ）以上、遠くして一里以内の地に移して置きたい」

本営は熊本隊の要望を聞きいれなかった。

「死をもって陣所を守りゃ、輜重弾薬を移すことはなか」

翌四月二十日、戦況は佐々らの憂慮した通りに展開していった。その日の夜午前三時、官軍山田少将は別働第二旅団、別働第三旅団を御船に突入させ、別働第一旅団を予備として同行させつつ、御船を防衛する薩軍、熊本隊に襲いかかった。

官軍は山砲十門を発射し、御船の町並みには火柱があいついで立つ。全軍を三部隊に分け左翼軍は緑川を渡り、犬塚山へ進む。中央、右翼軍は緑川西岸から辺場山を攻撃する。

三個旅団の歩兵は三縦隊となり、砲兵隊は妙見坂に砲撃を集中し、一隊は雀ヶ原、城山の薩軍を攻撃する。また一隊は駒返嶺の高地、盗人塚の熊本隊を粉砕しようと襲いかかってきた。その数は幾千人とも知れない。

銃砲声、喊声が天地を震わせ激戦が数時間続くうち、官軍の鋭鋒をさえぎる左翼熊本隊、右翼薩軍は弾薬が尽き、午前十時に一瞬に崩れ逃げ走った。

「それ今じゃ、皆殺しとせい」

官軍は喚きたて急追撃して薩軍の左右から雨のように射撃を加え、薩軍は進退きわまり死傷者続出し、御船川を渡り潰走した。

退却する径路に官軍狙撃兵が伏せていて、薩軍は負傷者、輜重を捨てざるをえない。

官軍が河岸に姿をあらわし狙撃する様子は、水上に浮かぶ鷗（かもめ）を撃つような有様であった。追いつめられた薩兵たちは水深を計りそこねて溺れ、あるいは身を沈める余裕がなく、立とうとして射殺されるものが続出した。

熊本一番小隊を率いる佐々小隊長、古閑軍監らが盗人塚と甲佐街道を守っていたが、官軍の猛攻に遭い、南方の矢部へむかい退却をはじめた。官軍の迅速をきわめる追撃に堪えかねた彼らは、御船川の若宮渕に前途をさえぎられ、上流へ泳ぎ渡りかけた。その背後、横手から官軍が狙撃し、渕のなかは屍体が押しあうように浮かび、川面(かわも)は死傷者の血に染まった。

佐々小隊長は退却を承知しなかった。

「この大敗を招き、何の面目もなか。ここはわれらの死に場所じゃ」

佐々は盗人塚で斬り死にするつもりであったが、隊士に諫められた。

「いまの戦況を見ておらんとですか。味方の陣所にも御船町にも味方はおりまっしぇん。全滅したいのですか。すぐに逃げまっしゅ」

佐々はいったん戦死と決めた心をひるがえし、呼子笛を吹き鳴らし、生き残った隊士を率いて山道を辿った。彼らは日没の前後に矢部の中心である浜町に到着した。

佐々小隊の戦死者は十五人、負傷者十六人で、輜重弾薬のすべてを失った。熊本隊のうち、再起不能の損害を受けたのは深野九番小隊で、戦死者二十八人、負傷者二十五人に及んだ。

この日、薩軍総指揮官桐野利秋は、熊本城を奪回するため右翼大津町から中央の長嶺、左翼の建軍、保田窪に五里の戦線を展開し、残兵八千で三万余の官軍と決戦を試みた。

早朝からはじまった戦闘は、保田窪、長嶺の地形を利用した薩軍の抜刀攻撃に圧倒され、伏兵の奇襲に官兵は甚だしい損害を出すばかりであった。

薩軍に参加した東京府士族落合直吉、秋田県士族中村恕助は保田窪、山口県士族川崎陽蔵は健軍で戦死した。川崎は薩軍六番大隊一番小隊に配属されたとき、小隊長に参加した理由を述べた。現代文で記す。

「私は明治九年、前原一誠の義挙（萩の乱）に参加したが、失敗したとき諭された。不幸にして事ここに至ったが、しかし好機がなくなったわけではない。

お前はしばらく生きながらえて、私の志を継げといわれ、その言葉に従い耐え忍びこまで生きてきた。

さいわいに素志を遂げることができれば、死んで眼をつむるに足ることである」

その志に感じいった薩将たちは彼の戦死を惜しむばかりであった。

薩軍と官軍との戦闘は、熊本城が陥落するか否かの一点が勝敗の分れめであった。薩軍が熊本城を取れば、九州全土を薩軍が掌握できる。

そうなれば二万余の薩軍の兵力は増加し、せいぜい五万余の官軍兵力は前途の困難を予想して協力者である鎮台兵、巡査、壮士が減少にむかうであろう。

そうなれば廃藩置県によりすべての特権を失う全国不平士族がどれほど薩軍に協力を申しいれてくるか、予測もできない。

明治十年四月十五日まで、薩軍が官軍の銃砲撃に身をさらし、白兵突撃の死闘を続けたのは、熊本城を占領すれば政府を潰滅させることができる見通しが立つためであった。

萩原延壽著『西南戦争　遠い崖——アーネスト・サトウ日記抄13』には西郷を中心とする私学校党の決起について、きわめて重要な内容の記述がある。

駐日イギリス公使パークスは、西郷を中核とする私学校党の行動につき、明治十年三月十二日付のイギリス、ダービー外相への報告書に、下記の観察、推測を記した。

「薩摩士族は自分たちの力を過信してはいなかったか」（萩原氏訳。以下同）

「薩摩士族は自藩の威信とその指導者（西郷）の名声と、この二つのものへの信頼によって、判断を誤りはしなかったか」

「二、三年前ならば、かれらは江戸へ進軍できたかも知れないが、現在では国論によって大いに支持されないかぎり、かかる目標がなし遂げられる見込みはない。しかし、サトウ氏が聞かされたように、これこそがかれらの目的なのであり、かれらは政府が驚愕のあまり、本気で抵抗を試みないだろうと信じ込んでいる」

「かれらはさらに次のことを当てにしている。すなわち、陸海軍が政府に不忠をはたらくことであるが、いままでのところ、かかることは起こっていない。つぎに、大部分が百姓からの徴募兵である政府軍が、社会的に上位の士族階級と戦闘を交えるさいの恐怖心である」

「しかしながら、薩摩士族は、おそらくつぎの点を知ることになろう。すなわち、下層階級の出身者といえども、良き兵士となりうること。そして、国民一般は、士族階級が自分たちとおなじ社会的地位に引き下げられたことを承認していることである」

　萩原氏は同年三月十日付のダービー外相にあてた報告書に西郷と私学校党決起について、もっとも深刻で最大の謎とされる無謀さについて指摘している。

「船舶がなければ実現不可能なかかる計画を立てるとは、叛徒が自国の状態について奇妙なほど無知であり、たとえ自分たちの言い分にきわめて不利な結果を招こうとも、ためらうことなく絶望的な行動に出ることを暴露している」

　パークスは同年二月二十七日付のダービー外相あての書簡にしるした。

「西郷とその共謀者は、自分たちの手段に合法性の外観を与えるべく、自分たちは御門（みかど）の将軍として行動しているのであり、大部隊を率いて鹿児島から進軍する目的は、政府を尋問することであると宣言しているが、これは納得しがたいばかりでなく、奇異である。おそらく真の原因は、いま大胆な一撃を加えて政府を威圧しておかなければ、自分たちの影響力を保持する機会はまもなく失われると、薩摩士族が考えていることである」

パークスのこの判断は、叛乱は西郷が起こしたのではない、西郷を取り巻く壮士らがおこしたという推測が彼の心中にゆらぐことなくあったのであろうと萩原氏は見ている。

その理由として、パークスの訓令に従いアーネスト・サトウが、明治十年二月、鹿児島で病院、医学校の運営にあたっている旧友ウィリアム・ウィリスを訪れたときの見聞を指摘されているのである。ウィリスは文久二年（一八六二）末にイギリス公使館付医官として来日したときからのサトウの友人である。

サトウは何のためにウィリスを訪問したのか。まもなく蜂起するであろう私学校党の本拠地である鹿児島からウィリスとその家族を一日も早く避難させるためであったのであろう。それよりももっとさし迫った要務は、西郷の本意を知りたかったことであろう。

隆盛は私学校、ウィリスは病院にいるが、言語が薩摩弁と英語ではほとんど通じない。サトウは隆盛の本心をほぼ理解できるほど日本語に通じている。パークスは隆盛がいま置かれている立場を、サトウに直接うちあけてもらいたいと望んでいたに違いない。

隆盛も鹿児島にきたサトウとその背後のパークスの願望を正確に察知していた。私学校党の火薬庫襲撃事件はすでにおこっていたが、万余の薩軍はまだ動いていない。挙兵すれば動員兵数ははるかにふえる。戦死するのは官軍、薩軍ともに今後の日本を支える若者たちであった。

　西郷は政府の腐敗を一掃し、政治方針を変革したかったが、戦乱を引き起こすつもりはない。

　だがこのまま日時が推移すれば、私学校党の蜂起だけでは国軍の戦力に対抗できなくなると桐野、篠原ら私学校党幹部は見ていた。挙兵に反対する隆盛を、指導者として引き出し、全国の志士を動員する大規模な叛乱をおこそうと考えていたと、萩原氏は推測される。

　隆盛は自らの行動にきわめて慎重であった。彼の行動は政務から引退して久しい今も、全国士族に強烈な影響を及ぼす。それを彼自身が知りぬいていた。

　その隆盛が二月十一日、突然いいだした。

「ウィリスどんに対面にいきもそ」

　萩原氏は隆盛の行動の重要な理由につき、明確に指摘されている。西郷は薩軍本営旧厩跡（うまやあと）の私学校に入っていた。鋭敏な政治感覚をそなえる隆盛は、サトウが鹿児島にきてウィリス宅を訪れていると聞き、サトウがおそらくパークスの指示によりウィリスとともに自分に会いにくるだろうと推測した。

　サトウをまじえての会話では、かならず薩軍挙兵の理由に及ばないわけにはゆかないと隆盛は考えた。

そうなっては隆盛が挙兵に賛成したくない本心を語らねばならなくなり、その事実を聞いたウィリスとサトウは命を失うかも知れない。

その情況を避けるため自分から訪問したのではないかと、萩原氏の推理はきわめて明確である。

萩原氏は隆盛来訪のときの様子を伝えるサトウの日記の記述に、するどい視線を走らせる。

「西郷には約二十名の護衛が付き添っていた。かれらは西郷の動きを注意ぶかく監視していた。そのうちの四、五名は、西郷が入るなと命じたにもかかわらず、西郷に付いて家の中へ入ると主張してゆずらず、さらに二階へ上がり、ウイリスの居間へ入るとまで言い張った。結局、一名が階段の下で腰をおろし、二名が階段の最初の踊り場をふさぎ、もう一名が二階のウイリスの居間の入り口の外で見張りにつくことで、収まりがついた」（萩原氏訳）

萩原氏はここに記述される隆盛の姿は、虜囚のようだといわれたが、同感である。

警視少警部の自白による隆盛暗殺計画が発覚していたが、二十人の護衛の監視は暗殺者にむけられるものではなく、西郷の発言にむけられていたのではなかったかとの萩原氏の指摘は衆目の一致するところだろう。

隆盛が来訪した際、隆盛からウィリスの邸内へ入るなといわれた護衛たちのうち五人がウィリスの居間の戸口まで入った異様な状況のもとでは、何事か語りたかった隆盛が口をとざし、挙兵の実状について聞きたかったサトウも、目的を達せなかったのかも知れないと萩原氏は想像しておられる。

サトウも記述の末尾に記している。

「会話は取るに足らないものであった」

第十四章　敗走

四月二十日の夜明け方から夕刻まで続いた御船町の激戦で熊本隊は戦死者八十人、負傷者八十人の深刻な打撃をうけた。

戦死した熊本隊一番隊半隊長真鍋慎十郎は同隊軍監古閑俊雄の親友であった。古閑は後日降伏して広島監獄に収監され、明治十一年（一八七八）五月に獄死した。

彼は獄中で西南の役の記憶を記述した。真鍋についての回想がそのなかに述べられている。真鍋の最後についての叙述を現代文で記す。

「真鍋は熊本藩の旧臣で英才として知られていた。御船決戦の前夜、隊の先頭に立ち奮戦して官軍を悩ませたが、その夜同隊の朋輩（ほうばい）と酒をくみかわし語った。

〝戦国時代の歴史を観察すると、戦場を駆けまわった英雄豪傑の生涯は実にあわれな哀（かな）しいものである。昨夜は馬上に剣槍を操り、強者の名をとどろかせるが、今朝は戦死して野草に宿る一滴の露と消えてしまう。

また朝に高楼を林立させていた城郭も、夕刻には黒煙に包まれた焦土となる。

思えば俺たちも同様だ。いま酒盃（しゅはい）を持つ俺たちも、明日は何者の手にかかり死ぬかわからない。今年はあっても来年はめぐってこない。今日生きていても明日は死ぬ。いま酒を飲み、愉快な思いを楽しんでおけ〟

彼はその言葉の通り、翌日銃撃されて死んだ」

この日戦死した小荷駄隊の夫卒である元力士熊山喜太郎は、終始陣頭で勇敢に戦い、退却の際は弾薬数箱と負傷兵を背負い走ったが敵弾が腹部に命中した。いったん倒れたが起きあがろうとして頭に被弾、戦死した。

佐々友房らは戦場にとどまり全滅するまで戦うべきであると主張したが古閑らがとめて、やむなく飯田山から田代へ退却した。

池辺吉十郎熊本隊隊長も機密書類を佐々らに托し、田代で官軍と最後の決戦をおこなおうとしたが、戦場に踏みとどまっていた薩軍部隊が矢部に退却していったので、やむなく後退した。佐々は戦死者追悼の歌をつくった。

今日よりはいかにかはせん春秋の
花も紅葉も誰と眺めん

古閑も追悼歌をつくった。花がさかんな季節であったので、

黄泉路(よみじ)にも花や咲くらん今ごろは
先立つ人の見ていかましを

真鍋半隊長と親友であった古閑は、さらにつぎの一首をたむけその死を惜しんだ。

なつかしき還らぬ君が矢竹にて
入りにし山の弓張の月

戦死者二十六名を出した九番隊の小隊長深野一三は悲嘆に堪えられない胸中を歌に残した。

咲きしより心筑紫(つくし)の山桜
散りにし花の跡も残らで

四月二十一日、熊本隊は本営と諸隊を矢部男成(おなり)村に移転し、生き残った将兵を五個中隊に編成した。佐々友房は三番中隊長、古閑俊雄は同隊幹事となった。

薩軍は御船陥落のあと木山、建軍、大津などに展開していた兵を矢部に後退させ、本営を浜町に置いて、桐野利秋総督は全薩軍を十二個大隊に編成した。

この日、御船での戦死者の招魂祭をおこなう。熊本隊隊長池辺は桐野に会い、今後の作戦につき質問した。

「これより再度熊本へ攻め寄せるか、退いて人吉に立てこもるか、ただちにお聞かせ下さい。いまの戦況では、熊本へむかえば全滅あるのみですたい」

桐野はこれまでの強気の方針をなげうった。

「ここで敵を迎え撃っても、俺どもの兵は一万余り、熊本隊は六百じゃ。矢部じゃ敵の大軍を支える手だてはなか。輜重、弾薬、病院の備えもない有様じゃ。撃てる大砲は一門しかなかじゃろ。

こんうえはいったん人吉に本営を置き、熊本へふたたび攻め入るか、薩摩、日向、大隅を固めたのち再挙すっかを決めりゃよかんそ」

薩軍、熊本隊は全軍那須越、胡麻越の両道をとって人吉へ退却することに決まった。

矢部から人吉までの行程は四日間を要する。食糧を調達できない深山幽谷を通過するので、全軍は餅と焼米を身につけた。

二十三日午後一時、熊本隊全軍が矢部を離れ、夕刻に馬見原(まみはら)に到着した。翌朝出発し、昼頃に日向と肥後の境界にある国見岳に到着した。坂道はおよそ三里（約十二キロ）ほど続き、道中は狭く糸のようにもつれ、片側は数百仞とも知れない断崖であった。岩はすべて苔に覆われ、見たこともない鳥が啼いている。猿、鹿の啼声が聞えるばかりで、人声は絶えてなかった。

下り坂になれば大木が陽をさえぎり頭上を覆い、春だというのに黄葉が多く、なんともいえない寂寞感がただよう。

古閑俊雄は一首を詠じた。

鳥の音も世に聞きなれぬ山深み
春もなお散る木の葉ありける

坂を下ってゆくと澄んだ泉が眼前を流れ、身を洗うと心地よい。この頃は弾丸砲煙のなかを駆けまわっていたので、こんな仙境にくると、景色になんともいえない興趣を味わえる。

だがこの日はしきりに雨が降り、古閑たちは泥に足をとられ行き悩み、夕刻に胡麻山の村を過ぎ、八重というところで一泊した。

そこは人家が三戸あるだけで、住人は人情が厚く、言葉づかい、住まいの閑雅高尚なことは古代の仙人とはこのようなものではないかと思うほどであった。

翌二十五日は晴れ渡っていた。古閑は記す。

「山路は前日と同様、白雲が足下につらなり、鳥が幾度も胯下をくぐりぬけ、高峯、清流のなかにわが身は仙人となって送迎の雲に乗るかと思えば、たちまち幾千丈の谷が足もとにつらなりあらわれる。頭上に緑樹が陰々とさしかわし、数里の間日光を見ない。痩せた藤が縄のようによじれ、わが足音は閻魔が叱りつけるように響きわたる。四月二十五日の昼間に椎葉山の麓で輜重隊と出会い、飯をむさぼり食い飢えを満たした。矢部を出発してのち二日間を、重みに堪えかねて食料を捨て餅二個で過ごした隊士たちは、ようやく生色をとりもどした。椎葉山は山容がほかの山とはまったく違っていた」

麓には球磨川の源流が、各所に泉を湧かし、水を噴きあげている。雲に届くかと思える老松の聳える合間に月がときたま顔を出す。うねりつづく坂道には朽木が大蛇のように横たわっている。渓流に突きだす岩塊は虎がうずくまっているようだと古閑は思った。

村人が用いる釣橋を渡ると林中に山桜が咲き誇っている。閑雅な風景はなんともいえない味わいがあった。

佐々は一首を詠じた。

おもいきや今日九重（宮中）の道ならで
かかる山路に花を見んとは

古閑もそれに応じた。

鶯もなど白雲の深山路に
春さびしくも散る桜かな

彼らは鹿の遊ぶ竹林を過ぎ、夕刻に胡麻山に着き、木樵の小屋に一泊した。

この二十五日、古閑は釣橋を渡り、閑雅な風景を記したが、佐々は『戦袍日記』にこの経験が恐怖すべきものであったことを記している。

「昼頃に椎葉村に着いた。人家は十数戸である。昼飯を食いまた山道を一里（約四キロ）ほど進んだところに釣橋があり、これを渡った。太い葛数百本で橋を編み、両端を岸の大樹の梢に結びつけている。

橋は数百弓と長く、幅は二尺ほどであるが橋下から川面までは数百仞、激流が巨石を突き転ばす音が轟然と雷のようで、ひと目見ただけで、全身が戦慄させられる恐ろしさである。橋の半ばまで出てみると、動揺はさらにすさまじい。

足どりをゆるめるとますます揺れるので、隊士らは皆四つん這いになって渡りおえた」

この記述は古閑のそれとは違い、釣橋を渡った心境を正確にとらえている。

佐々たちは薄暮風雨のなかようやく泊る小屋を見つけた。彼らの宿主は夕食に鹿肉を支度しもてなしてくれた。

二十六日も風雨が烈しかった。隊士たちは替え草鞋を三足ずつ支度していたが、すべてをつかいつぶし、はだしで泥濘のなかを歩いた。

この日は民家を見つけ宿をとろうとすると、先行した将兵が詰めあって泊っている状態で、あちこちたずね歩くうち、人家が数多い小崎村という集落に辿りついた。

小崎の村長は昔の小崎城主で、鹿肉料理と焼酎でもてなしてくれた。

翌二十七日は猛烈な風雨が続いていたが、夜明けとともに江代へむかい出発した。道は険しい坂がつづき一里半ほど縫うように登るうち、頂上に到着した。

足もとから黒雲が湧きおこり、風雨が軍服を裂かんばかりに吹きつけてきた。球磨郡が見渡せる高所であるが、視野は雲海に閉ざされていた。

熊本隊は古屋敷村を通って江代村に着いた。途中の道中は通行する人馬にこねかえされ、峠附近には雪がうずたかく積もり、足指を凍傷で失う兵が多かった。

江代村の附近は兵たちが充満していて、宿陣の民家をみつけるのに苦労をかさね、汚れた土間に身動きもできないほど押しあって寝ることになった。

四月二十九日、熊本隊は人吉から六里手前の深田村に着陣した。

そこは山中の寒村とは眺めが変り、民家が数十戸あって、隊士らはようやく難行軍が終ったことをよろこんだ。

四月三十日、熊本隊全軍が隊伍をととのえ、人吉城下に入った。城下の大手通の両側に人垣がつらなり、住民が歓声をあげ手を振って迎えてくれた。

佐々友房はこの日の日記に述べる。現代文で記す。

「四月三十日朝、全隊粛々として人吉城下に入った。道は歓迎してくれる群衆が、人垣をつくっていた。陣所は城下の西間村に本営以下を置く」

地元の人吉隊が味方となり、薩軍、熊本隊の輜重、兵糧をすべて補給してくれた。佐々、古閑らは日記に数日間の休養を、温泉宿、料理屋が軒をつらねた小楽園で過ごせた楽しさを記している。

隊士らは旅装を解くといっせいに歓喜の声をあげ、生きのびたことをよろこびあう。化け物の棲家（すみか）のような深山のなかを泥まみれで過ぎ、きらびやかに飾りたてた温泉郷に着いたのだから歓喜するのは当然であった。

五月一日、熊本隊は汚れ破れた中隊旗、指揮旗、本営旗を新調したのち、整列して市中を行進し、青井阿蘇神社に参詣。神前で祭典をおこなう。

このの ち東京をめざし政府軍と中原で争う勢力はすでになく、恥ずかしいかぎりであるが数日の閑暇を楽しむのを、よろこぶばかりであった。

熊本隊は神楽を奏し、戦勝を祈る舞楽の式典をおこなう。正午に神酒を下賜され、全軍が一度に鬨の声をあげ、天地が震動せんばかりであった。

人吉で休暇をとるうち、古閑が佐々友房、深野一三、高島義恭ら熊本隊同志十二人を誘った。

「この先、明日も計り知れん戦場に出で立つ俺どもじゃけん、皆の形見として写真をとってそれぞれの肌身につけようたい」

このとき撮影した壮士のうち小隊長鳥居数恵は矢筈嶽、中隊長北村盛純は横川で戦死。参謀友成正雄は捕虜となり、斬られた。

五月三日、官軍が水俣から鬼神峠を越え、山野村に迫っているとの薩軍斥候の情報がもたらされた。

薩軍と熊本隊が官軍と最後の一戦を交えるつもりの鹿児島を、すでに占領している官軍は、城山にさかんに築塁しているという。

江代本営の桐野利秋は、全軍九大隊のうち奇兵隊に豊後攻撃を命じ、雷撃隊を率いる辺見十郎太には鹿児島と熊本の県境大口を突破して南下させ、鵬翼隊は大野から佐敷への転進を命じた。

薩軍は熊本城攻囲、田原坂攻防の激戦を重ねるうち、私学校党の鉄の団結で野戦に猛威をふるい、戦線を支えてきた頑強な士族たちのほとんどが死傷者として戦線から姿を消した。

全軍の持つ火砲は四斤山砲一門、砲弾は数発を余すのみで、標悍な辺見十郎太が官軍の大部隊に夜襲をしかけ、敵の野砲、山砲を奪取して帰り、敵陣に猛砲撃を加え溜飲(りゅういん)を下げるが、弾薬が尽きれば捨て去るしかない。

五月四日、薩軍本営が池辺熊本隊隊長に、山野村への出兵を依頼した。池辺は熊本隊の二番、三番、四番の三個中隊を山野から大口へ先行している薩軍のあとを追わせることにした。五番隊は熊本隊本営警備につく。

三個中隊は四日朝、人吉を進発、球磨川沿いの一勝地(いっしょうち)という山村で泊った。前途の祝坂附近で戦闘があり、薩軍が官軍に急襲され敗北して潰走したという情報が入ったので、進軍を停止し、祝坂へ斥候を走らせたのである。斥候は戻ってきて報告した。

「祝坂では敵との小競りあいはあいもしたが、大野には本隊がおいもす。ばってん敵の別働隊が山野から大口へ乱入しようと動いとるけん、貴公らがこれを追い払うてくれたらありがたいと隊長どんの頼みですたい」

三個中隊は五日午前七時、前進をはじめたが大雨となった。

官軍は軍艦の物資を集積している八代を基地として、佐敷から水俣に進出し、先鋒部隊は山野に接近していた。

　熊本隊三個中隊は球磨川支流の那良川沿いに五里余りを辿り、山野との中間地点である、人家が七、八軒しかない塔ノ原村で停止した。官軍が大野へ進撃しているとの情報が続々と届いたからである。

　古閑俊雄『戦袍日記』に当日の熊本隊の行軍について記している。

「全隊は塔ノ原を出発し、間道伝いに山野村へむかった。老樹は生い茂り、三里の道程は日光を見なかった。地面は苔に埋まり、狩人がたまに通行するだけの道である。

日暮れどきに見通しのいい場所に到着し、夜がふけるのを待った。雨があがり満天の星がかがやき、ときどき風が樹林の枝を鳴らす。いよいよ山野村へむかうことになった。

　一灯もともしていないので、全隊が山野村へむかっているのだが、各隊はいつのまにか方向を誤り、隊伍が乱れてきた。わが隊は先頭であったが河原に怪しい提灯が多数動きまわっているのが見えた。

　斥候は偵察して彼らの話し声が九州訛ではないというので足音を盗み接近すると、敵は熊本隊の人馬の影を発見し、合言葉をかけてきた。通じない。敵勢らしい密集部隊は提灯を消し、去っていった」

　熊本隊は敵兵力もわからないので戦うことなく、塔ノ原村へ引き返した。

　五月六日は雨がやんだ。塔ノ原の熊本隊は幾度も斥候を出し、官軍の動静を偵察した。

官軍別働隊第三旅団の兵五百人が、水俣から山野村に進出し、牛尾川を渡河して大口を攻撃しようとしていた。

熊本隊は敵状が把握できないので、斥候三名を山野村へ派遣したが、深山を辿るうち官軍の戦線に入りこみ、猛烈な射撃をうけ山野川に飛びこみ林間を這い、塔ノ原へ帰ったのは、夜明け方であった。

牛尾川を渡ろうとした官軍に、附近にいた薩軍が攻撃をしかけたが、猛烈な反撃をうけるうちに、弾薬をつかいはたし、敵中を突破退却した。

翌五月七日、山野村の官軍に夜襲をしかけ、大口の薩軍と行動を共にするため、塔ノ原の熊本隊三個中隊は午後三時に行動をおこし、間道を伝い山野へむかったが、昼なお暗い坂道で佐々隊は途中で味方とはぐれた。

暗黒の前途に灯火がちらつくので様子をうかがうが、敵か否かは声音だけでは聞きとれない。

「思いきって暗号で呼ぼうたい」

大声で暗号を叫んでみると返事がなく、灯火が消えた。

「敵たい。この辺りは皆敵じゃけん、退け」

熊本隊は後退し、八日午前九時に塔ノ原村に引き返した。それから夜にかけて村の周囲に塁壁を築いた。官軍が人吉を攻めるため、いつあらわれるかも知れない形勢であった。

夕刻池辺熊本隊隊長が人吉から、牧芝謙十郎の率いる五番中隊百七十人と同行してきたので、塔ノ原在陣の兵数は五百四十余人となった。

九日、薩軍参謀が塔ノ原にきて翌日の山野攻撃の軍議をおこなった。十日早朝、辺見十郎太の雷撃隊が大口街道正面から山野村を攻撃するのに、熊本隊は呼応して間道伝いに背後へまわり、はさみ撃ちにして全滅させようというのである。

将兵は「愉快、愉快」と叫びあう。五月十日の夜明け前、諸隊はあいついで塔ノ原村を進発した。辺見の雷撃隊は大口街道正面、熊本協同隊は抜刀して間道をとり、官軍の右翼から台場へ殺到した。

薩軍が山野村に放火し、銃撃すると官軍はうろたえ、小河内山へ潰走した。熊本四個中隊も間道を出て銃撃を浴びせる。官軍は惨敗して鬼神山の峠を越え、水俣へ敗走した。

山野村の戦闘に勝った薩軍、熊本隊は附近の村落に野宿をした。

翌十一日、薩軍、熊本隊、熊本協同隊は水俣攻撃に出発した。諸隊は鬼神峠を越え西方をめざし深川村の官軍を攻撃にむかった。途中の道で赤髭（あかひげ）で半顔を埋めた薩軍将校が大刀をふりまわし、躍りまわりつつ砲兵を指揮している。

薩軍には一門しかないはずの大砲を数門ならべ、深川村の敵の塁壁を乱射している。轟音とともに発射すると飛びあがり、「よか、よか」と叫ぶ。佐々は眉をひそめた。

「狂うちょるたいか」

はじめて見た弾雨をものともせず、奇矯きわまりない行動で眼をひいた薩軍将校は、勇猛のふるまいで知られた辺見十郎太であった。彼は官軍の軍艦が海辺に着岸し、搭載砲数門を陸軍に使わせるため陸揚げしたとき、宵闇にまぎれてそれを奪い、官軍を砲撃して甚大な損害を与えたのである。

佐々が深川村の高所から情勢を偵察すると、左手の大鷹山から深川本道に布陣している薩軍に猛射を浴びせる数百人の官軍が見えた。佐々は三番中隊を率い、銃を背負い絶壁をよじ登り、敵陣を急襲して官軍を敗走させたが、大鷹山に峯をつらねる高い山嶺から官軍別働第三旅団が、俯瞰射撃を加えてくるので、死傷者が続出し、弾薬、食糧が尽きて退却寸前に追いやられたが、友軍の加勢によりようやく危機を切り抜けた。

熊本隊の五個中隊は土砂降りの豪雨のなかで深川村の台場を死守し、苦戦をくりかえした。人吉で新調した中隊旗には二十カ所前後の弾丸の穴があき、風雨に打たれ裂けて破れた。

五月十二日から十三日にかけては終日豪雨であったので、熊本三番中隊は大鷹山と谷をひとつ境につながる矢代山の胸壁にとりつき、峯伝いに押し寄せてくる官軍と戦った。

雨足がつよまってくるばかりなので、旧式ライフル銃を持つ兵は装塡している弾薬が湿ってきて発火しない。

三番中隊は弾薬の大半が湿り、射撃を継続できなくなった。新式銃を用いる官軍の射撃は激しさを増してきたが、佐々隊の兵士たちの射撃は間遠になり、鬨の声をあげ、寄せてくる敵を威嚇する。佐々は部下に命じた。

「弾丸三発を懐に入れておけ。敵が近づけば俺は突貫を命じ、全員が三発を連射し突っこむちゅうこったい」

翌十四日、牧芝五番中隊は矢代山から大鷹山へ登り、佐々三番中隊と最前線守備を交替した。三番中隊は死傷者が続出する惨憺たる有様で後退したが、五番中隊も戦場に着陣したとき、すでに弾薬が尽きていた。

官軍はそれを知って一斉射撃をくりかえし、塁壁に襲いかかってきた。五番中隊は抜刀して白兵戦で官軍を撃退しようとするが、官軍は猛烈な援護射撃のもと、疲れきった熊本隊士を谷底へ蹴落し、狙撃兵が一発の無駄弾もなく士卒を射倒す。

佐々中隊は深川村に後退して一夜を明かし、四番中隊と前線守備を交替し、大鷹山の胸壁に入った。敵の射撃は激烈をきわめ、熊本隊の死傷者はふえるばかりであった。

銃撃に屈せず薩軍とともに敵中へ斬りこみをくりかえすが、高所からの射撃を受けつづけるので、硝煙たちこめるなか身を隠す場所もなく、反撃をこころみるが、後退せざるをえなくなった。

五番中隊の隊士杉原堅也が足を撃たれ倒れた。傍にいた藤崎弥太郎という十七歳の隊士が背負い、下山してゆく。

杉原の巨体を担ぐ少年藤崎は力が尽きかけるが、同志を戦場に残すに忍びず、必死に足を踏ん張り下山した。しかし助力してくれる味方を探し辺りを見まわすうち、二人は狙撃され即死した。

傍にいた隊士らはその悲惨な最期を見て涙をほとばしらせ悲しんだ。

翌日は豪雨で、深川村堡塁を守る三番中隊は押し寄せる敵を射撃するが、弾薬が湿り発火しないので、やむをえず白兵戦で官軍に甚大な損害を与えた。だが昼過ぎには負傷を免れ戦う隊士が四十余人という、全滅寸前の状況に追いこまれた。熊本二番、五番の二個中隊が応援に駆けつけてきて、突撃をくりかえし、日暮れまえに官軍のすべてを撃退した。

その夜、雨の降りしきるなか、佐々は陣中見廻りをするうちにしきりに望郷の念が湧き、筆をとって暗鬱な心中を詩にあらわす。

百戦功無く壮志違う(たが)
露営三月　戎衣(じゆうい)湿す(うるお)
杜鵑(とけんし)識らず　征人の意
夜々漫(みだり)に呼ぶ　帰るに若(し)かずと

杜鵑が闇のなかでしきりに啼いている。

歩哨が雨に濡れつつ、樹の下や岩石の間に黙然と立っているという、憂いのこもった詩であった。

五月十八日朝、大口への重要な連絡拠点である久木野と猪ノ岳に布陣する官軍の攻撃を薩軍に求められた熊本隊は、二番中隊を久木野、三番・四番中隊を猪ノ岳にむかわせた。

だが敵に覚られず接近するため、急峻な悪路をとったので、途中で引き返さねばならなくなった。その日、深川本道を確保していた薩軍が午後二時頃から中尾山陣地を出てきた川路利良少将指揮の官軍の急襲をうけ、側面から攻撃してきた別働隊も加わり、意外の情況に対応する間もなく、壊滅した。退路を断たれた薩軍は切腹して崖から飛び下りる士卒が多く、惨憺たる敗戦になった。

佐々、深野の熊本二個中隊は熊本と鹿児島県境の鬼神峠を守ることになった。険しい山路を歩き続け、日が暮れると牛馬の小屋をみつけ、雨に濡れつつ眠った。

五月二十日、水俣港に軍艦が入港し、別働第三旅団といわれる官軍大部隊が上陸する状況が山頂から見えた。官軍の行動は敏活で豊富な弾薬を惜しげもなく消費し、慓悍な薩軍も弾幕に包まれると死傷者の山を築くばかりであった。

それでも二十一日には薩軍、熊本隊二十七個中隊が、山野村まで侵入してきた官軍を攻め、潰走する敵を追い、水俣まで五里（約二十キロ）の深川村へ追いつめたが、弾薬が欠乏してきた。

官軍は敵の銃声が絶えたのを知ると、踏みとどまって一斉射撃の弾幕を張り、形勢は一瞬に変化した。薩軍は勝敗の岐路に立つとき、弾薬、食糧の欠乏に行動を制約され、茨（いばら）のようにからみつかれ身動きがとれないまま、銃弾になぎ倒された。

後退した薩軍は水俣街道を扼（やく）する石坂、鬼神山、烏帽子岳などの要害に布陣して、烏帽子岳に本営を置く。西方の海岸からの攻撃にそなえ、辺見雷撃隊隊長が指揮をとった。熊本の二個中隊、熊本協同隊も協力して戦うことになった。

「戦をするというたところで、鉄砲弾がなかけん、打つ手はなかろうたい」

熊本隊の兵士たちは、ここまで働いたうえは、もはや勝ちめのない戦闘に駆りだされ、死ぬまではたらく必要はないと考えていた。弾薬が欠乏し、決戦の前に支給される銃弾は六発から多くても十発である。

官軍に狩猟の楽しみを与えてやるよりは、白刃をつらねて突進し、命と引きかえに撫で斬りの快を味わうべしという声が多かったのは、敵の弾幕に駆け入り無駄に命を落した朋友知己の最後を、あまりにも多く見たからであった。

この頃、世論は西郷に対する同情に傾いていた。島津久光、同忠義は四月一日付で政府に建白書を提出していた。そのいい分は聞き捨てにできないものであった。

「西郷が政府訊問のため、多数の兵を連れ東京へむかおうとしたのは、国法を犯した罪である。だが中原少警部らが大久保利通、川路利良の内命をうけ、西郷と政府をひきはなす策をとったことを、政府が妄説と判断したのは、おおいに疑わしい。

鹿児島でおこったことの真偽が、遠い東京でなぜ早くわかったのか。政府は休戦命令を出され、西郷らを東京へ護送し、大久保、川路をも出頭させ、裁判のうえで、真実の罪あるものを罰すべきである」

木戸孝允も休戦すべきであると主張していた。

開戦に至った経緯の矛盾点を木戸はつく。

「この戦争がおこって二カ月余のうちに、双方の将兵の死傷者は二万に及んだ。人民の財産の損失は幾千万円だ。

戦のおこった原因は、大久保利通、川路利良らが、西郷ほか数人の暗殺をたくらんだことだけだ。

もし政府が西郷らと大久保、川路らを会わせ、事件の真相をあきらかにすれば、それで事は結着し、事実無根であればその場で事は結着しただろう。

大久保に内務卿を辞退させ、公平な措置をとってもらいたい。そうすれば暴動の処分についても政府は相応の処置をとったといえるだろう」

官軍第三旅団は薩軍、熊本隊の水俣街道防衛線を撃破するため、水俣港から軍隊を続々と上陸させ、山地に展開する敵にいたるところで猛攻をしかけた。

大砲を失い銃弾が尽きた薩軍は、敵を見通しの悪い地点におびき寄せ、肉迫して刀槍（とうそう）の鋳とするのが唯一の戦法であるが、田原坂の死闘以来薩摩兵児の手のうちをさんざん味わってきた官兵は、斬りこまれても密集隊形を崩さず、銃剣を隙間もなくつらね、刺突して薩軍らに甚大な損害を与える。

また絶壁によじ登り、高い場所から集中射撃を加えられると、損害は急増した。官軍は火力においてはるかに劣る薩軍と党薩諸隊に対する巧みな戦法を知ったのである。

熊本隊三番・四番中隊は左方西南一里に渓谷をへだて、巨峰矢筈嶽をひかえる雉山（きじやま）に布陣していた。雉山の右翼大関山一帯では薩軍の守る大関山の陣地を撃破するため、官軍が連日砲火を浴びせていた。

五月二十四日熊本隊池辺隊長が、官軍の人吉、大口攻撃の作戦が間もなくはじまると見て、佐々、深野、鳥居ら中隊長をともない、雉山附近を偵察して矢筈嶽の薩軍和銃隊の陣地をたずねた。

池辺は薩兵らに告げた。

「この山は薩摩と肥後の国境にあり、南には薩摩の出水、北には肥後水俣の眺めが一目で見渡せ申す。空中に奇岩突出して、珍しき高山ですたい。

いま望遠鏡で水俣を眺むるに、港のなかに蒸気船一隻がおり、数百の兵が上陸しておる最中たい。あやつらは日を置かずここへかならず来襲しまっしょ。そんときはよき武者振りをお見せたもんせ」

夏がきたのに汚れ腐った冬服や綿入れを着て、風雨にさらされ割れめの入った刀の鞘をボロ布で縛り、着替えや身のまわりのごみのような品を詰めこんだ布袋を背負った薩軍、熊本隊は、二、三発の銃弾が残っているだけの弾薬盒を臍の下につけ、死者の頭髪をまじえ編みこんだ草鞋をはき、磨きたてた小銃を担いでいた。

夜が明けると今日は最後の決戦だと思いきめ、予期した通りの血の雨のなかで狂ったように争闘して、死んだ友人たちのさまざまな最後の姿を眼裏に刻みつける。

地獄のような時が過ぎると傍に敵はおらず、自分がまたもや生き残ったことに気がつく。このうえの苦闘から逃れたいと願いつつ、銃火のなかに身を投げだし刀を振りまわし、幾人かの敵を切った記憶はあるが、なぜ武士の面目を果して死ねなかったのかと落胆する。彼らは喧嘩で袋叩きにあった子供のように、一刻も早く現世を去りたいと自暴自棄になっていた。

佐々たちは雉山の堡塁に戻り、陣中にあるだけの酒を飲み放歌高吟して酔った。

「輜重隊から酒樽を担いでこい。明日は死ぬるぞ。生きちょってこそ酒も飲める。朝まで蚊にくわれた体を、弾に撃ち抜かれて死ぬはいさましか。今夜のうちに酒をくらって己が死をとむらっちょくばい」

熊本二個中隊の将士が泥酔して寝こんで間もない、二十五日の夜明け方、雷のような砲声がとどろきわたった。

兵士たちは敵襲かとはね起きるが、砲撃をうけているのは西南一里（約四キロ）の矢筈嶽であった。薩軍和銃隊は乏しい火力で迎撃していたが、午前中に撃破され四方へ逃走した。

池辺大隊長が望遠鏡で和銃隊堡塁の辺りを眺めると、五、六百人の官軍が早くも台場の築造をはじめていた。

池辺はいった。

「あの山を取られりゃ、わが方は南北の進退がむずかしゅうなるたい。敵はまだ頂上には登っちょらんたい。いまのうちに間道伝いに先に天辺（てっぺん）へ登って奴らの後ろを攻めりゃ、下の敵を味方が上から撃つけん楽勝できるばい。三番、四番中隊から一小隊を出して奪い取れ」

六十名の決死隊がきまり、白鉢巻をする。第四中隊の小隊長高島義恭がくじ引きで隊長となり、日没とともに間道伝いに矢筈嶽へむかった。高島は矢筈嶽に近い薩軍破竹隊の堡塁に斥候数人とともに立ち寄り、敵情を聞こうとしたが、物音を聞きつけた官軍狙撃兵の射撃をうけた。

高島は股を撃たれる重傷を負い、斥候に担がれ熊本隊本営の病院に入った。彼のあとを受け指揮をとるのは半隊長能勢運雄であった。

能勢は斥候を破竹隊に派遣して情況を聞かせると、夜襲は失敗するに違いないので中止せよといわれた。

「山は屏風を立てたごたる絶壁ばっかりで、たやすく登れるものではなかごわす。いま敵ははや頂上におり、昨夜から篝火をたてつらね、陣中は昼間のごたる明るさごわす。人数も何百と多数なれば、貴公らが五、六十人で攻め登っても、とても勝つ見込みはなかじゃろ」

能勢は六十人の夜襲は自殺行為だといわれ、決死隊を率い引き揚げたが、雉山陣営へ帰ると池辺大隊長以下、佐々、深野、鳥居、古閑ら中隊長、小隊長が能勢の報告を聞くとかえって闘志を湧きたたせた。

「今夜山上の堡塁にはたしかに篝火が多いたい。だが人数はせいぜい二、三中隊じゃ。明日になればもっとふえようたい。今夜のうちに夜討ちをしかけて敵を追い払おうばい。敵が逃げりゃあとをつけて、水俣まで取ろうじゃなかか。人数は六十人でよか。敵が崩れりゃまわりの味方が寄ってきて、ちょうどよか人数になろうたい」

佐々、深野両中隊長が決死隊を率い矢筈嶽へむかった。午前一時に出発した決死隊は星明りのなか、数人ずつ間隔を置き前進する連続斥候法をとりつつ、矢筈嶽山麓に着く。

そこで佐々、深野が率いる二隊に分かれ、絶壁にとりつき、敵に気づかれず、頂上まで這いあがった。

全隊は敵塁の間近まで忍び寄り、鬨の声をあげ突撃した。官軍の士官たちは白刃を手に斬りかかってくる。兵士もうろたえず銃剣刺突で猛然と抵抗した。

彼らは川路少将麾下の警視隊で、田原坂の戦闘にも参加した歴戦の部隊であった。

佐々らが岩上に登り連呼する。

「わが隊、先陣したばい」

官軍のなかから叫び声が返ってくる。

「賊はここにいるぞ」

空がしらみ、辺りの景色が浮きあがってきた。官兵が叫ぶ。

「敵はすくない。五十ほどだ。それ叩きつぶせ」

官軍は決死隊に後続部隊がいないのを知ると、頭上の高所から銃撃を集中してきた。

「どうにもならんばい。引き揚げじゃ」

佐々は呼子笛を吹き鳴らし絶壁を転がるように駆け下り、退却した。

一時間ほどの乱戦のうちに、斬りこんだ決死隊の死傷者は二十余人、塁壁のなかにいた官軍の損害は、死傷者三十余人であった。

佐々は雉山堡塁へ戻ってのちにいった。

「これまで三十数回白兵戦に出たが、今度の戦いが一番たい。田原坂の斬りこみもここまでやらなんだばい」

薩軍の猛虎といわれた雷撃隊隊長辺見十郎太は、熊本決死隊の夜襲敢行を聞くと、呆然としていった。

「あいどもは狂うたんではなかか。そげんこつは無法というものでなかか。俺はそん激しかふるまいには、おどろかんわけにゃいかん」

敵陣へ斬りこむ隊士たちは死の恐怖を忘れていた。隊士鳥巣静雄は官兵の群れに斬りこみ一瞬に一人を斬り伏せる。うしろから銃剣で刺そうとした兵をふりかえりざまに銃を奪い頭を殴りつけ、倒したあと正面をむいたとき胸を撃ち抜かれ戦死した。

獅子奮迅のいきおいで斬りこむ隊士たちは人間のはたらきを超える力を見せた。

隊士原田明春は突撃をくりかえし、敵数人を倒したが、全身血まみれとなり重傷を負って本営病院へ担ぎこまれた。彼は全身十一カ所に銃弾をうけ、そのうち八カ所は骨が砕けていた。

隊士松田三十郎は一人を斬り、つぎの敵にむかおうとしたとき、横あいから他の敵に襲われ、左手の指五本を失ったが片手で刀をふるい相手を倒した。

隊士佐々布達は敵塁へ斬りこみ数人を倒すうち、額を斬られ、流れ出る血が眼に入り、動作が鈍くなるところを左腕に斬りこまれ、踏みとどまろうとして岩角に足をすべらせ、絶壁から墜落した。

この夜の矢筈獄襲撃は失敗に終った。人吉では住民を動員して銃弾の製造を急いでいた。各戦線では戦闘をはじめると最初は官軍を圧倒するが、しばらく交戦すれば銃弾が底をつき、突撃しても銃撃と白兵戦をくりかえす。しかし、隙間もない官軍の攻撃に、薩軍、党薩諸隊は劣勢を挽回する手段もなく後退せざるをえなくなった。

人吉城跡で住民が製造する銃弾は一日に二千二、三百発であった。薩軍、党薩諸隊の人数は一万数千であるので、連日肥薩の地でおこなう戦闘で使う弾薬は数発に過ぎない。火力のつづく間はめざましい勝利を勝ち得ていても、尽きれば、戦場に踏みとどまれなかった。

野戦病院は満員で至る所に新設されていたが、医師、看護兵がすくなく医薬品も欠乏しているので、猛攻をうけると外科手術を要する負傷者が激増するため、担送中に症状が悪化して命を落す者が多かった。

官軍は根拠地の八代から人吉へ五箇荘道、五木越道、種山道、万江(まえ)越道、照岳道、球磨川道、佐敷道の七道をとり、攻撃してきた。

佐々、深野らは雉山堡塁に戻ったあとしばらく官軍の来攻をうけず、西北の日向海岸を往来する官軍の輜重隊、軍艦の行動を偵察する日を送った。

雉山は山容が険しく原生林が生い茂り、日が暮れると鹿、猪が篝火に誘われ塁壁の間近に近づき、人影を見ておどろき逃げ走る。モマというこれまで見たこともない大きな猫のような怪獣が、羽根をひろげ飛びまわる。

五月二十七日と三十日、日向細島港にあらわれた軍艦が、周辺の薩軍陣地にしばらく艦砲射撃をしかけたあと去っていった。

「敵はそろそろ押し出してくるとたい。明日か明後日か、日向を突くと見せかけて人吉へ押し入ろうたい」

佐々たちは八代、水俣に集結している官軍の別働第二、第三旅団が、まもなく人吉総攻撃を開始する支度を急いでいるという諜報を得ていた。総司令官は山田顕義少将である。

作戦が開始されたのは五月三十日の明け方であった。八代、水俣から人吉に通じる七つの街道を死守する薩軍は、大砲は一門も備えず、銃弾は各人十発ほどを携えるのみで、敵が進出してくれれば損害をかえりみず白刃をふりかざし突撃し、最後の一人が戦死するまで戦う覚悟で最後の戦闘の時を待った。

官軍の全力をあげての攻撃に、薩軍将兵は必死に応戦したが、火力が消耗したので一日も持ちこたえられず、三十一日早朝、官軍先陣の五個中隊が人吉源内丘の薩軍堡塁を撃破し、午前九時に人吉城を陥れた。

そのため、神瀬(こうのせ)、佐敷、江代一帯に布陣して戦っていた薩軍四個大隊は陣地を捨て、宮崎へ通じる加久藤(かくとう)峠を越え、日向へむけ潰走していった。

官軍は、人吉に残って戦う人吉隊副総裁犬童治成、軍監滝川俊蔵ら二百八十人、薩軍破竹二番隊満尾勘兵衛以下二百余人に軍使を派遣し、降伏をすすめた。

「貴隊の善戦はおおいに賞するが、弾薬も尽きたいま、抵抗しても命を落すだけだ。われらも無益の殺生は望まぬ。いま降伏すれば相応の待遇で捕虜として受けいれよう」

犬童、満尾らは官軍の説得をうけいれた。いま死んでもわが命を捨てるにふさわしいはたらきを立てられない。それよりもいったん生きのびて再挙をはかったほうがいいと判断したのである。

第十五章　日向路の雨

桐野利秋ら薩軍幹部を従えた西郷隆盛は人吉が陥落する前に脱出し、明治十年（一八七七）五月三十一日に宮崎へ到着した。宮崎県は明治六年に設けられたが、同九年に鹿児島県に合併されていた。

そのため薩軍は宮崎に本営を置くと、鹿児島県宮崎支庁を軍務所、大区事務所は郡代所、戸長役所は支郡所と名称を変更して県内に軍政を敷いた。

高岡、佐土原、高鍋には弾薬製造所、佐土原には紙幣製造所を設置して、新兵募集につとめる。長期にわたる作戦をおこない、戦況を挽回させたいという薩軍の懸命の方策であったが、私学校党の精鋭は二月からわずか三カ月の間に大半が倒れ、弾薬を製造するにも資金に窮しているので、西郷札と称する軍票をつくらねばならない現状であった。

薩軍、熊本隊の男たちは窮地に陥ったいま、命を西郷のもとになげうち、正義の立場をつらぬこうとしていた。降伏して処刑されたり、牢獄に捕えられるような恥かしいおこないをすれば、武人として生きてきた立場が消えうせる。

そのような前途を見限り、西郷どんとともに最後まで行動すれば、わが本分はつらぬいたことになるという、晴れわたった蒼穹（そうきゅう）を眺めるような、奇妙な楽観が彼らのうちにみなぎっている。

万余の朋輩が命を捨ててきた戦場の体験は彼らの脳中にとどまって去らないため、命を落すことについてのためらい、恐怖はまったくなかった。

そのため決死隊を募れば、希望者はいくらでもあらわれた。

だが敵と激突したところで、敗戦が続くばかりであった。生き残った薩軍、党薩諸隊の兵力は三千五百人、食糧、衣服、弾薬、刀剣が不足し、草鞋さえなく素足である。

武装して一日に五里、十里をはだしで走る者が体力を保つためには充分な食事をとらねばならない。だが現状では飯と梅干、沢庵で空腹を満たせば極上のしあわせとせねばならない。官軍の堡塁を攻め落し、四斗樽に詰めた酒を奪えば、士気をふるいおこすための乱酔を楽しめたが、醒（さ）めればわが身は乞食のように垢（あか）と塵（ちり）にまみれていた。

戦えばかならず負けるのは、三千余の兵力で五万の官軍と激突し、弾薬不足に陥るためであった。

当時の戦況を報じる新聞は、薩軍の情況を連日掲載していた。辺見十郎太の行動を降伏した薩兵が語っている。

「辺見は水俣街道乱戦の頃、頭部に銃弾を受けたが、重傷ではなかったのか、その後は包帯をしたまま昼夜をわかたず四方に出没して日向、大隅地方の住民を脅し資金、米麦を強奪し凶暴な行動をかさねている」

水俣口で降伏した熊本隊兵士は、西郷隆盛と桐野利秋の意見が合わなかったことを供述している。熊本城攻囲について桐野は主張した。

「熊本ただ一城のために多数の兵士を用い長期の包囲を行うよりも、たとえ多少の損害が出ても地雷火、銃砲の危険を冒し、四方から蟻のように城塁にとりつき、一気に陥落させるべきである」

西郷は反論した。

「城は堅城で一気には抜けない。かならず数千の壮士を失うことになるだろう。遠巻きにして四方からくる援軍を撃破し、城兵が弾薬食糧に窮し、降参するのを待てばよい」

熊本から退却するときも、西郷隆盛は桐野らにすすめた。

「奮闘苦戦の甲斐なく、彼我数万の壮士らを弾雨のなかに死傷させるに至った。まことに何の益もない結果となった。わが党の主立った数人がいま切腹して、壮士らの生命を救おうではないか」

桐野は反対した。

「勝敗は兵家の常である。いわんやいまだまったく兵気が挫折したというわけでもない。熊本、宮崎へかけての険阻な山地に布陣して好機を待ち、敵を潰滅する。

戦場に一敗したためにうろたえ肝を失い、切腹などできようか」

隆盛は憮然として言葉もなかった。その後彼は作戦指導方針の相談に一切応じることなく、桐野、辺見らの作戦行動を黙過するようになった。

隆盛が人吉から宮崎へ移動した時の行装を「兵事新聞」が報じている。絣の着物に博多帯をしめ、黄金造りの大刀を持ち、駕籠に乗り、愛犬四匹を率いていた。

その前後には十人ほどの護衛兵が従い、間道伝いに米良の方向へ急いでいたそうである。

人吉から撤退した薩兵は、山間を通行するうち、彼らを掃蕩する官軍があまりにも増加してきたので、捕虜となるよりも斬り死にを遂げようとして、敵陣附近を徘徊して見咎められると抜刀して飛びかかり、撃たれて命を落す哀れな最後を遂げた。

薩軍、熊本隊は作戦を立てるにしても銃弾が極端に減少しているので、遭遇戦で官軍めがけて斬りこむほかに何の方策も立てられなくなった。

熊本隊は玄米、味噌、大根、梅干などで空腹を支え、敵が襲ってくれば銃撃は一度に二十発、大挙襲撃してきたときは四十発を発射するのみで、そのうえで切迫した時は抜刀し、堡塁を乗り越えて斬りあうほかに手段がなかった。

負傷すれば野戦病院へゆくが、病院は薬品、包帯までが欠乏し、鹿児島からきた洋方医がいたとしても、手術の設備などまったくない。

患者でひしめきあう土間に寝ていても患部は悪化し、官軍に占領された時は足手まといになるので延命処置の方針はとられず、全員殺害されるばかりであった。

このような情況で破滅を眼前にしている薩軍と党薩諸隊のうちに、兵力において十数倍の官軍に最後の力をふりしぼった会戦をおこない、いさぎよい最後を遂げようという意見と、いま何の成果もあげず戦死するよりも、いったん降伏して牢獄にとらわれる恥辱に甘んじ、後日の再挙を期すべきだという意見が出てきても当然であった。

明治十年七月六日、「東京日日新聞」はつぎの記事を掲載した。現代文で記す

「川路大警視は去る三日の午後三時三十分西京（京都）へ到着された。この時大臣、参議は停車場まで出迎えた。

大警視はただちに御所へ参内し、天皇の御前に召され、親しく勅語をいただいた。終って酒肴を賜り退出された。

翌四日にふたたび御前に召され、地図をひらいて戦地の実況を申しあげた」

川路利良は旧薩摩藩準士分であったが隆盛に抜擢され、明治五年に邏卒総長として六千余人の警官を指揮する立場となった。その旧恩をもかえりみず、政府を操縦する実力者大久保利通に従った。

このため陸軍少将として戦場に出て別働第三旅団三千余を率い実戦にのぞんだが、薩軍の壮士たちは川路を憎悪し、なんとしても殺そうと狙うので、戦線に長く滞在してい

られなかった。

だが七月十三日に別仕立ての汽車で新橋停車場に到着した利良は、大臣、諸卿、将官連以下諸省の官僚、書記官に至る官僚に延々と停車場につらなって出迎えられた。沿道の警備につらなる巡査の数はどれほどかわからなかった。

習志野から演習を終えて帰ってきたという新撰旅団の第一大隊は、偶然出会ったとはいうものの宮中までの先導役を果した。

利良は宮中で氷水をすすめられた後、酒肴でもてなされ大きなみやげの品々を宮内省から賜わった。

その翌日七月十四日の「東京日日新聞」には鹿児島県県令として隆盛に協力した大山綱良の記事が載せられている。現代文で述べる。

「大山綱良は九州臨時裁判所で先月三十日に尋問を受けた。また本月一日は休日であるが、やはり詮議があり、いよいよ判決がいい渡されるとの噂が、長崎でひろまっている」

十年前の大山は、川路などは眼中になかったが、いまは大官と断罪を待つ囚人に立場が逆転してしまった。

六月三日から官軍第三旅団と別働第三旅団は大口攻略作戦を開始し、午前三時、風雨をついて大口の北方大関山、国見山の薩軍を攻撃した。堡塁を守る薩軍と熊本協同隊は激戦を展開したが、双方の火力の差はどうにもならない。

官軍は接近戦に移るまえに四斤砲、野戦砲、山砲を絶え間なく撃ちこんでくる。砲弾は空中で破裂するもの、土中に達して爆発するものなど各種で、一度の戦闘で千発近く撃ちこんでくることもしばしばであった。

薩軍、熊本隊は一門の火砲も備えておらず銃砲撃がはじまると堡塁にひそみ、官軍が攻撃の動きをあらわすとまばらな銃撃で牽制するだけであった。

六月五日、水俣街道の要害鬼神山を守備する薩軍が官軍別働第三旅団の攻撃をうけ大口へむけ退却した。佐々友房の熊本隊三番中隊と深野一三の四番中隊の守る雉山が敵中にとり残されたので、薩摩街道の要地である六箇所村に後退することにした。

だが薩軍から連絡が届いた。

「官軍が現在六箇所村を占領しており、薩軍はすでに大口に後退している」

熊本隊は動揺した。

「はさみ撃ちを受けるたい。俺たちは網に入った魚ちゅうこったい」

三番中隊監事古閑俊雄が深野一三にすすめた。

「死地に入って生を得るは兵家の妙算じゃ。官兵は六箇所村にきたばかりで、陣備えができてなかろうばい。奴らの不意を狙うて銃撃して通るのになんの手間がかかろう」

病臥していた佐々も起きてきて出撃を支持した。

「六箇所村にいこうたい」

熊本隊は六月七日深い朝霧のなか雉山を出発した。六箇所村に着いてみると、何の物音もしない。牛馬の啼声もまったく聞えないので村内を調べてみると、官軍はどこにもいなかった。

全隊は六箇所村を守備することに決め、鬼神山を守る薩軍に連絡の兵を派遣すると、たちまち逃げ帰ってきた。

「味方は弾丸が尽き、鬼神山には一人の薩軍もおらんたい。官軍は街道沿いの家並に火をかけ、追ってきよるばい」

佐々らは猶予する間もなく大口へ退却していった。

翌八日、豪雨のなかを大口守備の堡塁に着いた熊本隊の佐々は発熱がつづき落馬したので入院した。深野も乗馬に股を嚙まれて重傷を負い、病院で手術を受けた。

佐々友房が大口病院から退院帰隊したのは、六月十二日であった。

翌十三日の明け方、官軍別働第三旅団が襲いかかってきた。池辺吉十郎熊本隊隊長は佐々の三番中隊に命じた。

「貴隊は高熊山を獲れ。ほかの隊はここで戦い勝敗を決せよ」

佐々の中隊は絶壁を登って山頂に達し、中隊旗を立て、大口盆地で敵と激突する味方の情況を見下ろす。

　官軍がつるべ射ちを浴びせると、熊本隊の将兵が被弾転倒する。四番中隊の小隊長芦村準が敵弾を肩にうけ、刀を杖に小隊の指揮をとるうち、突っこんできた官兵に刺突されて戦死した。

　芦村の弟英五郎は官軍の陸軍少尉試補で将来の栄達を期待されていたが、出兵すると兄の準をはじめ熊本の旧友が薩軍に参加したと知り、「生きて戦功をあげて、何の楽しみがあろうか」といい、田原坂七本の白兵戦で奮戦し命を落していた。

「兄弟ともに現世から失せしか」

　佐々は動きをとめた芦村に合掌した。

　多くの死傷者を出した激戦が終り、官軍が引き揚げていったこの夜、高熊山山頂で露営する佐々隊の哨兵が走ってきて知らせた。

「松明が六、七十ほど北から来るたい。敵かも知れん。見てきまっしょ」

　闇中を近づいてくる火光が敵か味方か、たしかめるために足音を消して接近すると、五木辺りを転戦していた一番中隊を、参謀友成政雄が人吉から率い、退却してきたところであった。

　五個中隊が揃ったので、ともに最後の決戦に臨めると、熊本の壮士らは意気さかんに戦支度を整えた。

大口の陣地の右翼、坊主石山には薩軍雷撃隊が布陣する。谷をへだてた高熊山は熊本三番・四番中隊。山の左右の丘陵は五番・一番中隊が固める。二番中隊は遊軍として大口町本営の守備に任じた。

高所に堡塁を築いた中隊は山中に転がっている巨石を数百個取り集めてきて、官軍襲撃の際の反撃に用いることにした。

六月十四日午前六時、官軍別働第三旅団、第三旅団は薩軍諸隊の守る山野本営、石河内、紫尾山（しびさん）の堡塁を攻撃してきた。

雷撃隊隊長辺見十郎太は山野を奪われまいと、弾雨のなか馬を敵中へ走らせ白刃をふるった。

「ここを死地と定めよ。逃ぐっ者があれば斬り棄つっ」

だが火力の相違はどうすることもできず、薩軍は大口へ退却せざるをえなかった。

翌日、薩肥両軍が大口本営で作戦の打ちあわせをおこない、両軍で山野の官軍の背後へまわりこみ急襲しようとして、一里ほど迂回したが、薩軍が一個中隊を派遣したのみで奇襲は成功しなかった。

翌十八日、官軍第三旅団が濃い朝霧のなか高熊山山頂の熊本隊堡塁に迫ってきた。佐々中隊は弾薬不足をおぎなうためさかんに鬨の声をあげ、二、三十発ずつ銃撃をする。隊士雲生嶽彦八ら力士が、崖を登ってくる官兵に巨石を投げる。

霧が晴れて登ってくる近衛兵の赤帽の色が見えてきた。官兵たちは、投石に当り谷底へ転落した屍体、小銃を棄て退却した。

官軍は高熊山山頂を見あげる丘陵に引きあげ、佐々らの堡塁に悪罵を投げかけた。

佐々隊からも声があがる。

「赤帽またこい。石団子を食わせてやろうたい」

官兵がいい返す。

「熊本隊はよう粘るわい。糯米飯(もちごめ)を食わせてやるか」

高熊山の右手にある坊主石山を守っていた薩軍は中隊長以下戦死者が続出し、その日のうちに退却した。

辺見雷撃隊隊長は激怒した。

「薩軍はいつから逃げ走るようになったか。熊本隊は高熊山を守っちょる。なんで敗(ま)けりゃ逃げにゃならんか。肥後者にあわせる顔がなっか」

坊主石山を占領した官軍別働第二旅団は九カ所に砲台を築き、軍艦から揚陸した大砲十二門を据え、高熊山に集中射撃をおこなった。その日のうちに発射した砲弾は、八百発に及んだといわれる。

山頂を守る熊本三番、四番中隊の兵士たちは終日地震と落雷でゆさぶりたてられるような気分であったが、塁壁のなかに身をひそめていると、損害はだまされたようにすくなかった。終日撃ちまくられても戦死者は一名であった。

その夜、佐々たち熊本隊は翌日の戦闘にそなえ堡塁の修築をおこない、砲弾の被害を避けるために村民数十人の助力を得て、岩盤のなかへ坑道を掘った。

隊士らは日中は豪雨のなか砲撃の恐怖に耐えぬき、夜は岩を掘り砕く作業でくたびれはて、夜明け前に刀を抱き深い眠りに落ちた。

官軍はその様子を斥候に探らせていた。彼らは、熊本隊士らが前後不覚に眠りこんでいるうちにわずか二・二間（約四メートル）余のところへ忍び寄り、突然喊声をあげ突撃してきた。

弾雨のなかで不意をつかれた熊本隊は半醒半睡の状態で、山麓へ潰走する途中、つまずき転倒し負傷をする。

敵は追跡してこなかったので丘陵を走るうち、伝令が号笛を吹くと隊士たちは集合した。

この夜、熊本隊の戦死者は十三人、負傷者は数十人であった。三番中隊半隊長安岡競は退却の命令を聞かず、部下一人とともに敵中に斬りこんで死ぬ。重傷を負い捕虜となって自殺した隊士もいた。

豪雨のなかで味方が四方から集まってきた。熊本隊の各中隊が集合し、大口の町内で追跡してくる官軍に白兵戦を挑んだ。

小高い丘で槍に旗をつけ嗄れた喉をふりしぼり三番中隊を指揮していた佐々友房は官軍を三百間（約五百四十五メートル）ほど撃退したが、右腕と右腹を銃弾がかすめた。

古閑監事が傷を見ていった。

「これは深か傷じゃ、早く病院へいけ」

佐々は古閑に告げた。

「俺は昨日取られた高熊山を取り返すつもりじゃった。それができぬうちに弾丸を一発も持つ者がおらぬ。前へ進む者は死ぬだけたい。俺がここで怪我したのは天命たい。ここを墳墓の地として死ぬ。貴公は中隊を指揮してくれ」

「中隊は俺が連れて斬りこもうたい。貴公は大事な体じゃ。こんな所で死んでも益がなかろうばい。一勝一敗は兵家の常たい。すぐに病院へいけ」

古閑は佐々を説得し、隊士をつけて病院へ送り届けさせた。

佐々が去ったあとまもなく、熊本隊にむかい、官軍の大部隊が激流のように襲いかかってきた。

大津波に低い土手が呑みこまれてゆくように、右側を支えようとすれば左側が決潰し、左側へ向き直れば右側が決潰する。味方は敵中でたがいの居場所さえ確認できなくなった。

熊本隊古閑監事は、ここで最後の斬りこみをおこなって死ぬという池辺大隊長をいさめ、川内川へむかい全軍を後退させていこうと懸命に指揮をとった。

熊本隊参謀友成正雄は両足を銃弾に貫通され、腹を切ろうとしたが、小隊長筑紫照門が彼を背負い退却する。

官兵が追いついてきて、弾丸が身辺を絶え間なくかすめる。友成は「早う俺の首ば斬れ。頼むたい」と言う。

筑紫は聞きいれず、兵たちに薙刀(なぎなた)を振りまわさせ、友成を連れて退却していった。

午後一時頃、熊本隊が大口から川内川の上流へむけ退却するうちに、薩軍雷撃隊隊長辺見十郎太が十四、五人の部下とともにうしろから追いついてきて、虎の吼(ほ)えるような声で古閑監事に頼んだ。

「いま熊本の兵を引きあぐっなら、薩軍の弱兵どもはたちまち逃げ走り、足をとめる地がなか。お前んさあの方はどうかここで踏みこたえてくいやんせ」

古閑はことわった。

「わが兵は弾薬一発も持たず、この辺りの地形は平地で合戦できるところじゃなかですたい」

辺見は池辺大隊長にも現地に踏みとどまり戦闘を続けるよう懇願したが、池辺も応じなかった。

「こげな見通しのよか所で、鉄砲を撃ちかけられりゃ、刀も役に立たんばい。犬死にしとうはなかですたい」

薩軍と熊本隊はついに大口を捨て、大口と菱刈の郡境へ退却していった。

辺見は哀願した。

「薩軍はすでに鹿児島私学校党の猛者たちの大半を四カ月間の悪戦苦闘のうちに消耗し、新兵ばかりが残っておっが、いまお前んらが引きあげりゃ、俺の兵もついて逃げ走り、消えうせるじゃろ。なんとしてもここに踏みとどまってくいやい」

古閑は辺見の心中を察したが、協力をことわるしかなかった。

辺見は市山川の畔まで退却して、雨中に火炎の黒煙をあげている大口の町を眺め、官軍に連敗する戦況に心をかきむしられ、酒瓢簞を道へ投げつけ、松並木の大木に抱きついて号泣した。

薩軍と熊本隊は連日の豪雨で水が溢れている川内川沿いに堡塁をつらね、「長蛇の寨」と称した。

六月二十二日の夜明け方、官軍第三旅団が湯之尾本道の薩軍堡塁に、すさまじい砲撃をしむけてきた。湯之尾の町並みは破裂弾をうけ燃えあがる。薩軍は消火にあたりつつ、陣地へ侵入してくる官兵を撃退掃蕩する。

湯之尾の高所から川下を遠望すると川岸数里に堡塁と柵がつらなり、陣中には兵士が充満していた。

両軍が幾度か戦闘をくりかえすうち、官軍が川内川を渡り薩軍、熊本隊の背後を急襲した。薩軍本営から幸田山まで退却の命令が出たので霧島山麓の幸田山へ退いた。兵站線が衰弱して士気が沈みこんだ薩軍、熊本隊は戦えば敗北するばかりで損害が増してゆく。

幸田山陣営に着いた古閑監事は、その夜大阪、京都を過ぎて東京へ進軍している夢を見た。彼はめざめて深くおどろいた。

古閑は明治九年に師の桜田惣四郎に誘われて上京し、その時はじめて接した見聞を『開化道中膝栗毛』という一冊にまとめていた。彼は雨が降ったりやんだりする陣営のなかで「陣中の作」と題した詩をのこした。

一勝一敗　死生の中
東走西馳　策きわまらず
短笠愁い（たんりゆううれ）をそそぐ　熊水（ゆうすい）の雨
戦袍恨を抱く　薩山の風
頭をめぐらせば　帷幕（いばく）の皆壮士
眦（まなじり）を決すれば陣門　誰か俊雄ならん
事業元　辛酸を嘗（な）めて就（な）る

七月一日早朝、まだ空が暗いうちに官軍第三旅団が総攻撃をしかけてきた。激しい銃砲撃で湯之尾本道の薩軍が堡塁を守れず幸田に退却した。

本城、馬越の陣地も破壊され、官軍は喊声をとどろかせ、四方の山腹から湧きだすように突撃してきた。

薩軍雷撃隊隊長辺見十郎太は三尺余の野太刀をふりまわし、逃走する部下にみね打ちをくわせ、叱咤するので、敗軍の士卒も奮起して踏みとどまった。

古閑監事が池辺大隊長にすすめた。

「ここで総倒れになるのは、どうにも芸のないことですたい。兵を本道に集めるのが精いっぱいで、両脇が空っぽなばってん、底のない袋に物を入れるのといっしょで、どうして防ぐことがでくっか。

大隊長は先に退いて後図をはかりなさい。俺は殿軍（しんがり）を承って、あとを追ってくる官軍どもの足留めをしてやるたい」

壮年を過ぎた年頃の池辺は殿を古閑に頼み、宮崎へ退却していった。

古閑は入院した佐々にかわり三番中隊を率い、一進一退の戦法で後退し横川に着いた。

辺見十郎太が馬に乗ってあらわれ、古閑監事に大声で話しかけてきた。

「恥知らずは、命が惜しゅうて逃げ散った。この場が俺の死に場所じゃ。よか時にきてくれたぞ。ここで一緒に死にもんそ」

古閑は嘆息して答えた。

「貴公の意気勇猛なることは他に類を見ないが、惜しむらくは謀略に疎いたい」

辺見は空を仰いで嘆いた。

「ああ俺は誰の手によって死ぬのか」

熊本隊は残兵が集結して退却してゆくと、官軍が左右の高所から激しい銃撃を浴びせてきた。

二番中隊長北村盛純は都城(みやこのじょう)へ退却する途中、腹に貫通銃創を負い、都城病院へ入院するまでほとんど意識がなく、病床に身を横たえてまもなく息絶えた。

北村は田原坂の戦の頃、陣中から三児を抱える妻につぎの歌をおくっていた。

「遠近(おちこち)に宿も定めぬ草枕　むすぶ夢さえひまなかりけり」

退却の道程は梅雨があがると暑気が激しく山嶽がつらなり、渓谷の河原に田畑を耕し、薩摩芋、麦、野菜などを植える程度の収穫しかない土地で、農民の食物はほとんどが薩摩芋だけで、白米を常食とする者は、めったにいない富豪といわれていた。諸村住民の生活を見れば、赤貧というほかはなかった。

ひとつの村の人家はおよそ六、七百戸で、そのうち小作地の収入で暮らす士族が、ほとんどであった。

この附近は生活が窮屈なので、二月の私学校党蜂起のときは従軍する者がわずかであったが、その後辺見らが薩軍の損害がいちじるしいため、新兵徴集を厳しくおこなったので、出陣した者はおよそ七百人に達した。

一家から兄弟二人が出征し、父子三人が出た家もある。村内士族のうちで青壮年の男子の姿は目にしないようになっていた。

家に残った老幼婦女子と平民（農夫）たちは兵乱を避けて山中に身を隠したので、村内に居住する農民は雨夜の星のようである。

ふだんから何事も生活するうえで不便であるのに、いまはなおさら不便をきわめ、日用品さえ手に入らない状態である。

しかし新聞社の特派員たちはいう。

「現地の様子を察すると、人心はもはや落着き平穏となっている。彼らは官軍の来攻をよろこんでいる。まもなく避難先から戻り生活の不便も解消されるだろう」

薩軍では輜重に用いる牛馬車輛（しゃりょう）が不足をきわめていた。火砲弾薬が底をついており、一度の戦闘に用いる銃弾が、各自最多で十発と激減しているのは、敗戦をかさね弾薬を棄てざるをえないためであった。

薩軍は数倍の官軍に前後左右から追いつめられ、潰走するとき命よりも大切に扱わねばならない軍需品を投げ棄て放火して去った。

加治木、溝辺、横川から日向宮崎へ撤退するとき、三千樽の硝石、大量の米を遺棄したのは、薩軍、党薩諸隊が疲れはて、火砲に窮し白兵戦闘のみで勝機をつかめなくなった、絶望の断崖にむかい歩を進めている事実を証するものであった。

七月になって政府は大阪から紺脚絆一万足、紺足袋五万足を戦地へ急送した。薩軍は故郷を出発したときに着ていた軍服を、梅雨が明けても身につけていたが、官軍のうちでも急遽出撃した警視隊は夏でも冬服で激戦苦闘をかさねてきた。それも四分五裂したものを縫いあわせた、軍服の原形をとどめないものであった。薩軍は兵士というよりも浮浪者としか見えない外見であった。

幸田、本城、馬越と退却してゆく薩軍、熊本隊は周囲の山腹から官兵の狙撃を浴び、死傷者の数をふやしつつ、横川から加治木本道を南下しようとした。朝から急襲をうけ追撃されているので、食事もろくにとれず喉が渇いても水を飲む余裕もなく、薩軍が確保しているであろう加治木へひたすら歩く。

だが途中で薩軍の監軍という士官がいて情報を知らされた。

「加治木ははや破れちょいもす。そこを守っちょった薩摩勢は塩浸へ逃げもした」

古閑はただちに踊村へむかった。彼に従う兵は数十人に減っていた。しばらく住民の案内で踊村への間道を伝ったが、途中で附近の村人から急報をうけた。

「官軍が前にまわりこんじょいもす。こん辺りは山でん林でん官軍がおり、蟻一匹も通れもはん」

斥候に附近を探索させると、シャベルを手にした官兵が数百人、山上で堡塁を構築しているという。

死地にむかうためらいの声が部下の間に湧きおこったので、古閑監事が励ました。

「人生わずか五十年ばい。しかし英雄の名は千年たっても朽ちぬ。大丈夫（ますらお）が一時の繁栄を盗みとって末代に伝えるべき名声を捨てることができるか。

しかも死地に生き得るのは兵家のこのうえもない手柄というではないか。いままさに勝敗を天の命ずるに任せ、奮激地を蹴って敵中を突破するのである。

貴公らの中で名を惜しみ、俺と同行する者はともにゆこう。生を惜しみ逐電しようとする者は、ただちに立ち去れ」

隊士らは高声に答えた。

「われらは戦に従い常に死を覚悟しておるばってん、この期に及んで遁走して長命を望むことはなか。死生は監事とともにいたすまでたい」

古閑の率いる三番中隊の残兵は、前後左右に官軍諸隊の姿が見える街道を踊村にむかったが、敵はなぜか見ているだけで攻撃してこなかった。

日が暮れかけ、銃器の照準を合わせにくくなっていたうえに、古閑たちが小集団で堂々と街道を南下してゆくのを見て、何らかの作戦をしかけてくるのではないかと、警戒したのであろう。

六月二十日に大口を退却した薩軍と熊本隊は月末まで本城、湯之尾、馬越の戦線で必死の抵抗を続けていたが、後退につぐ後退のあいだに銃器弾薬の補給が杜絶したため、力尽きた。

踊村には熊本隊のほかに薩軍、熊本協同隊、雷撃隊、干城隊、破竹隊が布陣しており、加治木在陣の振武隊、行進隊とも連絡が通じた。

踊村で布陣した熊本隊陣所は天降川（あもりがわ）の岸壁に面しており、近所に塩浸温泉があった。数日の間、官軍の銃砲声から遠ざかっていたので、垢にまみれた隊士たちは暇をみては温泉に通った。

天降川では鮎（あゆ）などの川魚がよく釣れた。佐々友房は大口病院から戦線の後退にともない横川病院へ移り、さらに大窪病院に移った。

味方の負傷者はふえるばかりで、どの町村の宿屋も臨時病院とされ、混雑していた。七月の宮崎、鹿児島は戸外へ出ると射すくめるような日射しが照りつけてきて、のみ・しらみが湧き、藪蚊（やぶか）が身辺を飛びまわり、傷の痛みを堪（こら）える負傷兵にとっては、堪（た）えられない悪環境である。蚊帳（かや）の取りあいから刃傷沙汰までおこる始末であった。

薩軍、党薩諸隊の間には、この先戦況が好転する見込みはまったくなく、薩摩の南端まで追いつめられ全滅するという噂が、人吉敗戦ののちひろまっていた。

西郷隆盛が自害しようとしたという記事が「西海新聞」に掲載されたのも、その頃であった。つぎのような内容である。

「西郷隆盛はさきに熊本城を包囲し、川尻に本営を置いたときに早くも戦機が去ったことを知って腹を切ろうとした。桐野利秋が懸命にとめたのでようやく思いとどまったが、そののちもくりかえし切腹する気配をあらわすことがあったので、そんな事がおこっては大変だと桐野は常に六、七名の屈強な壮士を身辺に置いて護衛させているそうである」


当時、脱走兵が増えてくる一方であったので、桐野利秋はつぎのような命令を発した。

一、兵器を捨て逃亡する者。
二、戦場で兵士の任務を果さない者。
三、行軍中あるいは戦闘の際に、住民に乱暴狼藉をはたらく者。

これらの罪を犯した者は、全員切腹の刑に処する。

この命令を発したあと、別府晋介、辺見十郎太ら薩軍幹部は戦闘がはじまると、堡塁のなかで抜刀して身構え、麾下隊士のなかに敵に降伏するか卑怯のふるまいをする者の首を、その場で打ち落し、士気を鼓舞することも辞さなかったという。

七月二日、佐々友房のいる大窪病院に熊本隊参謀桜田惣四郎が入院してきた。桜田は布団に身を横たえたまま佐々の手を握りしめていった。

「戦の様子を見りゃ、総崩れになるのは間近たい。俺は年寄りで合戦の場に出ても貴公らの足手まといになるばっかりじゃ。

ばってん刀折れ弾丸も尽きたときに、賊としての責めを受けるのは俺と池辺大隊長の二人だけでよかたい。

国家の事は今度の一挙だけでは終らんばい。従軍した子弟のうちには俊才も多く残っとるばい。玉石混淆で死なせるのは惜しか。

貴公はまだ若く鋭い気性を持っとるばってん、かくなるうえは若い味方をできるだけ多く故郷へ帰還させてやってもらいたか」

佐々は桜田を慰める言葉を思いつかないまま、落涙しつつ抱きあうばかりであった。

佐々は戦況の変化に従い霧島山麓の各地の病院を移動する日を送った。彼は霧島の霊峰を仰いで、敗走の感慨を記す一詩をものした。

沐雨櫛風　半歳を過ぎ、廿余変の戦　幾人か甦る。

戎衣健馬(じゅういけんば)　日州の途。
仰ぎ見る　霧山の天際に聳ゆるを。

七月六日、官軍別働第三旅団が国分の薩軍堡塁を攻撃してきた。踊村の薩軍は退路を断たれる危険が生じたので、退却した。

辺見雷撃隊隊長が七個中隊を指揮して救援におもむいたが、国分の薩軍がすでに退却して陣所は空虚であると聞き、踊村へ引き返した。

踊村の堡塁も左翼が官軍に占領されており、背後に官軍が進出してくる危険が迫っていたので、熊本隊は日没を待って松明を塁上にならべ点火して、ひそかに兵を後退させ、霧島山麓の大窪、田口女坂附近に退却した。

官軍は敵が退却する微細な物音を察知して第二旅団が踊街道から大窪へ攻めこんできた。

七月七日午前八時、熊本隊池辺大隊長以下参謀、中隊長ら幹部が、薩軍辺見雷撃隊隊長と霧島山につらなる田口の岡に登り、敵情を探った。田口には薩軍が布陣している。どこからも銃砲声は聞こえず、野鳥の啼声だけが頻りに聞こえていたが、野戦をかさねてきた壮士たちには、早朝の嵐気のなかに穏やかではない切迫した気配が感じ取れた。

遠眼鏡で周囲を偵察するうち、岡の下のほうで突然ラッパの音が聞こえた。

その音を聞いた者の幾人かは、味方の進軍ラッパだという。古閑監事は官軍のラッパだという。古閑は山崎参謀と敵情をたしかめるため岡の頂上へ登った。

「あっ、敵じゃ」

樹木のまばらな斜面は下まで見通せる。その辺りには官兵が蟻の巣を掘り返したようにむらがり、猛烈な集中射撃は耳もとをかすめ、土煙をたてる。

古閑たちは四方の斜面を囲まれ身動きがとれなくなったが、味方に情況を知らせねば、全軍が惨敗を喫することになるので退路を探し歩き、雨水がうがった自然の洞穴を見つけると、それをくぐり、走って敵の追及をふりきり、本隊のもとへ帰った。

彼らの報告により霧島街道に待機していた熊本五個中隊は官軍と戦闘したが、勝敗は決しなかった。

官軍は大窪本道にも進撃してきた。薩軍と熊本協同隊が間道をとってその背後から急襲をしかけたので、官軍は退却した。

官軍の第三旅団、別働第三旅団は踊村、襲山（そのやま）の両街道を小部隊にわかれて行動し、薩軍、熊本隊と戦い苦戦を味わうこともしばしばであったが、機動力にすぐれていたので、援軍を得て、いきおいを盛り返す結果となった。

結局、充分な軍資金をどうしても捻出できない薩軍側はいったん勝機をつかんでも、官軍の砲火のもとに捻じ伏せられるように、惨敗させられたのであった。

七月八日の夜明け前、辺見雷撃隊隊長の伝令が霧島街道に待機する熊本隊本営に駆けいり、共同作戦を要請する書状を届けた。

「まもなく押し寄せてくる官軍に対し、大砲一発の発射と同時に敵左翼の大窪本道を突撃して一挙に彼らを崩壊させる。

熊本隊は同時に霧島街道を進撃し、右翼から官軍を攻撃してほしい」

池辺熊本隊大隊長はただちに攻撃前進の態勢をとり、号砲がとどろき渡ると全隊を率い霧島山の田口の岡へ殺到した。熊本五個中隊のほか熊本協同隊も駆けつけてきて猛然と白兵戦を挑み、田口の岡を奪回しては退却し、血に濡れた死闘をくりかえす。

熊本隊は弾薬が尽きていたが、退却した官軍の陣地で敵の弾薬箱をいくつか捕獲した。辺見十郎太はおおいによろこび、酒数樽を贈り、健闘をほめたたえた。

だが薩軍伝令が山上の高所を制圧していた味方にさらに進出せよとの辺見の命令を、下山せよと、まちがって伝えたので、薩軍は掌握していた大窪の要地を手離し退却した。

官軍はたちまち高所に進出し、田口の岡を左翼から猛射した。熊本隊と熊本協同隊は狙撃を逃れる樹林のすくない陣所を捨て退却した。

辺見雷撃隊隊長は、友軍に誤報を伝えた伝令を熊本隊隊士らの眼前で切腹させた。

薩軍は熊本隊とともに霧島山を防衛線にとりいれるつもりであったが、広大な地形が防衛に困難で、山中へ入れば味方の諸隊と連絡をとりにくいので、七月九日の夜、霧島から退却した熊本隊は士気沈滞した薩軍とともに十文字、田野、庄内、財部と転戦した。水俣から苦闘をかさねてきた宿敵第三旅団に追われ、さらに出水から鹿児島へ攻撃にむかい、同地の薩軍を一掃して加治木、国分を席巻して北上する別働第三旅団に挟撃され敗北を重ね、霧島山南麓一帯で戦いつつ、都城防衛線につらなる正部村に布陣していた。

このとき鹿児島、国分の薩軍は優勢な官軍の陸路からの火力に屈し、撤退していた。薩軍は主力を財部、庄内に置き、高崎、高原を右翼、福山、牛根、志布志を左翼とする長大な都城防衛線を展開していた。

「東京日日新聞」の七月三日に発した報道はつぎのような鹿児島の現状を伝えている。現代文で記す。

「私はこれまで鹿児島城下に滞在して、当地の実況を探訪して報道してきた。

いまや城下を囲んでいた賊兵は、守りを捨てて大隅日向へ逃走した。

それまで鹿児島を守っていた官軍は、賊兵を追撃する作戦行動をとった。第四旅団は重富、別働第一旅団は大隅をめざし、別働第三旅団のうち一部は蒲生へと進撃した。

鹿児島に在陣する大山巌少将は帰京した川路少将にかわり別働第三旅団を指揮するため、陸軍士官数名と警視遊撃隊一個小隊を率い、七月二日の午前八時蒲生へ出発した。

途中の吉田で昼食をとり、午後四時に蒲生に到着した。道程はおよそ五里であったが、平坦な道路はわずかで山腹を伝う険路が多く、谷川を徒歩で渡ったことも六、七回、断崖を伝って歩いたことも数えきれなかった。

暑気はきわめてはげしく、太陽は頭上から照りつけ喉はかわき息はきれ、水を浴びたように汗をかく将兵の苦労はいうに忍びないほどであった。

蒲生には別働第二旅団本営があり、大山少将がむかった蒲生郷は深い山中にあるが一条の小川が涼やかな音をたてて流れ、大隅の辺地ではあるが、風俗・言語は鹿児島とまったく変らない。

蒲生の人家は士族屋敷六百戸、町家はわずか五、六十戸で学問を身につけた住民が多かったのである。ここでは私学校党がふるわず、薩軍に従軍した者がきわめて少なかったが、辺見十郎太の募兵活動によって三月以降に従軍した士族が七百人に達していた」

蒲生の住民は官軍の進出をよろこんでいた。薩軍の情報を集める将校たちは、西郷隆盛が宮崎本営で病むこともなく平穏な日常を過ごし、桐野利秋は諸陣地に連日馬を走らせ、諸隊の指揮に奔走していると報告してきた。

第十六章　沈む陽

梅雨が明け、箭のように鋭い熱気が頭上から降る時候がめぐってくると、薩摩、宮崎、大隅一帯の戦線に布陣していた薩軍は戦意を失う者が多くなった。

鹿児島県内では帰順者二千余人、都城の戦線では投降者が雪崩のようにあらわれているという。

官軍は七月十二日、別働第二旅団を猪口から米良へ進撃させ、一挙に占領させた。米良は人吉よりさらに高峻な要害の地で、日向の山嶽から東岸に流れこむ大小河川の源流は、ほとんど米良にあるといわれていた。

薩軍は敵の接近を知ると、前線の堡塁を拠点にして応戦をはじめた。まだ夜は明けきっておらず霧が立ちこめていて、眼前の物の形も見分けられない状態であった。

官軍は射撃をかわす間に多数の兵を敵塁の下まで這い寄らせると、山頂から進軍ラッパを一斉に吹き鳴らし、忍び寄っていた将兵が敵塁へなだれこむ。

薩軍は驚いて応戦する気力も失い、先をあらそい塁中から飛び出し潰走した。

「この塁はなかなか官軍の手には負えんど。落ちるまでには、血の雨が降るち。斬り捨つっち」

などと大言を吐いて、焼酎など飲んでいた薩兵は官軍がなだれこんでくると、軒下につないでいた馬の綱を切って飛び乗れば、もう一人が駆け寄り、

「俺もご同馬願いもそ」

とすばやく乗る。さらに一人が、

「俺もご同馬」

と力まかせに飛び乗る。

最初に乗った兵はうしろから押されて落ちそうになり、馬の平首に必死でしがみつき、つぎの一人はその背中に抱きつく。

最後の一人が必死に馬の尻を叩きつつ去っていった様子を村民から聞いた官兵たちは、腹をかかえて笑った。

米良を占領した官軍は薩軍の兵站(へいたん)倉庫に米五十俵、銃弾五箱しかなかったので、薩軍の兵站補充が逼迫している実情を知った。

同じ七月十二日の夜明けどき、正部村を守っていた熊本隊の堡塁に官軍第三旅団が襲いかかってきた。熊本隊は猛然と応戦し戦闘は膠着状態となり日没に至った。

古閑俊雄熊本隊三番中隊監事は、正部村は左右に山が重なり、中央が山地から陥没し

た地形になっていて一面の原野であるのを見て、財部村の薩軍陣営の戦闘部隊に援軍を頼んだ。その結果、一時勝機をつかんだが、兵数、火力の差によって敵を退却させるには至らなかった。

熊本隊三番中隊長佐々友房は負傷が癒えて熊本隊本営に戻り、正部谷守備の陣地にいたが、都城に近い財部の薩軍本営を訪ね、別府晋介、松岡岩次郎の二将に会い、協力を頼んだ。

「いま熊本隊は小兵力で正部谷を守備しているが、あそこは一帯が広い野原で、左右は堡塁を置くにも兵数が足らず、官軍は熊本隊を包囲して全滅させようと計っています。どうか貴隊の兵をご派遣ご助力願います」

別府たちは佐々の頼みを受け入れた。

翌日の明け方に薩軍は正部谷へきてみたが、熊本隊の護る野原は広大に過ぎて布陣しても隙間ばかりになってしまう。

別府、松岡も七月十七日の夜明け方に正部谷に着いたが、地形が予想していたよりも悪いといって、すぐに財部へ引き揚げてしまった。

熊本隊の古閑俊雄監事は諸隊幹部と相談し、ただちに引き揚げることにした。

「ここで敵を迎撃するのは、野原に水を満たした布袋を放り出しているようなものではなかか。撃たれりゃそれまでたい。援兵はきたが、辺りの地形を見てたちまち退却しおった。われわれも犬死にするよりゃ後退して十文字村に築塁して敵を待とうたい」

熊本隊は後退して接近してくる別働第三旅団迎撃の態勢を整えた。

二十三日、薩軍の振武、行進の諸隊が財部から進撃し、南下してきた官軍を攻撃した。戦闘は終日続き、日没後両軍は堡塁に戻った。薩軍の将兵は天険に設けられた塁にいて警戒せず、酒をくらい熟睡した。

官軍はその隙をつき濃霧のなか薩軍堡塁の真下まで這い寄り、いっせいに鬨の声をあげ、急襲した。

薩兵は必死に応戦したが斬りたてられ敗走した。官軍は庄内古城跡に登り、視界のひらけた高所から一斉射撃をくりかえし、薩軍はついに塁を捨て退却した。

薩軍は雷撃隊の中隊長一人が、数十人の残兵と塁に踏みとどまり、官軍と白兵戦をくりかえした。

味方の士官が、中隊長に退却をすすめた。

「寡は衆に敵せず。ましてや顔も見知らぬ敗兵をもって、支えようもないごわす。お前んさあ、いまは退いてつぎのはたらき場所を見つけやんせ」

中隊長は口早の方言でつぎのような返事をした。

「私もそう思わぬことはない。しかし私はいったん中隊長の任をうけ、まったく戦わぬままに敗走すれば、どの面の皮で大将に会えようか。これが私の死闘をする理由のひとつである。

また都城と高岡本営の輜重倉庫と病院が各所に置かれているが、そのうちのひとつとして、安全な場所に移されていない。

いまの陣地を捨て逃走すと、傷病者、輜重弾薬はすべて敵に奪われ、わが全軍の敗北はもはや動かすことができなくなる。私は命をなげうって敵の侵攻を防ぎ、短期間でもその災禍を免れたい。これが死闘をあえてする理由の第二である。

庄内十文字原は熊本隊が陣地を死守している。いま私たちが庄内から退却すれば、熊本隊を死地に残すことになり、おそらくは生き残る者はいないだろう。私たちはここから一歩も退却できない。これが死闘する理由の第三である。

この三点はわが身の名誉を守るうえに、全軍の興廃にかかわることで、その一つも欠くことができない。

あなたは早く後退して、私の言葉を辺見十郎太にご伝言下さい。この地は私の墳墓であると」

中隊長はいい終えると大刀をふるって部下を指揮して雲霞(うんか)の如く押し寄せる敵軍に立ちむかった。官軍は彼らに砲火を集中し、中隊長以下全員が銃撃によって戦死した。

十文字原で決戦の支度をととのえていた熊本隊は、砲声が庄内を通過し背後から聞えてくるので、斥候に情況をうかがわせると、薩軍が敗北し都城へ退却したのを知って、十文字原の陣地を捨て都城へ後を追い、退くこととした。

官軍は騎兵を先頭に迅速な追撃をおこない、熊本隊は後方から彼らの猛烈な射撃をうけ、苦しみつつ都城の丘に登った。

熊本三番中隊長佐々友房、二番中隊長太田保が追いすがってくる敵に正面突撃を敢行して、一撃で突き崩そうとした。

彼はしだいにふえてくる薩軍の敗兵を集め、協力を頼んだ。

「われら熊本隊が追いすがる敵に先鋒となって当り、勝敗を一挙に決するたい。諸君らは後詰めとして左右から突っこんでもらいたか」

薩軍は承知した。

「後陣は引き受けもんそ。こんまま逃げておらるっか。敵と斬りあい、血の花咲かしもす」

佐々はただちに戦闘準備をととのえる。

輜重兵が西瓜を運んできて、出陣する将兵に食べさせようとした。

佐々はその一個を地面に置き、短刀を抜いてそれを両断して部下に告げた。

「命令にそむき退却する者は、この西瓜の通りにするたい、覚悟せい」

官軍は銃砲を乱射しつつ、姿の見える所まで接近してきた。熊本隊は各小隊長を先頭に白刃を抜きはらい、射撃にひるまず突撃して斬りこんだ。

烈しい白兵戦に捲きこまれた官兵は、戦意を失い、背をむけ敗走した。

「いまじゃ、薩摩の連中はあとについてくるか」

「おらんたい。一人もおらん」

熊本隊二個中隊は官軍が怒濤のようにふたたび攻めてくると支えきれず退却し、十文字本道に展開した。

薩軍と熊本隊は左翼の財部口から中央の庄内本道、右翼の高城(たかじょう)に至るまで堡塁をつらね、都城守備の要害にたてこもる。

官軍は国分本営で都城攻撃の会議をおこない、進撃部署を配分した。まず第三旅団は辺見十郎太が指揮する庄内の薩軍を攻撃する。第四旅団は福山から通山(とおりやま)へ、別働第一旅団は岩川、末吉へ進撃する。

別働第三旅団は正部谷から財部へむかい、都城へ突入するのである。さらに第二旅団は霧島山に進出し、第三旅団左翼の援護をおこなう。

薩軍、党薩諸隊の戦力は官軍とは比較にならない劣勢で、猛攻を受ければたちまち崩壊する危険な場所が、戦線の至るところにあった。

七月二十四日の早暁、官軍第三旅団が庄内本道の薩軍に猛烈な砲撃を加え、薩軍の堡塁は相次いで陥落した。

庄内の古城に拠(よ)る薩軍に熊本協同隊が協力し、官軍に猛射を浴びせ、攻撃をいったんくいとめるが、官軍は後ろにまわりこみ包囲してきたので、都城へ後退せざるをえなかった。

十文字戦線を守備していた熊本隊は庄内から砲声、突撃の喊声がしきりに聞こえてくるので、薩軍が敗れたかと斥候を出そうとしたが、前方の山腹に三百人ほどの官軍があらわれた。

応戦するうち庄内の方角に砲煙がつづけざまにあがり、斥候が帰ってきて報告した。

「薩摩の堡塁はすべて破られ、都城へ退いておるたい。官軍はあとを追いかけておる有様です」

十文字原に展開する熊本隊は、ただちに都城へ退却した。渓谷を伝い狙撃を避けつつ高所へ集結し、熊本協同隊、薩軍の士卒を集め、襲いかかってくる官軍に戦いを挑むことにした。

都城には病院、輜重が多く、それらを移動させる時間がなければ、深刻な被害を免れない。薩軍、熊本隊は折れ曲がった山道に身を隠し、官軍が眼前に迫ると白刃を抜き連れ斬りこむ。

損害をかえりみず、官軍の追撃をくいとめようとしたが、財部の薩軍を撃破した第三旅団が庄内から押し寄せてきたので、全滅する前に都城へ退いていった。

官軍別働第三旅団は財部の薩軍を撃破し、午前十時に先頭部隊が都城に突入した。官軍四個旅団は午後二時までに全軍が都城へ入り、市中を占領した。

市内の病院に収容されている傷病兵は万国公法によれば敵軍に保護されるが、戦場では虐殺される。しかし、多数の死傷者を出している官軍は、薩軍の病院に収容されている敵兵の息の根をとめることをためらわなかった。

都城を退いた薩軍の雷撃、行進の二大隊は板谷越に布陣する。熊本隊は青井岳西麓山之口の守備についた。

翌二十五日には早朝から雨が激しく降りしきっていた。官軍斥候隊が山之口附近へ偵察にきたのを見た薩軍哨兵が、大部隊の襲撃と見て驚き、堡塁の守兵が全員逃走してしまったので、薩肥全軍が後退せざるをえなくなった。

熊本隊佐々中隊長と薩軍岩切中隊長が守備態勢につき激論を交し、双方が抜刀して決闘する寸前に至ったが、多数の将兵が説得して和解に至った。戦力が疲弊して敗戦が続いているので、皆の気が短くなっていた。

馬腹までぬかるみに浸るような悪天候のなか、熊本隊は青井岳を右手に見て坂を登り、追撃してくる官軍を迎撃しつつ、山之口から二・五里（約十キロ）離れた天神河原に着き、さらに一里余り進んで片井野に達した。

雨があがったので、はるか東方の日向灘に落ちようとする夕陽が見えた。熊本隊本営は板谷越、天神河原から襲来する敵に備えた。

天神河原には薩軍の振武、行進二隊が貴島清の指揮のもとに布陣し、熊本隊と協力して守備にあたる。板谷越は辺見十郎太が飫肥、加知山の薩軍と連携して、雷撃、干城二隊を率い守備に就いた。

七月二十七日の夜明け前、官軍第三旅団が板谷越に襲いかかってきた。敗北を重ねてきた薩軍は士気がふるわず、脆く も潰走した。官軍は附近の民家に放火し、泥濘をものともせず追撃の勢いを強めた。

薩軍は崩れちって船引、清武へ退却してゆく。官軍は逃げる薩軍を追跡しつつ、宮崎、佐土原襲撃の方針をとった。

天神河原に布陣する薩軍、熊本隊は退路を断たれ、山中の険路を伝い、宮鶴町、福島町を通過して、宮崎の中村に辿りついた。そこへ辿りつくまでの杣道は風も通らず、焼かれるように陽が照りつけ、水も食物もなく頭から全身にふきだす汗に濡れ、人馬ともに疲れ果てていた。

中村は旅客、商人が押しあうように往来し、賑わっていた。襤褸屑をまとった乞食の群れのようになった薩肥の敗軍を追って、官軍が接近していた。

別働第三旅団は加知山まで薩肥の敗兵をなぎ倒して進み、飫肥を奪った。別働第一旅団も板谷から飫肥に進出した。

このため、偶然に郷里へ戻っていた飫肥隊の隊長川崎新五郎は、対戦する余裕のないまま隊士八百四十人をまとめ、官軍に降伏せざるをえなかった。

熊本隊は宮崎から一里（約四キロメートル）ほど離れた時雨に布陣し、船引、清武を護る薩軍と連絡をとった。

昼過ぎになって赤江川の上流から官軍別働第三旅団、第三旅団が攻撃してきた。これまで薩軍の主力部隊を撃破してきた、歴戦の精鋭部隊である。

薩肥軍とはまったく異なる、きわめて優秀な火砲を装備しているので、白兵戦をしかけても通用しなかった。

官軍が船引、清武へ襲いかかったので、辺見十郎太の指揮する雷撃、振武の両隊が応戦した。清武は丘の下に沼沢をへだてて清武川という大河が数里流れ、宮崎へむかう要害の地である。

辺見雷撃隊隊長にすすめる者がいた。

「前の橋を落しゃ、護りやすかろ」

辺見は笑って聞き流した。

彼は官軍を夜襲して、工兵隊が軍艦から下した大砲数門と砲弾多数を奪い、清武城の丘に配置していた。

押し寄せてきた官軍が橋を渡ってくると、辺見は砲撃を命じた。彼らが縦隊のまま橋の中央へさしかかると、砲撃がはじまった。

砲弾が破裂すると、数十人の官兵が倒れ、川水が赤く染まった。辺見は気をたかぶらせ躍りあがり、喚き叫んで笑った。連発する砲弾の被害は増すばかりである。

官軍は歩兵隊を後退させ、騎兵隊の突撃で弾幕を切り抜け、橋を確保したため、薩軍はやむなく宮崎へ後退した。

宮崎の時雨を守っていた薩軍中島健彦、貴島清の両大隊長は、官軍第四旅団が攻めてくると善戦した。

中島は敵が接近してくると高所に登り、大旗を振って指揮をとった。官兵が右翼を攻撃すれば旗を振って右翼に全軍を集中させ、左翼へ敵が攻めかければ右翼の兵力を応援にむかわせる。

薩軍の応戦は変幻自在で、官軍の大兵も要害を突破できなかった。だが薩軍は弾薬を使いはたし倉岡に退かざるを得なかった。

七月二十九日、官軍第三旅団が高岡を攻撃して日没までに占領した。薩軍はやむなく宮崎に退却した。高岡には薩軍の弾薬製造所が置かれていたが、すべての設備を官軍に奪われてしまった。

官軍は前進して佐土原と宮崎の連絡を遮断し、各個に撃破する作戦を進めてきた。貴島、辺見の率いる薩軍は赤江川の両岸に布陣して、病院、輜重隊、軍務所を延岡に移し、宮崎決戦にそなえた。

薩軍総督桐野利秋は宮崎支庁に置いた薩軍本営にいて、兵站軍務に当っていたが、宮崎陥落後は、前線を転戦し陣頭指揮に当っていた。

彼は白綾の軍服一着を桐箱に入れ、常に従兵に持たせていた。

その服はいつ着るのかと聞く者がいた。

「時勢はいよいよ切迫してきおった。俺は死ぬ時を毎日待っておっ。そん時にこん服ば着て、よか気分で官兵と戦い、死に際をいさぎよくせにゃいけん。そうすりゃあん奴らから辱めらるっこともなかじゃろ」

その言葉を聞いた部下たちは暗涙にむせんだ。

この日の深夜、赤江川北岸の熊本隊本営の前で、大声で池辺大隊長を呼ぶ声がした。池辺が表へ出ると、二個小隊を率いた桐野が馬上から手を振った。

「いずこへ参らるっか」

池辺が聞くと、桐野は馬上から笑顔で答えた。

「奴らが川を渡ってきたとじゃ。これから追っ払いに参じもす」

庭に入りこんだ野良犬を追い払うかのような、桐野の軽やかな口ぶりに、池辺も思わず手を振って笑って見送った。

翌七月三十日、西郷隆盛は狙撃半小隊に護衛され、宮崎から高鍋へ移動した。

都城が陥落してのちは薩軍は小銃弾に用いる鉛が欠乏し、鍋、釜で鋳造した鉄弾を用いるので、射程距離が短くなり、目標に到達しない。

兵員も死傷者が続出するうえに、降伏、逃亡する者が増加して人員が激減し、作戦を立案するのも不可能な状態になっていた。

八月一日朝、曽我祐準（すけのり）少将の官軍第四旅団が赤江川の岸へ殺到した。三浦梧楼（ごろう）少将の第三旅団は三好重臣少将の第二旅団、大山巌少将の別働第三旅団と合流して、高鍋へ突入した。

高鍋を護る薩軍の指揮は辺見十郎太、総司令は村田新八であった。

熊本隊は佐土原の北方を流れる穂北川（ほきたがわ）沿いに、薩軍を交え一里ほどの陣を敷いていた。堡塁を構えてはいるが、鉛で鋳造した弾丸を携える兵は一人もいなくなっていたので、大河を挟む銃撃戦では官軍の新式銃の威力に圧倒される。

八月二日の未明、官軍第二旅団、別働第二旅団が穂北川上流から祇園（ぎおん）の渡しに押し寄せてきた。

二万の官軍はさかんに大砲を発射し、津波のように原野に湧きひろがる。熊本隊三番中隊長佐々友房は前夜の軍議で参謀を兼務することを命じられたので、ただならない戦況を報告するため穂北川北岸の堡塁を離れ、本営に駆けこむ。

池辺大隊長は食卓にむかい腹ごしらえをしていたが、佐々を見ると急いで尋ねた。

「うしろから大砲の音が近づいてくるが、敵が近寄ってきとるか」

　佐々は答えた。

「祇園の渡しの向う岸は、官兵がうねっとりますたい。あそこは間なしに占領さるるに違いなかです」

　池辺は斥候を川岸へむかわせ、急いで食事を終えると草鞋をはく。空腹では刀は振りまわせないと、佐々は汚れた手も構わず立ったまま飯をつかんで口に運んだ。

　斥候が息をきらせ戻ってきた。

「祇園の守備は突き抜かれたですたい。薩軍干城隊は蹴散らされ、逃げ走っちょります」

　まもなく本営の周囲は逃走してきた味方の兵で溢れた。池辺は高鍋へ押し寄せる敵を食いとめるため、本営の周囲に配置していた兵を、近傍の高所へ登らせ、自ら太田中隊を率い高鍋街道へ出撃した。

　官軍は大渦へ巻きこむように池辺の部隊の退路を断った。佐々は後退してきた三番中隊を本営裏手の丘陵に登らせ、突撃してくる官軍の攻撃を押し戻した。

　池辺たちが攻めかけた街道一帯で、銃砲声がさかんに起ったが、二時間ほど経つと静まった。まもなく池辺隊の伝令が駆け戻り、報告した。

「池辺隊は敵にやぶれ、逃げ散りもした」

佐々は山峰参謀とともに池辺隊を救うため高鍋街道を北進しかけたが、官軍が前途を塞いでいる。

茨の生い茂った間道を百六十間（約二百九十メートル）ほど進むと官軍があらわれ乱射を浴びせかけ、喊声をあげて押し寄せてきた。

山道の曲り角から官兵が不意に攻めてきて沼田常雄小隊長は左腕から左横腹へ銃剣で刺されつつ、敵を斬る。佐々は短槍で茨を叩き伏せつつ走るうち、うしろから右肩を強打されたような衝撃をうけ、骨のきしむ音がした。

肩の辺りをさぐると、肩胛骨（けんこうこつ）に銃弾が命中して血が軍服を伝い激しく流れる。右手がおおかた動きをとめた。

もうだめだと覚悟を決めたが、走れば足は動く。被弾したのは小さな散弾だと佐々は思った。部下の宮本富作が佐々の槍（やり）を持ち、左腕をつかんで必死に逃げたが、佐々の足にかずらがまといつき切り落そうとしても、うまく離れない。宮本はすすめる。

「この林に隠れてはいよ。わしが守るたい」

佐々は喚いた。

「いけいけ。あやつらにこのまま殺されんぞ」

小さな村落に駆けこんだ隊士らは、農家から畚（もっこ）を見つけてきて、佐々を乗せようとするうち、敵が追いかけてきて、やむなくまた走った。

海岸をめざして走る途中、佐々は眼がくらみ幾度も倒れ、動けなくなったが、部下が探してきた竹畚に乗せてもらった。彼は沼田小隊長らとともに、官軍軍艦の落雷のような艦砲射撃のなか、小舟を操り海岸沿いに北上し、美々津から富高新町の薩軍本営に到着し、危うい命を拾った。

本営の指揮は村田新八がとっていた。その南方の海にのぞむ笹野に布陣する。延岡からきた援軍奇兵隊は福瀬に、富高新町西方の山を背にする一隊は桐野利秋が率い、富高新町と美々津の中間の平岩に熊本隊が展開した。

その夜十二時に桐野の伝令が熊本隊をおとずれ、平岩東方の日向灘（豊後水道）に面した細島港海岸の防備を依頼した。熊本隊は応じて移動し、午前四時に到着。

前面の海上には鳳翔、日進、丁卯、清輝の官軍軍艦四隻がいて、沿岸の薩軍に艦砲射撃を加えていた。

熊本隊はここで熊本協同隊、竜口隊とともに海岸防衛にあたった。細島は百数十戸の町家がつらなる漁港で、官軍の追撃を受け敗走を続けてきた熊本隊は、幸い八日まで敵があらわれることもなく、身体を休めることができた。

隊士は都城陥落以来、惨敗をつづけ、池辺大隊長が高鍋の戦場で行方不明となり士気も落ちこんでいた。傷病者はふえるばかりで、戦場ではたらける健常者は激減していた。

人吉では全軍五個中隊の兵力は六百名に近かったが、いまはもっとも員数の多い中隊で百名、少ない中隊は四、五十名である。

このため新規の大隊長を選挙できめることとし、監軍山崎定平が選出された。

山崎は監軍、参謀以下分隊長に至るまで新規に任命する。中隊は一番、三番をあわせ一番中隊、二番、四番、五番をあわせ二番中隊とした。

佐々友房ら熊本隊の負傷者は延岡城下の病院にいて、治療に専念していた。看護に当るのは雲井嶽ら力士たちであった。

佐々は病床で傷病兵たちにいった。

「敵は五万、味方はせいぜい三千五百だ。それに新鋭兵器を持ち、兵糧弾薬は余るほど持っとるたい。連戦連勝で気勢があがっとる。あと五、六日も静かにしとらん。ここへ押しこんでくるぞ」

官軍の動きは佐々の推測をうわまわっていた。

八月五日早朝、官軍第三、第四旅団は美々津川に船橋をこしらえ、対岸へ渡河しようとした。

対岸の笹野を守っていた薩軍の辺見十郎太、中島健彦らは橋を渡りかけた官軍を引き寄せるため、彼らの半数が橋を渡るまで待機していて、一斉射撃をした。逃げ場のない官兵たちの多くが、川へ落ちて死傷者が続出し、退却した。

この勝報は味方の諸隊に届けられたが、薩肥の諸隊は味方の武運が蠟燭の燃え尽きるまえの、またたきに過ぎないことを知っていた。村田新八は高鍋陥落のあと、身辺に従っていた部下に鹿児島へ帰るように告げ、三人のわが幼児を儂の死後に育成し、この先わが神州が洋夷に攻められたとき、わが志を継ぎ天皇陛下に命を捧げしめよといった。

部下は村田の形見として金時計と軍服を預かり、潜行して鹿児島へ帰っていった。

八月六日、西郷隆盛は筆をふるって薩軍、党薩諸隊に対し『告諭書』を記し、諸隊長に渡した。

「各隊尽力の故を以て、既に半歳の戦争に及び候。勝算目前に見え候折柄、遂に兵気相衰え、終に窮迫余地なきに至り候儀は、遺憾の至りに候。もっとも兵の多寡強弱に於ては、差異これなく、一歩たりとも進んで斃れ尽し、後世に恥辱を残さざるよう、御教示給わるべく候也」

熊本隊士たちは、目前に迫った官軍の大兵との決戦に臨み、八月七日に軍議をひらき、戦闘方針の変更を決議した。

「このまま薩軍とともに戦っても、冬までには全滅する。いま戦場を豊後口と定め、熊本隊が先鋒となって進撃の前途を切りひらきたい」

大隊長山崎定平、桜田参謀は同意して、薩軍首脳の桐野利秋、村田新八に相談すると、快諾してくれた。熊本隊の壮士たちが最後を遂げる場所として熊本に近い場所を選びたい気持ちが、彼らにも通じていた。

官軍は薩軍本営に情報が届かないほど迅速に戦線をひろげていた。

四日には第二、第三、第四、新撰の四旅団四万人は、美々津川南岸に充満しており、北岸の薩軍諸隊は包囲され、降伏、逃亡のいずれかを選ばざるをえない窮地に追いつめられていた。

薩軍の辺見十郎太の率いる雷撃隊は笹野の陣地から山中を潜行し、官軍輜重隊を襲撃して、大砲二門と銃砲弾数万発を奪い取る神出鬼没の行動をとっていた。

八月九日早朝、熊本隊は細島陣地を離れ、六里余の道程を急行し延岡に到着した。薩軍池上四郎とただちに軍議をひらき、翌朝午前七時に豊後方面へ出発するとの命令が下った。

だが熊本隊は隊伍の編成が整っていないとして、組替えを終えてから出発しようとした。実情は輜重の準備がまだ整っていなかった。松浦監軍が事情を理解せず即時出発を主張したので争論となり、夜半までまとまらなかった。

そのうちに官軍が富高新町に攻撃を加えてきたと伝令が急報を届けた。薩軍池上四郎が熊本隊に豊後出陣を中止して、富高新町の薩軍救援に急行してもらいたいと依頼し、熊本隊は急遽門川（かどかわ）へ戻り、薩軍の桐野、村田、辺見、貴島、野村（忍介）らの率いる諸隊とともに死闘を展開した。

官軍の軍艦が艦砲射撃をくりかえしつつ、ボートで兵隊を揚陸させているのを見た辺見十郎太は二十人ほどの斥候隊とともに攻撃にむかった。

それを見た中隊長がとめた。

「お前んは勇者と誰でん知っちょるが、そげん小人数で何ばでくっか」

「俺の兵は少なか。しかし一騎を以て千人にあたる。もし敗けりゃ俺の髭首をお前ん方に呈上すっど」

彼は斥候隊を率い、海岸へ走った。

午後一時頃、官軍が富高新町の北方河内に進撃してきたが、附近に薩軍の姿はなく、灼かれるような炎天下に、油断していた彼らは、軍装を解き裸体となり、五十鈴川で水浴をはじめた。熊本隊斥候がその様子を偵察して本隊に通報し、ただちに攻撃した。船上に寝そべり、河中で泳いでいた官兵は装備を捨て、死傷者を残し裸で潰走した。

日没が迫っていた。官軍の第三、第四、新撰旅団は門川に近い佐土原隊（党薩諸隊）を攻撃した。佐土原士族らは勇敢に戦うが、官軍は死傷者続出をいとわず、倒れた兵士を乗り越え攻撃を続け、佐土原隊はついに堡塁を捨て、退却した。

総指揮官の村田新八は、馬上で先頭に立ち七連発銃を発射しつつ突撃する。佐土原隊はいきおいを盛り返し、村田とともに日没まで官軍を追撃し、白兵戦に持ちこみ敵に出血を強いた。

熊本隊は全隊士をあわせても、小銃を所持する者が二十人に満たない深刻な状況に陥っていたので、実情を官軍に知られたときはたちまち総攻撃を受け蹂躙される危機に立ち至った。

延岡の南方五里の富高新町では八月十二日に征討参軍山縣有朋が着陣し、二日後の十四日に延岡攻撃の部署を定めていた。

別働第三旅団は第一旅団、第二旅団と連携して、曽木から延岡に進撃する。

第二旅団は黒木を占領し、左翼は別働第二旅団、右翼は第三旅団と連携しつつ延岡へ進撃する。

第三、第四旅団、新撰旅団は門川に集結して延岡に進撃するという方針をとるのである。

八月十三日、熊本隊は相次ぐ敗戦に散り散りになった兵をまとめ、薩軍の残兵とともに延岡に集結した。前夜に中村を進発し、闇中を行進して夜明け前に延岡に到着すると朝食をつくる間もなく、曽木口から五ヶ瀬川沿いに下ってきた官軍第一旅団が、延岡に突入してきた。熊本隊は桐野利秋の率いる薩軍とともに、市中の百間橋附近で戦ったが、官軍の新鋭銃器の射撃に将士をなぎ倒された。損害が続出するなか、官軍の一部が薩軍の背後にまわりこむ動きをおこしたので、薩軍と党薩諸隊は延岡を退却して和田越（熊谷峠）へ移動した。

官軍第二、別働第二旅団が山道を進み、第三、第四、新撰旅団が海岸沿いの門川道をとって延岡に入った。日向灘からは日進、清輝、鳳翔、孟春、丁卯ら軍艦が、薩軍に砲撃の雨を降らせた。

和田越は延岡の北方一里（約四キロ）の豊後街道の要地で、左右に山嶺がつらなる高所にあり、防衛拠点としてきわめてすぐれた地形に恵まれている。

和田越から北へ一里余り離れ、可愛岳（えのだけ）連峰に三方を囲まれた長井村という、一里四方ほどの寒村があった。

薩軍、党薩諸隊の本営、輜重、弾薬製造所、病院がすべて長井村に集結した。

八月十四日の夜、薩軍桐野、村田、池上、別府ら主立った将領が軍議をひらいた。

それまで戦闘について何の意見も口にしなかった西郷隆盛が延岡奪還を主張した。

「わが軍がこんさびれた土地にちぢまっちょってん、士気は振るうこつはなかじゃろ。いま豊後へ乗りだすのも無理じゃなかか、皆の力をふりしぼって延岡を取り戻し、糧米に窮することのなか暮らしをせにゃならん」

同座の者は同意の声をあげ、和田越での決戦に決した。

隆盛は官軍五万人に追いつめられた三千五百人の味方の士卒が、武器、衣食に窮したいま、決戦を挑んでも潰滅の一途を辿るのみであるのを知っている。

このうえ戦闘しつつ豊後のあちこちを逃げまわり、敗北を重ねつつ全滅に至るのは、武勇を誇って命をなげうってきた若者たちにとってあまりに悲惨であると思っていた。

延岡を最後の死に場所として彼らに与え、これまで生きていたために敵味方の兵を死なせる結果を招いたわが身を、砲火に砕け散らせば、このうえの後始末はないと彼は内心で望んでいた。そのため先手の指揮は自分がとると主張した。この夜、官軍は各旅団長を集め、翌朝からの薩軍包囲撃滅作戦の部署を定めた。

熊本隊の佐々友房は長井村の病院に収容され、翌日の決戦にそなえ駕籠で熊田に避難したが、官軍が進撃してきたので長井村に戻り、敵の砲撃に身をさらすことになった。

八月十五日の明け方、薩肥全軍三千五百名は和田越に集結した。全軍の半ばを和田越に配置し、半ばを左右の斜面に待機させる。

官軍は号砲三発が轟き渡ると、喊声をあげ突撃してきた。午前八時薩軍は高所から駆け下り、官軍の中央から左翼へ突入すると、官軍も必死に応戦し、もつれあって激しく斬りあう。そのうちに官軍の援兵が山野を埋め押し寄せてきたので、薩軍は押し戻され和田越の陣地にたてこもる。

官軍は薩軍が陣地から狙撃すると確実に被弾し倒れるが、屈せず斜面を駆け登り、塁壁に達すると刀と銃剣との白兵戦がはじまる。

熊本隊は小梓峠（こあずさとうげ）という高地に布陣していたが、官軍はその火力が弱いのを知って、集中射撃を加えてきた。

佐々友房は『戦袍日記』に病院から眺めた戦場の光景を、つぎのように記した。

「此日戦声大ニ起ル、今朝西郷翁自ラ諸軍ヲ指揮シ、大ニ熊谷峠（和田越）ニ迎戦ス、翁は薩摩縞ノ単衣ヲ襲ヒ、一尺余の脇差ヲ帯ビ、悠然トシテ飛丸ノ中ニ談笑セリ」

官軍は熊本隊の戦力が弱いのを見て攻撃を集中してきた。薩軍の辺見十郎太らは必死に援軍を送り支援したが、官軍は熊本隊堡塁を占領すると続々と兵力を増強し、襲いかかる薩軍を集中射撃で退けた。

和田越の薩軍は堂坂と熊本隊堡塁が陥落したため崩壊し、長井村に退却した。この日の戦闘で薩軍、党薩諸隊の員数は、三千五百人から二千人に激減した。死傷者のほかに逃亡、行方不明となった者も多かった。

西郷隆盛はこの日、和田越の頂上に立ち、銃撃が集中し、砲弾が彼を狙い身辺で炸裂し続けても悠然とした態度を変えなかった。

桐野たちはこれまで陣所にいても人を近寄せず、戦場に姿を見せなかった西郷がここで死所を得ようとしている内心を察していた。

桐野、村田は薩軍、党薩諸隊の敗色が濃厚になってきたとき、隆盛の体を抱きかかえるようにして和田越の戦線から待避させ、長井村の民家へかくまった。

薩軍は一里四方の長井村に追いつめられた。

日が暮れると周囲の山腹には篝火がつらなっている。日没のあと熊本隊は本営で最後の決戦方針について軍議をひらき決定した。

「味方の形勢は水が涸れかけた池の魚にひとしく、弾薬、糧食が尽き、士卒も疲れきっている。この有様でためらっておればすべてがゆきづまる。
こころよく大決戦を敢行し、力の続くかぎり奮闘して、骸骨を野にさらすのみである。
もし天命が尽きないときは敵を破って、熊本城をつき、占領して柳川、久留米、佐賀の有志を募り、ただちに筑前から馬関へ渡り、山陽、山陰を燎原の火の如く従え、京都へ進出しよう」

おそらくは全滅するであろう決戦に臨んで、戦勢の大逆転を夢想する悲壮な心境は、長井村に集結した薩軍、党薩諸隊のすべての壮士たちに共通の心境であった。

負傷者として長井村成就寺の仮病院に収容されていた佐々友房は、それまで身辺から離さなかった挙兵当時の『敵愾隊』の軍旗、一番小隊の陣中帳簿、軍用地図を、親密にしていた延岡の住民に預けた。兄の佐々干城が夕方に成就寺へきて別離を告げた。

「今夜十二時に西郷さんが陣頭に立って、延岡を攻めることとなったけん、俺も骨をこの地に埋めるたい。これが最後の別れじゃ」

二千人の味方が突撃を開始する時間が切迫してきたとき、薩軍本営から突撃中止を命じる西郷隆盛の『告諭書』が届けられた。

隆盛は二月以来、ともに血戦のなかを生き抜いてきた壮士たちを、ここに至って一人でも無駄に死なせたくなかったのである。

告諭書にはつぎのように記されていた。

「我軍の窮迫、此に至る。今日の策は、唯、一死を奮て決戦するにあるのみ。此際、諸隊にして、降らんと欲する者は降り、死せんと欲する者は死し、士の卒と為り、卒の士と為る、唯その欲するところに任せん」

隆盛は身辺の書簡、陸軍大将の制服を集め庭先ですべて焼き捨てた。

このとき、党薩諸隊のほとんどが降伏、解散し、踏みとどまっているのは熊本隊、熊本協同隊、竜口隊、中津隊、竹田報国隊などであった。

熊本隊は幹部が集合し最後の合議をした。結果つぎの結論をまとめた。

「前途を打開すべき方策はきわまった。ほかに手段を発見できない。前途には死あるのみだ。死ぬには三つの道がある。一つは切腹、一つは戦死、一つは刑場で処刑をうけることである。切腹、戦死はいさぎよく見えるが、われらの挙兵は西郷のために身を捨てたように見えて、赤心報国の誠を天聴に達せられない。これこそ千載の遺憾ではないか。しばらく膝を法廷に屈し、勤皇の内心を申しのべて、そのあとで隊士数百人の命に代り刑典に従い処刑されよう。これこそ人の長としてはたらいてきた者の本分であろう」

結局降伏して、戦争の責任を幹部が負うことになったのは、軍議が長びくうちに官軍が襲ってくれば、全員が皆殺しにされ、屍をさらすおそれが切迫してきたからであった。

第十七章　城山へ

明治十年（一八七七）八月十七日の夜が明けると、長井村を包囲する官軍五個旅団の砲兵隊は空を震わせて猛烈な砲撃をはじめた。砲弾が空中で破裂するので、村内の家屋はことごとく被弾し、病院と定めている寺院にも破片が豪雨のように降りそそぎ、死傷者が戸外まで溢れ出た。

西郷隆盛は長井村の重囲を斬り抜け、故郷鹿児島を死に場所とすることを軍議で決め、午後九時に堡塁を出発した。

長井村の背後の可愛岳は、絶壁に刻まれた皺（しわ）のような小道を山腹に爪を立てて登らねばならない。山腹をとりまくように官軍の篝火がつらなり、彼らの歩哨の視野のなかを発見されずに通過するのは、至難のわざであった。

村を脱出する薩軍、党薩諸隊の総数はおよそ五百名といわれていた。前日より二千人ほど減少したのは西郷の指示に従い降伏、脱走者が出たためであった。

闇中を手探りで進むので、通路の目印は道端の草木に結びつけた白紙だけである。牽いてきた牛馬も荷物とともに放たねばならない。

曲りくねった隘路を曲ると、いきなり眼前に敵陣がひらけ、驚く官軍と斬りあい、血を浴びての激闘を展開する。

隆盛は狙撃兵に護られ竹駕籠で阻路を進むが、駕籠を担ぐ軍夫たちがあえぎ苦しむさまを見て、途中から徒歩になった。

隊士たちにまじり、官軍の大堡塁の真下を、緊張しきって息をはずませつつ這い進んでいるとき、隆盛は苦笑いとともにつぶやく。

「こんざまは、ちょうど夜這いじゃな」

隊士たちは口をおさえ、腹を波うたせながら笑い声を抑えようと必死になった。

山中へ入って三里ほど過ぎた頃、官軍の大兵の陣所が前方にひろがっているのが見えた。すでに夜が明けかけていたので、官軍はいっせいに猛射を加えてきた。先鋒の将兵は退くこともできないので、ただちに白刃をひらめかせ突撃し、激しく斬りあう。

将兵は隆盛のもとへ駆け集まった。可愛岳を越えず、ここで斬り死にを遂げようという者が多かった。

軍夫の一人が報告した。

「可愛岳の頂上へ登る道が、ひとつ有りもす。猪や鹿の通る獣道でごわす」

「よか、そん道をいけ」

薩軍、党薩諸隊の生き残りの将兵は、人の通らない険しい道を伝い登り、午前五時頃に可愛岳の山頂に辿りついた。

可愛岳は西面がなだらかな斜面になっており、山裾まで見通しのきく草原が多い。隆盛らが辿りついたとき、山頂には一人の哨兵もいなかった。

官軍は前日のうちに武器弾薬のすべてを山頂に運んでいた。十八日朝からはじまる長井村総攻撃に参加するため、第一、第二旅団が可愛岳頂上に近いなだらかな斜面に、布陣したまま睡りこんでいた。

第一旅団長野津少将、第二旅団長三好少将も幕舎のうちに身を横たえていた。

午前五時頃、一発の銃声が静寂をつんざくとともに、突撃を指示する英国式ラッパが響きわたる。

官兵らがはね起きる枕頭へ、喊声とともに薩軍が殺倒してきた。精強な薩兵たち四、五百人は宙を飛んで官兵の油断をつき、斬りまくる。

三好、野津両少将は、参謀将校、護衛兵らとともにかろうじて猛攻を逃れ、退却した。

万余の官軍は薩軍の寡兵に追い散らされ、迫田少佐以下死傷者・行方不明者は百五十一名を数えた。薩軍は弾丸三万発、砲一門を奪った。

長井村を脱出した虎豹のような薩軍は、八月十九日、祝子川で官軍を一蹴し、同月二十一日正午、三田井に到着した。

辺見十郎太は党薩諸隊のうちかつて三田井に駐屯していた中津隊十五名を斥候に派した。官軍は三田井に堡塁を築いていたが、留守部隊で薩軍が長井村を脱出したことを知らず、哨兵も立てないで道端で休憩し、昼食を口にして笑い声をたて無駄話をしていた。辺見らが刀をかざし突入すると、彼らは銃を捨て、八方へ逃走した。薩軍はその二人を斬り、輜重倉庫をあらため、おびただしい戦利品を得た。

そこは官軍運輸出張所で、辺見らは現金二万三千余円、糧米二千五百俵を得た。

薩軍は八月二十二日に三田井を出発し、七ッ山村を守備していた官軍を攻撃して追い払い、眼鏡（めがね）村、槻木（つきのき）、小林、馬関田（まんがた）と間道を伝い南進した。

八月三十一日、午後四時、蒲生を薩摩帰還の拠点と定めていた薩軍は、その目的地に到着した。駐屯していた官軍は戦死者二十余名、捕虜八名を残し退却していった。

横川、蒲生の二日間にわたる遭遇戦は、予想をうわまわる激戦で、官軍四十二名、薩軍二十余名の死傷者を出した。

薩軍が鹿児島へむかう十数日の間、官軍は新撰旅団と加治木（かじき）、帖佐（ちょうさ）駐屯軍を薩軍討伐にむかわせた。三好少将と参謀長の野津道貫大佐は将兵とともに東海丸に乗りこみ加治木を出発して九月一日午前四時に鹿児島に到着した。

鹿児島防衛にあたっていた新撰旅団の一個大隊を吉野に向け、第二旅団は吉田街道を南下してくる薩軍にあたらせようとして午前五時に出発させた。

薩軍の本隊と先鋒隊は午前十時に吉野に到着して、鹿児島攻撃の要領について打ちあわせをはじめるうち、官軍が背後に迫ってきた。

河野主一郎の指揮する本隊が官軍を迎撃し、先鋒隊は辺見が指揮して鹿児島へむかった。

沿道に人垣をつらねて迎える住民はよろこんで拍手哄笑（こうしょう）し、跳びはねてよろこぶ。

「巨眼さあがお帰りじゃ。鹿児島の夜は明けた」

二月十五日に鹿児島を離れた一万三千の薩軍は、わずか三百余人となり、陽に灼けた顔はやつれはて、見分けもつかない浮浪者のようないでたちで帰ってきた。

隆盛は出迎えた住民たちに取り巻かれ、駕籠で地蔵馬場の黒田邸に入り、昼食をとった。隆盛たちは座敷へ撃ちこまれる銃撃を気にかけず、平然と酒盃を干した。

食事を終えた薩軍は、住民の案内で城山、私学校、海岸の米倉に集結している官軍を襲撃にむかった。

山野田一輔（いちすけ）、仁礼仲格（にれちゅうかく）らが十名ほどの兵とともに、私学校の東門に忍び寄り校内を見ると、一個大隊ほどの官軍が、小銃三挺を組み地面に立てる叉銃（さじゅう）をして、校庭を埋めて休憩している。

山野田らは敵兵が多数に過ぎるので、斬りこむのをためらい、うかがううち、辺見十郎太がきて、小銃を放ち抜刀して喊声をあげて斬りこむ。

校庭を埋めつくした官軍は、辺見ら十数人に斬りたてられると応戦する者は一人もなく、西門から逃げようとしたが、押しあって外へ出られず、一・五間（約二・七メートル）余の石垣に這い登り、飛び下りて米倉へ逃げた。

薩軍の白刃のもとに倒れた官兵は二十四人であった。この日、薩軍は城山、米倉の官軍と戦い、二十数人が死傷した。それまで阿修羅のように連日奮闘してきた辺見十郎太は右額に銃弾を受け、重傷を負った。

鹿児島の住民は薩軍が戻ってきたので、それまで官軍の掠奪暴行に堪えてきた憤懣を爆発させた。

人足といわず婦女子といわず、官軍とみれば兵隊であろうと役人であろうとかまわず棍棒、天秤棒で撲り殺し、弾薬を奪い取って薩軍に献じた。市中には殺された官兵の死屍が累々と積み重なる、悲惨な情景が展開した。

田原坂の戦闘で重傷を負い、帰郷療養していた砲隊半隊長讃良清蔵は、自宅に潜伏していたが、薩軍が戻ってきたと聞くと妻に告げた。

「このたびのこつは、もし勝ち戦であれば俺もこんまま隠れ住んでよかじゃろが、敗亡する日は近かろう。俺は義をたて、西郷先生と死生をともにしたか」

彼は幼い娘の手をひき実父に会い養育を依頼したあと、城山の薩軍本営へ出向いて隆盛に会い、生死をともにすると申し出た。

隆盛は讃良の覚悟を思いとどまらせようともせず「あいがたか」とうけいれた。讃良は九月二十四日の最後の戦闘で、隆盛に従い戦死した。隆盛とともに死ぬ覚悟を決めた壮士は城山の堡塁で、故郷の土に帰るのをよろこんでいた。

桐野利秋は鹿児島に戻ったのち、県内士族の募兵をおこない、官軍を撃退したのち長崎へ攻め入り本営を置き、態勢をたてなおそうと考えていた。隆盛は人吉まで後退してきたとき、熊本協同隊代表崎村常雄からすすめられた。

「私は長崎に駐在する英、米、仏、蘭の領事らと、いつでも会えますばい。あれらあと打ちあわせ、その援助を得て九州を独立国といたしもそう」

隆盛は田舎で狩猟隠棲の生活を続けていたが、世界の形勢を把握する日本の指導者としての政治感覚は衰えておらず、一蹴した。

「九州を外国へ売ることになりかねんごたる、危なか手は使いもはん」

隆盛を日本の守護者と敬愛しているのは鹿児島人だけではなかった。

隆盛から解散せよといわれても聞きいれず、鹿児島まで従ってきた党薩諸隊の精鋭たちは、隆盛とともに死ぬためについてきた。

中津隊隊長として百五十人を率い薩軍に参加した増田宋太郎は、中津藩の渡辺重石丸の塾で名をとどろかした英才である。福沢諭吉の再従兄弟で、慶應義塾にも遊学した。中津ではじめて刊行された新聞の主幹もつとめた。新知識に明るい彼は二十八歳の洋々たる前途を期待できる青年であった。

党薩諸隊は長井村脱出戦の前日に、ほとんどが解散していたが、生き残った十六人の隊士とともに薩軍に同行して城山まできた。

隊士たちは城山から逃れ琉球へゆき、新国家を打ち立てようといったが、宋太郎は誘いを断った。

彼が隊士たちにうちあけた本心は、のちの世に伝えられることになった。

「僕は城山まできたおかげで、はじめて西郷先生の身辺にいて、謦咳（けいがい）に接することができた。一日先生に接すれば、一日の愛が湧きいでてくる。三日先生に接すれば、三日分の愛があふれる。

親愛の思いは日毎に増え、立ち去ることはとてもできない。いまは善悪のいずれを問われても、死生を先生とともにするのみであると観念した。

君らは年若く前途はひらけている。この地を去り故郷に生還し、中津隊の赤心を郷里の人々に語ってほしい」

九月三日の夜、薩軍が城山本営でひらいた軍議の席で官軍のたてこもる海岸の米倉を襲撃することが、貴島清の提唱により決まった。

官軍はまだ鹿児島に全兵力を集結させていない。彼らの守備がととのう前に、米倉の敵を撃破して、全市域を完全に制圧しなければ、県内の新規募兵を実現させ、中原に再度進出する機会はめぐってこないというのである。

桐野は襲撃作戦に同意し、決死隊七十余人を選んだ。振武三番隊長北郷万兵衛、中津隊隊長増田宋太郎、福岡県人川庄喜徳の一隊は県庁外側の溝伝いに進む。貴島の一隊は肝付屋敷の溝伝いに米倉へむかうことになった。

九月四日午前三時、貴島らは抜刀して米倉の東門、北壁の敵陣へ殺倒した。銃剣をふりかざす官兵をなぎ倒し、発砲する人影には石、瓦を投げつけ、東門の第一塁を突破し、第二塁に襲いかかった。

水兵、新撰旅団、警視隊、第二旅団の兵が懸命に防戦するなか、貴島らの侵入を知った歩哨が、斬られつつ発砲して急を知らせたので、官軍が大勢駆けつけ狙撃する。

貴島は奮戦しつつ額を剣で突かれ、背中に銃弾を受け絶命した。

戦闘の様子は生き残り退却した中津隊軍監矢田宏がつぎのように語っている。

「味方は塁下に迫り、敵弾は闇中に目標を定めかねて空に発砲する。われらは刀で銃を打ちはらい、銃を奪いとって敵を撃つ。

官兵は壁にむかい霰のように銃弾を放ち、味方は瓦礫を投げる。

剣尖銃声が闇中に満ち、うろたえ騒ぐ官軍の悲鳴が響く。

このとき貴島清が叫んだ。

『進んで死ぬか、逃げて死ぬか、どうせ死ぬ。お前んらなんで死地に飛び入らぬか』

貴島は単身で斬りこみ第一塁を突破し、第二塁に身を投じそれをも圧倒した。彼の活躍は、獅子が一声吼えて百獣が震裂するさまを眼前にするようであった。

余が銃弾が乱れ飛ぶなかを走り、第二塁へ飛びこもうとしたとき、銃弾が余の腿をかすめたように感じたが、体はたちまち塁の下に落ち、立とうとしても立てない。

倒れたまま手さぐりでたしかめると、腿のあたりに血が噴きだしているのを知った。

余の傍の塁下に倒れている者の剣尖が手に触れた。このとき月が桜島のうえに昇り、月光が辺りを照らしたので、倒れた者の刀をあらためたところ、銀鞘の剣であった。

それは中津隊隊長増田宋太郎の剣である。余は倒れている彼に這い寄り、くりかえし呼びおこしたが、ついに何の反応もなかった。

余は増田が戦死したと腸が九回捻じれるような無限の悲愴な思いにうたれていたが、しばらくしてようやく立ちあがり、第一塁の下に退却した。そこで薩軍の将に会い、病院へ送られたのである」

薩軍が米倉襲撃戦に失敗してのち、鹿児島の戦況は膠着状態となった。官軍各旅団はあいついで市中に侵入し、城山の薩軍を急攻せず、長期包囲作戦によって潰滅させようとした。

城山包囲の要害は高い堡塁、深い隧道をつらね、迅速な行動をとれるよう築造し、日夜薩軍陣地にむかい銃砲撃をくりかえしていた。
市中に駐屯する六個旅団の防衛線は、つぎのように定められていた。

第一旅団
水上（みずかみ）峠、原良（はらら）小野、甲突川（こうつきがわ）右岸西田、常盤（ときわ）
第二旅団
伊敷（いしき）、丸岡、上ノ原、浄光明寺附近
第三旅団
天神馬場、千石馬場、中福良（なかふくら）、高見馬場
第四旅団
多賀山、鳥越坂、桂山、韃靼冬冬（たんたとう）
別働第一旅団
田上（たがみ）より荒田
新撰旅団
米倉、諏訪馬場
このほか各郡村に警視隊を配置

薩軍は県内の募兵は官軍の警備が厳しく、応じる者がすくなかったので、全軍二百九十三名を九小隊として、岩崎谷を根拠地と定め、すべての将兵の名簿が配置場所ごとに西郷隆盛の自筆で記されていた。

この兵数のほかに、西郷隆盛以下桐野利秋、村田新八、池上四郎、別府晋介、辺見十郎太、野村忍介の諸将と彼らの身辺に侍する軍夫徒卒ら百余人がいたが、しだいに数を減らして陥落のときは非戦闘員をふくめ三百五十余名となっていた。

装備している大砲は四斤半砲六門、臼砲九門を官軍から鹵獲(ろかく)していたが、砲弾は一発もなくなっていた。小銃は全隊で百五十挺あるのみであった。薩軍は隆盛のいる岩崎の辺りを中心として塁壁を固め、鹿児島市中に充満している官軍に、死力を尽くして抜刀斬り込みをするが、三重、四重につらねた官軍包囲線は一蹴する。

城山を包囲する官軍は、鹿児島市中に集結する官軍の一部であった。別働第一旅団吉村少佐の兵一大隊、沖原大尉の兵一大隊、第一旅団長谷川中佐、大島少佐の兵十中隊、第三旅団の兵十七中隊、第二旅団の兵二十中隊、熊本鎮台樺山中佐の兵二大隊、別働第二旅団中村中佐の兵八中隊、新撰旅団の兵二大隊、第四旅団の砲兵一分隊。

鹿児島湾岸に官軍を上陸させた軍艦、汽船は十四、五隻が沖に碇泊し、昼は砲撃し、夜は灯火煌々(こうこう)と海面を照らし、薩軍の急撃にそなえた。

市中の街道には屍体が横たわり放置されていた。これらの人々は九月一日に薩軍が乱入してきたとき、抜刃で斬殺されたものであった。屍体のなかには巡査、兵士、人夫、県庁役人らさまざまの身分の人がおり、当時の鹿児島の住民たちは後年になっても最後の城山の戦闘にのぞむ前の薩軍将兵の恐ろしさを語っていたという。

「地震、雷、火事、親父などと怖いものをいうが、いちばん怖いのは血刀を提げた薩軍の兵隊が、家の中へ入ってきたときだ」

恐ろしさでは官軍も同様であった。

薩軍は故郷鹿児島へ帰着するまで戦力を比較できない官軍に対し、必死の奮闘を重ね、数においてはるかに勝る官軍と善戦を続けてきた。だが城山に本陣を置いてのちは、戦闘に及んで士気は沈滞して敗北を重ねた。

西郷隆盛は九月六日から九日まで野村家の裏にある洞穴にいた。十日から十二日までは馬乗馬場の鹿柴に米粟の俵を積んで暮らし、十三日から十九日まで、野村家の洞穴に戻り、十九日に洞穴をもうひとつ掘り、そこに住んだ。

洞穴の前の家屋には狙撃隊長蒲生彦四郎と部下たちがいて、隆盛を護衛していた。だが岩崎谷への官軍の砲撃が激しくなるばかりで、連日七百発以上の砲撃を続けていたので、彼らは家屋にいられなくなり、洞穴を掘って退避せざるをえなくなったのである。

弾薬製造所は桂久武、新納軍八らが管理していたが、弾薬の材料が尽きてしまったので、岩崎谷一帯の民家から錫器(すずき)などを探し出したが、それも見当らなくなったので敵の銃砲弾を拾い集め銃弾を製造した。

　輜重大小荷駄の集積所は三カ所に設置する。病院は岩崎谷の士族邸宅三カ所に設け、傷病者を収容した。

　糧食は鹿児島突入の際大量に購入したが、しだいに減少し、二の丸島津邸の貯米で補充を続ける状態であった。軍資金は九月二十日に至ってなお二万四千円が残っていた。

　薩軍が城山に帰還してのち隆盛のもとに戻った田原坂戦闘での負傷者、砲隊半隊長讃良清蔵は、本営に入ってのちひそかに考えるところがあった。

　彼は大人の気風をそなえていて、その識見は諸人の敬愛を集めていた。ある日彼は負傷入院している野村忍介を見舞いに出向いた。

　中島健彦、辺見十郎太も入院していたので、讃良は言葉を交すうち彼らに本心をうちあけた。

「いま俺どもはここまで追いつめられ、最後の日が今日か明日かと迫っちょい申す。こん時になって、われら幾百の命は毫(ごう)も惜しむところじゃごわはんが、ただ西郷先生の死はまっこと国家の盛衰にかかわることつごわす。

　ついてはわれら一同が腹を切って先生を救わば、国家百年の大計となろうじゃなかか」

同席していた諸将は死を覚悟している時に、思いがけない話をもちかけられるとおおいによろこび、賛成した。

讃良たちは他の諸将に相談すると、同意する者ばかりであった。坂田諸潔と島津啓次郎はいった。

「俺どもは宮崎におったとき、細島から上京して闕下に建言することを考えもした。桐野利秋はこれを聞き、不可なりといわれ、やめもした。ふたたび建言するなら、俺がいたしもんそ」

諸将は応じた。

坂田は建言書をつくり、諸将を本営に集合させ、西郷隆盛に一同の意見を陳述した。

隆盛は一言聞いたのみであった。

「開戦以来戦場で落命した者はどれほどでごわすか」

隆盛は死を待つばかりの内心を洩らす口ぶりであった。

このとき桐野が出先から駆けつけてきて、満座の諸将を見渡し、叫んだ。

「いまになって卑怯の相談をしかけ、意見書を書いた者がおっとなあ。そいは何者の仕業か」

諸将は桐野のすさまじい剣幕に気を吞まれ、一言も答えられなかったが、「評論新聞」の元記者であった年齢十七、八歳の山田亨次がついに答えた。

「これは俺の意見であいもす」

桐野は「お前んか」と一言いっただけで、相談を中止とした。

坂田諸潔はわが意見が用いられなかったが屈せず、友人の別府九郎に説いた。

「わが軍の敗状はここまできたとなあ。今日のことは岩村通俊県令に会うて、征討の趣旨を聞きたしかめ、俺どもの道理を、屈すべきものは屈し、申しつらぬくべきはつらぬき、道理の許すに応じ進退せにゃなるまい」

別府九郎は同意して、さきに捕えておいた捕虜細井済を脱走させ、薩軍の使者として官軍に交渉させることとした。坂田は説いた。

「わが国今後の情勢を思わば、わが国が清国と戦い威武をあげる時は遠い先のことではなか。そのときに至り西郷隆盛どんをはじめ桐野利秋、村田新八らは、たやすく得らるっ人物ではなかじゃろ。

その者らの敗北して一命を失うは実に惜しむべきことでなかか。朝廷に俺が願い出て、非常の寛典によって、西郷、桐野らの罪を許されりゃ、こんうえのよろこびはなかじゃろ」

坂田は細井を脱走させ、官軍への密使として送ったつもりであったが、細井は幾日待っても帰ってこなかった。

坂田は自ら敵陣へおもむき、隆盛助命を嘆願しようとしたが、桐野に見咎められついに断念した。

辺見十郎太は病院で負傷の治療を受けていたが、官軍の砲撃が劇しくなってくるばかりであったので洞窟に避難していた。だがついに大勢は決してもはや戦死を待つばかりであると知り、九月十八日、手紙を書いて河野主一郎を病床へ呼び寄せ、告げた。

「わが軍の進退は事ここに至ったもんそ。不幸にして俺の怪我もこげんこつで、ようごわはん。いまは体の自由がきかんままこん塁を守り、敵の攻撃を待って倒るっのみじゃ。

死ぬはもとより承知しゅうがな。惜しむこつもなかごわす。けど、巨眼さあは国家の柱石、曠古の英傑じゃ。先生を俺とともに弾雨の下に倒れしむっは、国家のために痛憤すべき至りじゃごわはんか。

ここに至って先生を救う策がなかじゃろかと、思うばっかりじゃ」

河野は答えた。

「いまや弾糧ともに尽き、賊名を受け永遠の恨みを受け、死を待つばかりでごあんそ。もとよりわが党が義挙に踏みきったのは、王政復古の元勲、国家柱石の忠臣たる西郷先生を暗殺せんとする、奸佞の奴原の罪を問うにござした。

それを上京の途中にして鎮台兵らにさえぎられ、いまに至りしにござした。

思わばわが党の者が弾丸に倒れ刀下に死んせえな、地下に眼をつむれる所がありもはんぞ。

それはまだゆくべき天が定まらんためか。しかし先生の生死は国家の興廃に関しもす。僕は不肖なりといえども敵の軍門に出向き、川村純義に会い事理の曲直を話しあい、そんのちに死に就きもんそ」

辺見は答えた。

「これはわが意を得たり」

十九日の夜明けとともに、官軍は私学校を占領している薩軍を激しく攻撃した。防備にあたっていた薩軍は大いにうろたえ、戦気が萎縮しきって、戦闘を避けようとした。官軍は銃撃戦を交えたのち、後退していった。

河野はこのとき数名の部下を率い、援軍として出向き直ったが、見方の士気が衰えきっているのを知って、全軍壊滅の時が近づいていると見た。

このとき河野はすでに決心していたので、堡塁に帰る途中、桐野のいる本営に立ち寄ったが、桐野は体調を崩し睡っていると聞き、起こさずに戻った。

彼は村田新八の軍営をたずね、辺見と相談した内容を陳べた。村田はいった。

「俺が先に飯野におったとき、おなじこつを桐野、池上へ相談したと。あん二人はそん相談を聞かざったので、おこなわれずについに終りもした。

いまもし足下らが信ずるところあれば、あの者らに相談せずやっがよかんそ」

村田もまた、隆盛をこのまま彼岸へ立ち去らせるのを、心残りに思っているようであった。

河野は村田のすすめに従い、各隊長を集め事情をうちあけた。このとき山野田一輔が申し出た。

「西郷先生が同意なされば僕を同行してやったもんせ」

各隊長が解散してのち、河野が辺見の病床へ立ち寄り別れを告げると、そこに岩元平八郎がいて、軍使としての同行を頼んだ。河野は答えた。

「僕はあえてお前んさあを拒むじゃなか。じゃっどん西郷先生に目通りして決めたことにしもんそ」

二十一日朝、河野は本営に出向き、西郷にたずねた。

「先生の助命を天下のために官軍に頼みにいきもす。同行者がいるのがよかんそか。一人でいきもんそか」

西郷は頼みを拒絶せず答えた。

「お前んさあが決めりゃよか」

河野は多年教育を受けた恩を隆盛に感謝したのち、辺見の病床へ立ち寄り、待っていた岩元平八郎に告げた。

「おはんは俺と竹馬の友で、川村純義とは旧友じゃ。軍使として心胆をうちあくるに、私情をまじえざるはもとよりじゃが、外から見られ疑いをかけられるっこつになりかねもんそ。

そのために山野田どんを同行するにしかずと決めもした」


西郷隆盛が官軍の総攻撃をうける直前になり、河野に自分の助命交渉を許したのは、唐突に過ぎる感がするが、隆盛が生き残り、ロシア、朝鮮、中国との国際交渉をおこなえばどうなるか。ヨーロッパ列強の植民地経営の鋭鋒に当り、近代共和制の国家として諸制度再建に当るため、怒濤のような変化の押し寄せるなか、隆盛さえ政府前進の舵をとれば難関は突破できると考える人は、明治八年から九年の時点では天下に満ちていた。

島津久光の側近であった内田政風は維新後、石川県令であったが明治八年に辞職して島津家家令となり久光の政治活動につき従い尽力していた。彼は明治九年はじめ鹿児島へ帰県し、隆盛に意見書二通を送り政界への復帰をすすめた。

島津久光と隆盛は主従の縁でつながっていたが犬猿の仲であった。久光が倒幕の資金を惜しまなかったのは、徳川幕府が崩壊ののち自分が新政府の首長となるためであった。

隆盛が巧みに軍隊を指揮して倒幕を果たしたのちには、久光は全国支配をおこなうつもりであったが、全国の大名士族は秩禄奉還によって財政上は平民と同様の立場に落されただけであった。

その後、隆盛は久光を政府重職に推そうとはせず、久光は自ら運動して明治七年四月、左大臣に任ぜられたが、立案する意見は採用されることなく、明治八年十月に辞任した。

久光が内田を県令から辞任させたのは、これまで仇のように憎悪していた隆盛を政府に出仕させ、その力量によって自分の政府における立場を強化しようと考えたためであった。

隆盛は旧藩期に幾度も遠島投獄され、殺されかねない窮地に投げこまれた久光に、味方として提携しようと手を差し伸べられたのは、意表をつかれる思いであったに違いない。

長文の政風の意見書は次のようなものである。

「近頃の国家の現況、政治情勢を観察して、いつ瓦解するかも知れない有様で、嘆くべき至りであると思われた久光公が朝廷でいろいろとご建言なさいました。

ところが二、三の大臣がこれを否認いたし、恐れ多くもご壮年の天皇陛下を眩惑し奉り、ご採用されなかったのでご辞職なさったのです。引っこみ思案の近頃の形勢を見れば、外交は無方針、ひとつとして根幹になるものはなく、すべて枝葉末節にのみこだわり、中途半端な政策ばかりいたします。

朝鮮事件にはすでに黒田清隆ら使節を派遣していますが、往復電報を大秘密にするので、進展内容がさっぱりわかりません。

琉球処分に至ってはもっとも至難で、わが政府の処置は児戯にひとしく、世界各国が指をさして笑っているのが、鏡に映じ見えるようです」

つぎは国家経営の失敗をあげる。

「国家経営に至っては、未熟の地租改正を施行し、区入費が多すぎるので住民は支払えない状態です。住民の事情は官庁に通じることなく、雑税は連日ふえるばかりで、三都はもちろん五十八県の住民はほとんどが破産し、しだいに恥知らずになり、方向に迷い、上に信義がなく、旧幕時代を慕う者が多くなっています」

国債の基盤の脆弱にも触れる。

「内外国債は国力に超過し、ようやく不換紙幣で目先をつないでいる有様ですが、準備金がないので、いったん外国と不仲になり問題が起こったときは、たちまち救いの手の及ばない境地に落ちこみます。

現金を購入しようとすれば、百円にたいし三円か三円五銭の差額があります。

明治二年、太政官紙幣百円に対し、二十八円まで通用させた実例があります。

当時は財閥三井、小野組に命じ、彼らの配下にある大阪の豪商らがおおいに尽力したため、そこまでの好成績が出たのです。

その後わずか半年で三都の大金融業者が片端から倒産しました。現在は数万斤の火薬に放火するような有様ですが、あいついで土木工事を興し、その全責任を負う大蔵省は壮大な洋館建築の紙幣寮を神田橋内元賜藩邸から、常盤橋越前旧藩邸までの敷地にわたり建築し、高楼は雲よりも聳えています。

　これを亡国寮と呼ぶもいたしかたありません。もとより紙幣は時勢に応じ準備金を支度します。一時的の必要な時期に用いるもので、いつまでも用いるものではありません。それをおおいに流通させようとするのは、為政者の判断力を知るべきです」

　内田は政府の困難な財政事情は国際信用失墜を招くという。

「大隈重信の九月一日の税表を検閲すると、当九月までの出納金九百万円以上の差引剰余を生じると記してますが、まったく事実に反する計算であるといわれています。

　実に言語道断、貨幣は国家の脳髄で、それを悪用すればいかなる金城鉄壁をつらね、精兵百万をつらねても国家を支えられないことはあきらかです」

　内田は政府旧財務課の調査によれば、輸入超過は一千万円であるそうだ。「朝野新聞」外国報によれば、日本政府の征韓には三カ月間出兵せねばならないそうだと告げる。戦うか否かは朝鮮の決断しだいである。戦費は三百万円かかるという。

　横浜所在の英国某会社に日本政府から三百万円の借入れを申しこんだところ、相当の担保物件がなければ応じられないとの返事であったという。日本政府の信用は地に落ちているわけである。

　維新後にここまで国力が疲弊したのは、大隈らが財政再建をはからず、農業立国の根固めをしないためである。欧米が数百年努力奮励して今日に至った経歴を知らず、にわかに彼らをうらやみ、うわべのみまねをして、文官の服地まで羅紗を用い、家屋を洋風に建てかえ、屋内にもことごとく洋品を使用する。

彼らはひたすら洋酒に沈酔し、欧米の長所を採用する計をとることをしないと、当局者をきびしく弾劾した。

内田の政府批判は延々と続く。

「現下における国家の急務のあらましは、産業を興し、造船所、大小砲製造所、弾薬製造所の設置、牧羊をさかんにして軍服に至るまで製造しなければなりません。

条約改正は目前に至り、これを円満に解決するには兵力を強大にしなければなりません。だが政府はその点に注意をすることもなく、まことに遺憾です。

大蔵省の重役は、国家経済は輸出を計って輸入をしなければ進歩発展しないと言っています。そうかも知れませんが、そういいつつ国家を玩弄物のように扱う、乱臣賊子がはびこって、国民のこうむる迷惑はかぎりありません。

風俗は怠惰、軽薄になるばかりで、文部省は徳育を重んじることなく、学問はわが身の資本を考えようという有様です。

強国の鼻息をうかがい、弱国を威嚇し、文明開化の形ばかりをまね、実際の信義に乏しい。政令に仁、信ともになく、言論自由とはいうが実際におこなわれず、一日も気を安んじて暮らせません」

　ここで内田は島津久光が隆盛の政界への出馬を望んでおり、自分も同意見であると告げる。

「私はとにかく閣下（隆盛）に愚意を吐露し、私心をはさまず虚心をもってご高見を承りたいと存じます。

　それについて久光公に思し召しをうかがい奉れば至極ご満足。私の帰県はすすめも留めも遊ばされず。そのわけは二年前、肥前佐賀江藤暴発の際、鹿児島県鎮撫を名目として御帰県されたのは、実は閣下（隆盛）をお誘いなされたいとの内々仰せ出されたことに関わっております。

　朝廷の各大臣はおおいによろこび、ただちに陛下の叡聞に達し閣下をご引見のところ、閣下の答申が至当ということになり、無理におすすめもできなくなりました。

　その後まもなく、久光公は御召しをうけご上京、いろいろとご意見を申し立てられましたが廟議は何事も定まらず、長らくご苦慮なさいました。

　廟議はとにかく曖昧で不公平の取扱いが多く、久光公は断乎としてご建言されても採用されることがなく、ついに世情に飽きご辞任、すべてお見切りとなされましたが、陛下を深くご尊崇なさっておられます。

　ここに至って私は奈良原繁氏を通じ、久光公のご本意をおうかがい申しました。

内田政風が赤心を吐露し、閣下（隆盛）がお聞き入れ下されば、閣下が万一上京に至れば天下の僥倖である。面会するとの仰せで、ご気色はなはだよく、閣下とご協力はたしかであると存じます。

この機会を逃しては国力が衰え、天下の大事を手をつかね見送ることになりかねるので、どうぞご高説を伺い安心させて下さい」

内田政風は隆盛に久光の協力者になってほしいと手をさしのべてきたのである。これまで隆盛を嫌いつづけてきた久光が、彼の力量を借りないかぎり政府の改革は実現しないと考えた。

これまではありえないことであった。政府腐敗を弾劾する声は激しくなるばかりである。

隆盛らが東京から帰郷した明治六年冬から、世上は大小の動揺に見舞われつづけていた。明治七年一月に、岩倉具視が喰違門外で土佐の士族武市熊吉らに襲われ、二月には江藤新平、島義勇が佐賀の乱を起した。同月十四日には宮崎県下の士族農民五千人が上納年貢を不満として強訴。

同年八月十一日には、函館駐在のドイツ代理領事フーバーを、秋田県士族が殺害。九月九日に酒田県田川郡農民が官吏の不正を追及するため蜂起。翌十日には秋田県下各村で徴兵令を血税とする誤解から農民等が挙兵した。国際問題では台湾出兵、北京談判がおこなわれた。同年、政府大改革が大久保の計画によりおこなわれたが、まもなく板垣退助に続いて、木戸孝允も参議を辞職し、朝鮮江華島砲撃事件がおこった。

内田政風が久光と隆盛を提携させるために動いた明治九年は国民がいつ動乱が起こるかと、不安に駆られる情報が飛びかった。

九年十月には熊本神風連の乱、秋月の乱、萩の乱があいついで起こった。隆盛は諸県の志士たちから協力を求めにくる使者、身辺を探る政府関係者から遠ざかるため、温泉入湯、狩猟に出向いていたが、いずれは国政改革のために決起せざるをえなくなると見ていた。決起するのであれば東京への進路を妨害する官軍の行動を排除せねばならない。

そのために必要なものは軍資金であった。

大砲、小銃、銃砲弾を中心とする軍需物資、軍艦、商船などである。

私学校党が決起するとき、官軍に戦闘をしかけたくはない。戦うのは官軍がこちらを賊軍と見なして攻撃したときのみである。

俸禄から離れた生活で早くも生活に窮している全国士族が唯一の希望の光明として頼っているのは隆盛であった。彼らは隆盛が攻撃を受ければ、かならず一斉蜂起して協力してくるであろうと、国民のすべてが見ていた時世であった。

内田政風が久光との提携協力をすすめてきたとき、戦略上から見れば応じていたほうがよかったかも知れない。久光は協同すれば、かならずああしろ、こうしろとわが方針を押しつけてくるのは眼に見えていた。

だが戦略から見れば使い道はある。久光の持つ力を利用して戦闘に勝つ手段を思いつくのは、隆盛にとって難事ではない。

幕府を解体する戊辰戦争のとき、隆盛は倒幕に参加した全軍を思うがままに指揮して大勝した。武将の才能をうたわれる勝海舟、大村益次郎、山縣有朋、板垣退助らはすぐれた将器で作戦指揮の能力は抜群であったが、隆盛は将器としては彼らをはるかにうわまわっていた。その感覚を探れば、敵を瞞すためには天下の大悪党にもなれるのである。

幾年も鹿児島に籠居し、農耕、狩猟にたずさわって国政、海外情勢に疎くなってしまったかといえば、腹心のなかにひそむ秀才たちを動かし、海外制圧をはかる西欧諸国の内情まで手に取るように掌握している。

隆盛は時勢の変動する情勢をすべて理解していた。

農事、狩猟、入湯に日を送る隆盛は今後の政府の施政を放置し、なすこともなく便々と月日を送っているのではない。私学校頭に掲げられる綱領を見れば、ただならない気迫の気配が文面のすべてに満ちていた。（一部を現代文とする）

一、道を同うし義相協うを以て、聚合せり。故にこの理をますます研究して、道義に於いては一身を顧みず、必ず踏みおこなうべき事。

一、王を尊び民を憐れむは学問の本旨、然ればこの天理を極め、人民の義務に臨みては一向難に当り、一同の義をあい立つべき事。
すなわち装して横区（扁額）となし、講堂中央の壁間に掲げ、校徒拳々服膺して敢て或は違うあらんことを畏る。


ここに記す内容は決しておだやかではなかった。道義において一致する者が、人民の義務を果すべき時にはともに難局に当り、われわれの存在意義をあらわせ、という綱領の示すところは学問研究の範囲にとどまらない。

困難に臨んでは死生をかえりみず、かならず机上の論議を超え実行せよという意志をあきらかにしている。

隆盛が久光の協力申し出をうけいれたときは、わが計画をすべておさえ、久光の方策を実行する委員となるつもりでなければならないことがわかっていたので、要請をうけいれるつもりはなかった。

島津久光に協力すれば手に入るのは軍資金、商船、武器、旧藩主につながる鹿児島士族である。だが隆盛は幕末動乱期から明治期にかけて、彼と一体となって実戦をともにしはたらいてきた士族の自分に寄せてくれる信頼の厚さは知っている。

隆盛は明治九年三月四日午後、内田政風に会い今度の誘いかけについてつぎのような返事の書状を渡した。現代文で記す。

「前略　ついては東京の事情を逐一お取り調べなされ、挽回の大業については、着手の順序等までていねいに反復してご教示いただき考えさせていただきましたが、久光公が左大臣となられ充分ご尽力をなさっても、その実効はなりたたず、いわんや私のような無能な者はとてもかないません。

どんなに方策は可能でも、また弾劾すれば動かないのは明白です。

私どもはもとよりただ困難に倒れる覚悟でございます。別にほかに思慮もありません。もちろん東京から引きあげたとき、今日の弊害がかもし出されることは見通していたことで、いまさら驚きも嘆きもいたしませんが、心中は厚くお汲み取り下さい。

西郷吉之助

三月四日

内田政風殿」

隆盛は内田と会ってから風のように過ぎ去った一年七カ月の日々を城山岩崎谷の洞穴から澄んだ秋空を見上げつつ、思い起していた。

第十八章　岩崎谷の穹

明治十年（一八七七）九月二十二日正午、河野は岩崎谷陣営を出て二ノ丸堡塁の山野田をたずね、門をあけ二人で揃って外へ出ると、白旗を持っていなかったので猛射撃を受けた。

「白旗がなけりゃ、とてもいけん」

戦死した英霊に供える彼岸会の牡丹餅をつくっていた兵たちが、それをすすめてくれる。河野たちが兵たちに餅をつくってもらううちに白旗ができた。

山野田は遺言のかわりに和歌一首をしたためた。

くだけても心の玉は千萬の
後の世までも照り透らめや

午後一時過ぎ、河野、山野田は鶴嶺神社から若宮小路の敵塁へむかうと、五、六発狙撃してきたが、狙いは外していた。そのまま進むと官軍は射撃をやめ、塁壁の上からこちらを眺めている。

敵塁の下に到着すると兵士が銃を構え誰何した。二人は答えた。

「城中の使節であい申す。貴軍の長官に面会を願いあげ申す」

塁内に入ると兵士が出てきて、河野らを柵内へ誘い入れた。兵営のなかに数人の士官が待っていた。

来意を士官に問われたが、二人は断った。

「長官に面会して陳述いたします」

「およそ話の概略を聞かせよ」

河野たちは西郷暗殺事件をあらまし語り、その曲直を問いたいというと、沈黙して答えず、護衛数名に護送させ、本部へ送った。

二人は本部から郡元村島津邸に置かれた別働第一旅団高島鞆之助少将の営所に回され、尉官が出てきて訊問し、おなじことをくりかえし語ったが、また護衛兵をつけられ、磯集成館警視出張所に護送された。

そこに到着すると警官数人が二人を縛りあげた。警部が出てきて「貴様らは降伏したいのか」と聞いてきた。

河野たちはいった。

「俺どもは降参人ではなか。軍使として参り申した。この意をただちに川村参軍（副司令官）に伝えてくいやんせ」

警部は激怒し、河野たちに罵声を浴びせ、巡査に命じ二人を集成館石蔵へ拘留させた。

このとき参軍川村純義の伝令使坂元俊一少尉が高島少将に連絡事項を通達にきて、磯の降伏人取扱所で薩軍の河野、山野田が訊問されていると聞き、馬で磯の機械工場へむかった。窓からのぞいてみると旧知の二人が、警部の前で両手を胸下で縛りあげられて立たされ、つまらない内容を冗長に問いただされていた。

坂元少尉は集成館石蔵へ曳かれてゆく二人を追い、後から声をかけた。

「河野どん、山野田どん。どげんしたと」

坂元は先輩たちに気を許さず、軍律に従い質問した。

「お前んさあの方は、最後のときを目前にしよるいま、西郷先生、戦友を残し生き残りたかためにここへきたとか」

「そうではなか。軍使としてきたとじゃ。俺どもの命は、はや捨てちょる」

坂元は河野たちの立場をただちに察して二人に告げた。

「俺はいま川村参軍の伝令使いじゃ。なんぞ伝言があれば、ただちに通じもんそ」

坂元は二人の話をきくと田之浦の川村参軍の陣営に駆け戻り、河野らの語った詳細を報告した。

川村参軍は報告を受けると即刻西郷救命のため、田之浦から一里余り離れた東副ヶ城という所に宿陣する山縣有朋参軍、大山、山田両少将と協議することになった。協議は長時間に及び、川村参軍は翌朝西郷救命協議をあらためてひらくことに決した。

坂元少尉はつぎの命令を受けた。

「一、明早朝機械所において、河野、山野田に面会を許すので、さっそく支度せよ。
二、河野、山野田は軍使であればいましめを解き、食事は降伏人よりも上等のものを支給せよ」

この日、隆盛は城山本営で自ら檄文を書き、各隊長を集めて最後の決心を示した。

「今般河野主一郎、山野田一輔の両士を敵陣に遣わし候儀まったく味方の決死を知らしめ且つ義挙の主意を以て大義名分を貫徹し、法庭に於き死するの賦に候間、今一層奮発し後世に恥辱を残さざる様此時と明らめ此城を枕として決戦を至さるべき儀肝要之事に候也

九月二十二日　　西郷吉之助

各隊御中」

各隊長はこの檄文を手写して帰営し、それを部下に読ませたので、一同は隆盛と共に死ぬ覚悟を定めた。

隆盛は河野、山野田が海軍の川村参軍に軍使として会うのは、彼の助命を請うなど寛典を頂くためであることだと見抜いていた。

彼は国家のために清国、ロシアと戦い護国の決戦に臨みたかったが、官、薩両軍の有為の士数万を死傷させた国内最大の決戦の終局にのぞみ、薩摩隼人としてとるべき手段は、最後の決戦を敢行し、全滅玉砕あるのみと判断していた。

隆盛は文久二年（一八六二）、沖永良部島への遠島を命じられたが、そこで川口雪篷という流罪人と友人になった。

雪篷は京都、広島のいずれかの出身といわれる陽明学者で、書道の達者といわれていた。彼は島津久光の写学生をつとめていたが、酒代を捻出するため久光秘蔵の書を売ったのが発覚し、沖永良部島への遠島を命じられていた。

雪篷は毎日隆盛の牢をたずね、書を試み詩作にふけり、隆盛は彼から朱子学、陽明学を学んだ。雪篷は赦免され鹿児島へ戻ると隆盛の秘書役をつとめ、明治二十三年に七十一歳で西郷邸で亡くなるまで寄食した。

隆盛は雪篷の指導により読書に親しむようになった。『孟子』の宇宙自然の動きに人は調和すべきであるという教えから、敬天愛人の思想を身中に根づかせるようになったのである。

夭(よう)は命の短いこと、寿は長いことをいう文字である。人はすべて生を惜しみ、死を憎むものだ。これはすべて思慮分別をはたらかせているためだ。

そのため欲心というものがたくさん出てきて、天理というものを知ろうとしない。天理の意味がたしかに理解できれば、寿夭いずれも考える必要がない。ただいま生れたということを知っていたわけではないから、いつ死ぬということを知ることもできない。だから生と死というわけがない。そうであれば生死が二つに分れたものではないと納得できる。

これが天理の存在を証するところで、思考も行動もすべて天理によっているのである。

隆盛は熊本の戦によって官軍、味方のいずれも甚大な損害をこうむり、彼我入り乱れての泥土に足を踏み入れるような乱戦がはじまったのを見ると、ここで降伏自滅すべきか、これまでの薩摩兵児の意地を奮い起こし、ただひたすら攻撃前進して東京をめざすべきか考え迷った。

彼の脳中には幼時から郷中で叩きこまれた、武士の精神という、押してくる者は突貫して払いのけるのみという激情が宿っていた。

政府部内で今度の騒動が起こるようにたくらんだのは、大久保利通とその腹心川路利良であることを隆盛はもちろん知っている。

大久保は西南の役が起こる数カ月前の明治九年十一月十七日、大山巌に書状を送った。そのなかに鹿児島についての推測を記している。現代文で記す。

「鹿児島もこの頃はまったく争乱の企てがないようである。これはもとより西郷がいるためだ。彼は事を起こすに名義（名分）が必要だと考えている。人にそそのかされ事を起こすというようなことは絶対やらない気負をよく知っているので、特別に用心はしていない。

ただ虚報を口にしたがる連中が、それぞれ勝手な理屈によって結束しあっていることはあるかも知れないが、まずこの節は立派に舵取りをしているようで、大いに幸せである」


大久保は鹿児島の士族がまもなく暴発するのは当然のこととして、その準備を進めていたが、西郷隆盛だけは名分なくしては動かないものとして信じていた。

だがその旧友としての信用さえ吹き飛ばしてしまった戦乱の起爆剤となったのは、川路の行動であった。

鹿児島に対する大きな方針は大久保が決め、川路はそれぞれの要所で命じられるままに行動した。川路は大久保と関係なく、独断で動くこともあったが、かといって大久保がまったく連絡していなかったわけではなく、常に内密の相談をかわしていたのであった。

前にも記したが、維新前には鹿児島城北三塁の比志島の外城士に過ぎなかった川路が、戊辰の役で兵児隊長となり、明治五年九月、三十九歳で邏卒総長に出世した。それは、隆盛の抜擢をうけたおかげであることを世間で知らぬ者はなかった。

川路は明治九年十二月、警視庁少警部中原尚雄ら幹部警察官三十余人を鹿児島に派遣し、私学校生に退学して政府に就職することをすすめる運動を起こさせようとした。

私学校生徒を退学させても事態が円満に納まるはずもないのは、明敏な大久保、川路らにわからないはずがない。

もし東京から赴かせた警察官僚が、私学校側に捕えられ、殺害されるようなことが起これば、桐野、篠原ら私学校党の指導者と争い、殺傷する事件が起こるかも知れない。あるいは西郷隆盛が殺害されないともかぎらない。大久保、川路らは万一そうなってもかまわないと思っているのである。


腐敗堕落した政府を打倒するために西郷は何を望んでいたのか。西郷の代弁者として訪客に面談することが多かった桐野利秋は決起の時期を同志に聞かれると、こう答えた。

「やむをえざるの義務に圧迫せられて決起する。その時節の到来を、ただ待ち申んそ。いたずらに功を立て人と汲々とし、機いまだ熟せず、時いまだ至らざるに軽挙妄動すれば、必ず大計を誤るに至るでごあんそ」

江藤新平、前原一誠が西郷に協力を求めたとき、なぜともに起たなかったのか。そして自らが起ったときに、なぜ私学校党の外に協力者を求めなかったか。土佐の板垣退助は西郷が反政府の兵を挙げるときは、全力をこぞって応援しようとした。だが数千の兵を率い、各県の反政府同志を語らい、早速に行動をはじめようとする退助の申し出を隆盛は辞退した。

受けておれば兵力、武器、汽船による海上通行、情報などの面においてさまざまの利便を得ていたであろう。だが西郷は私学校党以外の志士には協力を求めなかった。

世間から西郷暗殺団といわれた警視庁中原少警部ら二十余人を政府は鹿児島に派遣し、西郷暗殺の噂をさらに広め、その結果、鹿児島県警察は東京から帰郷した政府の派遣者を訊問した。

続いて私学校党は火薬庫掠奪事件を、政府側の挑発に乗って起こしてしまった。

薩摩の旧藩士は集成館、瀧の神などの銃器製作所、火薬製造所を経営しており、その運営費は旧藩士の納米費の一部三万千四百石を充てており、藩の所有物であった。

明治四年七月の廃藩置県によって、造船所は海軍省に所属させ、火薬製造所は陸軍省に所属させることになった。

明治九年の秋、熊本、秋月、萩の乱が相次いで勃発すると、これらの軍事設備を大阪に移転することとなった。海軍中将で海軍大輔川村純義は、そんなことをすれば、私学校壮士の暴発を招くと反対した。

だが政府はまもなく私学校党が暴発するとして明治十年一月、三菱会社汽船、赤龍丸をさしむけ、大阪に武器弾薬を移転させようとした。

これまで市中の火薬移転は、慣例が定められていた。搬送時間は日中とし、通行時間を定め、県庁にあらかじめ、報告させたうえでおこなった。

火薬を運ぶ挽馬の背に一尺角の赤旗を立て危険物運送の表示をした。沿道の民家にも、あらかじめ危険を知らせた。

だが今度は県庁にも予告せず、夜が更けてから作業をおこなった。市中にはかえってその報告なしの運送の噂がひろがり、市民から私学校党へとひそかな動揺がひろがった。

これまで火薬武器の搬送に用いる政府船舶は帆前船であった。保管していた銃砲弾薬は東京と大阪城に運ばれていくという。

鹿児島の武器弾薬は政府が管理しているものだから政府が保管場所を変えても、私学校党が異論をとなえることはできない。

だが政府側がこれまでの規則を無視し、あわててこのような行動をとったのは、私学校党の暴発が近いとして先手を打っただけのことである。

その手を打てば政府側は法的にまったく問題ないが、この先私学校党が各地に保管している政府の武器弾薬をわずかでも奪えば国家の所有物を奪った国事犯になる。

天下の与論を味方にしておれば、怖れはばかる何物もないとして、他県同志を招くこともしなかった私学校党は、官軍と実戦に及ぶときまでに充実させておかねばならない、軍資金、弾薬、艦船、軍医などの装備がまったく整っていなかった。

しかも明治十年一月二十九日から三十日にかけて私学校党が草牟田陸軍火薬庫に五十人ほどで侵入し、弾薬を奪った。

さらに翌一月三十日深夜、私学校党一千余人が上之原火薬庫と磯集成館銃器弾薬製作所を襲い、倉庫四棟を破壊し、弾薬多量を掠奪した。

翌三十一日にも同様の私学校党による略奪がおこなわれた。

このときから西郷隆盛の率いる私学校党の破滅への意図せざる行進がはじまった。国政の変動を充分に見きわめ、国家のため堕落腐敗した政府官僚に痛撃を与え排除する行動に出る最良の時期を迎えないうちに隆盛の率いる私学校党、党薩諸隊は、黒雲に閉された前途へ踏み出さざるをえなくなった。

大久保、川路らの政府首脳が発した西郷ら殺害指示の証拠となる文書を入手しておきながら、政敵らをこぞって国事犯罪者として抹殺しようとする敵の手中に踏み入り、城山岩崎谷であと一日ほどの時間を残すのみで、現世を去ってゆくのであった。

エピローグ　泣こよかひっ飛べ

明治十年（一八七七）九月二十三日の朝は薄曇りであった。湿りを帯びた南西風が吹いている。

川村参軍は坂元少尉を連れ騎馬で磯造船所に到着すると、機械工場二階の部屋に入り、広いテーブルにむかい着席した。錦江湾をへだて南に桜島が空を限っていた。

河野、山野田が到着し、護衛巡査が扉を閉じて去ると、川村参軍は二人の来意をたずねた。

河野たちは答えるため長文の意見書をたずさえてきていた。

「九月初めより籠城して戦い、弾薬も兵糧も尽きんとし、いま賊名を受け恨みを残し死ぬときが参り申した。

死ぬ瀬戸際に及び、私学校党が今度の戦に及んだわけをお聞きとりくいやんせ。日本を支える忠義の士、陸軍大将西郷隆盛殺害をたくらんだ奸臣の罪をあきらかにするためでごわした。

しかし前途を鎮台兵に塞がれ、われらが志にあらざる騒動が起こったのでありもす。この期に及び、城山を下り軍使として参りしは、政府のご本意をたしかめ、そののちわれらの前途を決めんがためでごわす」

川村参軍は淀みない口調で答えた。

「刺客のことがあるなら大久保、川路であろうと、告訴、訊問すりゃよか。法に定める道によらず、勝手に人馬を動かせばよか。奸物の罪をあばくため中原少警部らのいうところを信じ、わが力で罪人を捕えようとするのは国憲を犯すことじゃ。

西郷隆盛は陸軍大将ではあるが、政府の許可なく兵馬を動かし武器を携行すれば国賊である。

戦乱が起こる前、おそれ多くも聖上には西郷の身上について、ふかく宸襟を悩ませられ、まだ兵乱の破裂しない前、特に俺を召し出され、鹿児島に出向き西郷を諭せと仰せられた。俺の感激は言葉で言い表せなんだ。

さっそく軍艦高尾丸で鹿児島に向かい着いてみると、私学校党が小舟を多数漕ぎ出し、艦を奪おうとしたので、ついに聖旨を伝達できず、国憲を犯して兵を動かす巨眼さあ（西郷）に対し征討令が下された」

川村参軍の言葉を聞かされた河野らは、低頭するばかりであった。

やがて河野主一郎がいった。

「征討を受くることはわかい申すが、西郷さあのごたる英傑が俺どもといっしょに兵刃の錆となるのは、俺のごたる者の首数百をもって償おうとしても、国家のためにもったいなくて、仕様んなかごあんそ。なんぞ良策はなかごあんそかい」

川村参軍は考えこんでいたが、やがて溜息をつき吐きだすようにいった。

「もし都城で戦うちょった時分なら、お前んさあがたの頼みも受けられたかも知れんが、いまとなってはもう後がない。ぎりぎりの土俵際じゃ。いま巨眼さあのとる道は三つじゃろかい。一は自尽して罪を天下に謝し、士卒の恩命を仰ぐことじゃろ。一は投降して公明な処断を受けること。いま一は陣頭に躍り出て人目を引くはたらきをして、戦友と並んで死ぬことじゃ。

俺の申すことに、お前さあ方が感じるところがありゃ、帰ってそれを西郷に申し述べ、俺にいわんとするところがありゃ、早う俺に会いにくっがよか。

城攻めは迫っておっ。明日の夜明け前じゃ。話しあいをするなら今日の午後五時に返事せい。一分の遅れもならぬ」

川村参軍は坂元少尉を連れ、昼過ぎに磯造船所機械工場を去っていった。坂元少尉はすぐ戻ってきて、山野田は城山に帰り、河野はここにとどまるよう川村の命令を伝えた。

「ここでお前んと別れるに忍びぬが、仕様なか。お前んはただちに本営へ戻り、皆に川村の意を伝え、処置を決したもんせ」

坂元少尉は午後一時に山野田一輔を連れ官軍哨兵線を出て城山の麓まで送った。秋蟬（あきぜみ）の啼きしきるなか、悲愁ただよう訣別（けつべつ）の言葉をまじえたのち、手を振りあい別れた。

坂元少尉は哨所にとどまり、約束の刻限である午後五時より早く城山の登り口に立ち、山野田を待った。薩軍から交渉をしかけてくれれば翌朝の総攻撃は中止となる。

だが午後六時まで立ちつくして待つ坂元少尉の前に山野田の姿はあらわれなかった。坂元はおおいに落胆した。翌二十四日の払暁にはいま城山岩崎谷の本営にいる西郷隆盛以下三百数十名の壮士が現世から旅立つと思えば、なんともいえない寂しさに胸がしめつけられた。

その夜、官軍本営では伏見少将官、川村、山縣両参軍、大山少将、野津、三好、三浦、曽我、高島、山田ら各旅団長が出席して軍議をひらき、九月二十四日午前四時に城山総攻撃をおこなうと決めた。

山野田一輔が薩軍陣地へ戻ったのは午後二時頃であった。彼は何としても巨眼さあを国家のために生きのびさせたいと考えていた。そのためには全員戦死を主張する桐野を説得しなければならない。

彼さえ降伏を承知すれば、ほかにはあくまでも戦おうとする者はないと考えていた。桐野に会い、川村との交渉経過を語ると彼は猛り立った。

「あやつらに寛大な扱いのなかこつはわかっちょる。存分に射倒してやりゃよかんそ」

桐野は山野田の相談をうけいれず、明朝おおいに戦って死ぬ覚悟をきめていた。

山野田は本営に戻り諸将に川村との交渉内容を詳しく述べた。諸将の山野田への不満は交渉時間が午後五時までに限られていることであった。

「今日の五時なら、あと三時間もなか。ないごて返答の時間をすこし待たせんやったか」

隆盛は軍議が騒然と高まってきたところで、洞穴のなかに響きわたる声で山野田に呼びかけた。

「いまになって手数をかけ申したどん、ここに至っては何の返事をすっこともごわはんで」

諸将は静まりかえった。

山野田を連れて軍使に出向いた河野主一郎が帰らず、官軍陣営にとどまったのは、親友であった川村参軍のはからいによるものか、人質とされたためか、いぶかしむ声が絶えなかったのは、人情としてやむをえなかった。

巨眼さあが山野田に呼びかけた一言によって、死ぬ覚悟をきめた諸将は、眼前に最期のときを迎え、さすがに心中に動揺を絶やせなかったのであろう。

官軍陸上部隊を統率する参軍山縣有朋が鹿児島に入ったのは、九月八日であった。本営を磯造船所に近い多賀山に置いていたので、城山本営から軍使二名が到着したことも、すぐに知った。軍使に対し回答の時間を僅かしか与えず、西郷に同情していなかったように見える。山縣はこの交渉がすでに遅きに過ぎているので、いまさらかけあってみたところで何の効果もないと判断した現実主義者であっただけである。

山縣は長州系軍人を率いる陸軍中将であるが、西郷ともっとも深い交情を結びあった仲であった。大村益次郎は隆盛と仲が悪い。木戸孝允も隆盛と相容れなかった。

山縣は慶応三年（一八六七）に京都薩摩藩邸で隆盛に匿（かくま）われ、戊辰戦争が起ると共に各地で戦った。

明治四年、隆盛は薩長土三藩により親兵隊を結成し、廃藩置県を断行したが、山縣の提議を受けて、重大問題を成功させたのである。

巨眼さあは政商たちを動かし、右手で政治、左手で収賄をする政治家たちを、国民の肉をくらう虎豹と思っていた。

明治六年末、鹿児島に隠居していた隆盛は「除夜」と題した七絶詩の二句に、故郷に帰った心中の思いをしたためた。

百千の窮鬼われ何ぞ畏れん
脱出す人間虎豹の群

山縣有朋は収賄においては抜け目なく立ちまわっていたので隆盛に嫌われるはずであったが、なぜか気が合った。

明治五年、近衛都督をしていた山縣が、職を追われかねない大事件が起こった。かつて長州奇兵隊士であった山城屋和助という長州人が、長州の間諜として横浜にいる間に、元金五百両で生糸売買をおこない、数万両を儲け、豪商となった。

和助が陸軍省御用達に出世したのは、長州出身の山縣ら将官の助力によるものであった。山城屋の顕官に献じた賄賂は莫大であったといわれる。

和助は陸軍省から六十四万余円の公金を借り、大財閥を目指したが、突然五万円の返済を求められた。それができなかったため、省内で自殺した。

山縣は助力を乞う和助を見捨てたが、薩摩出身者の多い近衛将校たちは上層部の腐敗を嗅ぎつけ暴発寸前の状態となった。

隆盛はこのとき自分が参議兼陸軍元帥であり、近衛都督に補任され、弟従道を近衛副都督として近衛都督は辞任したが、兵部大輔専任として政府にとどまり、辛うじて面目を保った。

隆盛が山縣を救ったのは、三井一族を後援していた井上馨とは異なり、深刻な利害関係を結びあっていなかったからといわれる。つまりは隆盛と山縣はたがいの長所を理解しあい、近代的軍隊の階級制導入、平民をも包含する徴兵制度の実施においても、意見が一致していた。

山縣は三菱、三井、藤田らの豪商たちを手足のように使い、莫大な利益を抱え込んだ顕官たちに比べ、蟬の声を響かせている城山洞穴に本営を置き、きびしい残暑のなかで蚊に食われているであろう隆盛の姿を思いうかべると瞼（まぶた）を涙で濡らした。

山縣は西南の役が勃発したとき、熊本城の本営に着くと西郷に長い手紙を書き、それを薩軍捕虜に命じ西郷へ届けさせようとした。

だが捕虜は薩軍へ戻れば殺されると思いこんでいるので帰らない。

その後、第二、第三旅団に託し西郷に手紙を届けようとしたが、届いたとの返事を得ることもできなかった。

明治十年九月二十三日の昼過ぎ、薩軍軍使山野田一輔が城山本営へ戻る際、西郷への最後の手紙を託す機会を得た。

隆盛は山野田から受けとった手紙を読み、感じいって死ぬ時まで懐に収めていたともいわれる。

その内容はつぎのようなものであった。

「この戦乱を引き起したのは鹿児島壮士の頂点にいる君だ。もし君がこんどの戦を起そうと考えていたとしても、なぜいま行動に出ることがあろうか。薩軍が公布したものを見れば、一、二の官僚の罪を問おうとしているだけだ。

これが戦を引き起こす名分になるか。佐賀、熊本、萩の謀叛もやぶれ、世上が静まってきたときである。いまが兵を起こす好機だと君が考えるはずがない。それにもかかわらず乱がひろがったのは、君が指揮をとっていないためである。天下不良の徒が、君の山林に姿を隠した機に乗じ、世の乱れに乗って朝廷をそしり、人心は離散し庶民は苦しむばかりだ。

西郷が鹿児島で挙兵すれば、天下の人士はこれに応じてかならず動くと虚言をふりまき、すべては西郷のためにするのだという若者がいて、ついに暴挙を起こした。君が故郷の人士に抱いていた親愛感は、不良の徒に迷わされた彼らが動乱を起こしても、深い悲しみをこらえ、わが命を故郷の壮士らに与えようとしたのだ。このうえは国民同士で殺しあう戦いを一日も早くやめてほしいばかりだ」

日暮れがたに降っていた雨は夜になってやんだ。午後八時頃には明月が中空にかかり、岩崎谷一帯は月光が照りわたった。隆盛のいる第一洞には諸将が集まってきた。

隆盛は人夫に命じた。

「酒樽は皆空け、飲みもんそ。明日の昼まではたらきゃ、糧米、弾薬もいりもはん。全部からにすりゃよかんそ」

洞穴の前に酒樽が並べられ、蓋が叩き割られた。将兵は柄杓で酒を汲みかわし、肩を叩きあい歓声をあげる。

笑い崩れ、詩を高吟し、薩摩琵琶歌(びわうた)をうたう。隆盛の駕籠をかつぐ徒兵益森与三郎は馬方節が巧みで、美声を洞内にひびかせて唄い踊る。酔った壮士たちは拍手し喚声をあげた。

数時間後に世を去ってゆく彼らは、ほとんど死を怖れていなかった。敵の銃砲弾を受けるか、刀刃を浴びるか、いずれにしても世を去るのは一瞬のことであるのは、戦場で見慣れてきた現実であった。

隆盛は洞穴の支柱に巻いた座布団にもたれあぐらをかき、夜の明けるのを待っていた。

九月二十四日午前三時五十五分、官軍は攻撃の号砲を三発城山へ撃ちこんだ。別働第二旅団、第二旅団、第三旅団、熊本鎮台など各旅団の将兵たちが行動をはじめた。

薩軍の全兵力は四百に足りないので官軍は攻撃にあたる各旅団から二個中隊ずつを選抜して、攻撃に当らせた。

第四旅団の左翼隊は、岩崎山北側の山腹である城ヶ谷を攻撃した。岩崎山の中腹から頂上まで堡塁が三重に築かれ、薩軍は白刃をつらね塁の外へ躍り出て白兵戦を演じる。

官軍が優勢な兵力をはたらかせ、一時間ほどの戦闘を支えたのち三堡塁を占領できた。

城山大手口に布陣して死闘を続けてきた薩軍堀新次郎は部下たちに命じた。

「ついに事ここに至った。お前んらは降伏したけりゃせい。死にたけりゃ死ぬがよか。

なんでん好きにせい。巨眼さあを死に至らしむは、国家のために大損をしたとじゃ」

堀は刀を抜き、足もとの地面へ数回斬りつけ、官兵があらわれると怒号して斬りこみ、全身に銃火を浴びたあと、大平口堡塁で戦死を遂げた。

第四旅団左翼隊が岩崎山頂を確保し、岩崎谷に集中射撃を加えはじめると、右翼隊大沼隊長は部下の古荘(ふるしょう)大尉に命じた。

「左翼隊は岩崎山頂から谷沿いに攻め下ってくる。こちらは岩崎谷本道へ攻め登れ」

右翼隊は岩崎谷沿いの本道を猛烈な援護射撃とともに突撃するが、道を塞ぐ巨大な竹矢来にさえぎられ突入できない。

岩崎山の頂上から戦況を偵察していた左翼隊の浅田中尉は岩崎谷本道の坂の上から、二十七、八人の薩軍兵士が、小銃を提げて登り口のほうへ地を蹴って駆け下りてゆくのを見た。

思わずくさむらに伏した浅田中尉が身を起こしかけると、また地響きがして、抜き身を肩にかついだ薩兵四、五十人があらわれ、先にゆき過ぎた一団のあとを追うように坂を下ってゆく。

彼らの中心に一挺の駕籠があった。浅田中尉はそれを見るなり察知した。あの駕籠に乗っているのは西郷にちがいない。抜刀をかついでいるのは、共に死のうとしている桐野たち幹部だと直感した彼は、反撃される危険もかまわず傍にいた兵たちに駕籠に集中射撃をさせたが、敵は一人も倒れず駆け去ってゆく。

浅田中尉は大沼隊長と岩崎谷口を攻めている古荘隊に、伝令を走らせた。

伝令が着いたのであろう、間もなく左翼隊の小銃発射の音が湧きあがってきた。浅田は偵察を続けるよう命令されていたが、偵察兵の指揮を同僚に頼み、ラッパ手を連れ、本道沿いの斜面を転がるように伝い走った。

岩崎谷口へ二百五十間（約四百五十メートル）の距離まで坂を下りると、銃声と喊声が湧きかえるようであった。

浅田中尉は右翼隊の撃ちまくる弾丸が身のまわりに土砂を噴きあげるなかを、四つん這いで岩崎谷口へ五十五間ほどのところまで接近していった。

彼はそこで、さっき西郷が乗っていると思った駕籠が転がっているのを見た。大勢の壮士に囲まれ、眼下の本道を疾風のように駆け下りていった駕籠にちがいない。

駕籠の外に着流しの和服をつけた、首のない屍体が倒れていた。

首がない。

肥満した巨体であったが、浅田中尉はいい体格だと思っただけで、それが隆盛の遺体であるとは気づかなかった。

歴史に名を残す西郷隆盛の首のない体を間近に見ると、天下に名をとどろかせている本人だと思うには、あまりにも現実感がなかった。

西郷隆盛が本営の将兵と洞穴を出たあと、行動をともにしていた少年兵が大堡塁へ着く手前で重傷を負う。彼は隆盛が死ぬまでを見届けて死んだ。

洞穴を出ると間もなく小倉壮九郎（東郷平八郎の兄）が自殺した。岩崎谷本道に出て下ってゆくと先頭をゆく桂久武が流弾を受け、倒れる。

負傷している別府晋介は隆盛の駕籠に人楯として身を押しつけていた。流弾は雨のように集中してくる。官軍は四方から狙撃を集中し、辺見十郎太が隆盛に呼びかける。

「先生、ここらでよかとじゃごあんそ」

隆盛は断った。

「一戦を交えてから、倒れもんそかい」

一町（約百十メートル）ほど進み島津応吉邸の門前にさしかかった時、隆盛の腹と股を銃弾がつらぬいた。隆盛は駕籠から出て正座して手をあわせ、別府に命じた。

「晋どん、もうここらでよか」

別府晋介は両眼から涙を噴きださせた。

「先生、おさらばでごわす」

晋介は隆盛に命ぜられ、その首級を留守宅へ届けるよう、徒者の吉左衛門に渡したが、吉左衛門は修羅場のなかで震えあがり、足が震えて逃げられず、近所に隠した。

深手を負った少年兵は隠したところを知っていたが、それを官軍に告げないまま死んだ。

首のない屍体の傍には、七連発拳銃マルチニーが落ちていた。それは日本に二挺しかないといわれる高級な武器で、一挺は桐野利秋が持っており、いま一挺の持主は西郷隆盛に違いなかった。

隆盛の首級は午前九時頃、薩軍岩崎口大堡塁で、全滅させる最後まで戦い抜いた、大沼少佐の指揮する第四旅団撃第二大隊の兵卒が発見した。

大堡塁に近い士族屋敷の焼跡の前には溝があり、幅三尺（約九十センチ）ほどの石橋を渡している。その溝下の土に埋められていたが、わずかな水流にかぶせた土がはがれ、いがぐり頭の一部があらわれていた。

掘りだすと五分刈り頭の隆盛に違いなかった。

隆盛と訣別した桐野利秋、村田新八、辺見十郎太、別府晋介ら薩軍の頭領たちは、残兵をあわせ八十四名で岩崎口大堡塁から市中へ斬りこもうとしていた。

だが大堡塁は二十畳敷き、半月形の頑丈きわまりない、幾重にも重ねた竹矢来で、薩軍、官軍の双方からこれを打ちこわして、突撃しようとしても、どちらからも矢来を破壊できない。

堡塁の上部は暑熱を避けるため戸板を屋根のようにならべていた。官軍が猛射撃で薩軍を制圧したあと、銃剣突撃をおこなおうとしても、数倍の兵力差を矢来にさえぎられ活用できない。

第四師団の将兵は岩崎山の中腹から大堡塁の裏側へまわりこもうとして、待ちうける薩兵と狂ったように乱闘する。

そのとき落雷のような物音が響きわたり、屋根のかわりに張りめぐらしていた戸板が崩れつぶれた。戸板の上には焦げた材木、石塊などが投げこまれ積み重なっていたので、官軍下士官が長い柱を投げこむと、天井が潰れてしまった。

大堡塁のなかの薩将、兵士は蓋をされた釜中の魚のように動きをおさえられ、官兵が戸板越しに突き刺す銃剣を刀で突き返し戦いつづけたが、しだいに動く物音が減り、絶えてしまった。

大沼少佐が兵に乱闘をやめさせ、歩哨を配置した戸板をはがしてゆくと、末期の苦痛に堪え、血刀を振りまわす将兵もいたが、やがて誰も動かなくなった。

最初に検死を受けたのは、桐野利秋であった。彼と親交をかさねたことのある大沼少佐は、脳漿にまみれ、頭蓋のなかばを銃弾で砕かれた桐野の遺骸を見ると、涙をほとばしらせた。

桐野は四方から降りそそぐ敵弾のなか、堡塁に積ませた土俵のうえにあぐらをかき、全身に数カ所の銃創を負いながら、迫る敵兵をマルチニー拳銃で狙撃し、銃剣刺突をしかけてくる官兵は、膝元に置く抜き身で斬り捨てる。

「当った」「こんどは外れたか」と二十分ほど狙撃を続けたあと、右額を銃弾で粉砕され即死した。

大堡塁戦死者八十余名のうち、破損がいちじるしいといわれた薩兵二十三人は頭の皮が剝がれていた。「死後に容貌を敵に見らるっは、男子の恥辱じゃ」と日頃からいっていた中島武彦がそのなかにいたといわれている。

死ぬ前にわが面皮を剝ぎとった彼らの気概は、

泣こかい　飛ぼかい
泣こよかひっ飛べ

という唄の通りの薩摩兵児の気負のなかに、いまも伝えられているであろう。

（完）

主要参考文献

『薩南血涙史』加治木常樹（青潮社）
『近世日本国民史』徳富猪一郎（時事通信社）
『大西郷終焉悲史』田中萬逸（青潮社）
『西郷隆盛伝』勝田孫弥（至言社）
『西郷隆盛全集』西郷隆盛全集編集委員会（大和書房）
『横山源之助全集』（明治文献）
『鹿児島百年（中）——明治編』南日本新聞社編（春苑堂書店）
『征西戦記稿』参謀本部陸軍部編纂課編（青潮社）
『敬天愛人』財団法人西郷南洲顕彰会
『西南戦争　遠い崖——アーネスト・サトウ日記抄13』萩原延壽（朝日新聞社）
『大久保利通伝』勝田孫弥（同文館）
『鹿児島県史料・玉里島津家史料』鹿児島県歴史資料センター黎明館編
『大久保利通日記』日本史籍協会編
『戦袍日記』佐々友房（青潮社）
『戦袍日記』古閑俊雄（青潮社）
『西南戦争　戦袍日記写真集』高野和人編著（青潮社）
『天皇の世紀』大仏次郎（朝日新聞社）
『国にも金にも嵌まらず——西郷隆盛・新伝』鮫島志芽太（サイマル出版会）
『西郷さんを語る——義妹・岩山トクの回想』岩山清子・岩山和子（至言社）
『西南戦争従軍記——空白の一日』風間三郎（南方新社）

解説

細谷正充

維新回天の立役者でありながら、新政府に叛旗を翻して死んだ男。あまりにも振り幅の大きな人生を歩んだ西郷隆盛は、それゆえに評価が難しい。大作『西郷隆盛』を執筆した海音寺潮五郎のように、心底から惚れこんでいる作家は別にして、どこか人間像を摑みかねている印象があるのだ。たとえば池波正太郎は、西郷の生涯をコンパクトに俯瞰した短篇「動乱の詩人――西郷隆盛」で、彼の複雑な性格に踏み込みながら、

「西郷隆盛について、簡単にその人間性の如何をのべることは、とうていできない」

と嘆息している。あの池波正太郎をして、このように困惑させるとは、驚くべき人物といえよう。では、そんな西郷の肖像を新たに描くのに、もっとも相応しい作家は誰か。ずばり、津本陽である。なぜなら作者と西郷の縁が、実に深いのである。

不動産会社経営のかたわら、小説を書くことに意欲を燃やした作者は、一九六六年、

同人雑誌「ＶＩＫＩＮＧ」に参加。以後、同誌に作品を発表する。そして一九七八年、七五年から「ＶＩＫＩＮＧ」に分載していた『深重の海』で第七十九回直木賞を受賞。これを機に、本格的に作家の道を歩み始めた。受賞作が明治を舞台にしていたためか、初期の歴史・時代小説には、幕末や明治を舞台にしたものが多く、必然的に西郷についても触れられている。一九八二年には西郷を主人公にした短篇「野に死する魂」を「小説宝石」十一月号に掲載。翌八三年には「週刊文春」で、西郷の深い信頼を得た薩摩藩屈指の剣豪隠密・赤星速水の活躍を描く、『薩摩夜叉雛』の連載を開始した。こちらの作品にも、西郷が登場している。このように早くから、西郷に対する関心は示されていたのだ。

それがより明確になったのが、『巨眼の男 西郷隆盛』だ。「小説新潮」一九九九年三月号から、二〇〇三年六月号まで、『赤き心は』のタイトルで連載された。単行本は全三冊だったが、集英社文庫に入ったとき、全四冊に分けられた。西郷の生涯を描き尽くした、堂々たる大作である。これほどの決定版を上梓しているからには、新たな西郷隆盛の物語を書いてくれることはないと思っていた。だが、集英社のＷｅｂ連載を経て、本作が〝いきなり文庫〟で刊行されることになった。津本作品が、最初から文庫で手軽に読めるとは、嬉しいことである。歴史小説ファンは当然として、今年（二〇一八）のＮＨＫ大河ドラマ『西郷どん』を見て、初めて西郷隆盛に興味を抱いた人にも、自信を持ってお薦めできる快作なのだ。
それにしてもである。なぜ作者は、これほど西郷に惚れこんでいるのだろう。歴史上の人物について語った『直感力 カリスマの条件』の中に、答えがあるようだ。西郷について作者は、

「彼のように、人間的な魅力だけで人を動かす人物はめったにいません。司馬遼太郎さんは、西郷を政治的能力はまったくない人だったと指摘していますが、実際、そうだったのでしょう。しかし、少なくとも人々の精神的支柱にはなれた。彼が中心にいて、どんと構えているだけで、政治家や役人は私心を恥じ、世のため人のために働こうとした。西郷がもしも生きながらえていたら、明治の官僚機構もずいぶん違った性格のものになっていたのではないかと思うのです。少なくとも、自分たちが倒した江戸幕府と同じような腐敗した組織に堕することはなかったでしょう」

と書いている。なるほど、作者が西郷を描き続ける理由は、人間的魅力に求めることができそうだ。それを証明するのが、本書の冒頭である。フィラリアの慢性陰嚢水腫（まんせいいんのうすいしゅ）に苦しめられていたとあるではないか。さらに続けて、明治二年の病状の悪化にも触れられている。作者は、西郷が伝説の英雄ではなく、血肉を備えた普通の人間であることを

表明しているのだ。

これに関連して、『巨眼の男 西郷隆盛』にも留意したい。そもそもタイトルが、西郷の肉体的特徴を盛り込んだ〃巨眼の男〃になっているのである。肉体に対するこだわりは、人間であることへのこだわり。人間としての魅力を発揮する男であったからこそ、当時の人々は魅了され、作者もまた魅了され続けているのだ。

だが、それにもかかわらず作者の西郷を見つめる視線は、非常にクレバーである。司馬遼太郎の西郷観に同意していることからも明らかであろう。いや、主人公だけではない。たとえば西郷の盟友でありながら、彼を謀反人に追い込んだ大久保利通。第七章の終りで、利通の配下的な立場にある初代大警視（現在の警視総監）の川路利良が、西郷に従う股肱の幹部を排除しようとした陰謀について触れながら〃このたくらみに大久保が関わっていたという確証はない〃と記しているのだ。史料を博捜しても確信の持てないことは、そのままにする。主人公に加担するような書き方はしない。厳格なルールにより、歴史と人物をニュートラルに扱っていることが、本書を風格ある歴史小説にしているのだ。

しかもエピソードの取捨選択が的確であり、西郷と島津久光との確執などを含めながら、西南の役に至る複雑な時代の流れが、分かりやすく描かれている。その一方で、幕末に西郷の護衛についた塚田重久の斬り合いのシーンを挿入し、剣豪小説の匂いも嗅がせてくれる。優れた剣豪小説を幾つも上梓した作者にとっては、お手の物のシーンだろうが、その描写は他の追随を許さない。迫真のチャンバラを堪能してしまったのである。

そして物語は後半になると、明治十年の西南の役に突入。作者は、たっぷりと分量を使い、西南の役の全貌を活写する。全体の流れを押さえながら、西郷側の人々を、大量に取り上げるのだ。どれだけ調べたのかと感心するほど、描写は微細である。蜂起した当初は勢いがあった西郷たちだが、田原坂の戦いに敗れ、しだいに追い詰められて壊滅する。そうした戦の大きなうねりの中に、男たちの生き方が詰め込まれている。小説や読物で西南の役は、何度も読んでいる。それでも濃密な描写から目を離すことができない。ページを繰る手が止まらない。西郷と、その周囲に集まった男たちの戦いに、胸が熱くなってしまうのである。ここが本書の、一番の読みどころだろう。

ところで古くから日本では、非命に倒れた人物が、実はひそかに生き延びていたという伝説が繰り返し現れている。もっとも有名なのは、源義経（みなもとのよしつね）だろう。平家打倒の兵を挙げた兄・源頼朝のもとに駆けつけ、獅子奮迅（ししふんじん）の戦いを繰り広げた義経。平家を滅ぼした後は、兄に疎まれ朝敵とされ、奥州に逃げ延びるが、衣川（ころもがわ）の戦いに敗れて自害した。だが、実はそこで死なず大陸に渡り、その地で成吉思汗になったというのが、義経生存説だ。

この義経を始め、安徳天皇・明智光秀・豊臣秀頼・大塩平八郎などなど、多数の有名人たちの生存説が流布したのである。そうした生存説の囁(ささや)かれた、最後の大物有名人が西郷隆盛なのだ（西郷以降も生存説の流れた人物はいるが、歴史を左右するほどの存在ではない）。ひそかに生き延びた西郷が、大陸や朝鮮半島に渡ったなど、さまざまな説が生まれたのである。

いやそれどころか、西南の役が終わってすぐに、もっととんでもない話が流布した。当時、地球に接近していた火星に西郷がいるというものだ。大野敏明の『西郷隆盛の首を発見した男』によれば、

「明治10年のこの年、火星が地球に大接近した。9月にはマイナス2・5等星ほどの明るさになった。庶民は星に西郷隆盛がいる、と言いだし、西郷星だとして、拝むようになった。政府の政策をただしてくれる星だというのである。西郷は死んでも、天界から睨(にら)みをきかせているという希望の表れでもあった」

とのことである。いくらなんでもムチャクチャだが、それだけ庶民が西郷に寄せた想(おも)いが強かったのだろう。徳川幕府が倒れ、新時代が始まったものの、社会の混乱は収まらず、生活は苦しい。庶民の暮らしを守るべき明治政府の要人たちは、さまざまな野心や思惑に突き動かされ、足元を見ようともしない。もちろん人々のために働く人物もい

たが、究極といっていいほど私心なき行動を実際に起こしたのは、西郷ひとりといっていい。だからこそ庶民は、どこでもいいから西郷に生きていてほしいと願ったのである。

それはまた、作者の願いでもある。かつて『巨眼の男 西郷隆盛』で西郷の死までを描きながら、本書で再び彼を躍動させたではないか。史実を大切にする作者は、西郷を生き延びさせることはしない。でも、何度でも新たな小説の主人公とすることはできる。つまりは作家ならではの方法で、西郷を生き返らせたのだ。そして彼に、希望を託すのである。だから津本陽の描く西郷隆盛はこんなにも魅力的で、物語はどこまでも熱いのだ。

（ほそや・まさみつ　文芸評論家）

本書は、「ｗｅｂ集英社文庫」で二〇一四年五月〜二〇一八年三月に配信された作品に、書き下ろしの「エピローグ　泣こよかひっ飛べ」を加えたオリジナル文庫です。

津本 陽

巨眼の男 西郷隆盛 全四巻

薩摩藩主・島津斉彬の死後、奄美大島での隠棲を強いられていた西郷吉之助(隆盛)。やがて時代の趨勢が、再び彼を大動乱の表舞台へ立たせる。明治維新最大の功労者、激動の生涯を追う歴史大長編。

集英社文庫

まぼろしの維新(いしん) 西郷隆盛(さいごうたかもり)、最期(さいご)の十年(じゅうねん)

2018年 4 月25日 第 1 刷
2018年11月 7 日 第 3 刷

定価はカバーに表示してあります。

著　者　津本(つもと)　陽(よう)

発行者　徳永　真

発行所　株式会社 集英社
東京都千代田区一ツ橋2-5-10　〒101-8050
電話　【編集部】03-3230-6095
　　　【読者係】03-3230-6080
　　　【販売部】03-3230-6393(書店専用)

印　刷　大日本印刷株式会社

製　本　大日本印刷株式会社

フォーマットデザイン　アリヤマデザインストア　　マークデザイン　居山浩二

ISBN978-4-08-745732-2 C0193